마이너리티 오케스트라

2

* 이 도서의 국립중앙도서관 출판예정도서목록(CIP)은 서지정보유통지원시스템
홈페이지(http://seoji.nl.go.kr)와 국가자료공동목록시스템(http://www.nl.go.kr/kolisnet)에서
이용하실 수 있습니다. (CIP제어번호: CIP2019040930)

마이너리티
오케스트라 2

치고지에 오비오마 장편소설 | 강동혁 옮김

은행나무

1권 차례

2권 차례

3부

| 일러두기 |

* 원문의 이탤릭체가 강조의 의미일 경우, 고딕체로 표기했습니다.
* 본문의 각주는 모두 옮긴이의 것입니다.

13장
변신

오바시디넬루시여, 위대한 아버지들은 동식물에 대한 지혜를 통해 쥐가 쥐덫에 걸리는 건 그게 쥐덫임을 알아서가 아니라고 말합니다. 개는 오솔길 끝에 깊은 늪 같은 웅덩이가 있다는 것을 모르며, 그곳에 뛰어든다 해도 빠져 죽으리라는 것을 알고 그러는 것은 아닙니다. 누구도 불을 보고 그 안에 몸을 던지지는 않으나 불을 보지 못하면 불구덩이로 걸어 들어갈 수 있습니다. 왜일까요? 인간의 시야에는 제약이 있기 때문입니다. 인간은 눈길이 닿는 곳 너머를 볼 수 없습니다. 사람은 같은 음식을 나눠 먹는 식구에게 다가가 "디아니, 내가 방금 커다란 북쪽, 우구-하우사에서 값이 아주 많이 나가는 소 두 마리를 데리고 돌아왔다네"라고 말할 수 있으며, "내가 자네에게 온 것은 그 소 떼가 특별한 종류라 좋은 우유를 많이 만들어내고, 녀석들의 살은 오그부터 숲에서 잡은 은치의 살처럼 먹을 만하기 때문이라네"라는 말을 곁들일 수도 있습니다. 그러면 집안 식구는 직접 보지 않고도 그자가 하는 모든 말을 믿을지 모릅니다. 하오나 그는 소들의 영양 상태가 아주 나쁘거나, 소들에게 병이 걸렸거나, 그 소들의 품종이 나쁘다는 것을 모르며, 그렇기에 그 많은 돈을 내고 소들을 삽니다. 저는 그런 일을 여러 번 보았습니다.

추쿠시여, 이런 일은 왜 일어나는 것이옵니까? 그것은 인간이 자신에게 드러나지 않은 것을 볼 수 없으며 무엇이 감추어져 있는지도 알 수 없기 때문입니다. 거짓말은 거짓말로 드러나지 않는 한, 진실로 굳건하게 서 있습니다. 진실은 고정되어 변치 않습니다. 모든 접촉에, 모든 장난질에 저항하지요. 진실은 장식될 수도 없고 고명을 곁들일 수도 없습니다. 굽히거나 조정하거나 이리저리 움직일 수도 없습니다. "이런저런 자세한 내용을 덧붙여 진술을 더 명확하게 만들면 듣는 사람이 더 잘 이해하게 될 것이다"라는 말은 해서는 안 됩니다. 그건 사실이 아니니까요! 그렇게 하면 진실을 오염시키게 될 것입니다. "친구여, 법정에서는 내 아버지가 죄를 저질렀는지 묻고 있으나 나는 그분이 감옥에 가기를 바라지 않는다네. 그렇다면 나는 아버지가 범죄를 저지르지 않았다고 말해야 하는가?" 같은 말은 해서는 안 됩니다. 그래서는 안 됩니다, 어리석은 인간이여! 그것은 거짓말이니까요. 오직 아는 것만을 말하십시오. 사실이 빈약하다면, 그 사실을 살찌우기 위해 먹이를 주지 마십시오. 사실이 풍부하다면, 뭔가를 덜어내 그 사실을 하찮게 만들지 마십시오. 사실이 짧다면, 늘여서 길게 만들지 마십시오. 진실은 그 진실을 만든 손길에 저항하며 그 손에 매여 있지 않습니다. 진실은 처음 만들어진 상태 그대로 존재해야 합니다. 하여, 한 사람이 다른 사람에게 거짓말을 할 때는 진실에 껍질을 씌우게 되는 것입니다. 그는 음식이 담긴 표주박 속에 방울뱀을 담아 내밉니다. 표적이 덫에 빠져 속아 넘어가고 모든 재산을 빼앗겨 파멸하기 전까지는 파괴를 연민이라는 천으로 감싸서 내밉니다! 저는 그런 일을 여러 번 보았습니다.

오세부루와시여, 제가 이 말을 하는 것은 주인에게 일어난 일 때문만이 아니라, 제가 수호령들의 동굴에서 돌아온 직후 그가 밤의 깊은 목구멍 속에서 깨어났을 때, 그가 처음으로 한 일이 약속을 깨고 은달리에게 전화를 걸지 않은 것이기 때문이기도 합니다. 은달리는 주인더러 그녀에게 절대 거짓말을 하지 않겠다고 약속하게 했습니다. 주인이 라고스로 떠나기 며칠 전, 둘이서 뒤뜰에 앉아, 방금 병아리들을 단장시키고 목 주변의 깃털을 형식적으로 쪼아대던 영계 한 마리를 지켜보고 있을 때였습니다. 은달리는 갑자기 무언가가 떠오른 듯 그를 돌아보며 말했습니다. "논소, 약속해?"

"응." 그가 말했습니다. "약속해."

"있잖아, 거짓말은 사악한 짓이야. 아무도 말해주지 않거나 누군가 진실이 아닌 얘기를 한다면 내가 뭘 모르는지 어떻게 알 수 있겠어?"

"맞아, 마미."

"오빔, 그럼, 나한테 절대 거짓말을 하지 않겠다는 뜻이야?"

"응……."

"절대, 절대로. 내 말은, 무슨 일이 있더라도 말이야. 결코."

"안 할게, 마미."

"약속해?"

"진심이야." 그때 그녀는 눈을 떴으나, 그의 눈을 보고서는 다시 꼭 감았습니다. "아니, 아니야, 논소. 정말로, 들어봐." 그는 그녀가 입을 열기를 기다렸지만, 그녀는 오랫동안 입을 열지 않았습니다. 주인은 지금까지도 그녀가 멈칫거린 이유를 모르고 있나이다. 무슨 생각이 들었는데 그 생각이 너무 어마어마하여 오래도록 은달리의 주의를 흩뜨린 것일까요? 아니면 시체의 정체가 사랑하는 사람이라는 걸 알기 직전에 사람들이 보이는 조심성으로 자기 말의 무게를 달아볼 만큼 커다란 공포에 사로잡혔던 것일까요?

"나한테 절대 거짓말하지 않을 거야, 논소?" 그녀가 마침내 말했습니다.

"난 절대 너한테 거짓말하지 않을 거야, 마미."

오니에케루우와시여, 그날 아침 주인은 보이지 않는 사람의 고함을 들은 것처럼 깨어났습니다. 그가 눈을 떴을 때는 멀리서 탈것의 소리가, 기중기나 육중한 트럭이 끼익하는 것 같은 소리가 들렸습니다. 그는 기름방울처럼 머릿속에 들러붙은 두려움을 계속 떠다니게 만들려고 그 탈것의 소리에 귀를 기울였습니다. 그리고 자미케를 찾기 위해 직접 할 수 있는 일들을 생각하며 그 두려움을 이어나갔습니다. 그는 커튼 너머로 쏟아지는 빛을 걸친 채 일어나 앉아 생각의 뒤얽힌 덤불 속에서 자미케를 찾으려 애썼습니다. 밤이 쓸려나가자마자 일어나 새로운 나라로 걸어 들어갈 생각이었습니다. 자미케의 행방이나 그에게 연락할 방법을 알지도 모르는 사람을 찾기 위해서라면 어디든 갈 작정이었지요. 어딘가에는 자미케의 소재에 관한 정보를 가지고 있을지도 모르는 친구가 있을 게 틀림없었습니다. 더는 토베에게 그의 십자가를 지우지 않을 생각이었습니다. 이제는 혼자 그 십자가를 져야 했습니다.

그는 몸을 씻고 서류가 든 가방을 챙긴 다음, 토베가 움직이는 소리가 들리기 전에 밖으로 나갔습니다. 토베와 함께 걸었던 곳들을 지나 해가 뜰 때쯤엔 학교로 들어갔습니다. 그는 아랫배가 시커메져 흉해 보이는 개구리 조각상이 고리가 둘러져 있는 연못을 내려다보고 서 있는 연못 근처의 벤치에 앉았습니다. 벤치 끝에는 흰 피부의 커플이 앉아 터키어로 이야기하고 있었습니다. 두 사람은 그가 벤치에 자리를 잡자마자 일어서더니 멀어져가며 계속 뒤를 힐끔거렸습니다. 그에 대해 이야기하고 있다는 확신이 들 만한 태도였습니다.

주인은 충전된 핸드폰이 8시 14분이라는 시간을 알려줄 때까지 그곳에 앉아 있었습니다. 그가 자리에서 일어섰을 때 등 뒤에 8시 15분 버스가 멈춰 섰습니다. 그와 버스 사이의 공간에 누군가가 땅에 분수를 만들어놓았고—그에게는 익숙하지 않은 어떤 물체가 기이한 식물처럼 땅에 들쭉날쭉하게 박혀 있었습니다—그곳에서 물이 사방으로 뿌려졌습니다. 주인은 스프링클러 앞에 잠시 멈추어 물의 방향을 살피다가, 그 물줄기가 먼 쪽으로 틀어지자 안전하게 지나가 버스를 잡으려고 서둘러 달려갔습니다.

버스에 오르려는데 기사가 뭔가 말했습니다.

"터키어 몰라요." 그가 말했습니다.

"터키어를 몰라?" 기사가 말했습니다.

"네. 영어는 알지만 터키어는 몰라요."

"당신, 니제리아?"

"네. 나이지리아에서 왔어요."

그는 별 생각 없이 그 마지막 단어를 말하고 자리에 앉았습니다. 버스는 인도 사이를 달려갔는데, 한쪽 인도에는 나이지리아인 두 명이 토베와 그가 핸드폰 심 카드를 샀던 슈퍼마켓인 레마르의 비닐 봉지를 들고 있었습니다. 주인은 그중 한 명을 보고 무심결에 자리에서 일어났다가 자기 행동을 의식하고 다시 앉았습니다. 설명할 수 없는 어떤 이유로 그는 찰나의 한 순간 그 남자를 자미케라고 생각한 것입니다. 그는 버스에 탄 사람들이 놀라서, 아마 그가 미쳤을지 모른다고 생각하는 듯 바라보는 걸 의식하며 자리에 앉았습니다.

그는 버스가 그가 내리려는 정류장에 다가가는 걸 보고, 서 있던 자리에서 벗어나 앞으로 걸어갔습니다. 정리되지 않은 생각의 덤불도 벗어났지요. 그는 비틀거리면서 버스 앞으로 걸어가 지지대를 붙잡았습니다. 기사가 앞에 걸린 거울로 그를 보더니 씩 웃었습니다. "니제리아, 아주 좋아. 축구. 아주아주 좋아. 제이-제이 오코차, 아모카치, 카누…… 아주 좋아, 니제리아, 왈라히!*"

그는 버스에서 내리자마자 보이지 않는 곤봉에라도 맞은 것처럼 옛 하루의 저녁, 뜰에서의 기억 속으로 다시 쓰러졌습니다. 은달리

---

* 그렇지! (하우사어)

는 다시 벤치에 앉아 있었고, 암탉이 배를 깔고 웅크려 조용히 그들을 바라보고 있었습니다.

"마미라니." 그녀가 웃었습니다. "너는 보기 드문 사람이야, 논소. 항상 날 그렇게 부를 거야?"

"맞아, 마미."

그녀가 다시 웃었습니다.

"마음에 들어?"

"응, 하지만 이상해. 다른 사람이 자기 여자 친구를 마미라고 부르는 건 한 번도 들어본 적이 없거든. 다들 '베이비'나 '달링'이나 '자기야'라고 말해. 너도 알지? 하지만 '마미'라니? 그건 좀 달라."

"나도 이해……."

"아니, 나도 기억나. 나도 기억나, 논소! 오늘 교회에서 예배를 드릴 때 어떤 노래를 불렀는데 네가 많이 생각났어, 논소. 이유는 모르겠어, 이유는 모르겠지만, 아니, 알 것 같아. 노래 가사 때문이었어, 나한테 온다는 얘기였거든. 그렇게 당신께서 제게 오십니다. 그걸 들으니까 네가 참 많이 생각났어. 네가 갑자기, 난데없이 나타났던 게 말이야."

"불러줘, 마미."

"아, 세상에! 논소, 불러달라고?" 그녀는 그의 팔을 살짝 때렸습니다.

"아! 아! 이러다 죽겠어."

그녀가 웃었습니다. "내가 때려도 너한테는 깃털처럼 느껴진다는 거 알아. 아프긴? 아, 이게 거짓말이야. 아무튼, 뭐, 그건 하느님께 바치는 노래야. 그러니까 사랑 노래인 것처럼 널 위해서 쓰고 싶지는 않아."

"미안해, 마미. 나도 알아. 그냥 네가 그 노래를 불렀으면 했어. 네가 노래 부르는 걸 듣고 싶고, 그 노래가 왜 날 기억하게 하는지도 알고 싶어서."

은달리는 제 주인이 말을 멈춘 뒤에야 눈을 떴습니다.

"'생각나게' 하는 거지, '기억하게' 하는 게 아니야. '너한테 나를 생각나게 하다.'"

"아, 마미. 그러네. 미안."

"음, 괜찮아, 근데 쑥스러워. 아마임 카 에 시 아 구 에구.*"

"이보 말, 잘하는데." 그가 말하더니 웃었습니다.

"바보!" 그녀가 다시 그를 때렸습니다. 그는 움찔했고, 고통의 다발처럼 얼굴을 구겼습니다. 그녀는 혀를 내밀고, 눈꺼풀 밑의 살을 잡아당겨 빨간 살로 뒤덮인 혈관들의 집합체가 있는 곳까지 눈알 전체를 드러냈습니다. "날 놀리면 그렇게 되는 거야."

"이젠 노래해줄 거야?"

"좋아, 오빔."

그는 그녀가 천장으로 눈을 들고 손가락을 서로 얽은 뒤, 노래 부르기 시작하는 모습을 지켜보았습니다. 가사가 나오면서 그녀의 목소리는 약하게, 부드럽게 움직이고 흔들렸습니다. 에그부누시여, 인간의 의식에 미치는 음악의 힘은 가볍게 여길 수 없습니다. 옛 아

---

* 나는 춤을 사랑해. (이보어)

14

버지들은 그 사실을 알고 있었습니다. 그들이 위대한 가수의 목소리는 귀먹은 이들도 들을 수 있고, 심지어 죽은 이들도 들을 수 있다는 말을 자주 한 까닭입니다. 얼마나 참된 말입니까, 오세부루와시여! 사람은 심오한 슬픔 속에, 그 자궁 같은 무덤 속에 들어갈 수 있기 때문입니다. 그는 며칠 동안이나 꼼짝하지 않고, 눈물을 흘릴 수 있습니다. 아마 먹지도 않을 것입니다. 이웃들이 왔다 갑니다. 친척들이 그의 집으로 몰려들었다 나가며, "기운 차려! 괜찮아, 브라더"라고 말합니다. 하지만 그 모든 말을 했는데도, 그는 다시 그 어두운 공간으로 돌아갑니다. 그때 그에게 재능 있는 목소리나 라디오에서 나온 목소리처럼 좋은 음악을 들려주면 그의 영혼이 천천히, 어두운 곳에서부터 문턱을 지나 밝은 곳으로 솟아오르는 것을 보게 됩니다. 저는 그런 일을 여러 번 보았습니다.

그 시절 은달리를 잃을까 봐 점점 더 두려워하고 있던 주인은 마지막 가사 몇 줄의 강력한 손아귀에 사로잡혔습니다.

당신은 저의 왕이십니다
당신은 저의 왕이십니다
그렇게 당신께서 제게 오십니다
예수여, 당신께서 제게 오십니다
그렇게 당신께서 제게 오십니다
그렇게 당신께서 제게 오십니다

은달리가 노래를 마쳤을 때, 주인은 그녀의 손을 잡고 열렬히 입을 맞추었습니다. 하도 열렬하여, 사랑을 나눈 뒤 그녀는 그에게 사랑 나누기를 그토록 좋게 만들었던 것이 그 노래였는지 물었습니다.

　버스에서 내려 근동대학교로 이어지는 긴 길로 나뉘는 포장된 테라스에 발을 디딜 때, 주인의 머릿속에서는 그 노래가 관능적으로 느껴졌습니다. 그 노래는 나중에도, 우주의 귀에 사로잡힌 지속적인 소음처럼 그에게 남아 있었습니다. 그렇게 당신께서 제게 오십니다. 그의 눈앞과 주변에서, 그의 눈길이 닿는 모든 곳에서, 주인은 공항에서 만났던 남자 T.T.가 이 나라에 대해서 했던 말을, 이 나라의 대부분이 먹을 수 있는 것은 아무것도 자라지 않는 사막과 산과 바다로 이루어져 있다고 했던 말의 증거를 발견했습니다. 보이는 것은 넓게 펼쳐진 텅 빈 땅뿐이었습니다. 가끔은 드넓은 대양 건너의 사람들이 건초라고 부르는 것과 비슷하게 생긴, 둘둘 말려 있는 거대한 말린 완두 더미가 있었습니다. 그리고 길가에는 커다란 게시판들이 서 있었지요. 주인은 버스 정류장에 이르기 직전에 부서진 자동차들과 온갖 종류의 고철이 있는 들판을 보았습니다. 뼈대만 남고 모조리 뜯긴 트럭 한 대가 관목이 빽빽한 곳에 놓여 헤드라이트가 들어 있던 텅 빈 소켓으로 앞을 멍하니 응시하고 있었습니다. 그 옆에는 뒤집힌 스포츠카 한 대가 놓여 있었는데, 그것은 트럭이었을 게 틀림없는 불타버린 잔해로 지탱되고 있었습니다. 그 옆에는 탑승 공간 한 곳이 수리할 수 없을 정도로 망가져버린 채 뒤틀려 고리를 이루고 있는 대형 화물차 한 대가 있었지요.

　주인은 T.T.가 자미케의 학교와 같은 곳이라고 적어준 그의 학교로 가고 있었기에 그에게 전화를 걸어볼까 생각했습니다. 그가 핸드폰을 뒤지고 있을 때, 제가 T.T.의 번호를 받아두지 않았다는 생각을 그의 머릿속에 집어넣었습니다. 공항에서 만났을 때는 그의 핸드폰이 꺼져 있었으니까요. 그는 화가 나서 핸드폰을 뚫어지게 바라보며, 손으로 핸드폰 모서리를 문질렀습니다. 핸드폰을 어딘가에 던지고 다시는 보고 싶지 않다는 생각이 마음속을 스쳤습니다. 하지만 어느새 그는 핸드폰을 주머니에 집어넣고 있었습니다. 그는 이제 경주용 트랙처럼 보이는 곳에 다다라 있었습니다. 그곳의 대문 앞에는 한 무리의 사람들이 기다리고 있었는데, 그중에는 흑인 여자도 한 명 있었습니다. 그녀의 앙카라 드레스가 여동생이 입곤 하던 드레스를 생각나게 했습니다. 여자의 귀에 뭔가 꽂혀 있는 게 보였고, 그녀는 귀에 꽂은 장치를 통해 전달되는 음악에 맞춰 이따금 머리를 까닥였습니다. 주인은 자신의 정신에게 그 장치가 '이어폰'이라고 전했습니다. 그가 그녀에게 갔습니다.

"여기가 근동대 맞나요, 시스터?"

"아뇨. 근동대는 훨씬 멀어요." 여자가 말했습니다.

"어, 많이 멀어요?"

"네, 하지만 지금 오는 버스를 타고 쭉 가면 돼요. 아, 오네요. 이 버스를 타면 캠퍼스 어디로든 갈 수 있을 거예요."

"고마워요, 시스터."

버스는 그가 다니는 학교의 버스보다 깔끔하고 새것이었으며 사람도 많았습니다. 수많은 터키 젊은이들이 자기 언어로 말하고 있었습니다. 흑인 여자는 버스 뒤쪽으로 들어갔지만 거기에 자리가 없는 것을 보고 일어서더니 위쪽 지지대에서 뻗어 나온 고무 손잡

이를 잡았습니다. 버스 안은 온갖 포스터로 뒤덮여 있었습니다. 그 중 어떤 것도 그가 이해할 수 있는 언어로 적혀 있지 않았습니다. 포스터 하나에는 흑인 남학생이 백인 남학생 옆에 서 있었는데, 둘 다 그가 전날 도시 중심부 근처에서 보았던 몇몇 건물만큼 높은 빌딩을 가리키고 있었습니다. 주인은 이 나라에서는 얼마나 많은 것들이 다른지에 대해 생각했습니다. 위대한 아버지들의 나라에서는 거지들과 다양한 물건들을 파는 사람들이 버스에 몰려들어 자기 물건을 팔러 다니면서 승객들의 주의를 끌려 애썼습니다. 그는 라고스의 버스 주차장에서 벌어졌던 혼잡을, 계속해서 그를 귀찮게 굴던 상인과 싸구려 향수 한 병을 놓고 옥신각신 흥정했던 일을 떠올렸습니다. 상황이 지금보다 나았다면 아마 여기가 아주 마음에 들었을 거라는 생각이 들었습니다. 최소한 그 질서가 말입니다.

그는 학교의 첫 버스 정류장에서 내렸습니다. 책을 들고 있는 남학생 두 명도 내렸습니다. 버스는 제가 보기에는 인조 잔디처럼 보이는, 위대한 아버지들의 땅에 있는 그 무엇과도 비슷하지 않은 것들의 들판 사이를 미끄러져 나가며 시끄럽게 낑낑댔습니다. 거대한 도로 옆, 작은 언덕 맞은편에 건물이 하나 놓여 있었습니다. 그는 어디로 가야 할지를 깊이 생각해본 적이 없었습니다. 저는 그를 돕는 어떤 일도 할 수 없었는데, 이곳의 어떤 것도 제가 알았던 것과 비슷하지 않았기 때문입니다. 노예가 된 제 주인이 광활한 대양, 지구의 표면 대부분을 덮고 있는 강력하고 광대한 그 물 건너로 끌려갔을 때와도 또 달랐습니다. 그곳 버지니아에서는 제 전 주인인 야가지에가 자기도 모르는 사이 흑인들의 국가에서 잡혀 온 다른 이들과 함께 살게 되었는데, 그들 중 여러 명은 위대한 아버지들의 언어를 쓸 줄 몰랐습니다. 그 장소에는 아주 드문드문하게만 사람이 살았습니다. 야가지에를 잡은 사람들이 사는 곳 근처에는 거대한 건물들이 있었으며 그중 두 채를 지을 때는 그가 직접 참여했지요. 나머지는 들판과 산맥, 오그부티-우쿠의 숲처럼 빽빽한 들판들이었습니다. 제 주인이 지금 보는 것과 같은 웅장함은, 밤거리의 밝은 빛과 다양한 소리를 내는 장비는 어디에도 없었습니다. 그래서 저는 그가 무슨 일을 해야 할지 생각하는 동안 침묵을 지켰습니다. 에그부누시여, 주인의 정신이 해결책을 떠올리지 못하고 그의 수호령인 제가 그를 도울 수도 없는 이 순간에 우주가 손을 내밀었습니다. 주인이 다시 가장 가까운 건물로 걸어가기 시작했을 때 그의 핸드폰이 울렸던 것입니다. 그는 서둘러 폴더를 열고 전화를 받았습니다.

저편에서 들려오는 토베의 목소리는 시무룩해 걱정의 씨앗을 담고 있었습니다. 주인이 대답했습니다. "근동대에 있어요, 브라더. 제 문제로 계속 귀찮게 하고 싶지 않았어요."

"이해해요. 그자는 찾았어요?"

"아뇨. 방금 학교에 도착했어요. 뭘 해야 할지조차 모르겠네요."

"국제사무소에는 가봤어요? CIU의 데한 같은 사람이 있는 곳요."

"세상에! 그래야겠네요, 브라더. 거기에 가야겠어요."

"네, 네." 토베가 말했습니다. "거길 가장 먼저 가세요."

"차이, 다알루 누.*" 그가 말했습니다. 하마터면 눈물을 터뜨릴 뻔했

---

* 좋네요. 고마워요. (이보어)

습니다. 이토록 유망한 생각이 어떻게 그의 생각을 비껴 나갈 수 있었는지 다시 궁금해졌습니다.

"돌아와서 같이 부동산에 가볼래요? 디가 주소를 하나 줬어요. 오늘이 제가 이 아파트에 머무는 다섯 번째 날이라서요. 이틀이 더 남았네요."

"그러네요, 은완냄. 곧 돌아갈게요. 일단 일을 마치고요."

지금까지 그는 혼자 십자가를 짊어져야 한다는 자신의 결단에 떠밀려 따뜻한 용기를 품고 걸었습니다. 하지만 이제는 용기가 그를 떠났습니다. 토베의 목소리를 들어서인지, 자미케가 왔었다는 확신이 들지만 어떻게 해나가야 할지 알 수 없는 이 나라의 한 장소에 도착했기 때문인지는 저도 모르겠습니다. 확실한 것은 통화 이후 그의 내면에서 무언가가 바뀌었다는 것이었습니다. 그는 구멍에서 억지로 떠밀려 나온 귀뚜라미 같은 걸음걸이로 걷다가 얼굴이 둥근 (그의 민족이 '중국인'이라고 부르는 얼굴을 가진) 한 남자를 발견했습니다. "아!" 그 남자는 주인의 질문에 대답 대신 헛숨을 들이켜더니, 자기도 막 국제사무소에서 나왔다고 말했습니다. 이 남자는 주인을 건물 근처로 데려갔는데, 건물 정면은 그가 전에 본 어떤 건물과도 달랐습니다. 그 옆의 수없이 많은 깃대에 깃발이 걸려 있었지요. 주인은 그중에서 그의 나라의 국기인 녹색-흰색-녹색 깃발을 발견했습니다.

에그부누시여, 문을 통과하기 전에 주인은 두려워하며 영적인 도움을 구했습니다. 그 행동은 신앙심 깊은 아버지들과 같았나이다. 하지만 아버지들이라면 자신들의 이켕가 혹은 그들의 치 혹은 아구

혹은 또 다른 신에게 기도를 했을 법한 상황에서, 주인은 백인의 알루시에게 이곳에서 자미케를 찾도록 도와달라고 기도했지요. 이곳이 그의 희망의 마지막 저장고일지 모른다는 두려움이 들어 여러 해 만에 처음으로 기도한 것이었습니다.

"예수님, 자비를 베푸소서. 제게 잘못한 모든 이를 용서하오니 제 모든 죄를 용서하소서. 주님께서 제가 모든 돈을 되찾도록 도와주신다면, 이런 일이 제게 일어나도록 허용하지 않으신다면, 평생 당신을 섬기겠나이다. 예수님의 이름으로 기도하옵니다. 아멘. 아멘."

아카타카시여, 저를 용서하셔야 합니다. 당신께서는 저희가 주인과 하나가 되도록 저희를 만드셨습니다. 그러므로 저희는 곧 주인들의 고통을 겪기 시작합니다. 그들을 괴롭히는 것이 저희도 괴롭습니다. 그 사무실에서 주인이 경험한 것을 설명하는 대신 그 일이 그에게 미친 영향을, 그 여파를 전해드리려는 이유가 그것입니다. 당신이 들어주시기를 바라는 수많은 수호령들이 보이는 지금, 저는 이곳에 아주 오래 서 있고 싶지 않사옵니다. 하여, 저는 주인이 찾던 남자에 관해 이곳에서 알게 된 사실이, 경찰이 말했듯, 자미케가 실제로 이 대학교에 다녔으며 외국인 학생들 사이에 잘 알려져 있었다는 것임을 말씀드리옵니다. 주인은 자미케가 이 나라에 머문 것은 2년이었지만, 이 학교에 다닌 것은 1학기뿐이었다는 것도 알게 되었습니다. 자미케는 학기가 시작되고 3주 후부터 수업에 나오지 않았습니다. 주인과 같은 나라 출신인 아이예토로라는 국제사무소 직원은 주인이 국제사무소 소장과 용무를 마치자 그를 텅 빈 복도로 데려갔습니다.

"오모,* 심각한 문제를 겪고 있나 본데요." 그 남자가 말했습니다.

"그러게 말입니다." 주인이 말했습니다.

"잠깐, 나이지리아에서도 자미와 아는 사이였어요?"

주인이 고개를 끄덕였습니다. "초등학교에 같이 다녔어요, 브라더."

"무슨, 우무아히아에서요?"

"네."

"그럼, 그 이후에도 자미를 알고 지냈나요? 그 녀석이 원래 사기꾼이라는 걸 알았어요?"

주인은 고개를 저었습니다. "아뇨."

"아. 그 녀석은 심각한 사기꾼이에요—전문적인 놈이죠. 그쪽한테서는 얼마를 받아 갔나요?"

주인은 이 남자를 뚫어지게 바라보며 그가 아주 사랑했던 새인 새끼 거위, 그가 애착을 품었던 첫 번째 존재를 잠시 생각했습니다. 에그부누시여, 그의 머릿속 그림은 정지되어 있었으나 그게 전부가 아니었습니다. 그건 하나의 사건이었습니다. 주인이 매사냥꾼들에 관한 책을 읽고 그 자신을 매사냥꾼이라고 부르며, 자기 새를 마을 주변으로 데리고 다니며 날리는 생각을 품은 다음이었지요. 주인은 질기지만 아주 긴 끈을 살 작정이었습니다. 그리고 그는 아버지에게 젓갓**을 사달라고 했습니다. 그는 새끼 거위의 발목에 젓갓을 장

---

* 저기요. (이보어)
** 사냥용으로 기르는 매의 두 발에 각각 잡아매는 가느다란 가죽끈.

식 고리처럼 묶고 녀석을 허공에 풀어놓았습니다. 처음에 새끼 거위는 날지 않으려 들었습니다. 오히려 울면서 슬퍼했지요. 하지만 어느 날에는 거위가 너무 높이, 구아버 나무 뒤로 너무 멀리까지, 줄이 닿는 한계까지 날아갔습니다. 주인이 손을 높이 들고 있었고 손목에는 줄을 딱 한 번만 감았는데도 말입니다. 그때 주인은 새끼 거위의 기쁨이 너무 벅차게 느껴져 울었습니다.

"말해주기 싫어요?" 그 남자가 물었습니다. "도와주고 싶어서 물어보는 거예요."

"아주 많이요, 브라더. 7000유로쯤 돼요."

"예 파리파!* 지조스! 그래요, 이렇게 해보면 어때요? 떨지 말고요. 그냥 마음 편히 가져요. 내가 도와줄게요. 그 사람은 아주 많은 사람을 속였어요. 작년 이후로는 그자를 본 적이 없지만, 그자를 본 적이 있는 사람들과 아파트를 함께 쓰는 사람을 몇 명 알아요."

가가나오구시여, 이 남자가 주인에게 준 것은 희망이었습니다. 궁핍한 사람은 살아남기 위해 얻을 수 있는 것에는 뭐든지 매달립니다. 저는 그런 일을 여러 번 보았습니다. 물에 빠진 사람은 누가 뗏목 대신 나무 막대나 나뭇가지를 내밀어도 밧줄을 달라고 하지 않습니다. 손 닿는 대로 붙들기 마련이지요. 하여, 아이예토로는 주인이 앞서 피부가 검은 여자에게 질문을 던졌던 학교 바깥에서 그에게 택시를 잡아주고 기사에게 기르네라는 곳의 주소를 주었습니다. 주인은 아이예토로에게 감사 인사를 하고 땀이 나는 손바닥으

---

* 이럴 수가! (이보어)

로 그와 악수했습니다. 그 남자가 말했습니다. "잘됐네요, 브라더."

　이윽고 주인은 돈 한 푼 없이 기르네로 떠났습니다. 오랫동안 산들 사이의 텅 빈 사막 평원으로 차를 타고 갔지요. 그는 산맥에 걸린 알록달록한 깃발들을 더 자세히 보았습니다. 첫날 밤, 빛을 받고 있던 그 깃발들이었습니다. 그는 깃발의 무늬를 응시했습니다. 흰 바다 위에 놓인 진홍색 초승달과 별 하나. 터키 국기와 아주 비슷해 보였습니다. 진홍색의 바다 위에 흰 초승달. 고요하게 차를 타고 가자 앞서 떠올렸던 노래를 타고 은달리가 그의 머릿속으로 돌아왔습니다. 그래서 주인은 눈물을 터뜨리기 일보 직전이 되었습니다. 주인은 그녀가 이 새로운 전화번호를 보면 곧바로 전화를 걸거나 메시지를 보내리라는 걸 알았습니다. 그는 움찔하며 플러스 기호를 누르고 그녀의 번호를 입력하고 다이얼을 돌렸으나 계속 전화를 걸 용기가 나지 않았습니다. 그러면서도 그녀가 그를 심하게 걱정하며 그에게 무슨 일이 일어난 건지 궁금해하고 있을 게 틀림없어 두려웠습니다. 그는 다시 다이얼을 넣고 기다렸습니다. 가슴이 두근거렸습니다. 세 번 신호가 갔을 때 마침내 그녀가 전화를 받았습니다. 에그부누시여, 그녀의 목소리를 들었을 때 그가 느낀 감정은 제가 묘사하기 어려운 것입니다. 그는 몸을 움직거리며 좌석에 손을 문질러댔습니다. 그때 그녀가 말했습니다. "여보세요, 여보세요……. 누구세요? 들려요? 여보세요? 여보세요, 들려요?" 그는 알아들을 수 있는 소리가 새지 않도록 숨을 참았습니다. 그녀의 한숨 소리가 들렸습니다. "연결이 나쁜가 보네." 그녀는 그렇게 말하더니 다시 한숨을 쉬었습니다. "논소일지도 모르는데." 그러더니 그녀는 전화를 끊었습니다.

그는 핸드폰을 뚫어지게 보았습니다. 그녀의 목소리가 덫에라도 걸린 것처럼 그의 머릿속에 머물렀습니다. "나는……." 그는 입을 열었다가 말을 멈추고 다시 핸드폰을 보았습니다.

"나는 여기 왔으면 안 됐어." 그가 아버지들의 언어로 말했습니다. "여기 왔으면 안 됐어. 여기 왔으면 안 됐어."

"네?" 기사가 말했습니다.

주인은 깜짝 놀라, 자기도 모르게 생각을 소리 내어 말했다는 걸 깨달았습니다.

"죄송합니다, 들으시라고 한 말이 아니에요." 그가 말했습니다.

남자가 손을 내저었습니다. "별말씀을요. 전 괜찮아요, 아르카다스."

이번에도 제 두려움에는 불이 붙었습니다. 사람이 절망에 빠졌을 때의 첫 징후 중 하나가 더는 현실과 상상을 구분하지 못한다는 것이기 때문입니다. 주인은 남은 길을 가는 내내 조심스러웠습니다. 여러 군데 금이 갔으나 기적처럼 붙어 있는 액체가 담긴 유리병처럼 말이지요. 계속 길을 가면서, 그는 짧은 유예의 기간 동안 자연의 아름다움에 이끌렸습니다. 기르네가 가까워지자 풍경이 전에는 한 번도 본 적 없는 모습으로 변했기 때문입니다. 그곳은 풍요로운 아버지들의 땅과는 아주 달랐습니다. 성채와 집들이 산과 돌출된 화강암에 자리 잡고 있었고, 그중 몇몇 건물에는 터키 국기가 걸려 있었습니다. 주인은 사람들이 그런 산이나 언덕 위에 집을 지을 수 있다는 것에 무척 놀라워했습니다. 고속도로의 마지막 구간은 한쪽이 길고 단단한 바위와 듬성듬성한 관목이 자라는, 바위와 돌멩이 조각들로 가득한 들판으로 된 계곡에서부터 반대편으로 솟아올랐습니다. 그들은 천천히 오르막 도로를 올랐고, 곧 눈앞에 도시 전체가 펼쳐졌습니다. 크고 작은 집들이 보였고 어떤 집들은 아주 높았으며 또 다른 집에는 첨탑이 있었습니다. 그리고 그 모든 것의 뒤쪽 먼 곳에 지중해의 푸른 물이 담긴 우묵한 그릇이 빽빽한 거리 사이로 보였습니다. 가까이 갈수록 바다가 불어나는 듯하더니, 기르네로 들어가는 대교에 도착했을 때쯤에는 도시 전체가 울타리에 붙들려 있고 그 울타리만 사라지면 바다에 빠져버릴 것처럼 보였습니다.

3층짜리 건물 앞에 이른 기사가 손가락질을 하며 말했습니다. "저기예요, 아르카다스." 주인은 주머니에 손을 넣어 남자에게 32리라를 주었습니다. 그런 다음 그는 금속제 문 너머로, 그를 이곳에 보낸 남자의 이름을 떠올리며 걸어갔습니다. 아이예오토, 아이예투.

그는 APT 1이라고 쓰여 있는 첫 번째 아파트를 노크했습니다. 터키어가 들어간 포스터가 문에 걸려 있고, 그 아래에는 번역이 있었습니다. 어서 오세요. 터키 여자가 나타났고, 그녀의 뒤에는 머리가 부스스한 인형을 들고 있는 어린 소녀가 있었습니다.

"죄송합니다." 그가 말했습니다.

"별말씀을요. 나이지리아 사람들을 찾으시나요?" 여자가 놀랍게도 분명한 영어로 말했습니다.

"네, 나이지리아 사람들요. 어디에 있나요?"

"5동이에요." 여자가 위쪽을 가리켰습니다.

"감사합니다."

그는 서둘러 위로 향했습니다. 머릿속에 마구 생각이 떠올랐습니다. 가슴이 두근거렸고, 가슴속에서는 희망이라는 단 하나의 꽃송이가, 그가 본 적이 있던 낡은 차의 좌석에서 자라는 버섯처럼 뿌리를 내리고 있었습니다. 어쩌면 이곳에 숨어 있는 자미케를 보게 될지도 몰랐습니다. 아마 남키프로스에서 경찰을 피하려고 허술한 국경을 넘어 몰래 돌아왔겠지요. 국가의 기록에 자미케가 이 나라를 떠났다고 적혀 있는 이유가 그것일 터였습니다. 이 희망은 아무 근거가 없었으며 우툴두툴하고 금방이라도 무너질 듯한 자동차 좌석에서 흙도 물도 없이 자라고 있었지만, 나이지리아 음식 냄새가 나고 백인의 언어나 그 파편화된 형태로 대화하는 시끄러운 남자 목소리가 들려오는 층에 이를 때까지 살아 있었습니다. 주인은 가슴에 손을 얹고 문 앞에서 기다렸습니다. 남자들의 목소리 사이에서 자미케의 독특한 목소리가, "멘"이라는 메아리를 두드러지게 남기며 으스대듯 소리치는 그 목소리가 들려올 것만 같았기 때문입니다. 그런 다음 그는 문을 노크했습니다.

아콰아쿠루시여, 주인의 영혼이, 세월을 초월한 그 오니에우와가, 정신의 표현형으로서만 그의 몸 안에 존재하는 그것이 깨지면 수호령의 일은 더 어려워지는 것이 보통입니다. 영혼이 깨지면 주인이 절망으로 빠져들고, 절망은 영혼의 죽음이니까요. 그에 대항하여 주인을 최대한 오랫동안 쓰러지지 않도록 지키는 일은 아주 어렵습니다. 주인이 자미케의 행방을 아는 사람들의 집을 나섰을 때 제가 그의 기운을 북돋고자 그의 머릿속에 이런저런 생각을 던져낸 이유도 그것입니다. 저는 그에게 우그바를 먹고 끝없이 똥을 쌌던 그날을 상기시켰습니다. 그는 덤불에 똥을 튀겨대는 자기 모습을 떠올렸습니다. 그 생각이라면 주인은 웃어야 했으나 그러지 않았습니다. 저는 그가 가장 매료되던 것 중 한 가지를 기억하도록 했습니다. 바로 새끼 거위가 하품하던 방식이었습니다. 그것이 입을 열던 모습과 그것의 회색 혀가, 혓바닥 밑에서 알약처럼 부풀어 오르는 진주 같은 물질과 함께 떨리던 모습을 말입니다. 어느 인간의 것과 비교해도 두 배는 더 큰 그 입은 피부의 상당 부분을 잡아당겨 긴장한 듯 그 얼굴을 주름지게 만들었습니다. 평소라면 그는 웃었을 것입니다. 하지만 지금은 그러지 않았습니다. 그럴 수 없었습니다. 왜냐고 물으시렵니까? 주인과 같은 처지에 있는 사람에게는 이런 시간에 온 세상이 죽은 것이 되고 모든 유쾌한 기억들, 그를 기쁘게 만들어주었을 법한 모든 형상들도 전부 의미를 잃기 때문입니다. 머릿속에 이런 모습이 아주 여럿 모여든다 하더라도 참담하고 무력하게 쌓여갈 뿐입니다. 죽은 사람의 입속에 쌓인 금 더미처럼 말이지요.

하여, 그는 다시 도시로 향했습니다. 남자들과의 대화가 그의 마음속에 남겨준, 전부 끝났다는 확신, 끝난 건 끝난 거라는 확신을 커다란 접시에 담긴 선물이라도 되는 듯 들고서 말입니다. 남자들은 분명한 말로 자미케의 계획이 고의적이었다고 말해주었습니다. 자미케는 자기 친구들에게 그 모든 일을 세세히 알려주었습니다. 그는 그들에게 자기가 큰 건을 진행 중이며 일이 끝나면 남쪽으로 건너갈 거라고 말했습니다.

그게 무슨 뜻입니까? 주인은 떨리는 목소리로 그들에게 물었습니다.

간단하죠, 그들이 대답했습니다. 북키프로스와 남키프로스는 한때 같은 나라였어요. 그러다가 전쟁이 나서 터키가 1974년에 섬을 둘로 분할했지요. 이쪽 터키 영역은 괴뢰 국가이고, 그리스 영역이 진짜 키프로스예요. 두 국가는 철조망으로 나뉘어 있습니다. 레프코사의 도시 중심부인 기르네 카피시로 가면 국경이 보이고, 유럽인들이 다른 쪽을 통해 섬의 그 부분으로 들어오는 게 보일 겁니다. 그 사람들은 EU 사람들입니다. 수많은 나이지리아 사람들은 그곳으로 밀입국하려고 돈을 내고, 몇몇은 철조망을 뛰어넘어 망명을 신청해 직접 그 영토로 건너갑니다. 자미케도 돈을 내고 국경을 넘었습니다.

"영영 안 돌아오나요?" 그가 이어서 물었습니다. 사형집행인에게서도 연민을 끌어낼 수 있을 만큼 위태로운 두려움이 담긴 물음이었습니다. 하지만 그중 한 사람이 말했습니다. "네. 자미케는 떠났고, 그게 끝이에요."

에그부누시여, 주인은 이 깨달음을 암울한 결단력으로 받아들였습니다. 탈출구 하나 없이 등 뒤가 가로막힌 공간에 뛰어 들어간 사람처럼 말입니다. 왼쪽으로 돌아서면 난공불락의 돌벽이 보이고 오른쪽으로 돌아서면 건장한 남자 백 명이 밀어도 끄떡없는 거대한 문을 만나게 됩니다. 앞은? 마찬가지입니다. 뒤는? 마찬가지로 가로막혀 있습니다.

하여, 그는 남자들에게 무엇을 하면 좋을지 물었습니다.

"모르겠는데요, 브라더." 자신을 자미케의 "가장 친한 친구"라고 말한 남자가 말했습니다. "우린 나이지리아 사람들한테 눈 크게 뜨고 정신 똑바로 차리고 있으라고 말해줘요. 왜냐하면, 사람들은…… 아, 브라더, 나쁘거든요. 하지만 절대 듣지 않는 사람들도 있죠. 그 녀석이 당신을 어떻게 갖고 놀았는지 보시라고요."

"계속 한번 있어봐요, 멘." 다른 사람이 말했습니다. "남자잖아요. 견디라는 거지. 일어난 일은 일어난 일이에요. 여기 있는 많은 사람이 당신하고 같은 처지예요. 그런데 살아남는다고요. 나조차도 말이에요. 나도 누구한테 속았어요. 어떤 에이전트였죠. 그놈이 날더러 여기가 미국이라고 했다니까. 나는 여기에 오려고 돈을 내고, 내고 또 냈어요. 근데 어떻게 됐느냐? 여긴 유럽의 아프리카였어요."

그들 모두가 웃었습니다.

"밧줄이 없어요. 에-우가 없어." 첫 번째 남자가 말했습니다. "없다니까! 그래서 내가 어떻게 했느냐? 자살했을까요? 난 하잘것없는 일자리를 구했어요. 노가다를 뛰지." 그가 주인에게 두 손바닥을 보여주었습니다. 손바닥은 단단했습니다. 콘크리트처럼 딱딱했고, 안쪽이 톱질한 목재의 표면처럼 거칠었습니다. "난 터키 사람들하고도 일했어요. 하지만 날 보라고. 아직 학교를 졸업 못 했어요. 설상가상으로 놈들의 여자들도 우릴 좋아하지 않고. 일단 남자애들부터 죽여야지, 원!"

남자들은 이 말에 시끄럽게 웃었습니다. 한 남자가 속을 부글부글 끓이며 텅 빈 눈으로 그들을 지켜보고 있는데 말입니다. "아니면 그냥 집에 가요." 앞서 말했던 사람 중 한 명이 주인에게 말했습니다. "그렇게 한 사람들도 있어요. 당신도 그게 나을 수 있어요. 그냥 남은 돈으로 표를 사서 집으로 돌아가요."

추쿠시여, 제가 제 주인의 치로서 그가 이 세상에 나오기 전부터, 그가 잉태되기 전부터 그와 함께하지 않았다면 그날 저녁 그곳을 떠나 햇볕 속으로 걸어간 사람이 그라고는 믿지 않았을 것입니다. 단단했던 그는 눈 한 번 깜짝할 사이에 부스러지기 쉬운 진흙 덩이가 되어 이제는 알아볼 수 없었습니다. 저는 많은 것들을 보아왔습니다. 노예가 되어 사슬에 매이고 굶주리고 채찍을 맞는 주인을 보았지요. 잔인하게, 갑자기 죽은 주인들도 보아왔습니다. 질병을 앓는 주인들도 보았습니다. 아주 오래전의 주인인 은나디 오체레오메는 대변을 보러 갈 때마다 피를 흘렸고, 부푼 항문은 가끔 걸을 수 없을 정도로 극심하게 아팠습니다. 하지만 이 중 어느 경우에도 저는 한 사람의 영혼이 이렇게까지 산산조각 나는 것을 본 기억이 나지 않습니다. 그리고 저는 그를 잘 아나이다. 에그부누시여, 당신께서도 아시다시피 모든 사람은 사실 이 세상에는 신비입니다. 가장 속을 터놓는 순간에도 사람은 다른 사람들로부터 감추어져 있습니다. 그가 온전히 알려질 수 없기 때문입니다. 그는 자신을 바라보는 사람들에게 완전히 보일 수 없고, 그를 끌어안는 사람들에게 온전히 느껴질 수도 없습니다. 사람의 진짜 존재는 육신과 피라는 벽 뒤에, 그 자신을 포함한 다른 모든 사람의 눈길로부터 가려져 있습니다. 오직 그의 오니에우와와 그의 치만이—좋은 치이고 에풀레푸가 아니라면—그를 진실하게 알 수 있습니다.

가가나오구시여, 눈 한 번 깜짝할 사이에 변해버린 그는 아파트를 떠나 길을 가로지른 다음 아까 보았던 가게에 들어갔습니다. 지난번에 독한 술을 샀던 가게와 비슷한 곳이었습니다. 그는 냉장고에서 똑같은 술병을 꺼낸 다음, 제 주인이 땅속에 팬 분화구에서 흙과 진흙을 뒤집어쓰고 나온 외계인이라도 되듯 호기심 어린 눈으로 그를 바라보던, 눈에 진물이 나는 조용한 남자에게 돈을 냈습니다. 주변의 세상은, 이 이상한 땅은, 이 두려운 각성은 날카롭고 살아 있는 것처럼, 달군 강철처럼 느껴졌습니다. 길 건너편에는 자기 아이와 함께 걸어가는 백인 남자가 있었으며 그 반대편에는 한 여자가 장 본 물건이 가득한, 바퀴 달린 뭔가를 밀고 있었고 인도의 흙을 뒤지는 비둘기가 한 마리 있었습니다. 그는 자신에 대해서, 배가 고프다는 것에 대해서 생각했습니다. 시간은 거의 정오였지만 그는 아무것도 먹지 않은 채였습니다. 이럴 줄 몰랐다는 게, 사태가 이렇게 급격히 달라질 수 있을 거라고 생각하지 못했다는 게 놀라웠습니다.

주인은 그 자리를 떠나며 술을 홀짝였습니다. 그의 걸음걸이에 리듬이 배어 있었습니다. 그는 땅에 두 발을 쾅 찍고 눌렀습니다. 그러면 넘어지지 않고 단단히 서 있을 수 있다는 것처럼 말입니다. 그는 술병을 작은 가방에 넣고 택시를 잡았습니다. 그는 자리에 앉고 나서야 나이지리아 학생들의 아파트에서 화장실을 쓴 뒤로 바지 지퍼를 채우지 않았다는 걸 알아차렸습니다. 그는 지퍼를 올렸고, 자동차가 레프코사로 다시 달려가기 시작하자 눈을 감았습니다. 머릿속에서는 생각들이 서로 우위를 다투며 말다툼을 했습니다. 요란하던 그 목소리가 마침내 고함 지르기 대회로 바뀌었습니다. 그는 생각들의 한복판을 뚫고 나와 오직 자미케만이 살고 있는 외딴 공간으로 들어갔고, 자미케를 만난 날에 대해 생각하기 시작했습니다. 자미케를 만나기 전만 해도 그는 혼자였습니다. 자기 갈 길이나 가고 있었습니다. 살면서 그는 거의 대부분 한발 물러나 있는 사람이었고, 세상을 볼 때도 뭔가를 알고 이해할 수 있다는 듯 빤히 바라보기보다 보아서는 안 되는 무엇인 것처럼 엿보았습니다. 그는 세상에 너무 많은 것을 요구한 적이 없었습니다. 최근에 그가 요구한 것은 단순한 일이었습니다. 그가 사랑하는 여자와 함께하게 해달라는 것뿐이었습니다. 분명 그건 과한 욕심이 아니었습니다. 네, 그녀의 가족이 그를 방해한 건 사실입니다. 하지만 그는 장애물이란 앞으로 나아가고 성장하기 위한 기회라는 가르침을 받지 않았습니까? 자미케를 만나기 전에 나이지리아 학교에 가기 위한 대학 입학서류를 사러 가지 않았던가요? 대체 무슨 짓을 했기에 이런 운명을 겪어야 한단 말입니까?

그는 술을 꿀꺽 삼키고 시끄럽게 트림을 했습니다. 그는 택시에서 몸을 꿈지럭거리며 옆으로 머리를 기댔습니다. 자동차는 건축용 자재로 가득한 트럭이 1차선 도로의 교통을 정체시키고 있을 뿐 달라진 건 아무것도 없다는 듯 그가 왔던 길을 되밟아 갔습니다. 그러다가 택시가 트럭을 따라잡았습니다. 흰 개가 창밖으로 머리를 내밀고 있는 빨간색 트레일러 뒤로 천천히 다가갔습니다. 그는 지켜보았습니다. 개가 바람에 통제되기라도 하는 듯 기계적으로 머리를 흔들어대는 모습을 조심스럽게 바라보며, 개가 창문에서 머리를 내밀고 있는 것 같은 평범한 광경이 불타는 듯한 현재 상태를 잊는 데

도움을 줄 수 있다는 걸 놀랍게 여겼습니다.

택시는 레프코사에 접근해 길가에 늘어서 있는, 페인트가 칠해진 바위들을 지났습니다. 개는 사라지고 자미케가 자동차의 힘에 떠밀리듯 돌아왔습니다. 그는 다시 술을 한 모금 삼키고 트림을 했습니다.

"뭐야, 하지 마, 하지 마요, 친구! 무슨 짓이야? 무슨 짓이냐니까, 야니?*"

그는 이해할 수 없었습니다.

"알코올 말이야. 내 택시에서는 알코올 안 돼요, 친구. 하람! 아나딤미?**"

"술을 마실 수 없다는 거예요? 술을 마실 수 없다니? 왜요?"

"네, 네. 알코올은 안 돼요. 하람 때문에요, 친구. 문제예요. 코크***문제야." 남자는 계기판을 손으로 쾅 치더니 손가락을 꺾어댔습니다.

"왜요?" 그가 머릿속에 낯선 분노를 느끼며 말했습니다. "난 원하는 대로 할 수 있어요. 그냥 차나 몰아요."

"안 돼요, 친구. 나, 무슬림. 알았어요? 당신이 알코올을 마시면, 문제. 레프코사로 데려다주지 않아요."

남자는 레프코사와 가까운 고속도로 길가에 차를 세웠습니다.

"지금 내 택시에서 내려야 해요, 아르카디스."

---

* 네? (터키어)
** 금지야! 세상에! (터키어)
*** 아주. (터키어)

"뭐라고요? 날 여기에 내려놓겠다고?"

"네. 이제 내 택시에서 나가야 해요. 내가 당신 알코올 안 된다고 했고 당신이 나한테 안 된다고 했어. 가야 해."

"그래, 그럼 돈은 못 내!"

"네, 돈 내지 마, 돈 내지 마!"

남자는 주인이 차에서 내리는 동안 빠른 터키어로 말했습니다. 그런 다음 빠르게 도시로 되돌아가며, 주인을 사막과 길과 공기와 허무로 둘러싸인 거친 평원에 남겨두었습니다. 그가 마치 몸에서 잘려 나온 머리처럼 들판에 굴러다니도록 말입니다. 저는 그런 일을 전에도 한 번 본 적이 있습니다.

아카타카시여, 주인은 이런 고통스러운 상황에서 도시로 걸어 갔습니다. 그 광활한 세계가 거대한 우주의 신비처럼 눈앞에 열렸습니다. 사막, 사막. 그는 사막 이야기를 여러 번 들어보았습니다. T.T.에게서, 리누스에게서, 토베에게서, 심지어 자미케에게서도 들어보았지요. 사막이라는 말만이 이 풍경을 충분히 설명하는 유일한 단어라고 말입니다. 하지만 사막이란 무엇입니까? 사막이란 풍부하지만 헐거운 흙의 공간입니다. 아버지들의 땅에서는 흙을 퍼내기가 힘듭니다. 뭔가가 흙을 땅에 단단히 붙들어두기 때문입니다. 아마 잦은 비 때문이겠지요. 하여, 흙이 쉽게 떨어지지 않습니다. 흙을 푸려면 긁거나 파내야만 합니다. 하지만 이곳에서는 그렇지 않습니다. 사람이 걸어 다니기만 해도 땅은 걱정하며 먼지를 피워냅니다. 멀리 가기도 전에 신발이 짙은 먼지에 뒤덮입니다. 또한 사막은 사방으로 널리 퍼지며 식물을 거의 키워내지 못하고 그 일부가 되려는, 그곳에서 무위도식하려는 것에 대부분 저항합니다. 그러므로 이 안에서 자라는 것은 거칠고 끈질깁니다. 예를 들어 올리브나무는 물이 없어도 자랄 수 있습니다. 이 땅도 물 위에 자리 잡고 있으므로, 땅속 깊은 곳에서 얻을 수 있는 물은 예외지만 말입니다. 거대한 돌덩이(언덕, 산 바위)가 흘러들거나 아무도 모를 광막한 곳에서 출현해 흙과 먼지라는 적들을 박살 내고 이곳에 서겠노라 주장하는 어마어마한 전쟁이 틀림없이 벌어져야만 하며, 실제로 그렇게 됩니다. 하지만 사막은 바로 이런 점에서, 비옥함에 있어서는 사막을 비웃는 위대한 아버지들의 땅과 가까워집니다.

그는 오랜 시간 계속 걸었습니다. 30분은 충분히 지났을 것입니다. 걸음걸이가 약간 취한 사람 같았습니다. 그러다가 그는 집들이 늘어선 골목에 도착했습니다. 도시에 가고 싶다는 그의 머릿속 열망은 사막에서 물을 구하는 갈증과도 같았습니다. 주인은 도시에 이르자 버스를 기다릴 수 있는 가장 가까운 정류장을 찾고 싶었습니다. 이윽고 그는 반쯤 가로막힌 골목 어귀에 접어들었습니다. 골목은 큰길에서 먼 쪽으로 두려워하듯 구불구불 이어지고 있었습니다. 가난한 동네 같았습니다. 집들은 지붕이 낮고 낡았으며, 정면에는 점토 색깔의 흙에 고정된, 꽃이 담긴 화분들이 점점이 흩어져 있었습니다. 어느 집 벽에는 뿌리째 뽑힌 대문이 받쳐져 있었고, 한 남자가 벽에 기대놓은 사다리 위에 서서 거기에 뭔가를 못 박고 있었습니다. 길 건너 반대편에서는 몇 킬로미터나 이어지는 깊은 분화구가 다리를 내려다보았습니다. 땅이 도시의 보다 발전된 구역을 향하여 꼬불꼬불한 열을 지어 솟아오르고 있었습니다.

그는 지친 채 반쯤 정신을 놓고 그 길을 따라갔습니다. 마음속 뜻과는 달리, 땀에 젖은 옷이 피부에 달라붙는데도 햇볕 속에 그림자처럼 앉아 있는 텅 빈 집들을 지나 걸었습니다. 보이지 않는 사람들의 떠돌아다니는 목소리가 들렸습니다. 예전에는 한 번도 본 적이 없는 새들이 평원을 가로질러 곤두박질치며 느긋하게 움직였습니다. 에그부누시여, 골목이 큰길로 다시 꺾어지는 곳에 이르렀을 때 그는 뒤에서 들려오는 고함 소리와 달려오는 발소리에 움찔했습니다. 거기에 다른 사람의 목소리가 바로 이어졌습니다. 돌아서자 한 무리의 아이들이 어느 농장의 대문에서 뛰어나와―그에게 보인 것은 흔들거리는 작은 대문뿐이었습니다―그에게로 달려들며, "아비! 아비!"처럼 들리는, 그다음에는 "호나우지뉴! 호나우지뉴!"처럼 들리는 고함을 질러댔습니다. 추쿠시여, 눈을 한 번 깜짝할 사이에 그는 익숙하지 않은 언어로 내뱉은 소음과 떠밀어대는 손길로 가득한 군중들 가운데에 서 있었습니다. 어느 손이 그의 빛바랜 스포츠셔츠를 뒤에서 잡아당겼고, 그가 돌아보기도 전에 또 다른 손이 옷 가장자리를 잡아당겼습니다. 누가 그의 귀에 소리를 질렀습니다. 그는 이 목소리가 한 말을 이해하기도 전에 단어들의 우물 속에 잠겨버렸습니다.

아구지에그베시여, 그는 땅에 두 발을 구르며 붙들려는 손들에서 몸을 풀어내려고 두 팔을 휘저었고, 잠시 소강상태에 접어들자 자신이 호기심 어린 소년들의 무리에 뒤얽혀버렸다는 것을 깨달았습니다. 그는 깜짝 놀라 즉시 그만두라고 고함쳤습니다. 그는 한 손으로 가방을 꽉 잡고 다른 손을 들어 올리며, 손아귀에서 몸을 홱 돌리고 비틀거렸습니다. 등 뒤의 소년들이 겁에 질린 파리들처럼 그에게서 물러났습니다. 그는 이를 악문 채 손을 들었다가 손이 닿는 첫 번째 머리에 그 손을 내려놓았습니다. 그는 최대한 빨리 물러났고, 잠시 후에는 풀려났습니다.

이 아이들은 무엇일까요? 어디에서 왔을까요? 주인에게 호나우지뉴와는 닮은 점이 전혀 없다는 걸 모르는 것일까요? 그들은 호나우지뉴가 여기에 주인처럼 공허한 채로 존재할 리 없다는 걸, 불과 1주일 전의 그와 비교해보면 걸어 다니는 껍데기에 불과한 채로 있을 수는 없다는 걸 모르는 것일까요? 아이들 중 하나가 앞으로 나서더니 다른 아이들에게 물러서라고 손짓했습니다. 그 아이는 반바지와 러닝셔츠 차림이었고 나머지보다 키가 컸습니다. 이 소년은 뭔가 말하며 공을 들고 있는 작은 소년에게 손짓했습니다. 그러더니 사인을 받고 싶다는 표현을 했습니다. 다른 소년이 펜과 책을 가져왔습니다. 그들 모두가 손짓했습니다. 주인에게는 그 부탁을 들어주면 괴롭힘이 곧 멈추리라는 것이 분명해졌습니다.

그가 사인하려고 공을 받았을 때, 고향에 있는 아버지의 집 뒤에서 보았던 모습이 머릿속에 떠올라 모욕감이 들었습니다. 커다란 달팽이의 것이었을 껍데기가 텅 비어 바싹 마른 채 석회화되어 천천히 움직이고 있었습니다. 처음에는 기적처럼 보였지만 자세히 살펴보니 한 무리의 개미들이 그것을 옮기고 있었습니다. 주인은 지금 그와 똑같은 일이 이 낯선 나라의 가난한 동네에서, 이 아이들이 그를 세계 최고의 축구선수로 오해하는 곳에서 그에게 일어나는 것 같았습니다. 아이들은 주인이 엄청나게 가난한 사람, 가난이 시간의 지름을 초월한 곳까지 늘어나버린 사람이라는 것을 몰랐습니다. 그는 과거에 가지고 있던 것을 잃어버렸습니다. 현재의 그에게는 아무것도 없었으며, 예상대로라면 미래에도 마찬가지일 터였습니다. 그런데 여기에서 아이들이 내민 펜을 들고, 공과 책과 셔츠와 심지어 그들의 손바닥에까지 사인을 하고 있다니요. 예전에 그는 개미 떼의 다리들로 운반되는 움직이는 껍데기를 보고 비명을 질렀습니다. 그는 경이로워하며 어머니에게 와서 보라고 소리쳤습니다. 하지만 지금은, 이 낯선 소년들에게 그 자신이 들어 올려진 모습에 무너져 내려 흐느꼈습니다.

그의 눈물이 낸 효과는 즉각적이었습니다. 아이들은 그가, "호나우지뉴"이자 "아비"가 울고 있다는 걸 눈치채고 우뚝 멈췄습니다. 위대한 축구선수가 아이들이나 하는 짓을 하고 있었으니까요. 그것이 믿을 수 없는 진실을 드러냈습니다. 작은 손들이 하나둘 물러났고 목소리들은 잦아들었으며 환희에 젖었던 눈들은 당혹감으로 대체되었습니다. 조용한 지하의 군대처럼 그를 둘러쌌던 발들도 물러났습니다. 그는 아이들을 등지고 계속 나아가며 가는 내내 흐느꼈습니다.

14장
텅 빈 껍데기

아그밧타-알루말루시여, 아버지들의 땅에서는 누군가 사람들이 있는 곳에서 대낮에 흐느끼면 다른 사람들이 다가와 그를 일으켜 세워주나이다. 그들은 우는 사람의 눈을 들여다보고, 그의 눈에 깃든 빛이 불로 이루어진 삶의 극장을 춤추듯 지나온 사람의 눈빛이며 이제는 그가 몸 일부의 화상 흉터를 트로피처럼 지니고 있다는 것을 알게 되지요. 그들은 무엇이 잘못되었는지 물을 것입니다. 누군가를, 부모나 형제자매나 친구를 잃었소? 만일 우는 사람이 그렇다고 말하면 그들은 가엾어 고개를 저었을 것입니다. 그들은 남자의 어깨에 두 손을 얹고 용기를 내요, 신께서 주셨으니 신께서 거두어 가신 겁니다. 울음을 그치시오라고 말했을 것입니다. 그가 다른 무언가를, 돈이나 재산을 잃었다면 그들은 주셨던 신께서 다시 채워주실 것입니다. 슬퍼하지 마시오라고 말했을지 모릅니다. 이보 사회는 슬픔이 번성하도록 허용되는 곳이 아니기 때문입니다. 슬픔은 공동체 전체가 모여서 곤봉과 막대와 마체테로 몰아내야만 하는 위험한 도둑 취급을 받습니다. 그러므로 누군가 뭔가를 잃는 순간 친구와 가족과 이웃이 그가 느낄 슬픔을 예방하기 위해 모여듭니다. 그들은 애원하고 책망하다가, 그래도 슬픔이 지속되면—모두들 고개를 저어대며 이를 악무는 가운데—위로하러 온 사람 중 한 명이 화내는 시늉을 하며 슬퍼하는 사람에게 즉시 멈추라고 명령합니다. 슬퍼하는 사람은 그 순간 오래된 콜라 열매의 조각처럼 슬픔에서 떨어져 나올 수 있습니다. 위로하러 온 사람들은 날씨나 그 계절의 작황, 비에 대해서 말하기 시작할지도 모릅니다. 이런 이야기는 아주 오랫동안 이어질 수 있지만, 결국 잠시 이야기가 잦아들면 슬퍼하는 사람은 다시 한번 무너지는 경우가 많고, 그러면 모든 일이 처음부터 다시 시작됩니다.

저는 그런 일을 여러 번 보았습니다.

하지만 이곳에서는, 오세부루와시여, 사막과 산과 피부가 흰 사람들의 이 낯선 나라에서는, 그는 아무런 반응도 얻지 못했습니다. 사람이 많은 곳에 이르자 여자들은 그를 지나쳐 걸어가며 그가 눈에 보이지 않는다는 듯 굴었습니다. 레스토랑 앞 차양 아래에 펴놓은 의자나 발코니에 앉아서나 건물 앞에 서서 담배를 피우고 있던 남자들은 노골적으로 냉담하게—객석을 군중으로 가득 채우는 유명한 음악가보다 노래를 잘하고 춤을 잘 춘다 한들—아무도 관심을 기울이지 않는 거리의 거지를 보듯 그를 바라보았습니다. 눈물로 얼굴이 젖은 어른을 본 아이들은 공허하고 멍한 표정으로 그를 빤히 쳐다보았지요. 그렇게 그는 등에 썩은 것들이 담긴 축축한 자루처럼 고통을 짊어지고 계속 걸었습니다. 에그부누시여, 그가 너무도 상심해 있었기에 그의 수호령인 저조차 그를 알아볼 수 없었습니다. 그의 움직임은 방향감각에 따른 것이 아니라 절망에 따른 것이었습니다. 토베가 보여준 그 사람에게 그랬듯 세상은 갑자기 주인에게도 걸어야만 하는 들판, 그 밖에는 아무것도 존재하지 않는 들판이 되었습니다.

—갈 만한 가치가 있는 곳이 어디일까?

—아무 데도 없어.

—할 만한 가치가 있는 일이 뭘까?

—아무것도 없어.

시선을 돌릴 때마다 그의 문제가 눈에 들어왔습니다. 네, 그는 물론 화려한 가게들과 아름다운 건물들 옆을 걸어갔지만 그것들은 아무 의미가 없었습니다. 음악이 흘러나오는 트럭 주변에 몇몇 사람들이 모여 있었습니다. 콘서트를 보는 것일까요? 주황색과 빨간색 제복을 입고 있는 저 젊은 백인들은 춤을 추는 걸까요? 아무 의미가 없었습니다. 저 사람, 지금 그의 눈앞을 지나는 저 사람은 어떨까요? T.T.의 말대로라면 이 나라 인구의 30퍼센트를 이룬다는 터키 군인들일까요? 그들이 앞에 쌓아놓은 모래주머니들, 그 뒤의 탱크들과 커다란 탈것들. 네, 군인이 맞았습니다. 하지만 그는 관심이 없었습니다. 먼지로 뒤덮여 알아보기 힘든 나무 주위로 서로의 꼬리를 쫓으며 곤두박질치는 작은 새들은 어떨까요? 다른 날이었다면 그는—자타공인 날개 달린 것들을 사랑하는 사람으로서—강한 호기심을 느끼고 그게 어떤 새인지 알아보려 했을 것입니다. 이곳 키프로스에서만 발견되는 새일까요? 사나운 새일까요, 우호적인 새일까요? 하지만 지금의 그는 깊은 슬픔에 잠겨 아무 관심이 없었습니다. 상황이 달랐다면 그는 이 나라를 사랑했을 것입니다. 자미케가 처음 이 나라의 잠재력에 대해 말해주었을 때 기대했던 것처럼 말입니다. 그때는 기쁨이 내면에서 색종이 축포처럼 터져 나와 어두운 공간들을 반짝이는 것들로 가득 채웠었습니다. 하지만 충격적이게도, 이제 보니 무분별한 기쁨의 폭발이야말로 그가 실패한 원인이었습니다.

가가나오구시여, 저는 놀라서 이 모든 것들을 바라보았습니다. 저 자신의 무능에, 그를 도와줄 수 없는 제 무능력에 입이 굳어버렸습니다. 그는 이제 파란색 표지판에 데레보유라고 이름이 쓰인 거리를 걸어가고 있었습니다. 그는 유리로 만들어진 가게들을 지나가며 그의 새들을 떠올렸습니다. 마지막 남은 새들을 팔았던 날을—그의 보물 같았던, 마지막 남은 노란색 닭 아홉 마리가 든 닭장을 팔았던 날을 떠올렸습니다. 그 새들은 고요한 아침을 겪었습니다. 울어댈 수탉들이 없는 것을 보았습니다. 그리고 이 사실이—주인에게는 놀랍게도—은달리에게 영향을 미쳤습니다. 은달리는 그 고요함 때문에 농장이 버려진 것처럼 보인다고, 그가 떠나는 것을 더더욱 견딜 수 없게 만드는 두려움이 느껴진다고 말했습니다. 오직 암탉들만이 남겨졌습니다. 그들은 함께 닭장을 천천히 내어가, 라피아야자 바구니로 꼬아둔 새장 앞에 내려놓았습니다. 닭장 안의 불안감이 손에 만져질 것만 같았습니다. 그가 새장에 새를 내려놓을 때마다 녀석들이 하도 크게 울어 몇 번이나 동작을 멈추어야 했으니 말입니다. 은달리조차도 뭔가 잘못되었다는 걸 알 수 있었습니다.

"얘들, 뭐 하는 거야?" 그녀가 말했습니다.

"아는 거야, 마미. 얘들도 무슨 일이 벌어지고 있다는 걸 아는 거야."

"아, 세상에! 논소, 정말이야?"

그는 고개를 끄덕였습니다. "봐, 얘들도 많은 닭들이 바로 저 바구니에 들어가는 걸 봤어. 그러니까 알 수 있지."

"세상에!" 그녀는 어깨를 움츠렸습니다. "그럼 이 소리는 우는 소리가 틀림없어." 그녀는 눈을 감았고, 그는 그 눈가에 눈물이 맺히는 것을 보았습니다. "마음이 너무 아파, 논소. 불쌍해."

그는 고개를 끄덕이며 입술을 깨물었습니다.

"우린 이 새들을 가두고, 원할 때면 죽여. 이 새들에게 힘이 없다는 이유만으로." 그녀의 목소리에 깃든 분노가 그에게 깊은 상처를 냈습니다. "얘들은 같은 소리를 내고 있어, 논소. 들어봐, 들어봐. 매가 공격했을 때 냈던 것과 같은 소리야."

그는 뚜껑을 덮어 새장을 닫으며 그녀를 올려다보았습니다. 그는 듣는 척하며 고개를 끄덕였습니다.

"들었어?" 그녀가 더 큰 소리로 말했습니다.

"응, 마미." 그가 고개를 끄덕였습니다.

"매가 새끼를 채어 간들 얘들이 뭘 어쩌겠어? 이 닭들은 아무것도 하지 않아, 논소. 아무것도. 어떻게 자기 자신을 지키겠느냐고? 얘들한테는 날카로운 손가락도, 뱀처럼 독이 든 혀도, 날카로운 이빨도, 발톱도 없는데!" 그녀는 일어서서 천천히 멀어져갔습니다. "그러니 매들이 공격할 때 뭘 하겠어? 이 녀석들은 그냥 울고 또 울 뿐이야, 논소. 울고 또 울고, 끝." 그녀는 두 손바닥을 짝 부딪치더니 손을 미끄러뜨리다시피 했습니다. 한 손바닥으로 다른 손바닥의 먼지를 털어내는 것처럼 말입니다.

그는 다시 고개를 들고 그녀의 눈이 감겨 있는 것을 보았습니다.

"지금처럼 말이야. 알겠어? 왜 그래야 하느냐고? 얘들이 우무-오베레-이헤이기 때문에, 마이너리티이기 때문에. 강자들이 우리 나라에 무슨 짓을 했는지 봐. 그 사람들이 너한테 무슨 짓을 했는지 봐. 연약한 것들에게도."

그녀는 깊이 숨을 들이마셨고, 그는 입을 열고 싶었지만 무슨 말을 해야 할지 몰랐습니다. 서늘한 날이었고 공기는 숨이 막힐 듯했는데도 그녀의 숨소리가 들렸습니다. 그는 그녀가 하는 말이 마음속 깊은 곳에서 나온 것임을 알 수 있었습니다. 그녀는 말라버린 우물에서 물을 길어내듯, 찌꺼기와 고철, 죽은 양치식물, 뭐든 우물 밑바닥에 놓여 있는 것을 끌어 올리는 중이었습니다.

"강자들이 우리한테 무슨 짓을 했는지 알겠어, 논소?" 그녀가 마치 떠날 것처럼 물러서며 말하더니 다시 그를 돌아보며 말했습니다. "왜 그런 짓을 하느냐고? 네가 그 사람들처럼 부자가 아니라서야. 사실 아니니?"

"맞아, 마미." 그는 부끄러운 것처럼 말했습니다.

하지만 그녀는 그 말을 전혀 듣지 못한 듯했습니다. 그가 뭔가 말했는데도 그녀는 들으라고 했으니 말입니다. "들어봐, 들어봐, 논소. 저 녀석들이 우는 소리가 서로에게 말을 거는 것 같지 않아?"

정말이지, 새들은 그녀의 말이 들리기라도 하는 것처럼 목소리를 높였습니다. 그는 새장을 들여다보고, 그다음에는 그녀를 보았습니다. "맞아, 마미." 그가 말했습니다.

그녀는 다시 새장으로 다가오더니 그를 쿡 찔러 옆으로 약간 밀치고, 울어대는 새들에게 귀를 기울였습니다. 다시 그를 돌아보는 그녀의 눈꺼풀에는 눈물이 방울방울 매달려 있었습니다.

"아, 세상에! 논소, 정말 그래! 이건 잘 조율된 노래 같아, 장례식에서 부르는 그런 노래 말이야. 합창단처럼. 이건 슬픔의 노래야. 그냥 들어봐, 논소." 그녀는 잠시 조용히 서 있다가, 약간 물러나 손가락을 꺾었습니다. "너희 아버지가 하신 말씀이 맞아. 이건 마이너리티 오케스트라야."

그녀는 다시 손가락을 꺾었습니다. "얘들이 불쌍해, 논소. 우리가 이 녀석들에게 저지른 짓 때문에 말이야. 얘들은 슬픔의 노래를 부르고 있어."

에그부누시여, 당시에 그는 귀를 기울였습니다. 그 소리가, 무수히 여러 번 들어봤지만 새로이 다시 들을 때마다 그를 감동하게 하고 새로운 의미의 지평에 눈을 뜨게 만들어주는 노래라도 되는 것처럼 말입니다. 그는 온 집중력을 끌어내 새장을 지켜보고 있었는데 그때 흐느끼는 소리가 들렸습니다. 그는 다가가서 그녀를 끌어안았습니다.

"오빔, 왜 울고 있어?"

그녀는 그를 끌어안고 그의 가슴에, 그의 뛰는 심장에 머리를 기댔습니다.

"쟤들 때문에 슬퍼서 그래, 논소. 그리고 우리 때문에도 슬퍼. 쟤들처럼 나도 안에서는 울고 있어. 우리에게는 우리를 반대하는 사람들과 맞설 힘이 없으니까. 대부분은 너를 반대하는 거지만. 그 사람들에 비하면 넌 아무것도 아니야. 이제 넌 날 떠나서 내가 알지도 못하는 어딘가로 갈 거야. 너한테 무슨 일이 일어날지조차 모르겠어. 알겠니? 난 슬퍼, 논소. 아주 슬퍼."

추쿠시여, 주인은 하늘과 먼지와 낯선 사람들의 이 머나먼 나라에 온 지금, 그녀가 그날 두려워했던 일이 일어났다는 것을 문득 깨달았습니다. 자미케 은와오르지라는 이름의 양계업자가 잠시 그를 준비시키고, 그의 몸에서 웃자란 깃털들을 뽑아내고, 삶은 곡물 사료와 기장을 먹이고, 즐겁게 풀을 뜯도록 내버려두고, 삐져나온 못에 상처를 입은 다리를 지혈해준 다음, 이제는 새장에 가두었습니다. 이제 그가 할 수 있는 일, 할 일은 울고 또 우는 것뿐이었습니다. 이제 그는 토베가 말했던, 사기를 당해 재산을 빼앗겼다던 그 모든 사람들에게 속하게 되었습니다. 경찰서 근처의 나이지리아 여자, 공항의 남자, 과거에든 현재에든 자신의 의지와는 달리 붙잡혀 하고 싶지 않은 일을 하게 된 모든 사람들, 속하고 싶지 않은 단체에 합류하도록 강요받은 모든 사람들을 비롯해 무수히 많은 다른 이들과 뒤섞였습니다. 사슬에 매이고 매를 맞은 모든 사람들, 토지를 약탈당한 사람들, 문명이 파괴당한 사람들, 침묵당하고 강간당하고 모욕당하고 살해당한 사람들. 그는 이 모든 사람들과 함께 공통의 운명을 공유하게 되었습니다. 그들은 이 세상의 마이너리티였으며, 그들의 뜻대로 되는 일이라고는, 할 일이 울고 또 우는 것밖에 없는 이 보편적인 오케스트라에 합류하는 것뿐이었습니다.

아콰아쿠루시여, 아버지들은 연기가 나는 불은 쉽게 이미 꺼진 불로 오인될 수 있다고 말합니다. 주인은 굶주린 채 갈증에 시달리며 땀과 눈물에 젖어서 거의 한 시간을 더 정처 없이 걷다가 교차로에 이르러 정신을 차렸습니다. 한쪽 갈림길은 끝나지 않을 것처럼 북쪽으로 이어졌고, 다른 쪽은 막다른 길로 굽어졌으며, 또 다른 쪽은 그가 왔던 방향으로 되돌아갔습니다. 그 모든 길이 멀리서, 거의 1킬로미터 떨어진 곳에서도 보이는 이 교차로로 모여들었습니다. 교차로를 비추는 태양의 맹렬함은 처음 겪어보는 것이었습니다. 사람들은 나이지리아 북쪽에 있는 우구-하우사의 더위에 대해 말하곤 합니다. 한때 자이라에 살았던 그의 아버지조차 말입니다. 그의 아버지는 북쪽으로 멀리 가면 사하라사막이 있는데, 그곳에서는 태양이 살아 있는 것들을 죽은 것처럼 보이게 만든다고 말했습니다.

이제 그는 택시가 그를 내려놓은 뒤로 거의 두 시간 가까이 걷고 있었습니다. 땀에 젖은 채 약간 취해 있었지요. 그는 택시에서 내리고 얼마 지나지 않아 길가의 말라비틀어진 뒤엉킨 풀 사이에 술병을 가만히 내려놓았습니다. 그와 처지가 같은 누군가가 찾아서 다 마셔주기를 바라는 것처럼 말입니다. 이제 그는 건설 중인 집이 있는, 덜 자란 풀로 뒤덮인 커다란 땅에 이르렀습니다. 흑인 두 명이 먼지색 작업자들 사이에 서서, 살갗을 죽이는 태양을 받으며 땀을 흘리고 있었습니다. 그는 계속 걸었습니다. 이제 눈물은 말랐고, 다음에 무슨 일을 해야 할지 혹은 무슨 일이 일어날지 모르는 데서 오는 침체된 자유가 익숙하지 않은 평온을 가져다주었습니다. 그는 다시 은달리와 닭들과 우무아히아에서 보낸 마지막 날에 대해서, 또 앞서 그녀에게 전화를 걸었을 때 들려온 그녀의 목소리에 대해서 생각하고 있었습니다. 그때 로터리 근처의 도로에서 뭔가가 폭발하는 것 같은 시끄러운 소리가 들렸습니다. 그는 주위를 둘러보았지만 아무것도 보이지 않았습니다. 그는 커다란 건물 두 채 사이를 계속 걸어가다가 공터에 접어들었는데, 그 공터의 끝에 큰길이 있었습니다. 멀리서 그가 들은 소리의 근원지가 보였습니다. 돌을 두 번 던지면 닿을 거리에 자동차 한 대가 뒤집혀 연기에 휩싸여 있었습니다. 그는 등 뒤에서, 그가 온 방향에서 서두르며 다가오는 목소리들을 들었고, 그가 앞서 지나쳤던 커다란 건물의 공사장 인부들이 달려오는 것을 보았습니다.

그는 이제 들판을 바라보았습니다. 옛 아버지들 사이에서 디비아들이 칠했던 것 같은 울리 무늬처럼 얼굴에 먼지를 뒤집어쓴 채였습니다. 들판 저쪽에서는 먼지가 가라앉아 있었습니다. 시야가 선명해져서 보니 망가진 자동차가 각양각색으로 괴로워하는 사람들에 둘러싸여 있었습니다. 가까이 다가가자 사고를 당한 다른 차의 운명이 눈에 들어왔습니다. 그 차는 미니밴이었는데, 지금은 로터리를 마주 보면서 거의 반으로 눌려 있었습니다. 그가 들판에 있는 자동차에 다가갔을 때 흑인 공사장 인부 한 명이 그를 돌아보았습니다. 주인은 억양으로 보아 그가 부유한 아버지들의 아들일 거라고 생각했습니다.

"끔찍해, 끔찍해." 그 남자가 말했습니다. "저 차에서는 아무도 살아남지 못했어요. 이 차 뒷자리에는 여자 둘이 있고. 차이! 그들이 비명을 지르고 있는 거요."

주인도 그 비명을 들었습니다. 주인의 동포가 물러섰고, 그의 앞에 서 있던 다른 사람들도 그렇게 했습니다. 경찰차가 도착하더니, 경찰관이 그들에게 물러나라고 명령했습니다. 멀리서는 구급차 한 대가 현장으로 빠르게 다가오고 있었습니다. 주인은 경찰이 두려워져 현장에 다가가지 못하고 멈췄습니다. 알라이보에서는 다른 사람들에게 벌을 줄 힘을 가진 이 신비스러운 관직을 가진 사람들이 두려움의 대상이기 때문입니다. 그는 시간이 몇 시인지 확인하려고 핸드폰으로 손을 뻗었지만 주머니가 비어 있었습니다. 그는 바지를 더듬어보았습니다. 왔던 길을 서둘러 되짚어 가던 그는 몇 미터 돌아간 곳에서 핸드폰을 찾았습니다. 그는 핸드폰 표면에서 먼지를 불어냈습니다. 토베가 부재중 전화를 세 통이나 건 게 보였습니다. 토베와 함께 가서 살 곳을 알아보기로 했던 일이 기억났습니다. 지금은 정오가 한참 지나 2시 15분이었지요. 에그부누시여, 그들이 마지막으로 이야기를 나눈 이래 너무 많은 시간이 지나 있었습니다. 주인은 은달리에게 전화를 걸었지만 그녀에게 말을 걸지는 않았습니다. 화가 난 택시 기사에게 쫓겨났습니다. 술을 마시고 버렸습니다. 아니, 그보다도 많은 일이 일어났습니다. 그는 길거리의 어린이들에게 둘러싸였습니다. 울었습니다. 하마터면 자동차에 치여 죽을 뻔했습니다. 그의 고통은 더욱 깊어졌습니다. 지난밤까지만 해도, 심각한 상처를 입고 피를 뒤집어쓰긴 했으나 여전히 기어 다니던 희망이 이제는 치명타를 입어 쓰러지고 꺼졌습니다. 이런 일들은 토베에게 다시 전화를 걸지 못한 충분한 핑계가 되었습니다. 사실, 너무 강력한 핑계였습니다.

그는 걸어가면서, 뒤집힌 자동차의 한쪽 문이 열려 있고 비명과 고함이 더 커졌다는 것을 알아챘습니다. 사방에서 합류하는 도로에 자동차들이 줄을 지어 서 있었습니다. 저는 주인 밖으로 나가 행인들이 모두 죽었는지 살피고, 그들의 치와 소통하며, 그 치들이 돌보는 사람들에게 닥친 이 비극적인 운명을 제 사람은 피할 수 있을지 알아보고 싶었습니다. 이 사람들은 무슨 짓을 했기에 이런 식으로 죽었을까요? 그들의 수호령은 어떤 답을 줄 수 있을까요? 우리는 사건들이 일어난 뒤에야 이 질문을 자주 던집니다. 제가 자미케의 치와 관계를 맺고 그 주인의 마음속 의도를 알아낼 방법이 있었을까요? 제가 자미케의 위치를 알아내 그리로 갔다 한들 저는 그의 치가 밖으로 나오도록 만들지 못했을 것입니다. 치가 주인의 몸 밖으로 나오도록 설득하는 것은 어려우니 말입니다. 이번에 저는 주인을 떠나지 않았습니다. 상심한 그를 떠나는 것이 걱정되었기 때문입니다. 그는 오로지 이 낯선 땅에서의 비극을 목격하고 싶다는 호기심에 이끌려 현장으로 가까이 다가갔는데, 치명적인 통찰이 연기에서 뛰쳐나와 그를 덮쳤습니다. 그는 이 나라에 올 운명이 아니었으며 이곳에 더 오래 머물다가는 죽을지도 모른다는 통찰이었지요.

그가 사고지점에 도착했을 때는 흰색 가운을 입은 남자들이 피투성이가 된 어떤 남자를 구급차 뒤에 싣고 있었습니다. 땅에는 여자의 시체가 옆구리에서 피를 흘리며 누워 있었는데, 그 옆구리에는 깊게 베인 상처가 있었고, 그녀의 금발은 피로 물들어 있었습니다. 사람들이 그녀의 주변에 모여들었고 한 남자가 다른 사람들을 밀어내고 있었습니다. 주인은 사고지점 근처, 나뭇잎이 듬성듬성 떨어져 있는 공터의 납작해진 풀밭에 뒹구는 살덩이를 보았습니다. 자동차에서 튀어 나간 남자를 병원 사람들이 들어 올린 자리였습니다. 그 주변의 풀밭은 짙은 피로 얼룩져 있어, 마치 붉은 가래로 뒤덮인 것처럼 보였습니다. 주인이 지켜보는 가운데 간호사 중 한 사람이 무리에서 떨어져 나와 미친 사람처럼 이 사람 저 사람에게로 걸어 다니며, 이 나라의 언어로 무언가를 말했습니다. 그녀가 한 말에 대답하듯, 파란색 얼굴 가리개를 낀 남자가 앞으로 나섰습니다. 나이 든 여자도 한 명 나섰습니다. 간호사는 고개를 끄덕였지만 나이 든 여자는 안 된다고 말하듯 손가락들을 흔들어댔습니다. 백인 여자가 뭐라 말하는데 그의 배 속이 우르릉거렸습니다. 그는 가려고, 최소한 물을 좀 찾아보려고 돌아섰습니다.

"선생님, 선생님." 간호사가 등 뒤에서 소리쳤습니다.

그녀가 입을 열려는데, 누군가가 낯선 언어로 그녀를 불렀습니다. 간호사는 그 남자에게 대꾸하려고 돌아섰다가 다시 주인을 마주 보고, 극도로 괴로워하는 태도로 재빨리 다가왔습니다. "실례지만, 헌혈 좀 해주시겠어요? 피해자들을 위한 혈액이 필요해요. 부탁드려요!"

"네?" 그가 말하고, 떨지 않으려고 다리를 손으로 쾅 내리쳤습니다. 약간씩 몸이 떨려왔습니다.

"헌혈요. 헌혈해주실 수 있어요? 피해자들을 위한 혈액이 필요해요, 부탁드려요."

그는 답을 구하듯 등 뒤를 돌아본 다음 다시 그 여자를 보았습니다. "네." 그가 말했습니다.

"네, 감사합니다, 선생님. 따라오세요."

아구지에그베시여, 옛 아버지들은 씨름을 할 때 힘이 약해서 내동댕이쳐지는 경우는 거의 없다고 말합니다. 나약하거나 왜소한 몸을 가지고 있는 남자들은 에구-응바를 시도하지 않습니다. 그럼 그들은 어떻게 은크파의 위대한 씨름꾼들, 매끄러운 뱀 에메코하 음렌웨치, 고양이 노시케, 이로코 나무 오카디보를 내던졌을까요? 속임수나 끈기를 통해서였습니다. 끈기를 통하는 경우에 그들은 위대한 씨름꾼에게 아주 오랫동안, 결판이 날 때까지 덤벼들지요. 그러면 씨름꾼의 근육이 약해지고 사지가 피곤해집니다. 그는 경계하다가 손아귀에 힘을 풀고, 눈 깜짝할 사이에 텅 빈 통처럼 들어 올려져 내던져지고 패배합니다.

이 말은 씨름이 아닌 어떤 분야에도 적용될 수 있습니다. 수그러들 줄 모르는 적과 너무 오래 맞선 사람은 항복하고 자신에게 닥친 문제에게 이렇게 말합니다. "내 외투를 달라고 했나? 자, 여기 내 속무도 가져가게나." 1마일*을 함께 가달라는 요구를 받았다면 이렇

---

* 1마일은 약 1.6킬로미터.

게 말합니다. "1마일을 함께 가달라고? 좋아, 2마일을 가세나." 만일 그런 사람이 죽음에서 탈출한 직후에 헌혈을 해달라는 요구를 받는 다면 그는 그 요청을 거절하지 않을 것입니다. 그는 그에게, 이국적 인 검은 피부를 가진 낯선 이에게 그런 요청을 한 간호사를 따라 병 원으로 가고 요청받은 그대로 할 것입니다. 그리고 한 피해자에게 헌혈을 한 뒤에는 간호사에게—그의 피를 뽑고, 옛 어머니들이 천 으로 만들던 것과 비슷한 솜으로 피 흐르는 상처를 꾹꾹 찍어 지혈 해준 간호사에게 두 번째 피해자에게도 헌혈을 하고 싶다고 말하겠 지요.

"안 돼요, 선생님. 한 명이면 충분해요. 정말이에요."

하지만 그는 우겨댈 것입니다. "아뇨, 피해자들에게 줄 피를 더 뽑 으세요. 더 뽑아요, 부탁입니다."

치가 그의 머릿속에 피는 생명 자체이며, 몸이 상처를 입었을 때 몸에서 빠져나가는 것이므로 그런 일은 그만두어야 한다고 말하더 라도 우겨대겠지요. 치가 자살은 알라에게 역겨운 일이고, 지금 망 가진 것 중 고칠 수 없는 건 하나도 없다고, 보는 것만으로 눈에서 눈물 대신 피가 나게 할 수 있는 건 존재하지 않는다고 하더라도, 우 겨댈 것입니다. 상심하고 패배한 주인은 절망이라는 조용한 폭압에 마음을 빼앗겨 아무 주의를 기울이지 않겠지요. 그러면 간호사가 눈에 띄게 놀라 제자리에 멈춰 서고 말 것입니다.

"진심이에요?" 여자는 그렇게 말할 것이고, 그는 이렇게 말할 것 입니다. "네, 진심이에요. 그 사람들한테 피를 주고 싶어요. 저는 피 가 충분히 있어요. 충분히."

여자는 강단에 오른 미친 사람을 보듯 그를 빤히 바라보면서, 다른 주사기를 가져다가 세 번 탁탁 때리고 그의 왼팔을 젖은 솜으로 닦아낸 다음 다시 그의 피를 뽑을 것입니다.

그는 그렇게 약해지고 지친 채로, 배가 고프고 목이 마른 채로, 머릿속에는 질문을 품은 채로 자리에서 일어났습니다. 다음에는 뭘 하지? 지난 사흘은 그가 삶에 대해 품었던 모든 철학을 뒤집어놓았고, 이제 그는 아무것도 계획하지 않는 편이 낫다고 생각하고 있었습니다. 집을 떠나며 친구에게나 자기 자신에게 "난 학교에 갈 거야"라고 말하는 사람이 실제로 목적지에 이를 거라고 생각하다니 얼마나 어리석은 일입니까? 그렇게 어리석은 사람은 자기도 모르는 사이에 병원에 가 알지도 못하는 사람들에게 피를 나눠주게 될지도 모릅니다. 택시에 타고 기사에게 맞는 주소를 주었다는 이유로 맞는 장소에 도착하게 될 거라고 생각하는 건 또 얼마나 어리석은 일입니까? 그런 멍청이는 얼마 지나지도 않아, 어느새 학교와는 아주 먼 익숙하지 않은 목적지를 향해, 소년들이 몰려들어 위협할 만한 장소로 걸어가게 될지도 모릅니다.

그러니까 계획을 세울 필요는 없습니다. 그가 할 수 있는 일은 피를 뽑은 여자에게 고맙다고 인사하고 갈 길을 가는 것뿐이었습니다. 밖으로, 햇볕 속으로 나가 떠나는 것뿐이었습니다. 아마 임시 숙소로 가게 되겠지요. 에그부누시여, 실제로 이것이 그가 한 일이었습니다. 그는 "고맙습니다"라고 말한 다음, 양팔을 모두 말아 올려 축축한 솜을 바늘 자국에 붙들어놓고 걸어 나갔습니다.

그는 길게 늘어선 사람들과 사무실을 지나고 바깥의 정류장으로 걸어 들어갔으며, 그때 "솔로몬 씨"라는 말을 들었습니다.

그는 돌아섰습니다.

"가방을 두고 가셨어요."

"아." 그가 말했습니다.

여자가 그를 따라왔습니다.

"솔로몬 씨, 걱정이 돼서요. 괜찮으세요? 참 좋은 분이시네요."

무슨 생각을 할 겨를도 없이 그의 입이 말했습니다. "아뇨, 괜찮지 않네요."

"그래 보여요. 말씀은 할 수 있으세요? 전 간호사예요, 제가 도와 드릴 수 있어요."

그는 그녀 너머 태양을, 하늘에 떠서 그를 바라보는 태양을 응시 했습니다.

"해를 피하세요." 그녀는 병원 정면에 붙어 있는 차양 아래로 다시 그를 끌어당기며 말했습니다.

"말씀만 하세요, 제가 도와드릴 수 있어요."

15장
그 땅의 모든 나무는 베였다

바아바두우두시여, 저는 주인의 인생에서 가장 길었던 날에 대해, 비와 우박과 역병의 날에 대해서 길게 이야기했습니다. 하지만 저는 그날이 한 방울의 희망과 함께 끝났다는 말씀도 드려야 하나이다. 그러므로 저는 서둘러, 그가 전날 함께 해주었던 남자와 같이 쓰는 임시 아파트로 돌아왔다는 이야기를 전합니다. 그는 간호사가 사준 술병을 들고 아파트 계단을 오르다가 문득 은달리에게 다시 전화를 걸어야겠다는 생각이 들었습니다. 이 생각이 머릿속에 번쩍 떠오르자, 그는 정말 놀랍게도 왜 이렇게 오랫동안 전화를 망설였는지 의아해졌습니다. 그는 전화번호를 입력하다가 플러스 기호를 붙이지 않았다는 게 떠올랐습니다. 그래서 번호를 지웠다가 다시 눌렀습니다. 신호음이 가기 시작했을 때, 그는 핸드폰에서 딱 소리가 날 정도로 급하게 폴더를 닫아버렸습니다. 그는 최대한 친절하고 배려심 있게 그녀에게 다가가야 한다고 자신을 타일렀습니다. 처음부터 그녀를 얼마나 그리워했는지와 얼마나 그녀를 많이 사랑하는지 이야기해야 했습니다. 그러면 그녀도 마음을 풀 것입니다.

하여, 주인은 한 다리는 계단에 두고 한 손은 난간에 둔 채 다시 전화를 걸었습니다.

"마미! 마미!" 그가 핸드폰에 대고 소리쳤습니다. "은완이오마.*"

"아, 세상에! 논소, 오빔, 걱정돼서 미치는 줄 알았어."

"아, 통신 문제야. 연결 상태가 나빠. 그게……."

"하지만 논소, 전화 한 통 안 하고, 뻔한 문자메시지 한 통 안 보냈잖아? 걱정했어. 사실, 누가 나한테 전화를 걸었거든. 내가 여보세요, 여보세요 하고 고함을 질렀는데 그 사람이 내 말을 듣지 못했어. 내 영혼은 그게 너라고 말해줬고. 논소. 오늘 나한테 전화 걸었어?"

에그부누시여, 그는 잠시 진실과 거짓 사이에 갇혀 있었습니다. 그는 은달리가 그에게 무슨 일이 일어났을 거라고 의심할까 봐 두려웠습니다. 그가 망설이는 동안 그녀의 목소리가 다시 들렸습니다. "논소, 듣고 있어? 내 말 들……."

"그래, 그래, 마미. 들려." 그가 말했습니다.

"나한테 전화했어?"

"어, 아니, 아니야. 네가 걱정하지 않게 모든 게 잘되어가고 있을 때 전화를 걸고 싶었어."

* 색시. (이보어)

"흠, 그래……."

그녀가 아직 말하고 있을 때 전화선 너머로 터키인의 목소리가 들렸고, 백인의 언어로 말하는 다른 말이 뒤따랐습니다. 그에게 요금이 다 떨어졌다고 알려주는 말이었습니다. 전화가 끊겼습니다.

"아, 이런! 무슨 말도 안 되는 일이야? 방금 요금을 충전했는데." 그는 이 말을 내뱉고 나서 핸드폰 요금처럼 사소한 문제에 짜증이 난다는 게 놀랍게 느껴졌습니다. 그는 며칠 만에 처음으로 머릿속 거울 앞의 기진맥진한 자신을 들여다보지 않고 있었습니다. 깊은 상처들과 부푼 눈, 터버린 입술, 엄청난 패배의 가면을 보고 숨을 헐떡이지도 않았지요.

그가 아파트 문의 초인종을 울리자 집 안에서 발소리가 들렸습니다.

"솔로몬!"

"브라더, 브라더." 그가 말하며 토베를 끌어안았습니다.

"무슨, 어디 갔었……."

"멘, 어제 일은 고마워요." 그는 거실 소파 중 한 곳에 앉으며 말했습니다.

"무슨 일이에요?"

"많은 일이 있었어요, 브라더. 많은 일이요."

주인은 기쁜 분위기를 깨지 않고 그날 자신이 했던 모든 일과 사고, 간호사에 대하여 제가 방금 당신과 엘루이퀘의 주인들을 비롯한 모든 이에게 증언했던 그 시점까지 말했습니다.

에그부누시여, 피가 뽑힌 이후로 뭐든 더 계획했다면 아무 쓸모

없고 멍청한 일이 되었을 것입니다. 예를 들어 캠퍼스로 돌아가야겠다고 계획했다면, 현실은 다시 의식의 장막에 주름진 얼굴을 비추며 이빨 빠진 입으로 그를 비웃었을 것입니다. 지난 나흘 동안 매몰차게 그래왔던 것처럼 말입니다. 그러므로 그는 현명하게도 자신을 둥둥 떠다니도록, 시간에 떠밀려 어디든 시간이 이끄는 곳으로 가도록 놔두었습니다. 피를 뽑고 한 시간 뒤, 그는 간호사와 함께 남아 그의 사연을 모두 전한 다음, 작은 회색 자동차의 조수석에 앉아 기르네로 돌아가고 있었습니다! 네, 몇 시간 전, 자미케와 함께 있었던 사람들에게서 자미케를 영영 찾을 수 없을 거라는 말을 들었던 바로 그 기르네 말입니다. 대체 그가 어떻게 기르네로, 그날 자신의 희망에 치명타를 입혔던 곳으로 돌아가리라는 걸 알았겠나이까?

"40분쯤 걸릴 테니까 주무세요, 아셨죠? 그냥 누워 있어도 되고요. 원하면 주무세요."

"고마워요, 마." 그가 말했습니다.

그는 마음이 놓여 울고 싶었습니다. 그는 의자에 머리를 기댄 채 눈을 감고서 가방을 꽉 끌어안았습니다. 그녀가 사준 케밥의 채소 몇 가지가 아직 이 사이에 끼어 있었습니다. 그는 그 채소를 혀끝으로 밀어 소리 없이 뱉어냈습니다.

"제 문제에 대해서도 말해야 한다는 생각이 드네요, 솔로몬." 간호사가 말했습니다.

"그래요, 마."

"아까도 말했잖아요, 피오나라고 불러주세요."

"알았어요."

그는 그녀의 웃음소리를 들었습니다. 그녀가 하는 모든 말 사이에 웃음이 들어 있었습니다.

"저는 독일에서 이리로 이주해 남편이랑 결혼하면서 독일 시민권만 빼고 모든 것을 포기했어요. 정부에서는 키프로스가 진짜 나라가 아니니, 제가 두 나라 시민권을 모두 가지고 있을 수 있다고 했죠. 1년, 2년은 좋았어요. 어쨌든요. 그러다가 모든 게, 모든 게 엉망진창이 되기 시작했어요. 이제 우리는 남만도 못한 사이로 같이 살고 있어요. 전혀 모르는 사람처럼요." 그는 웃음소리를, 그녀의 목소리가 약간 갈라지는 것을 들었습니다. "저는 그 사람을 보지 않아요. 그 사람도 절 보지 않고요. 하지만 우린 부부예요. 아주 해괴하죠?"

그는 무슨 말을 해야 할지 몰랐고, 해괴하다는 말의 의미도 몰랐습니다. 그의 친인 저는 알고 있었지만, 그에게 말해주는 것은 분수를 넘는 일이 될 터이므로 알려주지 않았습니다. 그가 생각한 것이라고는 이곳의 사람들도 그와 나이지리아에 있는 동포들처럼 문제가 있다는 것뿐이었습니다.

"그 사람을 사흘 동안 본 적이 없다니 생각해봐요. 어젯밤에는 그 사람 목소리가 들리더라고요. 한밤중에 들어온 것처럼요. 그다음에는 그 사람이 욕실로, 또 침실로 가는 발소리가 들렸어요. 그게 전부였어요! 게나우.*"

"그 사람은 왜 그러는 거예요?" 그가 말했습니다.

"모르겠어요. 전혀 모르겠어요. 복잡해요."

---

* 그래요. 맞아요. (독일어)

둘은 그녀가 그에게 일자리를, 보수가 좋은 '비공식 직업'을 얻을 수 있도록 도와주겠다는 곳으로 차를 몰고 갔습니다. 그는 매달 1500리라를 받게 될 것이었습니다. 그 정도면 잃어버린 돈을 모조리 보전하고 학비까지 낼 수 있는 돈이었습니다. 고용주는—그녀가 그의 이름을 말했습니다—그녀의 가까운 친구였고, 직장은 그녀의 친구가 소유하고 있는 호텔에 딸린 카지노였습니다.

그들은 카지노에 가서 그 친구에 대해 물었지만 그는 자리를 비우고 없었습니다.

"귀젤유르트로 가셨어요." 흰 블라우스와 검은 스커트를 입은 비서가 말했습니다.

"전화를 걸어도 안 받던데요."

"네." 다른 여자가 말하더니, 이 땅의 언어로 길게 말을 이었습니다.

"타맘.*" 피오나가 말했습니다. "알겠어요. 그럼 다른 때에 데려올게요."

그녀는 다음 날 돌아와 이스마일을 만나자고 했습니다. 그렇게 그들은 레프코사로 돌아갔고, 대부분의 시간 동안은 말을 하지 않았습니다. 그녀는 라디오를 켰고, 라디오는 그가 한 번도 들어본 적이 없는 음악을 틀어주었습니다. 그 음악을 듣고 있자니 인도 영화들이 생각났습니다. 〈자미나〉라는 영화에서처럼 멈추었다가 다시 열띠게 솟아오르는 간헐적인 베이스드럼. "상관없어요. 카지노니까. 항상 열려 있죠."

* 알겠어요. (터키어)

그녀는 앞서 사고가 일어났던 장소를 지나 차를 몰았습니다. 겨우 세 시간 정도가 지났을 뿐인데 지금은 사고의 흔적이 거의 없었습니다. 로터리 표면에 부서진 벽돌 하나와 자동차가 뒤집혀 있던 곳에 유리 파편이 있을 뿐이었지요. 그녀는 그곳을 지나가며 고개를 저었고, 키프로스 사람들이 조심성 없이 운전을 해 수많은 사고를 일으킨다고 얘기했습니다. 그녀가 학교에 차를 세웠을 때쯤 그는 졸기 시작했습니다.

"내일 정오에, 이스마일하고 얘기를 하고 나서 전화할게요. 같이 우리 집으로 가요. 제가 집밥을 해줄게요."

"정말 감사합니다, 피오나. 감사합니다."

"게나우." 그녀가 말했습니다. "몸조심하고, 내일 얘기해요."

그는 토베에게 그녀가 차를 몰고 떠나는 모습을 지켜봤다는 얘기를 했습니다. 그녀가 말한 단어 하나하나가 그의 내면에 살아 있었습니다. 생판 남이 그에게 너무나도 큰 연민을 보여주었습니다. 그가 엄청난 실패의 사연을 이야기할 때 그녀의 두 눈은 눈물로 흐려졌지요. 아마 그가 이야기를 전한 방식, 그가 빼앗긴 모든 것과 그의 삶이라는 상실의 일람표에 대해 설명한 방식 때문이었을 것입니다. 그녀는 연달아 질문을 던졌습니다. "그 자미케라는 사람, 당신 친구 아니에요?" "정말 그랬다고요?" "그럼, 은행에 있는 돈도 진짜가 아니었어요?" 그러다가, 그가 사고 현장에 도착했을 때쯤에 그녀는 우느라 두 눈이 빨개져 있었고 얼굴은 위축된 감정으로 불그레해진 채로 비닐 팩에서 꺼낸 티슈에 코를 풀고 있었습니다. 그녀의 동정심은 진짜였습니다.

"믿을 수가 없네요!" 주인이 이야기를 마치자 토베가 옆으로 고개를 기울이며 손가락을 꺾었습니다. "봤어요? 우리의 하느님이 일하시는 걸 보았느냐고요?"

"그러게 말이에요, 브라더." 주인은 그렇게 말했습니다. 토베의 너그러움이나 더 많은 것을 그와 나누고 싶어 하는 모습에 기분이 좋아지고 고마움을 느끼면서 말입니다. "날 봐요." 그는 두 손을 폈습니다. "오늘 아침만 해도 저는 인생이 끝났다고, 깊은 수렁에 빠졌다고 생각했어요. 에체렘 마 은다예레 나 올룰루.*"

그들은 둘 다 웃었습니다.

"주님이십니다." 토베가 천장을 가리키며 말했습니다. "주님이에요. 그 여자는 하느님이 보내주신 천사예요. 속담 들어보셨죠? '꼬리 없는 소의 엉덩이와 눈먼 사람의 음식에서 파리를 쳐내는 분은 하느님이시다.'"

"맞아요! 하느님은 곤충과 새, 벙어리, 가난한 자, 닭, 노래 부르지 못하는 모든 생물과 마이너리티 오케스트라에도 목소리를 주시죠!"

토베는 고개를 끄덕이고 바닥에 발을 굴렀습니다. "숙소도 그래요. 제가 방금 부동산에 들렀거든요." 토베가 말했습니다. "한 달에 800틸**짜리 값이 싸고 괜찮은 곳을 찾았어요. 그러니까, 우리가 방을 하나씩 쓰면 각자 200유로를 내면 돼요."

---

* 침대와 구멍만 기다리고 있었죠. (이보어)
** 터키 리라.

"하, 아주 좋네요, 브라더. 아주 좋아요."

"네, 보증금이 필요하대서 제가 냈어요."

"아, 브라더, 다알루."

그가 아직 말을 하고 있을 때 핸드폰이 울렸습니다. 그는 벌떡 일어나 누가 전화를 걸었는지 보았습니다.

"약혼자예요." 그가 말했습니다. "실례할게요, 토베."

아구지에그베시여, 그는 흥분하며 자기 방으로 달려가 문을 닫았습니다. 저는 아직 알코올의 효과가 완전히 가시지 않은 게 보였고, 그가 여전히 약간 멍한 상태에 있는 것을 알 수 있었습니다. 그가 통화 버튼을 탁 치자 그녀의 익숙한 목소리가 요란하게, 소독제처럼 선명하게 들어왔습니다.

"논소, 논소?"

"웅, 마미!"

"아, 통화 연결 문제야?"

"그러게, 마미. 내 말이. 있잖아, 보고 싶어. 마미. 널 너무 사랑해."

"하, 말만 그렇게 하고. 왜 전화 안 했어? 아까 전화한 건 네가 아니라고 했지? 거의 닷새가 됐는데."

"마미, 스트레스 때문이야. 키프로스에 정시에 도착하지도 못했고, 학교에 와서 보니까 등록도 해야 하고 머물 곳도 구해야 해서……. 그런 일들이 전부 다 내 시간을 잡아먹었어."

"마음에 안 들어, 논소. 하나도."

그는 그녀가 눈을 감았다고 상상했고, 그 별난 태도의 아름다움을 떠올리자 욕망에 불이 붙었습니다.

"미안해, 마미. 다시는 안 그럴게. 절대로. 나를 만드신 하느님께 맹세해."

그녀가 웃었습니다. "바보. 알았어, 나도 보고 싶어."

"구 구?*"

그녀가 웃었습니다. "그래, 이보 사람아. 구 구. 정말, 아주 많이. 말좀 해봐, 거긴 어때?"

긴장이 풀려 웃고 있는 지금, 그는 두 눈으로 방을 살필 수 있었고전에는 눈치채지 못했던 무언가를 보았습니다. 천장에 가까운 방충망에 나무 장식이 달려 있었는데, 거기에 어떤 종이 그림이 붙어 있었습니다. 반쯤 뜯겨 나간 그림에는 소파에 몸을 쭉 뻗고 있는 백인의 다리만이 담겨 있었습니다.

"듣고 있어, 논소?"

"아, 응, 마미. 다시 말해줄래?" 그가 말했습니다.

"내 말 안 듣고 있어? 키프로스는 어떤지 말해달라고 했어."

"듣고 있어." 그는 전체 그림이 어떤 모습이었을지 궁금해 창문으로 다가가며 말했습니다. "마미, 여긴 황량하고 멍청한 섬이야. 나무도 없다니까, 그냥 사막에 또 사막이 있을 뿐이야."

"아, 세상에, 논소! 대체 뭘 하고 사는 거야?" 그녀가 웃음을 참으며 말했습니다. "돌아다니긴 돌아다녔어?"

"어, 마미. 진짜라니까. 마치 이 땅의 모든 나무들이 베여 나간 것같아. 정말이야, 전부 다. 단 한 그루도 빼놓지 않고. 정말이야."

---

* 많이많이? (이보어)

"무슨 소리야, 나무가 전혀 없다고?"

"하나도 없어, 마미. 그리고 사람들이 영어를 못 알아들어."

"세상에!"

"진짜야, 마미. 대부분은 영어를 전혀 못 알아들어. 아주 간단한 말도. 진심이야, 좋은 곳은 아니야. 그리고 터키 사람들은,"—에그부누시여. 그는 그녀가 자신을 볼 수 있다는 듯 고개를 저었습니다. 몇 시간 전 택시 기사에게 당했던 일과 아이들과 그가 태양의 타오르는 그림자 속을 걸어가는 모습을 지켜보던 사람들이 떠올랐기 때문이었습니다—"그 사람들은 나빠. 마음에 안 들어, 차-차."

"아, 논소! 네 친구 자미케는 어때? 잘 지내고 있어?"

에제우와시여, 그 이름이 나오자 그는 가슴이 철렁했습니다. 그는 마음을 다잡으려고 잠시 말을 멈추었습니다. 은달리에게 자신이 어떤 일을 겪고 있는지 알리고 싶지 않았으니까요. 그는 마음속으로 그녀에게는 문제를 해결한 다음에 이야기해주기로 결심했습니다. 에그부누시여, 저도 그것이 올바른 일이라는 확신을 비추어줌으로써 그를 독려했습니다. "두 번째 시험은 잘 쳤어?" 그가 대신 말했습니다.

"응, 어제. 간단했어."

"그리고……."

"오빔, 좀 있으면 요금이 다 떨어진대. 200나이라를 충전했는데. 빨리 말해줘, 보고 싶어, 오빔."

"그래, 마미. 내일 전화할게."

"약속해?"

"응."

"내 편지는 읽었어? 네 가방에 있는 거?"

"아니, 마미. 편지라고?"

"어쨌든 읽어봐, 너한테 말해주고 싶은 게 있는데 일단 네가 자리를 잡았으면 좋겠어." 그녀가 서둘러 말했습니다. "아주 큰 소식이야. 나도 놀랐어. 하지만 아주 기뻐!"

"네가……." 그가 말했지만 전화가 끊긴 뒤였습니다.

아그밧타-알루말루시여, 그는 마침내 그녀와 이야기를 나누었고 그의 망가진 영혼을 어루만질 수 있는 단 하나의 목소리를 들었기에 희망이 가져다준 안도감보다 훨씬 더 깊은 평화를 느꼈습니다. 그는 많은 것들이 망가졌던 것처럼 빠르게 고쳐지고 있다는 만족감에 혼자 웃었습니다. 기분이 아주 상해 있을 줄 알았는데 은달리까지 그를 용서했으니까요. 그는 너무 행복해 눈물이 차올랐습니다. 그는 침대에 누웠습니다. 지치고 걱정이 가득하지만 고요한 그의 몸에는 잠이 빠르게 찾아왔습니다.

저는 주인의 몸에서 나와 낯선 사람들의 나라에서는 영적 세계가 어떤 모습인지 보고 싶었지만, 그동안은 주인의 괴로움 때문에, 응고도로 자미케의 치를 찾아갔던 때를 제외하면 구경을 다닐 수 없었습니다. 주인이 곤경에 처해 있을 때는 그 괴로움이 끝날 때까지 저희가 반드시 지켜보고 경계하며 물고기처럼 눈을 크게 뜨고 있어야 하기 때문입니다. 하여, 주인이 깊이 잠든 지금에야 저는 그의 몸을 떠나 이 땅에 속하지 않는 힘을 사용해 영적인 영역으로 날아 들어갔습니다. 에그부누시여, 제가 본 것은 놀라웠습니다! 저는 의식의 베일이 들춰져 있을 때 보이는 것, 곧 밤의 무늬가 들어간 어둠, 망령을 비롯한 다양한 영혼의 곡소리, 수호령들의 소리 없는 발소리들을 하나도 보지 못했습니다. 오히려 밤이면 형성되는 그 층운에서는 지친 몽유병자들처럼 느긋하게 걸어 다니는 꿈꾸는 듯한 형체들이 보였습니다. 하지만 그보다 놀라웠던 건 이런 생명체들마저 거의 없었다는 점입니다. 그곳은 텅 빈 것처럼 보였습니다. 저는 곧 이유를 알게 되었습니다. 주위를 둘러보자 곧 이 세상 것이 아닌 사원들, 고대의 장엄한 것들과 신비한 구조물들이 거의 모든 모퉁이마다 보였습니다. 이 사람들의 에진무오에서는 영혼이 인간과 비슷한 집에 사는 듯 대부분 그런 건물 안에 있었습니다. 너무 비어 있어, 빛나는 나무들의 황금빛 잎사귀와 밤에 그 나뭇잎들을 밟는 모든 이의 투명한 발자국으로만 채워진 곳도 있었습니다. 부드러운, 공허한 곡조도 남아 있었습니다. 아버지들에게는 알려지지 않은 악기, 제가 나중에 알게 된 바로는 피아노라는 악기로 만들어진 것 같은 음악이었습니다. 그 소리는 탁월한 아버지들과 그 땅의 영혼들이 부는 피리인 우자와는 달랐습니다. 저는 주인이 인간들의 땅에서 했던 것과는 다른 느린 순례를 통해 이곳 전체를 헤매고 다니다가, 마침내 주인이 뭔가 꿈을 꾸고 깰지 모른다는 두려움에 돌아와, 그가 평화롭게 잠들어 있는 것을 보았습니다.

추쿠시여, 옛 시절의 덕망 있는 아버지들은 내일은 배 속에 뭔가를 품고 있으며, 그것이 무엇을 낳을지는 아무도 모른다고 말합니다. 여자의 자궁에 들어 있는 것이 옛 아버지들의 눈에서 감추어져 있듯이(인간 너머의 세상을 들춰볼 수 있는 눈을 가진, 비전을 전수받은 이들은 예외이지만), 내일의 배 속에 들어 있는 것도 마찬가지입니다. 아무도 그것이 무엇을 가져올지 모릅니다. 사람은 머릿속 금고에 미래를 위한 계획과 생각들을 가득 채워둔 채 잠들지만, 그런 계획들은 하나도 실현되지 않을 수 있습니다. 위대한 아버지들은 현재 아버지들의 아이들이 잊고 있는 신비를 이해하고 있었습니다. 즉, 날이면 날마다 사람의 치가 새로워진다는 것이지요. 하여, 아버지들은 매일을 탄생으로, 다른 무언가—치 오푸포로부터 나오는 새로운 무언가의 발산이라고 여겼습니다. 이 말은, 치가 전날 주인을 대신해서 협의하거나 타협했던 것들은 마무리되고, 새로운 날에는 새로운 행위가 이루어져야만 한다는 뜻입니다. 에그부누시여, 이것이 내일의 신비입니다.

하지만 주인은 인간이었기에 전날 주어진 희망이며 연인과 다시 연결되어 기쁜 마음을 품고 깨어났습니다. 방에서 나와보니 토베가 안경 너머로 컴퓨터를 들여다보고 있었습니다. "좋은 아침이에요, 브라더. 토요일이 오리엔테이션인 건 알아요?"

주인은 고개를 저었습니다. 그 말이 무슨 뜻인지 몰랐기 때문입니다.

"진심으로 말하는데 꼭 가야 돼요. 아주 좋거든요. 사람들 말로는 오리엔테이션이 이 섬을 이해할 수 있게 해주고, 수많은 아름다운 장소들과 역사를 알게 해준다고 해요."

"음." 주인이 말했습니다. "전에 가보셨어요?"

"아뇨, 오리엔테이션이 토요일마다 있거든요. 저는 일요일에 왔고, 당신은 수요일에 왔죠."

"아뇨, 저는 화요일에 왔어요. 응과누*, 갈게요."

"좋아요, 좋아요. 오리엔테이션에 갔다 와서 바로 짐을 챙긴 다음 택시를 불러서 새집으로 가죠. 당신이 일을 시작할 때쯤에는 하느님의 자비에 따라 이미 머물 곳이 마련되어 있을 테니 아주 좋은 일이에요. 아주 좋아요."

주인은 동의했습니다. 그는 다시 한번 토베에게 모든 일에 대해, 그가 얼마나 많은 도움을 주었는지에 대해 감사했습니다. "당신은 생판 모르는 남이었던 저한테 그 모든 일을 해줬어요. 절대, 절대로 잊지 않을 거예요."

"아니, 별말씀을요. 당신은 내 형제입니다. 이런 이방인의 땅에서 이보 형제를 보고도 그 사람이 괴로워하도록 놔둘 수 있겠어요?"

"맞아요, 브라더." 주인은 고개를 저으며 말했습니다.

그는 기분이 좋아진 채 키프로스로 오는 내내 신고 있던 양말을 빨아, 커튼을 걷고 햇볕에 마르도록 그 옆의 나무 의자에 걸었습니다. 그는 초등학교 시절 이후로 양말이라는 걸 신어본 적이 없었으나 은달리가 한 켤레를 사주며, 신지 않으면 비행기에서 발이 시릴 거라고 말해주었지요. 그는 창밖의 발코니에서 난간 위의 비둘기들이 구구거리는 것을 보았습니다. 그는 전날에도 그 비둘기들을 보았으나, 비참한 상황에 놓인 사람은 본래의 자신이 아니게 되기 때문에 당시에는 주의를 기울이지 않았습니다. 예컨대, 그는 어제 한

---

* 알았어요. (이보어)

참 걸으면서 다른 때 같았으면 자주 웃었을 일을 떠올렸습니다. 한 번은 아버지의 친구 한 명과 그의 아내가 찾아온 적이 있었습니다. 당시에는 거의 해가 진 상태였고 정전이 되어 있었는데도 그 여자가 화장실로 들어갔습니다. 닭 한 마리가 어찌어찌 그곳에 들어갔다는 건 아무도 몰랐습니다. 물통 뒤에 웅크리고 있던 닭을 보지 못한 그 여자가 속옷을 벗고 막 소변을 보려는데, 닭이 세면대로 뛰어올랐습니다. 여자는 비명을 지르며 거실로 뛰어나왔습니다. 거실에 그의 아버지와 여자의 남편이 앉아 있었지요. 그 남자는, 주인의 아버지가 아내의 은밀한 부분을 보았다는 것을 부끄러워하며 우정을 끝내려 했습니다. 주인은 이 사건을 생각할 때마다 자주 웃었습니다. 하지만 어제는 그의 생각이 길 잃은 날파리를 쫓듯 그 기억을 후려치기만 했지요.

하지만 새로이 밝아온 오늘, 그는 토베와 함께 빵에 커스터드 크림을 발라 먹으며 이 나라 사람들의 태도와 자신의 순진함에 대해, 예전에는 비행기를 타본 적이 없었기에 바보처럼 굴었던 일에 대해 웃으며 농담을 했습니다. 그리고 토베가 선생들을 만나러 학교에 간 다음에는 가만히 누워서 아주 오래, 아주 깊이 잠을 잤기에 해가 질 때까지도 깨지 않았습니다. 깨고 보니 은달리가 전화를 건 기록이 남아 있었습니다. 그는 은달리에게 전화를 걸었지만 교환원의 목소리가 요금이 다 됐다는 걸 상기해주었습니다. 그는 토베와 함께 학교 식당으로 갔고, 그들은 앉아서 식사하며 이 나라 사람들을 지켜보았습니다. 그는 마음속이 차올랐고 영혼이 고쳐져갔습니다. 그날 밤, 주인이 잠들어 있을 때 저는 토베의 수호령이 그곳을 떠돌아다니는 것을 보았습니다. 저는 그의 주인이 제 주인에게 베풀어준 도움에 고맙다는 인사를 전했고, 우리는 앉아서 이 낯선 나라의 에진무오와 우리의 주인들이 겪어온 모든 일에 관해 이야기했습니다. 그러다가 날이 거의 밝았을 때, 토베의 치가 자기 주인에게 돌아가야 한다고 고집을 부렸습니다.

이른 토요일 아침, 그들은 버스 정류장으로 갔습니다. 아파트 블록을 지나갈 때 토베가 터키 국기가 걸려 있는 먼발치의 아파트를 가리켰습니다. "저 사람들은 자기들이 죽인 군인을 기념하면서 집과 창문에 국기를 걸어둬요." 토베는 제 주인이 그 말에 어떤 호기심을 느끼는지 보려고 주인을 뚫어지게 쳐다보았습니다. 이런 상황에서는 자주 벌어지는 일입니다. 그러다가 동료가 호기심을 느낀다는 것을 보면, 계속 더 많은 것을 먹여주지요. "터키가 쿠르드 사람들과 싸우고 있거든요. PKK.* 제가 여기 온 첫날, 그쪽 군인들 몇 명이 죽었어요."

주인은 친구가 무슨 말을 하는 건지 모르는 채 고개를 끄덕였습니다. 버스 정류장에 도착했을 때는 수많은 외국인 학생들이 이미 와 있었는데, 그중 대부분은 제 주인과 토베가 그렇듯 흑인들의 나라에서 온 사람들이었습니다. 그들이 버스를 타려고 기다리는 동안, 관심을 기울이던 주인은 이 낯선 나라의 사람들과 자신의 나라에서 온 사람들의 차이를 알아차렸습니다. 후자는 목소리가 시끄러운 반면, 전자는 벙어리가 되었거나 침착한 것처럼 보였습니다. 예

---

* 쿠르디스탄 노동자당. 1970년대에 세워진 무장단체.

를 들어, 버스 뒷자리 근처에서는 흑인들의 나라에서 온 세 남자와 한 여자가 목소리를 한껏 높여 이야기를 나누며 발을 굴러대고 손짓을 했습니다. 한편 그 주변에서는, 이 나라의 백인들이 둘씩 셋씩 무리를 지어 서서 속삭이거나 아무 말 없이, 마치 장례식에 모여 있는 것처럼 있었지요.

은달리와 비슷한 억양의 영어를 쓰는 백인 남자와 국제사무소의 데한이 모두를 환영했습니다. 그 남자는 그들이 곧 "이 아름다운 섬의 위대한 아름다움"을 보게 될 거라고 말했습니다. "우리는 수많은 곳을 방문하게 될 겁니다. 박물관, 바다, 또 다른 박물관, 저택, 그리고 제가 가장 좋아하는 곳인 바로샤도요. 바로샤는 버려진 도시입니다. 저도 이 섬에서 꽤 오래 살아왔지만, 지금까지도 경이로움을 느낍니다. 바로샤는 세계 불가사의 중 하나예요."

"거기 사는 사람은 아무도 없나요?" 아버지들의 땅 근처에서 온 흑인 학생 한 명이 말했습니다.

"네, 네, 친구들. 아무도 없어요. 터키 군인들이 근처에 살긴 하지만 그 사람들뿐이에요. 군인들뿐이죠. 우리는 들어갈 수 없어요, 친구들."

학생들은 자기들끼리 이야기하기 시작했습니다. 30년 넘게 아무도 산 적이 없는 버려진 도시를 생각하자 흥미가 동한 것이었습니다.

"자, 모두 들어보세요." 데한이 손을 들고, 수다를 떠는 사람들에게 미소를 지으며 말했습니다. "이제 가야 해요. 나중에 바닷가에서 식사하죠. 자, 갑시다."

모두들 버스에 오르자, 그 여자가 주인과 그의 친구에게 와서 그간의 사정을 물었습니다. 자미케는 만났나요?

"아뇨, 마." 그가 말했습니다. "하지만 경찰서에 자미케를 신고했고, 경찰이 그를 찾고 있어요." 그는 여자가 떠나고 싶은 듯 주위를 둘러보는 것을 보았기에 대화를 마무리하고 그녀를 안심시키려고 이렇게 말했습니다. "자미케는 꼭 찾게 될 거예요."

"좋아요, 행운을 빌게요." 그녀가 말하더니, 사람들 앞쪽으로 걸어갔습니다.

에그부누시여, 저는 주인이 난관으로부터 잠시 풀려났다는 것이 만족스러웠습니다, 정말로 좋았습니다. 겨우 며칠 만에 하나의 꿈이 거의 내동댕이쳐졌던 터였으니까요. 주인은 주위를 둘러보며, 이제는 정신이 관찰할 수 있게 허락해준 것들을 관찰했습니다. 버스에서 그와 토베는 백인처럼 보이는 두 사람 옆에 앉았는데, 토베는 그들이 이란 사람이라고 말했습니다. 얇은 천을 걸친 피부가 갈색인 남자들에 대해서는 "파키스탄 사람이에요"라고 말했고요. 주인은 고개를 끄덕였고, 토베는 덧붙였습니다. "아니면 인도 사람일지도 몰라요."

토베가 인도와 파키스탄의 역사에 대해 알려주는 동안, 주인은 버스 앞 양옆에 의자 두 개가 있는 것을 보았습니다. 단이 높은 그 의자에 기사와 데한이 앉아 있었습니다. 그는 사막이 질주하듯 눈앞을 지나는 것을 지켜보았습니다. 그는 그 풍경이 건조하고 모래투성이기는 하지만, 식물일지도 모르는 뭔가 희미한 것들이 간혹 보인다는 걸 알게 되었습니다. 갈색에 뼈밖에 없는, 흙에 뿌리를 박고 있는 벌거벗은 이상한 식물들이 평원을 채우고 있었습니다. 나무들이 간격을 두고 다른 세계에서 온 요소들처럼 건조한 땅에 붙어 있었습니다. 그는 어린 시절에 그랬듯 나무다, 하고 혼자 속삭였습니다. 그는 주변에 앉은 다른 사람들의 귀에 소리 내어 말한 생각이 들어가지는 않았는지 보려고 뒤를 보았습니다. 그때, 나무 몇 그루를 보긴 했지만 그 나무들이 대부분 길가에 있었다는 사실이 문득 떠올랐습니다. 그는 나이지리아의 고속도로가 이 도로와 얼마나 다른지 생각했습니다. 나이지리아에서는 도시들 사이의 땅 대부분에 사람이 살지 않았습니다. 반면, 여기에서는 도시 사이의 땅이 카지노, 호텔, 집, 가끔은 자연으로, 산과 언덕으로 가득했습니다. 땅이 평평하고 텅 비어 있는 곳, 저 끝까지 몇 킬로미터씩이나 보이는 곳에 이르렀을 때 데한이 손가락질을 하며 말했습니다. "저기가 남키프로스예요. 그리스 쪽이죠."

그는 그쪽을 바라보았습니다. 거리가 멀어 잘 안 보이기는 했지만 미국 영화에 나오는 것 같은 높은 빌딩들을 볼 수 있었습니다. 전날, 기르네라는 도시에서 그가 만났던 사람들은 그곳이 진짜 유럽이라고, 자미케가 있는 곳이라고 말해주었습니다. 그는 어떤 특별한 방법으로 자신도 그곳에 가 있었으면 좋겠다고, 저 거대한 건물들 사이에서, 거리를 건너 자미케를 만나러 가고 있었으면 좋겠다고 생각했습니다. 그는 자기 집에 있는 자미케를 잡아 돈을 되찾고, 그를 이곳 경찰에게 데리고 와 가둬놓고 싶었습니다. 그는 그를 구해주겠다던 독일 여자의 약속을 떠올렸습니다. 자주 벌어지는 일이지만, 뭔가가 그저 약속이나 예상에 불과할 때는 그 기대감에 두려움이라는 그림자가 드리워집니다. 그 생각을 하자 주인은 그 일자리를 얻고 싶어졌습니다. 제가 끼어들어, 그 친절한 여인이 주인에게 감동받았다는 말을 그의 머릿속에 집어넣었습니다. 아마 그 여자는 헌혈을 두 번이나 기꺼이 할 만큼 마음을 다친 사람을 한 번도 본 적이 없었을 거야. 그 여자는 너를 돕기 위해서라면 최선을 다할 거야.

추쿠시여, 저는 다시 성공을 이루었습니다. 주인이 제 말을 들었고, 제 말이 그에게 도움을 주었으니까요. 그의 생각은 모든 것이 다시 괜찮아지기 전까지는 자신에게 일어난 일을 은달리에게 하나도 말하지 않겠다는 결심으로 즉시 옮겨 갔습니다. 은달리가 이런 일로 걱정하지 않도록 그녀를 지켜주다가, 일자리를 얻어 돈을 되찾고 학교 일도 잘 돌아가게 되면 모든 것을, 그가 이번 행동으로 거의 파멸할 뻔했다는 얘기를 해줄 생각이었습니다. 주인이 은달리가 얼마나 많이 올 것인지, 얼마나 그녀와 함께하고 싶은지 생각하고 있을 때 그들은 도시에 접어들었습니다. "가지마구사예요." 데한이 알려주었습니다. "더 크죠, 레프코사보다 훨씬 커요. 하지만 우리는 성벽으로 둘러싸인 오래된 구역으로 들어갈 거예요. 전 여기 살아요." 그녀가 혀를 내밀자 학생들이 웃었습니다. 그녀가 기사에게 무슨 말을 했고, 기사는 높은 목소리로 빠르게 답을 하기 시작했으며, 학생들은 열광하며 대답했습니다.

그 이후로는 풍경이 바뀌어 거대한 벽들이 높이 솟아올랐습니다. 높은 돌과 콘크리트로 이루어진 요새에 새겨진 것은 그가 한 번도 본 적이 없는 벽돌들이었습니다. 마치 시멘트와 물―요즘 옛 아버지들의 아이들이 집을 지을 때 쓰는 재료―이 아니라 단단하면서도 흙처럼 보이는, 점토의 색깔을 닮은 무언가로 만들어진 것처럼 보였습니다. 저는 여러 번의 주기를 거치며 살아왔고, 다양한 시대의 수많은 주인들을 따르며 그들의 지식을 얻었으나, 이런 것은 한 번도 본 적이 없었습니다. 돌에는 크고 깊게 기둥들이 새겨져 있었습니다. 마치 아만디오하의 하인들의 손으로 구워낸 것 같았습니다.

버스는 이런 벽돌로 만들어진 아치 아래를 지나갔고, 벽돌에는 수천 명이 그 밑에 서서 백 년 동안 작은 돌을 던져댄 것처럼 작게 팬 자국과 구멍들이 있었습니다. 에그부누시여, 저는 이런 구조물들에 무척 매료되었기에 이 이야기를 끝없이 계속할 수 있습니다. 하지만 제가 이곳에 와 있는 까닭은 주인과 그의 행위에 관해 증언함으로써 그가 저지른 일이, 제가 일어났을지 몰라 두려워하는 일이 정말 사실이라 하더라도 실수로 인한 것이라는 주장을 하기 위해서입니다.

버스는 즉시 멈추었고, 데한은 그들에게 내리라는 신호를 했습니다. 다른 버스가 그들보다 먼저 도착해 있었고, 가이드가 그들과 함께였습니다. 주인이 탄 버스의 사람들이 모두 내리자 그 남자가 목소리를 높여 선언했습니다. "여러분, 가지마구사의 성채 도시에 오신 것을 환영합니다. 가지마구사는 터키어이고, 영어로는 파마구스타지요. 지금 여러분 주위에 보이는 이곳이 베네치아 성벽입니다. 15세기에 축조되었죠."

주인은 다른 사람들과 함께 그곳을 한 바퀴 돌아보며 단계적으로 변해가는 거대한 구조물을 살폈습니다. 저는 너무도 강력하고 막대한 그 모습에 또 한 번 주인의 몸을 떠나 이 거대한 돌들 사이를 떠돌아다니고 싶은 충동을 느꼈습니다. 전에도 그런 적이 있기는 하지만, 저는 사람들이 위대한 여신을 경외하는 알라이보를 벗어난 곳에서는 영혼들이 잔인하고 공격적인 경우가 많다는 것에 두려움을 느꼈습니다. 저는 이런 곳에 엄청나게 많은 아칼리오골리들과 온갖 종류의 아구들, 반구(半球)의 영혼들, 오래전에 멸종된 생명체들과 악마들이 떠돌아다닌다는 말을 들은 적이 있습니다. 오그부니케와 응고도의 동굴에서 보초를 서는 영혼들에게서, 난폭한 영혼들이 주인의 몸에서 치를 몰아내고 그 주인을 차지하기도 한다는 이야기도 들었지요. 가장 나약한 수호령들 사이에서도 전례가 없는 일이었습니다! 하여, 저는 물러났습니다. 대신 추쿠 당신께서 저와 하나로 만드신 이의 눈을 통해 모든 것을 보려고 했습니다.

대부분의 사람들이 구조물을 살펴보는 반면, 주인은 건물 사이에 흩어져 있는 나무들을 관찰했습니다. 그가 보기에 이 나무들은 아버지들의 땅에 있는 야자나무와 비슷하지만 열매만 없었습니다. 다른 나무도 있었는데, 그중 하나는 지저분한 사람의 머리에 엉킨 머리카락이 덮여 있듯 잎사귀가 덮여 있었습니다. 가이드는 한 걸음 걸을 때마다 역사에 대해 이야기했고, 학생들은 북적북적 그 뒤를 따르며 그의 말에 귀를 기울이고 눈요기를 했습니다. 그들은 무너져가는 흰 벽들 사이로 기둥 다섯 개가 있는 벌거벗은 구조물 한가운데에서 다시 멈춰 섰습니다. 한때 건물의 일부였을 게 분명한 거대한 돌덩어리가 지금은 이곳저곳에 널려 있었습니다. 몇몇은 고대의 흙 속으로 가라앉는 중이었습니다.

"성 조지 교회입니다." 남자가 말했습니다. 그는 거대한 폐허 꼭대기 쪽으로 눈을 들고 있었습니다. "초기 기독교 시절에 건설됐습니다. 아마 그리스도가 돌아가신 뒤 겨우 백 년 후였을 거예요."

추쿠시여, 일행과 계속 걸어가던 중 주인은 언젠가 낮잠을 자다가 일어나보니 새끼 거위가 거실 문지방에 서 있었던 일이 생각났습니다. 바깥에서는 날이 무르익어 있었고, 그 저문 빛이 새끼 거위에게 실루엣을 드리웠습니다. 그는 거의 그 일을 떠올린 적이 없었습니다. 라고스로 떠나기 며칠 전까지만 해도 그에게는 아무 의미가 없는 일이었으니까요. 그때, 그는 은달리 곁에서 자다가 깨어 그녀가 새끼 거위와 같은 자리에, 황혼의 빛 때문에 실루엣이 된 채로서 있는 것을 보았습니다.

그는 깊은 생각에 잠겨 있다가 바지 주머니에서 핸드폰이 진동하는 것을 느꼈습니다. 그는 핸드폰을 꺼내보고 연락한 사람이 간호사라는 걸 알았습니다. 그는 무리에서 떨어져 나왔지만, 전화를 받으면 주의를 끌고 가이드의 말을 방해하게 될까 봐 두려워 전화가 끊어지도록 내버려두었습니다. 핸드폰이 다시 울렸을 때는 그가 사람들에게 겨우 다시 합류했을 때였습니다. 그는 메시지가 와서 진동이 울린 것이라는 걸 알고, 서둘러 핸드폰을 열었습니다.

친구, 잘 지내고 있죠? 당신의 날에 멋진 태양이 떴으면 좋겠어요, 착한 사람. 걱정 말아요, 친구가 월요일에 오면 된대요. 걱정 말아요. 피오나.

에제우와시여, 그는 양심적으로 투어를 따라갔습니다. 마치 전날의 그와는 다른 사람이 된 것처럼 말입니다. 그는 다른 학생들과 함께 드넓은 지중해 해변 근처에 숨이 차서 서 있었습니다. 저는 그에게서 빠져나가 가이드가 "바로샤의 유령 도시"라고 부른 이 신묘한 장소를 관찰하고 싶다는 충동을 억누르고 있었지요. 가이드가 말을 하는 동안 그는 마치 구명 방법 설명에라도 귀를 기울이듯 귀를 기울였습니다. "할리우드 스타들, 수많은 나라의 대통령들, 온갖 사람들이 여기에 왔어요." 그는 망가진 구조물들에 경이감을 느꼈습니다. 벽돌이 빠져나오고 구멍이 여기저기 팬 다층 건물 중 몇몇은 총알구멍으로 벌집이 되어 있었는데, 제가 보기에는 비아프라 전쟁이 한창 달아올랐을 당시에 아버지들의 땅에 있던 도시와 마을들을 떠올리게 만드는 모습이었습니다. 주인은 엄청난 크기의 복도가 있는, 커다란 호텔이었을 게 분명하지만 이제는 텅 빈 채 버려져 있는 어느 건물을 골똘히 바라보았습니다. 그 옆에는 회색 건물이 있었는데 페인트가 닳아 재처럼 떨어져 있었습니다. 그는 호텔 이름을 읽어보려 했지만, 구불구불한 글씨는 일부만 남고 대부분 벽에서 떨어져 나간 뒤였습니다. 구멍들이 이 건물을 장식하면서 기이한 인상을 주었습니다. 그는 마을 안쪽의 철조망과 얇은 울타리로 바리케이드가 쳐져 있는, 문이 떨어져 나간 집들을 골똘히 바라보다가 무리에서 뒤처졌습니다. 어느 집에서는 문이 간청이라도 하듯 문지방에 무릎을 꿇고서 나머지 몸체를 발코니에 기대고 있었습니다. 건물 아래쪽에서는 끈질긴 식물들이 자기 몸을 엮어 부드러운 천처럼, 벽의 낡은 얼굴 너머 거리로 뻗쳐 있었습니다.

그 마을은 주인의 머릿속 창문을 열었고 그는 남은 여행 내내 그 창문을 닫을 수 없었습니다. 그는 이상한 이름을 가진 옛 그리스 지도자—가이드는 그가 터키령 키프로스와 그리스령 키프로스 사이에 전쟁을 일으킨 인물이라고 말했습니다—가 자기 아이들을 위해 지은 건물이라던 블루 하우스에서도 감동받았지만, 가이드가 존재한다고 말했던 다른 버려진 장소들—지금은 텅 빈 비행기가 있는 공항, 식당, 학교들에 대해서 계속 생각했습니다. 가이드는 지금 그들이 와 있는 곳을 전쟁박물관이라고 불렀습니다. 그는 어린 시절 아버지와 함께 들렀던 우무아히아의 비아프라 전쟁박물관을 즉시 떠올렸습니다. 그 일에 관해서는 제가 증언할 일이 별로 없습니다, 에그부누시여. 주인과 그의 아버지가 그곳에 들어가자마자 제 옛 주인 중 한 명인 에진케오니에가 몰았던 탱크를 보았으니까요. 에진케오니에는 비아프라 전쟁에 참전하여 바로 그 탱크를 몰았습니다. 저는 옛 주인의 기념물이나 그의 무덤을 우연히 마주치면 가끔 수호령에게 찾아드는, 몸을 꼼짝 못 하게 만드는 향수에 즉시 압도당했습니다. 하여, 저는 젊은 새 주인을 떠나 탱크 안으로 들어갔습니다. 에진케오니에가 몰았던 1968년에 제가 여러 번 타본 탱크였지요. 저희 수호령들에게 과거란 이상한 존재입니다. 저희는 인간이 아니기 때문입니다. 일단 그 탱크에 앉자 피가 낭자한 수많은 전투 장면들이 재현되었습니다. 탱크가 공습을 피하려고 숲으로 달려 들어갔다가 나무들을 넘어뜨리고 가는 길에 사람들의 시체를 깔아뭉갰던 일이, 제 주인이 그 안에서 흐느끼던 일이 말입니다. 그 순간 정신이 번쩍 들어 보니, 저는 현재의 주인과 다른 방문객들이 살펴보는 가운데 그 탱크 안에 머물러 있었습니다. 그들은 탱크를 들여다보면서도 쪼글쪼글해진 좌석에 앉아 수십 년이 지난 그때까지도 탱크 안의 말라붙은 피비린내를 맡고 있는 존재를 보지 못했습니다.

사람들은 새로운 나라의 전쟁박물관에서 나와 레프코사로 돌아가면 있는 '녹색선 지대'로 갔습니다. 그는 고작 철조망으로 나뉘어 있는 다른 키프로스를, 다른 나라를 보았습니다. 경이로웠습니다. 그것을 보니 아버지가 비아프라에 대해 해준 이야기들이 생각났습니다. 그는 야만박물관을 보고 충격을 받았습니다. 가이드가 "공포 영화 싫어하시면 따라 들어오지 마세요"라고 말했지만 거의 모두가 들어갔지요. 붐비는 출입구에서, 그는 한 여자와 그녀의 아이들이 총에 맞아 죽은 욕조를 보게 되었습니다. 그들의 피가 벽과 욕조에 문대져 남아 있었습니다. 백인이 1963년이라고 부르는 해부터 쭉 같은 모습이었습니다. "저 벽에 있는 피가 여기 있는 우리 모두보다 나이가 많아요." 그들이 섬뜩한 광경을 지켜보는 가운데 가이드가 말했습니다.

그는 이 장면을 기억했습니다. 가이드의 마지막 투어가 끝나고 토베와 함께 캠퍼스로 돌아온 뒤 한참이 지나서까지도 그 장면은 기억에 남아 있었습니다. 하지만 이 중 어느 것도 유령 마을처럼 깊은 인상을 남기지는 않았습니다. 유령 마을이 너무도 신경 쓰인 나머지, 그는 그날 저녁 늦게 거실 소파에서 잠들어 바로샤를 꿈꾸었습니다. 그는 새끼 거위가 버려진 집들로 펄쩍펄쩍 뛰며 달려 들어가고 자신은 새끼 거위를 따라가는 모습을 보았습니다. 그는 건물 위로 올라가, 지켜보는 터키 군인들을 지나서 새끼 거위를 쫓았습니다. 새는 왼쪽 다리에 묶인 끈 때문에 약해진 채로 달렸습니다. 새끼 거위가 어느 건물에 들어갔는데, 건물의 문은 발코니에 기대 있었습니다. 그는 두근거리는 가슴을 안고 새를 따라갔습니다. 집에서는 녹슨 냄새와 썩은 냄새가 났고, 먼지와 더께가 바닥을 더럽히고 있었습니다. 벽 페인트의 콜로이드가 덩이져 있었습니다. 마치 절대 오지 않을 무언가를 기다리는 것 같았습니다. 그곳을 지나자 새끼 거위가 계단을 올라가는 모습이 보였습니다. 계단은 집 안의 먼지와 닿으면서 색깔이 어둡게 변해가고 있었습니다. 난간은 갈라져 있었고, 그 아래로는 발톱에 쥐인 것처럼 벽 아랫부분에 죄어져 있는 이끼가 있었습니다. 부서진 문에 셔츠가 걸려 있었고, 안을 엿보니 의자들과 쓰레기와 뒤집힌 가구들이 보였습니다. 그 모든 것이 뚫을 수 없는 거미줄로 끔찍하게 묶여 있었습니다. 그는 땀을 흘리며 헐떡였고, 새끼 거위는 부리를 딱딱 부딪쳐대며 계속 올라갔습니다. 거위는 대부분의 나선형 계단을 펄쩍펄쩍 뛰어 날아오르며 빙빙 돌았습니다. 마치 거위에게는 지도가 있고, 거위의 여행에는 목적지가 있는 것처럼 말입니다. 마침내 그는 어느새 건물 꼭대기에 와 있었습니다. 그는 이유를 몰랐지만, 새끼 거위에게 멈추라고, 가지 말라고 소리쳤고 새끼 거위가 그를 돌아보았습니다. 하지만 그 새는 허공으로 펄쩍 뛰더니 해변으로 떨어졌습니다. 크게 당황한 그는 즉시 녀석을 따라가면서, 그 순간의 열기에 자기가 어디 있는지도 잊어버렸습니다. 그는 확실한 파멸을 향해 추락하며 비명을 지르다가 깼습니다.

해가 거의 떨어져, 그 거대하고 끝없는 그림자가 어둑해져 있었습니다. 눈을 떠보니 토베가 방 안에 서서 손목시계를 보는 모습이 보였습니다. 그는 그 무시무시한 꿈에 대해 계속 생각하고 싶었지만 토베가 말했습니다. "깨우고 싶지 않았어요. 하지만 아티프가 새

학생들을 이리로 데려오기 전에 우리 집으로 옮겨야 해요."

그는 고개를 끄덕이고 핸드폰을 집어 들었습니다. 은달리에게서 부재중 전화 세 통이 걸려와 있었는데, 핸드폰이 아주 오래 거는 전화조차 무음으로 돌려버리는 모드로 설정되어 있었기 때문에 그는 한 번도 듣지 못했습니다. 그는 문자메시지가 와 있는 것을 발견했고, 즉시 열어보았습니다. 오빔, 괜찮아? 부탁이니까 잊지 말고 전화 줘, 알았지? 그는 토베에게 나이지리아로 문자메시지 보내는 방법을 물어보고 싶었습니다. 전화를 할 때는 기호와 숫자들을 붙여야 했지만, 메시지는 어떨까요? 하지만 그는 토베에게 물어보는 대신 서둘러 자기 방으로 가 준비를 했습니다. 짐을 싸던 그는 아직 은달리의 편지를 읽지 않았다는 생각이 들었습니다. 그는 새집에 도착하는 대로 편지를 읽어야겠다고 생각했습니다.

아구지에그베시여, 새 아파트에 도착해 소지품을 방으로 옮긴 뒤, 주인은 가방을 뒤진 끝에 펜 주머니에 숨겨져 있던, 여러 번 접힌 그녀의 편지를 발견했습니다. 그는 그녀가 언제 그 편지를 썼는지 궁금해졌습니다. 지난밤, 그녀가 대부분의 시간 동안 울면서 뜰의 나무 아래에 앉아 있자고 고집을 부렸던 때일까요? 그들은 그곳에 앉아, 부드러운 바람이 불어오는 가운데 거리의 소리에 귀를 기울이고 있었습니다.

편지를 펼치는 그의 손이 떨렸습니다. 그 종이는 그가 몇 권을 획획 넘겨보았던 그녀의 필기 노트에서 뜯어 온 것이었습니다. 그는 편지를 내려놓고 그대로 누워, 그녀가 가장 좋은 방법이라고 말했던 방식으로, 그러니까 혼자서 큰 소리로 읽어보려고 다시 집어 들었습니다.

읽을 때는, 특히 성경을 읽을 때는 혼잣말을 해봐. 말로 해, 논소. 분명히 말하는데 단어는 살아 있거든. 어떻게 설명해야 할지는 모르겠지만 난 그냥 알아. 우리가 하는 모든 말이, 모든 것이, 살아 있다는 걸 말이야. 난 확신해.

그는 위를 바라보고 곁에 놓인 가방들을 보았다가 홀로 떨어져 있는 그다음 줄을 읽었습니다.

오빔, 난 슬퍼. 아주 슬퍼.

에그부누시여, 주인은 가슴이 두근거려서 편지를 내려놓았습니다. 그는 음악이 시작되는 것을 들었습니다. 아마 토베의 노트북 컴퓨터에서 나오는 소리였을 것입니다. 그는 무언가가―어떤 생각이―머릿속에 번쩍이는 것을 느꼈지만 그게 뭔지는 알 수 없었습니다. 그냥 잊어버린 것은 아닌 게 분명했습니다. 그 생각은 그의 머릿속에 완전히 형체를 갖춘 것이 아니라, 번뜩이고는 도망쳤으니 말입니다.

나는 여러 차례 떠나고 싶었다고 고백하려 해. 라고스에 있는 동안 너한테 문자메시지를 보내서 다시는 안 만난다고 말할 계획이었어. 사실, 문자를 다 썼었는데 내 마음이 허락해주지 않았어. 난 널 사랑하니까. 가끔은 가족들 때문에 떠나고 싶다는 기분이 들지만, 뭔가 나를 가로막고 있는 것 같아. 네가 나를 사로잡은 것 같아, 우리 닭들처럼 말이야. 난 빠져나갈 수 없는 것 같아. 나는 전혀 떠날 수가 없어, 논소. 1

이장고-이장고시여, 이런 순간에는 난처해하는 사람의 가슴이 가끔 그를 옆길로 이끕니다(저는 이런 일을 여러 번 보았습니다). 하여, 그의 두 눈도 마지막 단어에서 종이 전체로 번진 잉크 자국을 곰곰이 바라보았습니다. 그래서 마지막 글자 1이 뒤집힌 숫자 7처럼 보였습니다.

일 밤에도 그 사람들은 나한테 왜 널 사랑하느냐고 물었어. 오랫동안 나조차도 그 답을 몰랐어, 논소. 그래, 그날 밤 다리에서 나를 도와주었던 착한 사람을 찾고 싶었던 건 사실이야. 하지만 우리가 다시 만난 이후로 내가 왜 너와 가까워진 건지는 설명할 수 없어. 난 네가 좋았지만, 왜 그런지 몰랐어. 하지만 네가 매를 쫓은 그날, 나는 너라면 사랑하는 사람을 지키기 위해 뭐든 할 거라는 걸 알았어. 이 남자에게 내 마음을 주면 이 남자는 절대 날 실망시키지 않으리라는 걸 깨달았어. 평범한 동물들에게도 그런 사랑을 보여주는 너니까 나한테는 더 큰 사랑, 더 큰 관심, 더 큰 도움을 주리라는 걸, 뭐든 더 크게 주리라는 걸 알았어. 그래서 내가 널 사랑하는 거야, 논소. 이제 알겠어? 사실이 아니니? 누가 이렇게 할 수 있을까? 나이지리아 사람 중에, 아니 전 세계 남자들 중에 몇 명이나 한 여자를 위해 가진 걸 전부 팔 수 있겠어? **내 말이 맞니, 틀리니?**

그녀는 마지막 질문을 대문자로 썼습니다. 거기에서 느껴지는 어조 때문에, 그녀가 그 생각을 하고 있을 때 느꼈을 법한 감정의 힘 때문에 그는 종이를 떨어뜨렸습니다. 그의 심장이 더욱 빠르게 뛰었습니다. 처음에는 정확히 이유를 알 수 없었지만, 머릿속 텅 빈 공간에서 백인이 1988년이라고 부르는 해의 환경미화의 날, 아버지와 어머니와 그의 모습이 보였습니다. 그들은 농장 앞을 청소하고 있었습니다. 부모는 둘 다 그를 지켜보며 박수를 보내고 있었지요. 좀 전에, 어머니는 아버지가 비질을 꼼꼼히 하지 못한다면서 그를 놀렸습니다. 아버지는 빗자루가 너무 성기다고 불평을 했습니다. 아버지가 비질을 하자 빗자루의 수많은 대나무 가지가 떨어졌습니다. 어머니는 아버지에게서 빗자루를 받아 주인에게 주면서 아버지에게 말했습니다. "당신보다 쟤가 더 잘 쓸걸." 그리고 빗자루를 받아든 그는, 겨우 여섯 살이던 그는 부모의 응원을 받아가며 비질을 했습니다.

주인은 문득 자신이 판 것이 바로 그 농장이라는 생각이 들었습니다. 그런 일을 할 수 있는 이 세상의 유일한 남자가 그라던 문단을 다시 읽었습니다. 어떤 생각이 찾아왔습니다. 농장을 사 간 사람에게 전화를 걸어 그만두자고, 이자를 붙여서 돈을 보내주겠다고 말한다면? 그는 매달 돈을 낼 수 있을 것입니다. 모든 돈에 10퍼센트를 더해 전부 갚을 때까지 말입니다. 그는 이 생각에 하마터면 펄쩍 뛸 뻔했습니다. 그는 다음 날 엘로추쿠에게, 그다음에는 은달리에게 전화를 걸어 즉시 그 사람에게 가서 그 집에 대한 소유권을 포기해달라고 부탁하게 할 생각이었습니다.

이장고-이장고시여, 저 역시 이 생각에 큰 기쁨을 느꼈습니다. 땅을 파는 것은 옛 아버지들의 관습이 아닙니다. 땅은 신성하기 때문입니다. 땅은 알라가 직접 준 것이고, 소유자가 아니라 그의 혈통에 속한 것입니다. 알라는 어쩔 수 없이 땅을 판 사람을 단 한 번도 벌하지 않았으나 그런 행위에 분노하십니다. 주인은 이런 결정에 어마어마한 안도감을 느끼고, 다시 편지를 집어 들었습니다. 이제 편지의 가장자리는 손바닥에서 난 땀으로 젖어 있었습니다. 그렇게 그는 편지를 마저 읽었습니다.

난 나를 알아. 첫날부터, 나는 네가 진짜라는 걸 알았어. 나는 네가 바로 하느님께서 내게 준비해주신 사람이라는 걸 알아. 그리고 내가 널 사랑한다는 걸, 너를 기다릴 거라는 걸 알아줬으면 좋겠어. 그러니까 부디 행복하게 지내.

너의 사랑,

은달리

16장
흰 새들의 환영(幻影)

에부베디케시여, 위대한 아버지들은 불안하고 겁에 질린 사람은 사슬에 매인 것이나 마찬가지라고 말합니다. 불안과 두려움이 그의 평화를 강탈해 가기 때문입니다. 평화가 없는 사람. 아버지들은 그런 사람은 내면이 죽은 사람이라고 말합니다. 하지만 그가 족쇄를 떨쳐버리고, 사슬을 철컥거리며 바깥의 어둠 속으로 떨어져 나가면, 그는 다시 자유로워집니다. 새로 태어납니다. 다시는 예속 상태로 떨어지지 않으려고 주변에 방책을 세우려 노력하지요. 그래서 어찌할까요? 그는 또 다른 두려움을 허용합니다. 이번에는 현재가 망가졌다는 두려움이 아니라, 아직 만들어지지도 않은 미지의 시간에 다른 무언가가 잘못되어서 다시 망가질지도 모른다는 두려움을 허용하는 것입니다. 그렇게 그는 반복적으로 과거의 주기를 반복하며 살아갑니다. 그는 아직 오지 않은 것의 노예가 됩니다. 저는 그런 일을 여러 번 보았습니다.

제 주인을 구원해주겠다는 약속은 여전히 단단히 마련되어 있었으나—간호사는 그들이 만난 이래 두 번째로 문자메시지를 보냈고, 두 번째 메시지에서는 웃고 있는 노란 얼굴 그림을 덧붙이면서 그가 "착한 사람"이라고 되풀이해 말했습니다—그가 은달리의 편지를 읽은 뒤에는 두려움이 찾아왔습니다. 그 편지 때문에 주인은 밤의 마지막 부분에 매여 있었습니다. 다른 남자들이 그녀와 사랑을 나누는 모습이 머릿속에 번쩍번쩍 대롱거렸습니다. 그는 이른 아침, 토베가 노크를 하고 문 뒤에서 교회에 가겠느냐고 물었을 때에야 이런 상태에서 풀려났습니다. "가면, 아주 많은 나이자 사람들을 만나게 될 거예요." 토베가 말을 이었습니다. "그리고 확실히 말하는데, 마음에 들 겁니다. 하느님께 모든 것에 대해 감사드릴 수 있고, 또 시장에서 요리할 거리를 살 수도 있어요. 내일 학교가 시작되기 전에 요리를 시작해야 해요." 주인은 함께 가겠다고 말했습니다.

이후 그들은 그가 목요일에 택시에서 내린 뒤 걸었던 곳과 비슷해 보이는 길을 따라 걷고 있었습니다. 거리는 밀도가 높았고 건물들은 간격이 없는 것처럼 보였습니다. 유리로 만들어진 이발소가 인도 옆에 자리 잡고 있었습니다. 그 앞에서 담배를 피우면서 너울거리는 연기를 공기로 뿜어대던 한 남자가 그들이 지나가자 "아랍!"이라고 소리쳤습니다.

"당신 아빠가 아랍이겠지!" 토베가 마주 고함쳤습니다.

"딩신 아버지, 어머니, 모두가 아랍이야!" 주인이 말했습니다. 그 말이 들릴 때마다, 토베가 그건 상대방이 그를 노예라고 부르고 있다는 뜻이라고 말해주었기 때문이었습니다.

"신경 쓰지 마세요, 바보들이니까. 더럽게 생겨 가지고 우릴 노예라고 부르는 꼴이라니. 바로 저거죠. 저 사람들은 너무 어리석어요."

그들은 길을 건너, 집들과 대문들이 나이지리아의 것처럼 보이는 외떨어진 거리로 접어들었습니다. 먼지로 가득한 커다란 녹색 금속제 상자들이 모퉁이마다 놓여 있었습니다. 하지만 어느 거리를 지나갈 때는 토베가 한 건물을 가리키며 유럽에서 온 백인들이 이곳에 와 그 건물을 보는 걸 아주 좋아한다고 말했습니다. 비옥한 점토로 만들어진 건물이었습니다. 주인은 그 비슷한 것도 본 적이 없었습니다. 그는 그 모습에 도취됐습니다. 건물은 지붕이 없었고, 웅장한 기둥들이 있었습니다. 토베는 큰 소리로 그 건물이 그리스나 로마의 신에게 바치는 신전이라고 말했습니다. 그 건물의 사진을 찍고 있던 늙은 유럽 남자가 자기 말을 들을 수 있게 하려는 건지도 몰랐습니다. 세월에 파괴된 고대의 사원, 폐허의 피부 아래 갇혀 있는 그 오랜 아름다움. 하지만 어째서인지 그것은 여전히 아름다웠습니다. 바로 그래서 그것이 장관이 되고, 사람들이 멀리서부터 그것을 보러 여행을 오는 모양이지요. 폐허에서 뿜어져 나오는 아름다움이라니, 이상한 일이었습니다.

토베가 교회 근처라고 말한 어느 거리로 방향을 틀자 위대한 아버지들의 색깔을 갖지 못한 다른 사람들이 보였습니다. 그들은 남자 네 명으로 이루어진 무리였는데, 그중 두 명은 햇빛 가리개를 쓰고 교회 쪽으로 걸어가고 있었습니다. 주인과 토베는 이 무리와 함께 교회에 들어갔습니다. 교회는 가득 차 있었고, 나이지리아인들이 사는 캠퍼스 아파트에서 보았던 남자 중 한 명인 존이 사람들을 안내하며 자리가 없는 사람들에게 의자를 권하고 있었습니다. 그곳은 흑인 학생들로 가득했고 백인도 몇 명 있었는데, 그들은 종류가 다른 백인이었습니다. 터키 사람처럼 보이는 백인이 아니라 오랜 세월 동안 옛 아버지들의 땅을 통치했던 사람처럼 보이는 백인이 앞의 제단에 서서 은달리와 같은 억양으로 말하고 있었지요. 주인은 즉시 그가 영국인이라는 것을 알아차렸습니다. 남자는 온 마음을 담아 노래해야 하는 이유에 대해 말하고 있었습니다. 그와 토베는 맨 뒷자리에, 왠지 낯익은 두 사람 뒤에 앉았습니다.

그는 어린 시절에 다니다 만 교회에 대해서 생각했습니다. 아버지는 어머니가 죽은 이후 더는 교회에 가지 않았습니다. 아내가 아이를 낳다 죽도록 놔둔 신에게 화가 났던 것입니다. 주인은 가끔 교회를 다녔지만 새끼 거위와의 사건으로 마음이 바뀌었습니다. 새끼 거위는 병이 나더니, 먹지도 않고 걸을 때마다 넘어졌습니다. 그는 신앙 치료에 관한 이야기를 듣고 교회로 거위를 데려가야겠다고 생각했습니다. 눈먼 자가 다시 보게 되었다는 이야기였지요. 그래서 그는 새끼 거위를 교회로 데려갔습니다. 가슴에 꼭 붙들고서 말입니다. 하지만 동물을 교회에 데려온 그를 미쳤다고 생각하는, 제복 차림의 좌석 안내원이 문 앞에서 그를 막아섰습니다. 그 사건이 백인의 종교에 대한 그의 신앙심을 죽였습니다. 신이 인간에게 신경을 쓴다면, 어째서 아픈 동물에게는 신경을 쓰지 않겠습니까? 당시에 그는 사람을 사랑하듯 새를 사랑하지 못할 이유를 이해하기란

힘들다고 생각했습니다. 저는 그가 경건한 아버지들의 종교에 의지하기를 희망하면서 그 결정을 응원했고, 그의 동물을 데리고 오디나니 사원으로 간다면 알라나 은조쿠나 다른 수많은 신들이 그를 내쫓지 않을 거라고 덧붙였습니다. 하지만 그의 세대에 속한 많은 이들이 그렇듯, 그런 생각은 금지된 것이었습니다.

이제 그는 부활과 생명에 대해 말하기 시작한 설교자에게 더욱 열심히 귀를 기울였습니다. 그 남자는 지조스 크라이스트와 그가 죽었다가 다시 살아난 일을 이야기했습니다. 주인의 눈에는 잠이 내려앉는데, 남자는 허공을 위태롭게 달리며 높은 소리와 낮은 소리 사이를 오가는 목소리로 진정한 기독교만이 부활의 삶을 차지하는 길로, 쓰러진 뒤 다시 일어나는 삶을 차지하는 길로 이어진다고 말했습니다. 주인은 눈을 떴습니다. 남자의 말은 그에게 하는 말이었기 때문이었습니다. 그는 사람이 길을 잃거나 심연으로 내려갔다가도 여전히 들어 올려지고 회복될 수 있다고 증언하고 있었습니다.

설교자가 설교를 마쳤을 때 그들은 노래를 불렀고, 신도들은 흩어졌습니다. 사람들이 자리를 떠나기 시작하자마자 한 남자가 그의 어깨를 톡톡 두드렸습니다.

"세상에, T.T.!"

"이런 세상에! 여기서 만나다니 반갑네요."

"그러게요, 브라더."

"잘 지내요? 어떻게 지내고 있어요? 나중에 친구는 만났나요?"

"아뇨." 그가 말하고, T.T.에게 그간의 사정을 모두 전했습니다. 그가 말을 마쳤을 때쯤 그들은 교회 대문 바깥에 서 있었으며, 몇 사람에게 인사를 한 토베는 그의 곁에 와서 서 있었습니다.

"멘, 여기서는 카지노 일로 돈을 아주 잘 벌어요."T.T.가 말했습니다. "정말로 하느님께서 당신에게 그 여자를 보내주신 거예요, 정말로요. 터키 사람도 몇 명은 착해요. 아주 많은 사람을 정말로 도와주는 여자도 있어요. 그 여자는 나이자 소년들에게 장학금을 주고, 그 소년은 그 여자 밑에서 일해요. 뭐든지 다 하죠. 그러면 여자가 그 애에게 돈만 주는 게 아니라, 학비도 엄청 많이 내준대요."

"흠, 좋은 사람들이네요."

"네, 그럼요. 근데 조심해요. 가끔은, 그 사람들도 문제가 생길 때가 있으니까요."

T.T.가 웃으며 말했습니다. "내 번호 받아요."

온와나에티리오하시여, 그가 토베와 함께 집으로 돌아왔을 때는 날이 이미 어두워져 있었습니다. 핸드폰을 꺼내보니 문자메시지가 와 있었습니다. 그는 은달리에게서 온 메시지를 읽었습니다. 논소, 내일 전화 줘. 그는 고개를 저었습니다. 그는 그녀에게 전화를 걸었지만, 길게 끌리는 잡음만 돌아왔습니다. 그는 직장을 확인한 뒤에, 잃어버린 것을 확실히 되찾을 수 있게 된 다음에 그녀에게 전화를 걸기로 결심했습니다. 그리고 그때 그녀에게 모든 것을 말할 생각이었습니다. 공항에서 있었던 일부터 피오나를 만나게 된 일까지, 전부.

그는 방 안의 의자에 깊숙이 앉아 그 나날에 대해서, 새로운 나라에서의 모든 일에 대해서 생각했습니다. 그는 가방에 손을 넣어 벌거벗은 은달리의 사진들을 꺼냈습니다. 그 사진들을 보고 있자니 그의 몸에 관능적인 불길이 붙었습니다. 그는 성기를 꺼냈습니다. 그런 다음 문으로 달려가, 토베가 마음대로 들어오지 못하도록 문을 잠갔습니다. 그는 토베의 소리가 들리는지 문에 귀를 대본 뒤 아무 소리도 들리지 않자 은달리의 벌거벗은 사진들을 보고 자위하기 시작했습니다. 헐떡이고 신음하다가 마침내 축 늘어진 상태가 되었습니다.

아카타카시여, 이 세상 어디에든 사람들 가운데에는 상처 입거나 가난하거나 비천한 사람에 대한 연민의 실타래가 있습니다. 그런 사람들은 마땅히 동정심을 얻습니다. 많은 사람은 억울한 일을 당한 것으로 생각되는 사람을 돕고 싶어 합니다. 저는 그런 일을 여러 번 보았습니다. 낯선 땅의 백인 여자가 아버지들의 땅에서 와 엉망진창이 된 상심한 남자를 보고 도움을 주겠다고 제안할 수 있었던 것도 그래서이고, 그렇게 제안하면서 주인의 내면에 기분 좋은 기대감을 만들어낼 수 있었던 것도 그래서입니다.

주인은 다음 날 아침, 이 낯선 나라에 도착한 이래 두 번째로 밤새 잘 자고 깼습니다. 그는 차오르는 기대감에 엘로추쿠에게 전화를 걸어, 지금 당장 그의 땅을 산 남자에게 가서 아무것도 하지 말라고, 돈을 돌려주겠다고 부탁하라고 말했습니다. "하지만 바로 돈을 줄 수 없는데 그게 어떻게 가능하겠어?" 엘로추쿠가 말했습니다.

"내가 두 배를 준다고 해. 계약서를 써야겠어. 6개월 안에 두 배를 준다고 해. 그러면 집을 되찾을 수 있을 거야."

엘로추쿠는 그 남자를 만나 이야기해보겠다고 약속했습니다. 마음이 놓인 주인은 몸을 씻고, 토베와 함께 그가 미리 해놓은 달걀 프라이를 먹었습니다.

토베는 그날 아침 좋은 빵을 찾기가 얼마나 어려웠는지 말했습니다.

"이 사람들이 가지고 있는 빵은 전부 돌 같아요." 그의 말에 주인이 웃었습니다. "이 사람들이 전혀 이해가 안 가요. 가게 전체에 빵 하나가 없더라니까."

"〈런던의 오수피아〉 봤어요?" 주인이 말했습니다.

"아, 누가 거기 가서 아게 빵을 달라고 했더니 오이보 사람들이 무무* 같은 표정을 짓던 그거요?"

그들은 갑자기 내려앉은 침묵 속에 음식을 먹었습니다. 그는 이곳의 아침이 얼마나 다른지 생각하고 있었습니다. 그는 닭 우는 소리도 듣지 못했고, 무에진이 기도하라고 외치는 소리조차 듣지 못했습니다. 그의 기억 속에 전날 밤의 장면이 돌아왔습니다. 은달리가 거의 옷을 벗고서, 거실 문간에 서 있는 모습이 보였습니다. 그녀는 다른 곳을 보면서 그곳에 서 있었습니다. 그가 두려워해야 할 존재라도 되는 듯 그에게서 등을 돌린 채로 말입니다. 그는 자신이 무슨 짓을 한 건지 기억나지 않았습니다. 그녀에게 고함을 질렀던가요? 그녀를 외면했던가요? 알 수 없었습니다.

"이 사람들 말이에요. 이 사람들은 시간을 잘 지켜요." 토베가 다시 말했습니다. "10시 정각이라고 하면 10시 정각인 거예요. 1시라

---

* 나이지리아에서 자주 쓰이는 욕설로, 멍청이, 얼간이 등의 뜻.

고 하면 1시고요. 그러니까 빨리 부동산에 가야 해요. 같이 부동산에 간 다음, 당신은 당신 열쇠를 챙겨 가서 그 간호사를 기다리세요."

그는 고개를 끄덕였습니다. "그래야겠네요, 친구."

"어제 아티프한테 전화를 걸어서 집을 구했다고 말했어요. 당신 얘기를 묻더라고요. 난 수강 신청을 하고 수업을 들은 다음에 갈 테니까 아티프의 사무실에서 만나요."

"고마워요, 브라더." 그가 말했습니다. 그는 엘루추쿠에게 맡긴 일과 잠시 후 피오나가 그를 데려갈 직장에 정신이 팔려 별다른 주의를 기울이지 않고 있었습니다.

그들은 식탁을 치우고 집을 떠났습니다. 토베는 안에 컴퓨터와 책 여러 권이 들어 있는 가방을 들고 있었는데, 그 가방은 아이들이 등에 메고 다니는 책가방과 닮아 있었습니다. 토베도 그런 식으로 가방을 멨습니다. 제 주인은 은달리가 준 가방을 들었습니다. 그 안에는 그의 서류와 그녀의 편지, 그녀의 사진들이 들어 있었지요. 이 나라에 온 이래 내내 그랬듯이 말입니다.

그들은 도심 한복판에서 부동산을 찾았습니다. 사무실은 옷 가게와 보석 가게로 가득한 구역에 틀어박혀 있었습니다. 도심에서 조금 벗어나서, 가게들과 PC방, 식당, 작은 모스크가 가득한 빽빽한 거리에 있었지요. 비둘기들이 콩콩 뛰어다니며 뭔가를 먹고 있었습니다. 터키 사람들과는 다른 수많은 백인이 보였습니다. 토베는 그들이 유럽인 혹은 미국인이라고 말했습니다.

"저 사람들은 달라요." 토베가 우겼습니다. "이 사람들, 터키 사람들은 진짜 백인이 아니에요. 터키 사람들은 아랍 사람이랑 더 닮았죠. 어떻게 다른지는 당신도 알 거예요. 수단 사람들 본 적 있어요? 그 사람들은 우리 흑인하고는 달라요. 그런 **종류**의 차이죠."

그들이 이야기하는 종류의 백인 무리가 걸어가고 있었습니다. 거의 벌거벗다시피 반바지와 브래지어만 입고 슬리퍼를 신은 젊은 여자 두 명이 지나갔습니다. 그중 한 명은 수건을 들고 있었습니다. "세상에, 봐요, 오모!" 토베가 말했습니다.

그가 웃었습니다. "다시 태어나기라도 한 줄 알았네요." 그가 말했습니다.

"네. 근데 봐요, 이 여자들도 괜찮지만 터키 여자들이 훨씬 낫죠. 그래도 나이자가 1등이에요."

에그부누시여, 사무실에 들어가보니 공기가 담배 연기로 가득했습니다. 통통한 백인 여자가 의자에 앉아 담배를 피우고 있었습니다. 저는 문간에 둥근 부적이 걸려 있는 것을 보았습니다. 오시미리 색깔에 안쪽에는 사람 눈 같은 것이 그려져 있었습니다. 너무도 부적과 비슷하게 생겼기에, 저는 그것이 주인에게 위험한지 살피려고 주인에게서 나왔습니다. 그러자마자 그 물체 주변을 휘감고 있는 뱀 형태의 이상한 영혼이 보였지요. 그 존재는 수호령으로서 천상의 여러 평원을 정기적으로 여행하는 제게도 무서운 모습이었습니다. 저는 서둘러 달아났습니다.

제가 다시 주인에게 합류했을 때, 여자는 토베가 준 돈을 헤아리고 있었습니다. 주인은 열쇠를 받아 나오며 압도적인 안도감을 느꼈습니다. 시간은 거의 10시가 되어 있었습니다. 그래서 그들은 버스 정류장으로 걸어갔습니다. 겨우 몇 분을 서 있는데 피오나가 목에 반짝이는 목걸이를 걸고 흰 가운을 입고서 차를 타고 도착했습니다. 그는 토베와 악수하고 자동차로 달려갔습니다.

"기분 좋아 보이네요." 그가 타자마자 피오나가 말했습니다.

"네, 피오나. 감사합니다. 당신 덕분이에요."

"아, 무슨, 별말씀을요! 전 아무것도 한 게 없어요. 당신이 아주 곤란한 상황이었잖아요."

그가 고개를 끄덕였습니다.

"친구랑 같이 아파트를 얻었어요."

"아, 아주 잘됐네요. 아주 잘됐어요. 그러면 마음이 좀 낫죠, 집이 있으면요."

그는 그렇다고 말했습니다.

"제 친구 이스마일은 사무실에서 당신을 기다리고 있어요."

주인이 좌석에 앉자마자, 저는 그 여자가 손목 밴드 형태로 제가 앞서 보았던 부적을 차고 있는 것을 눈치챘습니다. 저는 주인의 머릿속에 부동산에 있는 부적의 모습을 비추어주면서, 그에게 여자의 손목 방향을 가리켜 보였습니다. 그게 무엇인지 알고 싶어 호기심이 들었기 때문입니다. 예상치 못하게도, 추쿠시여, 그게 통했습니다.

"에스 마." 그가 말했습니다.

"네?"

"사람 눈처럼 생긴 이 파란 건 뭔가요……? 여기저기 자주 보이던데."

"아, 아." 여자가 말하더니 자기 손을 들어 올렸습니다. "이블아이예요. 뭐랄까, 행운의 주문 같은 거죠. 터키 사람들한테는 엄청난 거예요.”

주인은 그 물건이 무엇인지 완전히 이해할 수 없었지만 고개를 끄덕였습니다. 하지만 저는 그것이 개인적인 주술의 도구일 뿐이지, 주인을 해칠 수 있는 건 아니라는 걸 알게 되어 마음이 놓였습니다.

그들은 스테레오에 노래를 틀어놓고 차를 몰았습니다. 그녀는 주인에게 어떤 음악을 좋아하느냐고 물었지만, 주인이 좋아하는 음악의 이름을 줄줄 늘어놓자 그중 한 곡도 몰랐습니다. 주인은 말을 마치자마자 올리버 드 코크를 언급하지 않았다는 생각이 문득 떠올랐습니다. 올리버 드 코크를 떠올리자 짜증이 났습니다. 꼭 드 코크가 그에게 피해를 끼친 것만 같았습니다. 하지만 사실 그는 자신이 은달리 가족의 집에서 모욕당한 날의 기억을 그날 음악을 연주하던 드 코크와 연관 짓게 되었을 뿐이라는 걸 알고 있었습니다. 이젠 그런 이유로 드 코크를 원망하게 되었다니요.

“이 사람은 엠레 아이딘이에요, 아주 훌륭한 터키 가수죠. 전 이 사람을 아주 많이 좋아해요.” 그녀가 웃더니 주인을 힐끗 보았습니다. “그건 그렇고, 솔로몬. 당신 사연을 생각해봤어요. 아주 고통스러운 일이에요.”

그가 고개를 끄덕였습니다.

“최근에 읽은 어떤 책이 생각나더라고요. 그 책에서는 전쟁 중에 아내가 남편에게 군대에 들어가라고 해요. 그런데 정작 군대에 들어갔더니, 아내가 뭐랄까, 그 군대의 행위에 아주 마음이 상하죠. 히틀러의 나치 군대였거든요. 그래서 그녀는 남편을 떠나요. 아주 어려운 책이에요. 사랑하는 여자 때문에 엄청난 일을 하지만, 그러고 나서 그 여자를 잃는 거니까요. 당신한테도 그런 일이 일어날 거라는 말은 아니에요, 오해하지 말아요." 그녀가 손을 저었습니다. "당신은 괜찮을 거고, 당신 약혼자는 항상 당신과 함께해줄 거예요. 확실해요. 난 희생에 대해 얘기한 거예요. 게나우?"

그는 그녀를 올려다보았습니다. 그녀의 말들이 그의 가슴으로 쏟아져, 심장을 꿰뚫었기 때문이었습니다.

"네, 마. 저는……." 그는 말을 멈추고 대신 말했습니다. "네, 피오나."

그들은 다시 낯선 도로를 지나 거대한 다리로 올라간 다음, 서로 맞물린 벽돌들로 만들어져 있는 작은 경사로를 내려왔습니다. 자동차가 마을 경계선처럼 보이는, 식물이 빽빽한 곳으로 바뀌는 지점에 이르자 해가 더 낮게 가라앉는 것처럼 보였습니다. 태양의 열기가 실체 없는 파동 속에 모습을 드러내면서 자동차가 갑자기 강물로 뛰어든 것처럼 보였지요. 하지만 그런 착시는 곧 부서졌고, 그들은 도시의 작은 골목으로 접어들었습니다. 자동차는 다른 차들을 빠르게 지나치면서 삐걱거리는 소리를 냈습니다. 너무 많이 덜컥거려서, 은달리가 그를 떠난다는 생각, 그의 머릿속 요람에 어린아이처럼 누워 있던 생각이 한쪽 끝에서 다른 쪽 끝으로 심하게 옮겨 다녔습니다. 그는 그 생각을 잠재우려고 애썼지만 그럴 수 없었습니다.

오시미리아타아타시여, 잔인한 실패를 경험한 사람에게 구체적인 희망이 가져다주는 평화는 설명하기 어렵습니다. 그것은 영혼의 숭엄한 마법입니다. 불구덩이 위의 절벽에서 사람을 들어 올려 그가 일탈했던 길로 되돌려놓는 보이지 않는 힘이자, 깊은 바다에 빠져 죽어가는 사람을 끌어당겨 뱃전에 올려놓고 신선한 공기를 들이쉬게 하는 밧줄이지요. 간호사가 그에게 준 것이 바로 그것이었습니다. 하오나 제가 예전에도 여러 번 보았듯, 닭에게 모이를 주는 손이 바로 그 닭을 죽이는 손입니다. 이것이 세상의 신비이며 이 낯선 땅에서 제 주인과 제가 경험하게 될 신비였습니니다. 하지만 저는 최대한 자세히 이 이야기를 전해야만 하나이다, 에그부누시여. 저희가 이곳, 베이궤의 빛나는 법정에서 당신 앞에 나아올 때 당신께서 저희에게 바라시는 것이 그것이기 때문입니다.

나흘 전 영혼에 피를 흘리며 떠나왔던 도시에 도착했을 때, 그는 가슴이 너무도 따뜻해지고 기쁨이 너무도 커져서 사진을 찍고 싶어졌습니다. 그래서 그는 도시에 들어가기 전에 피오나에게 핸드폰에 카메라가 달려 있는지 물었습니다.

"네, 네." 그녀가 말했습니다. "블랙베리예요."

"좋네요." 그가 말했습니다.

"사진 찍고 싶어요?"

그가 고개를 끄덕이고 미소 지었습니다.

"하!" 그녀가 말하더니, 입으로 공기를 불어냈습니다. "사진 찍고 싶다는 말도 못 해요? 수줍은 남자네요."

그녀는 그가 가슴 앞에 팔짱을 끼고 있는 사진, 흰 대리석 건물 정면의 라이트박스 표지판을 가리키는 사진, 두 손을 양쪽으로 쫙 펼치고 있는 사진을 찍어주었습니다. 그는 행복해 보이는 자신의 사진들을 다 살펴보고 기분이 좋아졌습니다.

"이메일로 보내줄게요."

그는 동의했습니다. 도시로 들어가면서 그의 정신 일부는 은달리를 생각하고 있었습니다. 그녀가 이 사진들을 얼마나 좋아할지에 대해서 말입니다. 나머지 반은 건물의 화려함에 대한 경이감에 사로잡혀 있었지요. 호피 무늬가 들어간, 피처럼 붉은 깔개와 장식적인 전구들, 기계들과 TV 화면들……. 그는 피오나를 따라 좁은 통로를 걸으며 이 모든 것에 대한 생각을 멈췄습니다. 은달리가 '힐'이라고 부른 신발들 때문인 게 틀림없었지만, 그녀의 엉덩이가 보기 좋게 춤을 추고 있었습니다. 그리고 흰 가운 너머로는 속옷 윤곽선이 보였습니다.

에부베디케시여, 그는 이 모습에 이상하게도 갑자기 가슴이 뛰고, 성욕이 순간 머릿속에 주먹을 내지르자 놀라고 말았습니다. 성욕은 훅 솟아오르는 불길처럼, 그가 놀라 물러설 만큼 빠르고 부자연스럽게 다가왔습니다.

그녀는 무슨 일이 벌어졌는지 의심하듯 돌아섰습니다. "솔로몬, 친구가 얼마를 지급할지는 얘기했었죠?"

"네, 피오나."

"좋아요, 지금은 일단 그렇게 받아요. 나중에 올리면 되니까요. 게 나우?"

그는 고개를 끄덕였습니다. 지배인 사무실 입구에 도착했을 때, 그는 그녀의 곁에서 걷고 있었습니다. 하지만 욕망은 그의 의지마저 거슬러서 남아 있었지요. 그는 그녀가 몇 살일지 궁금했습니다.

그녀의 몸은 젊어 보였습니다. 삼십대 여자 같았습니다. 하지만 목의 피부가 변색되어 있어, 그렇지 않을지도 모른다는 암시를 남겼습니다. 다리에서도 주름의 흔적을 본 적이 있었습니다. 하지만 그가 잘 모르는 백인들에 대해서는 이런 것들을 판단할 수가 없었습니다.

그들은 유리문을 지나 어느 방으로 들어갔습니다. 거기에는 한 남자가 컴퓨터 화면에 얼굴을 붙박은 채 책상 너머에 앉아 있었습니다. 컴퓨터는, 추쿠시여, 너무나 많은 일을 할 수 있는 도구입니다. 그것은 정보를 모으고, 멀리 떨어진 사람들과 의사소통하는 장치가 되고, 그 외에도 아주 많은 일을 할 수 있습니다! 소중한 아버지들의 아이들은 컴퓨터를 흔히 쓰게 되면 조상들로부터 더욱 멀어질 것입니다. 언덕과 땅의 아버지들, 알란디이치에의 거주자들이시여, 이켕가의 제단이 버려졌다고 흐느끼시나이까? 여러분이 본 것은 아무것도 아닙니다. 여러분의 아이들이 오메날라를 지키지 않을까 봐 걱정되십니까? 이것, 이 백인 남자가 들여다보고 있는 빛의 상자는 시간이 무르익으면 여러분에게 더 큰 슬픔을 불러일으킬 것입니다.

주인과 그의 동행이 방에 들어가자마자 남자가 일어섰습니다. 주인은 남자와 악수했지만 그가 하는 말은 거의 알아듣지 못했습니다. 그는 남자가 백인의 언어를 잘하지만, 이 나라의 언어를 더 좋아하는 것 같다고 생각했습니다. 더욱 눈에 띈 것은, 그 남자가 피오나를 안고 그녀의 어깨를 쓰다듬으며 그녀의 팔을 토닥이는 방식이었습니다. 그들은 잠시 그 나라의 언어로 말했고, 그는 방의 네 벽면에 있는 알록달록한 그림들을 뚫어지게 바라보았습니다. 거대한 바다,

헤엄치는 거북, 그가 투어하면서 보았던 폐허 몇 군데의 사진들이었지요. 그러는 내내 주인은 그 남자가 일자리를 주기를 기도하고 있었습니다. 그는 너무 자기 생각에만 빠져 있어 남자가 손을 내밀자 펄쩍 뛰었습니다. "괜찮으시면 내일, 화요일부터 시작하셔도 되겠네요."

"정말 감사합니다, 사장님." 그는 남자와 악수하고 약간 고개를 숙이며 말했습니다.

"별말씀을요. 자, 나중에 봐요, 친구. 축하합니다."

남자는 복도를 돌아 떠나려 하더니, 서둘러 돌아서서 다시 피오나의 손을 잡았고 그들은 포옹했습니다. 남자는 그녀의 두 뺨에 입을 맞추는 것처럼 보였습니다. 은달리가 가끔 자기에게 해달라고 부탁하는 방식이었습니다. 이상한 일이었습니다, 추쿠시여. 아내가 아닌 여자에게 모두가 보는 곳에서 입을 맞추는 남자라니요? 그는 담배에 불을 붙이고 다시 그 나라의 언어로 피오나에게 말을 걸었습니다.

건물에서 나왔을 때, 피오나는 주인에게 줄 케이크를 구워두었다고 말했습니다. 케이크를 오븐에서 꺼내 싸줄 테니, 그다음에 함께 식당에 가자고 했지요. 그녀의 집에 있는 동안 주인에게 자기 정원을 보여주겠다고도 했습니다. 그녀도 주인처럼 농부였으니까요. 그는 그러겠다고 하고 또 한 번 감사 인사를 전했습니다. 그들이 다시 길에 올랐을 때쯤, 그의 성욕은 흐지부지 시든 뒤였습니다. 친구들 사이의 낯선 이처럼 기쁨 한가운데에 서 있는, 아직 무르익지 않은 분노에 억눌렸던 것입니다. 그와 같은 이보 사람이, 그가 형제라고, 옛 동창이라고 부를 수 있는 사람이 그를 속이고 하마터면 그를 파멸시킬 뻔했습니다. 그런데 이곳에서, 낯선 이들 사이에서, 다른 나라와 인종에 속한 사람들에게서, 한 여자가 나타나 그를 구해주었습니다. 이 여자와 그녀의 친구는 오랫동안 그와 함께 십자가를 짊어져주었던 토베보다도 멀리 나아갔습니다. 피오나와 이 남자는 그의 십자가를 받아 불을 붙였습니다. 그리고 그녀의 집에 도착했을 때쯤 그의 십자가는—십자가 전부와 그 안에 들어 있던 것 전부는—불타서 재가 되었습니다.

에그부누시여, 저는 인간과 치가 지닌 근원적인 약점에 대해 이야기한 적이 있습니다. 그들은 미래를 보지 못합니다. 그런 능력이 있었다면 엄청나게 많은 재앙이 쉽게 예방되었겠지요! 아주 많은 재앙이 말입니다. 하지만 저는 당신께서 제게 사건을 벌어진 순서대로 증언하고 제 주인의 행위를 완전히 설명하기를 요구하신다는 것을 알고 있으므로 곁길로 새지 않아야 합니다. 그러므로 저는, 주인이 이 여인을 따라 그녀의 집으로 갔다는 말로 이야기를 잇겠습니다.

집은 컸습니다. 집 밖에는 정원과 호스, 깔끔한 화단에 가지런한 꽃들이 있었습니다. 그녀는 가끔 독일에서 들른다는 그녀의 어머니가 농부라고 말했습니다. 낙엽으로 가득 찬 바싹 마른 웅덩이가 삽과 손수레 옆에, 한쪽에 있는 낮은 벽 근처에 있었습니다. 그녀는 먹을 수 있는 것은 토마토를 빼면 아무것도 심지 않았습니다. 하지만 토마토도 오랫동안 심지 않았습니다. 주인은 이 정원이 그녀가 계속 갖고 있고 싶은 것들을 보관하는 장소라는 것을 깨달았습니다. 가느다란 빨랫줄이 잎사귀가 다 떨어진 낮은 나뭇가지에서 집까지 이어져 있었는데, 그녀는 그 나무에 걸려 있는 낡은 파라핀 램프가 자기 고양이의 것이라고 했습니다. 고양이 이름은 미겔이었습니다. 그는 사람들이 고양이를 반려동물로 기를 수 있다는 걸 몰랐습니다. 고양이에게 이름을 붙일 수 있다는 건 차치하더라도 말입니다.

자동차 엔진처럼 보이는, 땅에 놓인 어떤 물건은 그녀의 시아버지가 타고 있다 죽은 트럭에서 나온 것이었습니다. 그녀는 이 물건을 보고 잠시 멈추더니 두 손을 양옆으로 내렸습니다. 그러다가 그를 보지도 않고 말했습니다. "그게 문제의 시작이었어요. 그 이후로, 그 사람은 항상 말했죠. '왜 운전을 하시게 내가 놔뒀을까? 일흔두 살에 운전을 하시지만 않았어도 오늘까지 여기 계실 텐데.' 그게 그 사람이 인사불성이 될 때까지 술을 마시고 세상을 외면하는 이유예요." 그때, 예기치 못한 일이 일어났습니다. 그녀가 주인에게로 돌아섰을 때, 내내 생기로 가득 차 있던 여자가 이제는 거의 눈물을 터뜨릴 것처럼 보였기 때문입니다. "그 사람은 세상에 등을 돌렸어요." 그녀가 다시 말했습니다. "온 세상에요."

주인은 일자리에 대해, 카지노에 대해, 엘로추쿠에게 맡긴 임무에 대해, 그 일이 어떻게 될지에 대해 생각하느라 그녀가 하는 말을 거의 듣지 못했습니다. 그는 오래오래 걸었던 그 시간이 인생에서 가장 견디기 어려운 시간이라고 생각했었는데, 알고 보니 그 시간이야말로 엄청난 희망을 가져다주는 계기가 되었다는 생각이 들었습니다. 그는 그녀를 따라 집으로 들어갔습니다. 백인들의 집은 어떻게 생겼는지 궁금했습니다. 그들은 뒷문을 지나 주인이 예전에 보았던 그 무엇과도 비슷하지 않은 부엌으로 들어갔습니다. 그곳은 대리석으로 되어 있었고(에그부누시여, 그가 대리석이라는 단어를 알았던 건 아닙니다) 여러 점의 그림으로 덮여 있었습니다.

"내가 그린 거예요." 주인이 다른 그림들과는 다른 한 그림을 응시하자 피오나가 말했습니다. 그것은 고양이나 개나 꽃을 그린 그림이 아니라 새를 그린 그림이었습니다.

"아주 멋지네요." 그가 말했습니다.

"고마워요."

주인은 그녀와 함께 거실로 들어갔다가 은달리 아버지의 어마어마한 부에 문득 놀랐습니다. 은달리의 집은 백인 가족의 집보다도 호사스러웠으니까요. 그는 노란 벽 옆의 피아노와 큰 텔레비전, 스피커를 둘러보았습니다. 일종의 가죽으로 만들어진, 긴 검은색 소파가 딱 하나 있었습니다. 벽은 처음부터 끝까지 그림과 사진으로 뒤덮여 있었습니다. 텔레비전과 책장 근처에는 인간의 뼈대 같은, 건조한 흰색 조각상이 서 있었습니다. 그 조각상은 이블아이 그림이 들어가 있는 목걸이를 걸고 있었습니다.

"그럼 옷을 갈아입어야겠네요. 더워서. 바지랑 셔츠로 갈아입을 테니까, 그다음에 케이크를 챙겨서 가요. 게나우?"

그는 고개를 끄덕였습니다. 그는 그녀가 계단을 오르는 모습을, 가운 아래로 보이는 허벅지를 지켜보았습니다. 그의 내면에서 욕망이 다시 솟구쳤습니다. 주인은 이 충동을 떨쳐내려고 그녀의 남편처럼 보이는 남자가 앉아 있는, 피아노 위쪽 벽에 걸린 사진을 올려다보았습니다. 사진 속 그의 눈은 행복했습니다. 하지만 성질이 거칠 것만 같은, 피오나가 "세상에 등을 돌렸다"고 표현한 것과 비슷한 완고한 느낌도 그 눈에 깃들어 있었습니다. 남자 혼자만 담긴 그 사진 옆에는 그와 피오나가 함께 있는 사진이 있었습니다. 이 사진에서의 피오나는 몇 년 더 어리고, 숱이 더 많은 머리카락은 등 뒤로 늘어진 꼬리 모양으로 묶고 있었습니다. 그들은 자리에 앉아 있었는데, 피오나가 남자의 앞에, 남자가 피오나의 뒤에 있었으며 그의 절반은 가려져 있어서 오직 가슴만이 드러나 있었습니다. 배경에 사람들이 있었는데 몇몇은 두드러지고 몇몇은 멀어서 흐리게 보이는 걸 보니 사진을 찍을 때 특수 기능을 쓴 것 같았습니다. 녹색 자동차의 트렁크—뒤쪽이 아래를 가리키고 있는—가 사진 속으로 뻗쳐 들어오고, 그 나머지 반쪽은 시선이 미치지 않는 망각 속으로 사라지고 없었습니다.

에그부누시여, 이 시점에서 저는 주인이 단지 그 남자에게 어떤 슬픔이 닥쳤는지 궁금해했을 뿐 이 남자에 대해 다른 생각은 아무것도 품지 않았음을 말씀드릴 수 있습니다. 그는 피오나가 설명했던 어둠의 징조가 조금이라도 보이는지 살피려고 남자의 사진을 보고 있었습니다. 그는 또 집에 도착한 이래로 피오나에게서 일종의 고요한 두려움이 느껴진다는 걸 알아챘습니다. 그녀는 마치 별로 마주하고 싶지 않은 어떤 것을 두려워하고 있는 것만 같았습니다. 추쿠시여, 저는 기억이 항상 정확하지는 않다는 것도 충분히 가능한 일이라는 걸 알고 있습니다. 지나고 나서의 생각이 그 회상에 영향을 끼칠 수 있기 때문입니다. 하지만 주인이 그 남자의 사진을 자세히 성찰하듯 바라보았다고, 모호하게나마 앞으로 닥칠 일을 알고 있는 것처럼 바라보았다고 말씀드릴 때는 그 말이 여과 없는 진술이라 하겠습니다. 주인은 사진에서 고개를 돌려 장작과 마른 재가 들어 있는, 벽이 뒤로 푹 꺼져 있는 작은 공간을 보았습니다. 그는 그것이 거실에 있는 장작이라고 생각했지만, 저는 야가지에의 시절을 통해 그것이 백인들이 날이 추울 때 별을 쬐기 위해 쓰는 벽난로라는 공간임을 알고 있었습니다. 주인이 잔인한 백인의 나라 버지니아로 갔을 때는 이런 공간이 모든 집에 있었습니다. 그게 없으면 추위가—이런 추위란 위대한 아버지들의 땅에서는 생각조차 할 수 없는 것입니다—그들을 죽이게 될 테니까요. 주인이 벽난로를 살펴보고 있을 때 피오나가 계단을 내려오기 시작했습니다. 그녀는 짧은 바지와 반으로 잘라놓은 사과 그림이 그려진 셔츠를 입고 있었습니다.

"좋아요, 케이크를 가져올게요. 그리고 가요."

"알겠어요, 피오나."

그는 그녀가 오븐을 열고 종이 같은 흰 소재로 싸놓은 무언가를 꺼내는 것을 지켜보았습니다. 저도, 주인도 그게 무엇인지 몰랐습니다. 그녀는 그것을 비닐봉지에 넣었습니다.

"어떤 음식을 좋아해요?" 그녀가 말했습니다.

그가 막 입을 열었을 때 그녀가 손을 내저어 그의 말을 끊었습니다. 그는 그녀의 눈이 보는 방향으로 고개를 돌리고 그 이유를 알아차렸습니다. 현관문이 열리더니 사진 속 남자가 나이 들고 훨씬 더 피곤해 보이는 모습으로 들어왔습니다. 셔츠 단추가 풀려 있었습니다. 주름진 파란색 셔츠였지요. 말려 올라간 소매 밑으로 털이 너무 많아 손이 검어 보이는 흰 피부가 드러났습니다. 그는 거실로 몇 걸음 들어오더니 그 자리에 우뚝 멈추어 서서 그들을 바라보았습니다.

"아흐메드. 어서 와요." 피오나가 초조함과 두려움이 드러나는 목소리로 말했습니다. "어디 갔다 와요?"

남자는 입을 열지 않았습니다. 그는 주인에게서 자신의 아내에게로, 다시 주인에게로 눈을 두리번거리며 서 있었습니다. 제게는 익숙한 강렬함을 담아서 말입니다. 그것은 생각을 통할 때보다는 결과를 보아야 중요성을 잘 이해할 수 있는 시선이었습니다. 죽기 직전에야 삶의 어마어마함이 완전히 이해되듯이 말입니다. 남자는 말을 하려는가 싶더니, 대신 들고 있던 가방을 바닥에 가만히 내려놓았습니다. 피오나는 그의 이름을 부르며 그에게 다가갔지만, 남자는 책장 쪽으로 걸어갔습니다.

"아흐메드." 그녀가 다시 말하더니, 외국어로 입을 열었습니다.

남자는 주인을 겁에 질리게 만든 표정으로 대답했습니다. 남자가 입을 열자 그의 입에서 침이 튀었습니다. 그는 피오나를 가리키고 주먹을 쥐더니 그 주먹으로 손바닥을 쾅 쳤습니다. 피오나는 헐떡이면서 손으로 입을 막고 항의하는 것처럼 빠르게 말을 쏟아냈는데, 남자는 그 말에 전혀 귀를 기울이지 않았습니다. 그는 더욱 큰 소리로, 높은 목소리로 말했습니다. 손가락을 꺾고 가슴을 쿵 치더니 발을 굴렀습니다. 남자가 말하며 점점 뒤로 물러나자 피오나는 초조해하면서 남편에게서 주인에게로, 다시 남편에게로 시선을 돌렸습니다. 그녀의 두 눈은 눈물로 가득 차오르고 있었습니다. 그녀가 말을 하고 있는데 남자가 주인을 마주 보았습니다.

"넌 누구야?" 남자가 말했습니다. "내 말 들려? 대체 넌 누구냐고?"

"아흐메드, 아흐메드, 루트펜.*" 피오나가 말하더니 그를 잡으려 했습니다. 하지만 남자는 잔인한 힘을 실어 몸을 비틀어 빼내더니 그녀의 얼굴을 후려쳤습니다. 그녀는 비명을 지르며 쓰러졌습니다. 그녀의 남편은 바닥까지 그녀를 따라가 주먹으로 두들겨 팼습니다.

가가나오구시여, 주인은 눈앞에 펼쳐지는 일을 보고 겁에 질렸습니다. 그의 치인 저도 마찬가지였습니다. 그는 제자리에 선 채 떨리는 목소리로 말했습니다. "죄송합니다, 선생님, 죄송합니다, 선생님!" 그는 문을, 서두른다면 별로 어렵지 않게 가서 닿을 수 있는 통로 쪽 문을 힐끗 보았지만 가만히 서 있었습니다. 가! 저는 그의 머릿속 귀에 대고 소리쳤지만, 그는 그냥 앞으로 조금 나아갔습니다. 그러더니 그는 다시 피오나에게로 고개를 돌렸습니다. 주인은 앞으로 몸을 날려 남자의 등을 때리고 그를 밀쳐냈습니다. 남자는 일어나 가방을 집어 들더니, 가방을 가지고 그에게 달려들었습니다. 남자는 가방을 주인의 얼굴에 내던졌고, 주인은 그 인정사정없는 힘에 방 건너편으로 내동댕이쳐졌습니다. 가방이 그의 얼굴에 맞고 바닥에 떨어졌습니다. 거기에서 난 소리와 바닥에 쏟아진 거품 나는 액체를 보건대, 저는 곧바로 그 안에 병이 들어 있었다는 것을 알아차렸습니다.

* 제발. (터키어)

주인은 멍해진 채 넘어진 자리에 그대로 누워 있었습니다. 그의 몸은 허약한 평화 속에 있었습니다. 눈을 뜨자 빠르게 움직이는 형체가 시야로 달려 들어왔습니다. 주인은 그게 뭔지 알아차릴 사이도 없이 다시 눈이 감겼습니다. 천천히, 계속, 그는 차가운 액체가 그의 어깨와 가슴, 팔을 따라 흘러내리는 것을 느꼈습니다. 에부베디케시여, 저는 이 일에 엄청난 충격을 받았으나 주인이 살아 있는 것에 어마어마하게 안심했습니다. 이 남자가 주인을 죽였다면 그의 조상들께서 저에 대해 뭐라고 말씀하셨겠나이까? 제가, 그의 치가 잠들어 있었다고 말씀하실까요? 아니면 제가 아주-치라거나 에풀레푸라고 하실까요? 가끔은 인간의 삶이 이렇게 갑자기 끝나기도 합니다. 저는 그런 일을 여러 번 보았습니다. 어느 순간에는 사람들이 노래를 부르고 있다가 다음 순간에는 죽어버립니다. 어느 순간에는 친구나 친척에게 길 건너 가게에 가서 빵을 사고 돌아오겠다고 말합니다. 5분 후에 돌아올게. 하지만 그들은 결코 살아서 돌아오지 못합니다. 한 여자와 그녀의 남편이 이야기를 나눕니다. 그녀는 부엌에, 그는 거실에 있습니다. 그가 질문을 던지고, 그녀가 대답을 하는 동안—그녀가 대답을 하는 동안에 말입니다, 에그부누시여!—그가 떠나버립니다. 그녀는 잠시 그의 말을 듣지 못하자, "남편, 듣고 있어? 거기 있는 거야?"라고 외칩니다. 그리고 그가 대답하지 않으면, 그녀는 들어와서 그가 축 늘어져 있는 것을, 한 손으로 가슴을 부여잡고 있는 것을 보게 됩니다. 저는 이 역시 목격한 적이 있습니다.

주인은 살아 있지만 엄청난 고통을 느끼며 누워 있었습니다. 그의 얼굴과 입이 피로 뒤덮여 있었지요. 그는 계속 눈을 감고 있고 싶었으나 피오나의 비명과 애원이 그러지 못하게 막았습니다. 그가 다시 눈을 떴을 때는 남자가 보였고, 남자의 손에는 그를 후려친 것이 들려 있었습니다. 커다란 흰색 병이었습니다. 아래쪽 절반이 깨져 있고, 생기다 만 손가락 같은 모양의 모서리는 붉게 물들어 있었으며, 거기에서 피가 천천히 바닥으로 똑똑 떨어졌습니다. 남자는 그 물건을 들고 피오나를 내려다보며 서 있었습니다. 그때, 주인은 남자가 그녀의 위로 몸을 숙이고 고함을 지르며 병을 휘두르는 것을 보았습니다. 그 바람에 핏방울과 와인이 그녀의 얼굴에 튀었습니다. 시야가 흐릿했지만, 주인은 남자가 병을 집어 던지고 주저앉아 다시 그녀의 목으로 손을 뻗는 것을 보았습니다. 남자는 그녀의 비명과 애원에도 마음이 흔들리지 않는 것 같았습니다. 주인은 천천히 그들에게 기어가다가 힘을 모으려고 잠시 멈추었습니다. 그가 한 발 다가갈 때마다 피오나의 비명이 점점 시끄러워졌습니다. 이제 남자가 그녀의 목에 손을 대는 데 성공했기 때문이었습니다. 에그부누시여, 인생의 이 기억할 만한 순간에 주인은 심하게 피를 흘리면서도 위로 손을 뻗어 스툴을 집어 들고, 피가 시야를 흐리지 못하게 막으려고 눈을 뜨고 있으려 안간힘을 다했습니다.

그의 손에 들린 스툴은 무겁게 느껴졌습니다. 그는 피를 흘려 약해져 있었습니다. 지금만이 아니라 며칠 전 병원에서 흘린 피 때문이기도 했습니다. 하지만 피오나의 비명이 그를 앞으로 떠밀었습니다. 그는 일어서서 한 발을, 이어 다른 발을 뗐고, 마침내 그들이 있는 곳에 이르렀습니다. 끌어낼 수 있는 모든 힘을 끌어내, 그는 곡식 자루라도 된 것 같은 자기 몸을 앞으로 끌어당기며 스툴을 남자의 머리에 갖다 댔습니다.

남자는 뒤로 쓰러져 그에게 부딪치더니 가만히 누워 있었습니다. 그의 머리에서 피로 이루어진 후광이 만들어졌습니다. 주인은 비틀거리며 얼굴을 닦고 눈꺼풀을 깜빡거렸습니다. 그런 다음 그는 젖은 바닥으로 다시 넘어져, 의식과 무의식 사이의 검은 베란다에 누워 있었습니다. 갑자기 세상이 되어버린 의미 없는 공간 속에서, 그는 피오나가 이상한 생물로 변하는 것을 보았습니다. 어느 순간에는 새로, 어느 순간에는 흰옷을 입은 흰 여자로 말입니다. 괴로움으로 가득한 시야의 경계에서, 그는 그녀가 손을 뻗어, 뻣뻣하게 똬리를 틀고 있다가 몸을 푸는 뱀처럼 천천히 일어난 뒤, 비명을 지르고 고함을 치기 시작하는 모습을 보았습니다. 그는 그녀가 남편 곁의 방구석에 쭈그리고 앉는 모습을, 그 깃털이 풍부하고 거의 완전하게 흰 모습을 보았습니다. 그러더니 그녀는 다시 사람의 형체를 갖추고 축 늘어진 남편을 깨우려 했지만, 그는 움찔하지도 않았습니다. 그는 그녀가 말하는 소리를 들었습니다. "숨을 안 쉬어! 숨을 안 쉬어요! 세상에! 세상에!" 그러더니 그녀의 날개가 펼쳐졌고, 그녀는 그의 시야 바깥으로 날아갔습니다.

그는 자신의 농장에서 나무 아래 벤치에 앉아 앞을 바라보고 있는 은달리의 정적인 모습을 머릿속에 담은 채 그곳에 가만히 누워 있었습니다. 그는 그녀가 무엇을 보고 있는지 알 수 없었습니다. 이 장면이 기억에서 나왔는지, 상상에서 나왔는지 알 수 없었습니다. 그의 치인 저도 마찬가지였고요. 하지만 피오나가 날개를 활짝 펼친 채 위엄 있는 걸음걸이로 돌아오는 모습을 지켜보는 동안에도 그 장면은 계속되었습니다. 주인은 그녀의 커진 가슴판을, 반짝이는 목걸이가 둘려 있는 그 가슴판을 보았고, 뭔가 분명치 않은 것이 안에 물려 있는 부리를 보았습니다. 그러더니 그녀가 다시 움직였습니다. 이번에는 인간의 발로 움직였습니다. 그는 그녀의 발이 바닥에 닿는 소리를 들었습니다. 그녀의 어렴풋한 울음소리를 들었습니다.

그는 백인 여자가 전화에 대고 뭐라 말하는 소리를, 미친 듯한, 무력한 목소리로 말하는 소리를 들었습니다. 그는 그녀를 보려고 눈을 떴지만, 너무 빠르게 눈을 깜빡이고 있어서 눈 밑 근육이 아파오기 시작했습니다. 모든 것을 감싸는 어둠 속에서 갑작스러운 한기가 그의 몸에 찾아들었고 그는 어떤 존재를 의식하게 되었습니다. 추쿠시여, 그는 고요해졌습니다. 이번에도 그것이 왔다는 걸 알 수 있었기 때문입니다. 인생의 무대 뒤에서 그것이 왔습니다. 붉은 어머니가 있고 피부색이 핏빛인 그 존재 말입니다. 이번에도, 그게 왔습니다. 그것은 다시 왔습니다. 그에게 주어졌던 모든 것을 훔치고 그가 발견했던 기쁨을 파괴하기 위해서 말입니다. 이게 뭘까? 그는 궁금했습니다. 사람일까, 짐승일까? 영혼일까, 신일까? 이장고-이장고시여, 그는 몰랐습니다. 그의 치인 저도 몰랐습니다. 위대한 아버지들은 염소의 배 모양만 보고서 그것이 어떤 풀을 먹었는지 알 수는 없다는 말을 자주 합니다.

그는 피오나가 우는 소리를 들었지만 눈을 뜨지 않았습니다. 그녀가 그에게 무슨 말을 했는데 처음에는 그 말이 들리지 않았습니다. 그런 다음 그녀는 널빤지처럼 가만히 누워 있는 자기 남편에게 말을 걸었습니다. 그녀가 했던 말이 크고 분명하게 들린 것이 그때였습니다. "당신이 죽였어. 당신이 죽였어." 그녀는 시끄러운 소리를 내며 무너져 내렸습니다. 그녀가 울음을 터뜨리기도 전에 멀찍이서 사이렌이 울리기 시작했습니다. 하지만 그는 그곳에 가만히 누워 있었으며, 그의 정신은 은달리가 알 수 없는 것을 들여다보는 기이한 광경에 고정되어 있었습니다. 어떤 신비로운 방법으로, 그녀가 수천 킬로미터의 장벽을 뚫고 와 그를 보고 있는 것 같았습니다.

17장
알란디이치에

에부베디케시여, 옛 아버지들은 지혜롭게도 사람은 무사히 들렀던 바로 그곳에서 덫에 걸리는 경우가 많다고 경고합니다. 주인은 백인 여자에게서 구원을 찾았으나 이제는 바로 그곳에서 상처를 입어 피를 흘리며, 자기 피에 눈이 가려진 채 누워 있었습니다. 저는 미친 듯, 아무것도 할 수 없는 채로, 이 비극적인 종말을 추쿠 당신과 제 주인의 조상들에게 어떻게 설명해야 할지 경계하면서, 영적인 영역에서 혹시 도움을 구할 수 있을지 살펴보려고 그의 몸을 떠났습니다. 나오자마자, 저는 온갖 종류의 영혼들이 인류 전체를 향해 행진하는 어둠의 외인부대처럼 그 방에 모여 있는 것을 보았습니다. 그들은 사방에 있었습니다. 천장의 아치 근처에도 매달려 있었고 주인과 다른 남자의 몸 위에도 떠다니고 있었으며, 몇몇은 그림자로 만든 커튼처럼 널려 있었습니다. 그들 중에는 얼굴을 추하게 찡그리고 저를 응시하는 보기 흉한 존재도 있었습니다. 저는 그것이 바닥에 있는 남자의 실체 없는 복제품이라는 것을 눈치챘습니다. 그것은 손가락으로 저를 가리키며 이 나라의 낯선 언어로 말했습니다. 그것이 말하고 있을 때 문이 열리고 경찰관들이 은달리와 백인 여자가 입었던 것과 같은 흰색 가운을 입은 사람들과 함께 쏟아져 들어왔습니다. 그녀는 울면서 그들에게 말을 했고, 자기 남편을, 그 다음에는 제 주인을 가리켰습니다. 주인은 피를 잃어 천천히 무의식으로 빠져들며 그곳에 누워 있었습니다.

경찰관과 간호사 세 사람이 주인을 공격했던 남자를 데리고 나갔고, 피오나가 그들의 뒤를 따랐습니다. 그런 다음 그들은 돌아와서 주인을 데려갔습니다. 그들의 신발이 그의 피로 젖었고, 붉은 발자국이 그들의 자취를 남겼습니다. 추쿠시여, 그들이 제 주인의 밴과 닮은 탈것에 올랐을 때쯤(위대한 아버지들의 아이들이 '구급차'라고 부르는 탈것입니다) 그는 정신을 잃었습니다.

저는 낯선 땅의 거리를 지나 그들을 따라가며, 주인이 볼 수 없는 것들을 보았습니다. 아버지들의 땅에서 발견되는 것과 같은 종류의 수박을 싣고 있는 자동차, 말을 탄 소년과 그의 뒤를 따르며 북을 치고 나팔을 불고 춤을 추는 사람들의 행렬, 이 모든 것이 구급차가 시끄럽게 사이렌을 울리며 지나가도록 길을 터주었습니다. 고작 여자 하나 때문에, 다른 여자를 얻기만 하면 되는데도, 제가 주인을 이곳에, 이 나라에 오도록 허용했다는 두려움과 후회에 저는 정신이 멍해졌습니다.

120

천상 세계의 시야를 가리고 있던 의식의 베일이 찢겨 나간 지금, 저는 두 번째로 이곳 영적 세계가 살아나 주마등처럼 지나가는 것을 보았습니다. 저는 천 개의 영혼들이 이곳 땅 전체에 둥지를 틀고, 나무에 매달리고, 허공에 흘러 다니고, 산 위 혹은 이름을 말하기에는 너무 숫자가 많은 여러 장소에 모여 있는 것을 보았습니다. 주인이 겨우 이틀 전에 갔던 야만박물관 근처에서, 저는 건물 안에 전시되어 있던, 피로 가득한 욕조의 세 아이들을 보았습니다. 그들은 건물 밖에서, 공격을 당한 그 시점에 입고 있던 셔츠가 총격에 갈가리 찢어진 채로, 피로 검게 물들어 서 있었습니다. 그들은 따라다니는 다른 영혼 없이 홀로 서 있었으므로 저는 그들이 그곳에 영원히 서 있는 게 틀림없으며 그 이유는 아마 그들의 피가―그들의 생명력이―벽과 욕조에, 온 세상이 보도록 전시되어 남아 있기 때문일 거라는 생각이 들었습니다.

병원에서는 사람들이 제 주인을 들것에 실어 어떤 방으로 데리고 들어갔고, 그가 안전한 것을 보자 저는 즉시 알란디이치에로, 조상들의 언덕으로 올라갔습니다. 위대한 아버지들 중 그의 친척을 만나 일어난 일을 보고하기 위해서였습니다. 그 뒤에는, 그가 정말로 이 남자를 죽인 것이라면, 저는 추쿠 당신께 와 증언할 생각이었습니다. 주인들이 다른 사람의 생명을 빼앗을 경우 그렇게 하라고 당신께서 요구하셨듯이 말입니다.

이장고-이장고시여, 알란디이치에로 가는 길은 제가 잘 아는 길입니다만, 이날 밤에는 평소보다 더 꼬불꼬불했습니다. 길 양옆의 언덕들은 상상할 수 없을 만큼 어두워, 오직 신비로운 불길에서 나온 잔인한 불빛만이 여기저기 점점이 찍혀 있었습니다. 형제자매를 지상에 두고 있는 오맘발라-우쿠의 물이 검게만 보이는 저 멀리서, 먹먹하게 으르렁대는 소리를 내며 흘렀습니다. 저는 지상 네 모퉁이의 수많은 사람이 조상 영혼의 땅을 향해 빠르게 몰려가는 빛나는 다리를 건넜고, 강에서는 목소리들이 흐르듯 노래하는 소리를 들었습니다. 그 목소리들은 조화를 이루고 있었으나 한 목소리만이 중심에서 두드러졌습니다. 그 튀는 목소리는 소리가 컸지만 가냘팠으며 끊길겼습니다. 곡조가 빨랐고, 새 마체테의 날처럼 날카로웠습니다. 그들은 익숙한 자장가를, 잉태되던 당시의 세상만큼 오래된 자장가를 불렀습니다. 머잖아 저는 그것이 비할 바 없이 아름다운 수많은 시녀들에게 시중을 받고 있는 오운미리 에젠와니의 목소리라는 것을 깨달았습니다. 그들은 함께 고대의 신비로운 언어로 노래를 불렀는데, 저는 그 노래를 아주 여러 번 들어봤는데도 해석할 수 없었습니다. 그들은 태어날 때 죽어 영혼이 정처 없이 천상의 평원들을 가로지르고 있는 아이들을 위해 노래했습니다(아이는 죽었을 때조차 앞뒤 분간을 하지 못하기 때문입니다). 그런 아이들은 평온함의 영역, 가슴은 순수하고 영원한 젖으로 가득하며 팔은 가장 따뜻한 강처럼 나긋나긋한 어머니들이 살고 있는 곳을 향해 누군가 안내해주어야만 합니다.

그들은 저희를 은와-나-엔웨기-은쿠, 즉 '날개 없는 자들'이라고 부르는데, 그것은 저희가 영혼이며 날개 없이, 또한 '아이들' 없이 허공을 여행할 수 있기 때문입니다. 저희는 살아 있는 사람들의 몸속에 살고 있으니까요. 하여, 저는 그들이 노래하는 것은 저를 위해서라는 걸 알아차렸습니다. 저는 그들의 노래를 알은체하고 손을 흔들어 인사하려고 잠시 멈추었습니다. 하지만 추쿠시여, 그 노래에 귀를 기울이자, 저는 당신께서 어쩌면 그렇게 매혹적인 목소리들을 만들어내셨는지 궁금해졌습니다. 당신께서는 어찌 이런 존재들에게 그토록 강한 힘을 주셨나이까? 그런 노래를 들은 자에게는 가던 길을 멈추고 싶은 유혹이 들지 않겠나이까? 알란디이치에로 가는 여행을 완전히 멈추고 싶다는 유혹마저 생기지 않겠나이까? 수많은 죽은 사람들이 천상과 지상 사이에 머물러 있는 것이 바로 그런 이유 아니옵니까? 물가에 앉아 있는 죽은 자들의 영혼들은 죽었지만 안식을 찾지 못하고 유령이 되어 지상을 떠돌지 않사옵니까? 저는 그런 자들을 여럿 보았습니다. 보이지 않고서, 다른 이들에게 보일 수도 없는 채로, 여기에도 저기에도 속하지 못하고, 영원히 오딘두─온우칸마의 상태에 있는 자들 말입니다. 그들 중 몇몇은 오운미리와 그녀의 극단의 매혹적인 음악에 사로잡혀서 이런 상태에 있는 것이 아니온지요?

옛 아버지들은 집에 불이 붙은 사람은 쥐를 잡으러 뛰어다니지 않는다고 말합니다. 그러므로 저는 그 곡조에 전율을 느꼈으나 매혹되지는 않았습니다. 저는 음악이 차츰 잦아들고 인간 거주지의 모습이 완전히 사라질 때까지 걸었습니다. 숫자가 너무 많아 아버지들의 언어에서 이중성을 부여했던 빛나는 **크파크판도**들이 더는 보이지 않았습니다. 그들은 지상의 모래알과 짝을 이루어 하나의 단어를 만듭니다. 별-흙이라는 말입니다. 제가 걸어가자, 별들과 지상에 연결된 모든 것들이 어둠의 담요처럼 둘둘 말려, 그 광대함을 헤아릴 수조차 없는 텅 빈 심연 속으로 사라졌습니다. 언덕들 건너편에는 구석마다 횃불로 밝혀진 길고 구불구불한 오솔길이 있었는데, 그 횃불의 불길은 태양의 빛만큼이나 밝았습니다. 알라이보나 그 너머에서부터 온 은디이치에-은나와 은디이치에-은네를 만나기 시작하는 곳이 이곳입니다. 그들은 저 멀리 거대한 언덕들을 향해 걸어가며, 그들만의 무리를 이루고 있습니다. 오솔길은 양옆이 모두 신성한 오무 잎사귀의 가닥가닥으로 장식되어 있고, 그 잎사귀들은 기이한 리본처럼 나무에 매여 있습니다. 생생한 야자 잎사귀에 붙어 있는 것은 또한 연체동물들, 조개껍질들, 거북이 등딱지들, 그리고 온갖 종류의 값진 돌들입니다.

이곳에서는 언덕을 올라가다 보면 여행자들의 수가 늘어납니다. 최근에 죽은 자들이 언덕을 향해 몰려드는데, 그들은 여전히 죽음의 고통과 삶의 징후를 띠고 있습니다. 남자, 여자, 아이, 노인과 젊은이, 강한 자와 약한 자, 부자와 빈자, 키가 큰 자와 작은 자. 이들은 길가의 고운 흙에 발이 닿아도 아무 소리를 내지 않으며 터벅터벅 걸어갑니다. 그 길은 밝은 빛으로 반짝이지요. 그 언덕들은, 에그부누시여, 그 언덕들은 빛으로 가득 차 있습니다. 아른거리는 빛이 늘어서, 보는 이의 눈에는 투명한 강처럼 흘러가는 듯 보이다가 부연 빛의 소용돌이로 흩어지게 되지요. 저는 산 자들이 옛 어머니들(과 그들의 살아 있는 딸들)이 불렀던 달빛 노래에 알란디이치에를 얼마나 비슷하게 담아냈는지 자주 생각해왔습니다.

알란디이치에

죽은 자들이 살아 있는 곳

눈물이 없는 곳

배고픔이 없는 곳

결국 내가 가게 될 곳

사실, 알란디이치에는 사육제이자 지상에서 떨어져 있는 살아 있는 세계입니다. 이곳은 아바의 거대한 아리아리아 시장이나 백인이 오기 전 시대의 은크파의 오레-오르지와도 같습니다. 목소리들! 목소리들! 모두들 티 하나 없는 숄을 걸치고 걸어 다니거나 흙으로 만든 커다란 불의 단지 주변에 오무를 두른 원을 그리며 모여 있는 사람. 저는 오케오하의 친척들이 모여 있는 원을 찾아냈습니다. 찾기 힘들지는 않았습니다. 저명한 아버지들이 그곳에 있었습니다. 언급하기에는 너무 많았습니다. 예를 들어 그곳에는 추쿠메루지에와 그의 형제인 음메레올레, 조상 영혼의 얼굴을 조각하는 조각가인 위대한 오니에-은카가 있었습니다. 그의 조각상들과 신들을 새긴 가면들, 수많은 아룬시, 이켕가, 아구들의 얼굴, 그리고 도자기들이 이보 민족의 위대한 예술로서 전시되었지요. 그는 600년도 전에 지상을 떠났습니다.

위대한 어머니들도 이곳에 삽니다. 너무 많아 언급할 수 없습니다. 예를 들어 가장 눈에 띄는 분은 위대한 춤꾼 오야딘마 오이리디야로서 그녀의 허리를 바라보는 기쁨에 우리는 염소를 도살한다는 말이 그분에게서 나온 것입니다. 수많은 다른 사람 중에는 울로아쿠와

역사상 가장 위대한 우무아다의 수장인 오비아누주가 있는데, 그녀는 최고 신인 알라가 직접 꿀 바른 로션으로 머릿기름을 발라준 사람이며 수백 년 전 응과 사람들의 물에 독을 넣은 사람입니다.

이 무리를 본 사람은 누구나 제 주인이 걸출한 사람들의 가문에 속한다는 것을 즉시 알아차릴 것입니다. 다들 제 주인이, 인간이 존재하는 한 이 세상에 있었던 사람들의 계보에 속한다는 것을 알겠지요. 그는 무슨 과일처럼 나무에서 떨어진 사람들과 같은 등급이 아닙니다! 그러므로 저는 최대한의 존경심과 겸허함을 품고 그들 앞에 섰습니다. 제 목소리는 어린아이 같았지만 제 정신은 노인들과 같았습니다.

—은데 비 나 알란디이치에, 에케네음 우누.*

"이비아 워!**" 그들이 합창했습니다.

—은데 나 에체 에지 나울로 오케오하 나 오멘카라, 에케네 무 우누.***

"이비아 워!"

저는 은네 아그바소의 위풍당당한 목소리에 입을 다물었습니다. 그 목소리는 새장에 갇힌 새의 목소리처럼 날카로웠습니다. 그녀는 평소의 환영 노래인 '레 오 비아 워'를 부르기 시작했는데, 그 목소리는 오운미리 에젠와니와 그녀의 무리만큼이나 매혹적이고 감미

---

* 알란디이치에에 사는 수백만 영혼이여, 나는 당신들을 사랑합니다. (이보어)
** 운명이로다! (이보어)
*** 선량한 오케오하와 오멘카라를 기다리는 수백만 영혼이여. (이보어)

로웠습니다. 그녀의 노래는 높이 솟아 허공으로 엄숙하게 흩어지며 모여 있는 사람들을 둘러쌌고, 모든 이들에게 다가들어 그들을 감쌌습니다. 그들이 너무 조용해져 저는 산 자와 죽은 자의 절대적인 구별을 다시 절실히 의식하게 되었습니다. 이어서, 그녀는 조개껍데기를 꿴 실을 절걱거리며 제가 치로 위장한 악령은 아닌지 확인하는 의례를 거행했습니다. "추쿠의 알현실로 들어가는 일곱 가지 열쇠는 무엇인가?" 그녀가 말했습니다.

—어린 달팽이의 일곱 껍질, 오맘발라강의 일곱 조개껍데기, 대머리독수리의 일곱 깃털, 아누누에베 나무의 일곱 잎사귀, 일곱 살 거북의 껍데기, 콜라 열매의 일곱 조각, 흰 암탉 일곱입니다.

"어서 오게, 영혼이여." 그녀가 말했습니다. "계속해도 좋네." 저는 그녀에게 감사 인사를 전하고 허리를 숙였습니다.

—저는 여러분의 후손 치논소 솔로몬 올리사의 치입니다. 저는 그의 존재가 생겨난 가장 이른 시기부터 그와 함께했습니다. 추쿠께서 수호령들이 명령을 받기만 기다리고 있는 오그부니케 동굴에서 저를 불러 낮에는 그의 발걸음을 안내하고 밤에는 그의 갈 길에 횃불을 비추어주라고 말씀하신 그 순간부터 말입니다. 그날, 저는 라고스에 있는 이솔로 종합병원의 영안실에서 막 오그부니케로 간 터였습니다. 라고스는 알라이보에서는 먼 땅이지만 아버지들의 아이들 중 많은 수가 지금 살고 있는 곳입니다. 당시에는 저쪽, 제 주인의 어머니의 친족들이 모인 곳에 앉아 있는 에지케 은케오예가 막 사망하였는데, 제가 그의 치였습니다. 그는 겨우 스물두 살이었습니다. 그 전날, 백인들의 학문을 익힌 총명한 학생인 에지케 은케

오예는 공부를 마치고 잠자리에 들었습니다. 저는 그의 안에 머물며 그가 자는 동안 경계했습니다. 수호령들이 지시받은 그 방식대로 말입니다. 그리고 그는 정말로 잠들어 있었습니다. 그때 그가 갑자기 깨어나 가슴을 부여잡고 침대에서 떨어져 목이 꺾였습니다. 죽음의 영 오누와의 계약은 빠르게 이루어졌습니다. 여러분의 다른 자녀들이 모두 그렇듯 그에게도 이켕가가 없었기 때문입니다. 떨어지고 잠시 후, 그는 사망했습니다.

예전에도 저는 필멸의 인간들 사이에서 여러 차례 살아왔으나 이 일에 충격을 받았습니다. 이 일은 너무도 빨리 벌어졌고, 너무도 강렬하게 벌어졌기 때문에, 저는 입속에 할 말을 하나도 담지 못한 채 떠났습니다. 죽음은 빠르게, 젊은 표범처럼 격렬하게 그를 찾아왔습니다. 겨우 전날만 해도 그는 한 여자에게 입을 맞추고 있었으나 이제는 떠나버렸습니다. 그 일이 너무 기이해서, 저는 수호령들이 마땅히 해야만 하는 일임에도 베이퀘에 계시는 추쿠께도 즉시 보고하러 가지 않았습니다. 저는 그의 영혼을 바로 알란디이치에로 데려다주지도 않았습니다. 다만 저는 구급차를 타고, 그의 시신이 보관될 영안실로 시신과 함께 갔습니다. 그가 죽었다는 것을 이해하고 그의 오니에우와를 이리로, 아마오르지 마을의 에케메지에 친족들의 집합소로 데려온 것은 그때였습니다. 저는 이곳을 떠난 뒤 오그부니케로 서둘러 갔습니다. 창조 당시 세계의 특이한 냄새를 지금까지도 품고 있을 만큼 따뜻하고 아주 오래된 오그부니케 폭포에서 쉬며 몸을 씻기 위해서였습니다. 저는 흐르는 물속에 누워 있다가 오세부루와의 목소리가 저를 불러 알란디이치에로 올라가라고 하시는 말씀을 들었습니다. 이 은크포투, 제 주인으로 환생한 조상이 재탄생할 준비를 마친 그곳으로 말입니다. 여러분도 아시다시피, 남자와 여자가 영원까지 동침하더라도 이곳에 계신 여러분 중 한 분께서 지상으로 돌아가겠다고 결정하지 않으시면 잉태는 불가능합니다. 그러므로 저는 잉태가 곧 일어날 거라는 사실을 알고 재빨리 그분의 호출에 응했습니다.

그리하여 제 주인이 태어난 날 밤, 저는 그의 조상 영혼을 이곳 알란디이치에서 모셔 갔고, 여러분 모두는 제가 그의 오니에우와를 저 멀리 엘루이궤로 모셔 가는 것을 먼발치에서 목격하셨습니다. 엘루이궤에서는 경이로운 예식을 통해 그 영혼을 맞아들였습니다. 그런 다음, 저는 그 영혼을 엘루이궤의 팡파르에서 이끌어 오비-치오키케로 모셨습니다. 그곳에서는 음마두—창조의 궁극적인 신체적 표현—를 이루려는 영혼과 육신의 엄청난 혼합이 일어납니다. 영광스러운 날이었습니다. 저희는 순수함의 정수를 담은 자갈이 반짝이는 엘루이궤의 흰 모래를 밟고 행진했습니다. 멀찍이서, 지상에서 사는 것의 기쁨에 대해, 인간의 무수한 열망에 대해, 정신의 의무에 대해, 눈의 욕망에 대해, 산다는 것의 덕에 대해, 상실의 슬픔에 대해, 폭력의 고통에 대해, 인간의 삶을 이루는 수많은 것들에 대해 노래하는 엘루이궤의 티 없이 눈부시게 아름다운 시녀들인 아다이궤의 무리가 저희를 뒤따랐습니다.

오케오하와 오멘카라의 가족과 식구들이여, 여러분 모두는 그곳에 가보았으며 지상으로의 여행이 멀지만 피로하지는 않다는 걸 알고 계십니다. 신탁과도 같은 지혜로, 여러분은 이 여행을 큰까마귀의 둥지에서 떨어져 오기리시 나무의 검은 가지 너머로 굴러내렸다가 깨지지 않고 땅에 내려앉는 우화 속의 튼튼한 알에 비유하십니다. 그 길은 형언할 수 없이 아름답습니다. 안쪽 길 양옆에 멀찍이 서 있는 나무들은 깊은 숲이 되어줄 뿐 아니라, 아우카 여인들이 짜는 은빛의 옥양목 베일처럼 투명합니다. 그 나무들에는 황금 열매가 열리고, 그 나무들 위와 안과 바깥에는 지절대는 에메랄드색 새들이 서 있습니다. 그 새들은 행렬 주변을 따라 미끄러지듯 날며, 그 날개를 상승기류 속에서 휘둘러 행진의 노래에 맞추어 함께 춤을 추듯 곤두박질하고 장난칩니다. 제가 걸어가자, 그 새들이 길을 가득 채우는 순수한 빛으로 빛났습니다. 저는 저희가 언제 베이궤와 지상을 연결하는 거대한 다리에 도착했는지 모르겠습니다. 하지만 그 다리에 도착하기 직전에, 여인들은 발걸음을 멈추고 목소리를 높여 기이하고 유령과도 같은 노래를 불렀습니다. 그들의 사랑스러운 곡조는 갑자기 장송곡으로 바뀌었고, 그들은 떨리는 목소리로 노래했습니다. 세상의 고통과 인간이 인간에게 전하는 악, 불명예의 치욕, 결점의 고통, 배신의 상처, 상실의 괴로움, 죽음의 슬픔에 대해 노래하는 그들의 울음소리가 더욱 커졌습니다. 오니에우와가 그들에게 끼어들었고 저는 그들과 엘루이궤의 거주자들, 그러니까 저희가 지나갈 때마다 멈추어 서서 "우와로 가는 자에게 평화와 기쁨 있으라!"라고 말하는 이들과도, 심지어 저희 주변을 맴돌며 경의를 표하는 의미로 날개를 쳐대던 엘루이궤의 신성한 새들인 흰 코뿔새들의 무리와도 단단히 이어졌습니다.

이후, 보이지 않는 깃발의 신호를 받은 것처럼 노래 부르는 이들이 저희에게서 떨어져 나가며 멀리서 저희에게 손을 흔들었습니다. 그들도 손을 흔들고 새들도 깃을 흔들었습니다. 제게도, 환생하는 영혼에게도 보이지 않지만, 그 새들은 넘어갈 수 없는 선이 있는 것처럼 다리 위 허공에 머물렀습니다. 저희는 마주 손을 흔들었고, 다리에 발을 딛자마자 저는 어느새 예전에 가봤던 것만 같은 장소에 들어가 있었습니다. 그 장소는 엘루이궤의 것과 비슷한 밝은 빛으로 가득했으나, 인간이 만든 것이었습니다. 빛이 나오는 곳에는 나방과 날개 없는 벌레들이 몰려들어 있었습니다. 도마뱀붙이 한 마리가 벽의 아치에 달린 전구 옆에 서 있었는데, 그 입에는 곤충들이 가득했습니다. 전구 아래 침대에서는 한 남자가 비명을 지르고 몸을 떨다가 쓰러지며, 땀을 흘리는 여인에게 부딪쳤습니다. 오니에우와는 여자에게 들어가 정액과 결합했습니다. 여자는 잉태라는 위대한 마법이 자기 안에서 일어났다는 것을 알지도 못했고 깨닫지도 못했습니다. 저는 오니에우와와 합류해 남자의 씨앗과 하나가 되었고, 그렇게 합류하면서 저희는 나뉠 수 있는 하나가 되었습니다. 은디이치에 나 은디오크푸, 우누 가 티.*

"이시!" 영원한 몸들이 합창했습니다.

—그 순간 이후로, 저는 소처럼 크고 물고기처럼 잠도 없는 눈으로 그를 지켜보았습니다. 사실, 제 간섭이 아니었다면, 혹은 제가 나쁜 치였다면, 그는 애초에 태어나지도 않았을 것입니다.

이 말에, 죽지 않는 이 모임 전체에 차가운 웅성거림이 메아리쳤

* 가운데에 머물라. 너는 혼인할 것이니. (이보어)

습니다.

—정말입니다, 축복받은 이들이여. 무르익은 여덟 번째 달, 그가 어머니의 자궁에 있을 때였습니다. 그녀는 두 양동이 사이에 긴 의자에 앉아 있었는데, 그 양동이 중 하나에는 투명한 막이, 그러니까 거품이 위에 놓여 있고 안에 깨끗한 물이 들어 있었으며, 다른 하나에는 옷이 잠겨 있는 흙탕물이 들어 있었습니다. 오모 세제 한 상자가 빨지 않은 옷더미 위에 놓여 있었습니다. 독사가 주변의 축축한 흙냄새와 사방에 있는 나뭇잎과 관목의 이슬 어린 냄새를 맡고 옷더미 아래로 기어 들어와 숨이 막혀 죽어가고 있었는데, 그녀는 그 모습을 보지 못했고, 그녀의 치도 경고하지 않았습니다. 하지만 저는 제 주인과 그의 어머니 밖으로 나섰습니다. 제 주인들이 완전한 몸을 갖게 되기 전까지 종종 그러했듯이 말입니다. 제게는 그 모습이 보였습니다. 검은 뱀이 어느 바지의 바짓가랑이로 미끄러져 들어왔고, 그녀가 그 바지를 집어 들려 하자 뱀이 그녀를 물었습니다.

그 공격은 즉각적인 효과가 있었습니다. 그녀의 얼굴에 떠오른 명한 표정을 보고, 저는 그것이 끔찍한 공격이었다는 걸 알 수 있었습니다. 물린 자리에 짙은 색 핏방울이 돋쳤습니다. 그녀가 너무 크게 소리를 질러 주변의 세상이 그녀를 도우러 달려왔습니다. 뱀이 그녀를 물자마자, 저는 그 독이 퍼져 자궁 속 집에 있는 제 주인을 죽일 수 있다는 것을 알았습니다. 하여, 제가 끼어들었습니다. 저는 그 독이 주인 쪽으로 퍼지는 것을 보았는데, 당시 주인은 겨우 자궁 안에 잠들어 있는 태아일 뿐이었습니다. 독은 온전했고 뜨거웠고 강력했으며 순간적이고 파괴적이었고 그녀의 피를 따라 격렬히 움직였습니다. 저는 그녀의 치에게 부탁하여 그녀가 이웃들이 즉시 모일 만큼 아주 크게 소리를 지르도록 했습니다. 한 남자가 그녀의 팔에, 팔꿈치 조금 위쪽에 재빨리 헝겊을 매어 독이 위로 더 퍼지는 것을 막고 팔이 부풀어 오르게 했습니다. 다른 이웃들은 뱀을 공격해, 돌을 던져 그것을 곤죽으로 만들어버렸습니다. 그들이 가진 인간의 귀는 자비를 구하는 뱀의 목소리를 듣지 못했습니다.

여러분은 모두 제 주인의 존재 주변에서 일어나는 신비를 알고 탐사하는 것이 제 의무라는 것을 알고 계십니다. 정말이지, 염소나 암탉이라도 제가 많은 것을 보고 또 들었다고 주장할 수 있을 것입니다. 하지만 제가 여기에 온 것은 대체로 제 주인이 중대한 난관에 빠져 있기 때문입니다. 눈이 눈물 대신 피를 흘리도록 만들 수 있는 그런 문제입니다.

"말재간이 좋구나!" 그들이 말했습니다.

—여러분의 친족에 속하는 이들은 가장 높은 언덕에 선 사람도 온 세상을 볼 수는 없다고 말합니다.

그들은 동의한다는 뜻으로 웅얼거렸습니다. "에지 오쿠.*"

—여러분의 친족에 속하는 이들은 손이나 몸의 다른 부위가 가려워 긁고 싶을 때는 도움이 필요 없으나 등을 긁으려면 다른 이들에게 도와달라고 부탁해야만 한다고 말합니다.

"말재간이 좋구나!"

—제가 온 이유가 그것입니다. 저는 답을 구하고자, 여러분의 도

---

* 그건 사실이다. (이보어)

움을 구하고자 이곳에 왔습니다. 살아 있는 죽은 자들의 땅에 사는 이들이여, 저는 격한 폭풍이 오코시시의 이상적인 마을로 가는 유일한 길의 폐쇄를 청원했을까 봐, 그리고 그것이 요청한 바를 승인받았을까 봐 두렵습니다.

"투피아!" 그들은 한결같이 내뱉었습니다. 그중 한 명인, 살아 있을 때 오둔지만큼이나 빠르게 이동할 수 있었고 집으로 엄청나게 많은 사냥감을 가져왔던 위대한 사냥꾼 에제 오멘카라가 직접 일어나 말했습니다.

"은디 이벰,* 나는 너를 환영한다. 우리는 우리를 물려는 뱀을 모기를 쫓듯 손을 저어 쫓아낼 수 없다. 그 둘은 같지 않다."

"말재간이 좋구나!" 그들이 말했습니다.

"은디 이벰, 퀘누**." 그가 말했습니다.

"이야아!" 그들이 말했습니다.

"퀘 주에에누.***"

"이야아!"

"수호령이여, 너는 우리 중 하나인 것처럼 말했다. 너는 혀가 다 자란 이처럼 말했고, 정말이지 너의 말은 이런 순간에도 우리 가운데에 두 발이 달려 서 있다. 그러나 우리는 무릎 위쪽에서부터 목욕을 시작한다면, 머리에 이를 때쯤에는 물이 다 떨어질 수 있다는 것

---

*   친구여. (이보어)
**   그만하라. (이보어)
***   진심이다. (이보어)

을 잊지 말아야 한다.”

그들이 소리쳤습니다. “말재간이 좋구나!”

“그러니 우리의 아들 치논소를 위협한다는 그 폭풍에 대해 말해보라.”

아그밧타-알루말루시여, 저는 제 눈으로 보고 제 귀로 들은 그대로, 제가 지금 당신께 전한 그대로 모든 것을 이야기했습니다. 저는 그들에게 은달리에 대해, 그가 다리에서 그녀를 만난 일과 그녀를 사랑하는 그의 마음에 대해 전했습니다. 그의 희생과 그가 집을 판 일에 대해서도 전했습니다. 저는 그들에게 자미케에 대해, 그가 주인을 속인 일과, 주인이 백인 여자에게 구원받았다고 생각했으나 이제는 의식을 잃고 어쩌면 다른 사람을 죽였을지도 모르는 상태로 누워 있다고 전했습니다.

“말재간이 좋구나!” 그들이 합창했습니다.

그러더니 그들 사이에 침묵이, 지상에서는 불가능한 침묵이 내려앉았습니다. 아들이 땅을 팔아 괴로워하던 이치에 올리사조차도 공허한 눈으로 난로를 들여다볼 뿐, 죽은 통나무처럼 고요했습니다. 그들 중 약 다섯 명이 일어나 의논하러 구석으로 갔습니다. 그들이 돌아왔을 때, 주인의 할머니인 이치이에-은네, 아다 오멘카라가 말했습니다. “이 새로운 나라 사람들의 법에 대해 아는 것이 있느냐?”

—저는 모릅니다, 위대한 어머니시여.

“전에도 그가 다른 사람을 죽인 적이 있는가?” 주인의 고조할아버지인 이치이에 에제 오멘카라가 말했습니다.

—아니요, 그런 적은 없습니다, 이치이에.

"영혼이여." 에제 오멘카라가 말했습니다. "아마 그가 의자로 때린 남자는 살아남을 것이다. 우리는 돌아가서 그를 지켜볼 것을 네게 제안한다. 그가 이 남자를 죽였다는 것이 확실해지기 전까지는 베이궤로 나아가 추쿠께 보고하지 말라. 우리는, 그자가 단지 의자에 맞았을 뿐이라면, 죽지 않기를 바란다. 눈을 물고기처럼 뜨고 우리에게 전할 다른 말이 생기면 이리로 돌아오라." 그러더니 그는 다른 이들을 돌아보며 말했습니다. "은디 이뼘, 내 말이 여러분의 생각과 같은가?"

"그밤!" 그들이 합창했습니다.

"잠들거나 주인을 떠나 여행을 떠나는 치는—이 치처럼 필요한 경우를 제외한다면—에퓰레푸, 즉 나약한 치이며 그런 치의 주인은 이미 도살장의 말뚝에 묶여 있는 새끼양이나 다름없다." 그가 말을 이었습니다.

"말재간이 좋구나!"

—알겠습니다, 알란디이치에의 거주자들이시여. 그렇다면 저는 지금 돌아가겠습니다.

"그래, 가도 좋다!" 그들이 외쳤습니다. "왔던 길로 잘 돌아가라."

—이시!

"나가는 길에 너의 불이 꺼지지 않기를."

—이시!

저는 돌아서서 그들을, 더는 죽음에 약점을 드러내지 않는 그들을 떠났습니다. 최소한 제 공포를 내려놓고 한숨 돌릴 곳을 찾아 마음이 놓였습니다. 저는 뒤도 돌아보지 않고 여행하면서 궁금한 점이 생겼습니다. 제게 계속 나아가라고 제안한 노래 속에서 또 한 번 솟아오른 그 아름다운 목소리는 무엇이었을까요?

추쿠시여, 그리하여 제 여행은 끝났습니다. 저는 불타오르는 밤의 기나긴 길을 날아, 벤무오의 가장 먼 지역에 있는 흰 산들을, 검은 날개를 가진 영혼들이 서서 음침한 목소리로 이야기하는 그 산들을 지났습니다. 제가 지상의 숭고한 경계에 다가가자 장난꾼 신인 에퀜수가 여러 색깔로 이루어진 특유의 옷을 입고, 촉수처럼 길게 뻗어나가는 긴 목 위에 머리를 얹고 서 있는 것이 보였습니다. 그는 달의 원반 위 나뭇가지에 앉아서 사나운 눈으로 땅을 응시하며 혼자 웃고 있었습니다. 아마 어떤 사악한 꾀를 짜내고 있는 듯했습니다. 저는 예전에도 그를 바로 이 자리에서 두 번 본 적이 있는데, 마지막으로 봤을 때는 74년 전이었습니다. 과거에 그랬듯, 저는 그를 피해 계속 지상으로 나아갔습니다. 그때, 주인이 우주 어디에 있든 치가 그를 찾아낼 수 있게 해주는 신비한 마법적 정확성에 힘입어, 저는 제 주인이 누워 있는 장소에 도착하여 그와 합쳐졌습니다. 저는 즉시 벽에 걸린 시계로, 백인의 시간 측정에 따르면 제가 거의 세 시간 동안 떠나 있다는 것을 알아차렸습니다. 그는 되살아나 있었습니다, 에그부누시여. 꿰맨 자국들이 그의 얼굴에 사다리처럼 내려와 있었고 커다란 피투성이 솜뭉치가 이가 부러진 그의 입에서 삐져나와 있었습니다. 그 방에는 다른 사람이 아무도 없었지만, 침대 곁에는 컴퓨터 화면 같은 것이 달린 물건이 친구라도 되듯 놓여 있었으며 그의 팔에는 막대에 걸린 작은 주머니가 이어져 있었고, 그 주머니 안에는 피가 들어 있었습니다. 두 눈은 감겨 있었으나 그의 흐려진 시야에서는 그를 바라보는 은달리의 모습이 버티고 있었습니다. 마치 끊을 수 없는 선으로 그의 정신과 이어진 듯했습니다.

3부

세 번째 주문

가가나오구시여, 당신이 귀를 닫지 않으시기를 비나이다—

　제가 여기에 서 있는 지금조차도 저는 그 노랫소리를, 그 기쁨을, 피리의 그 달콤한 곡조를 듣습니다. 당신께서 거하시는 이곳에 저는 여러 번 와보았나이다. 저는 수호령들과 그들의 주인들이 재탄생을 위해, 새로운 몸으로의 환생을 위해, 또한 새로 태어난 자로서 지상에서 다시 살아가기 위해 당신의 최종 승인을 받고자 이곳에 오리라는 것을 알고 있습니다—

　아버지들은 두 발이 젖었다는 이유만으로 사람이 불타는 숯에 맨발로 서지는 않는다고 말합니다—

　오비가 너무 작다는 이유만으로 사람이 독사들의 구덩이 근처에서 춤을 추지는 않습니다—

날개 없는 새는 제게 구멍 난 호리병 속에 침을 뱉어야 한다고 말하지만, 저는 그것에게 제 침은 낭비해서는 안 되는 것이라고 말하나이다—

말벌의 둥지를 휘젓는 머리에는 쏘인 자국이 남습니다—

치욕스러운 외눈박이 뱀이 제 문 근처에 숨어 있나이다. 들어가도 될까요? 그것이 묻습니다. 안 된다, 제가 말하나이다. 나는 내 집에서 네가 불러일으킬 두려움을 원치 않는다—

파멸이 제게 말합니다. "내가 당신의 지붕 밑에 들어가 천막을 쳐도 될까요?" 제가 말합니다. "안 된다. 가서 너를 보낸 자에게 나는 집에 없다고 말하여라. 그들에게 나를 보지 못했다고 하여라—"

에그베 베루, 우고 에베콰루, 오니에 시 이베 야 에벨라 은쿠 콰아야—*

제가 계속해서 해야만 하는 말들이 서둘러 제 진술의 결론에 이르기를 비나이다—

제 혓바닥에서, 홍수림처럼 젖은 제 혓바닥에서 단어가 마르지 않기를 비나이다—

그리고 당신의 귀가, 추쿠시여, 제 말을 듣다가 지치지 않기를 비나이다—

이 주문이 오늘 밤 제 증언을 보람찬 결말로 이끌기를 비오니, 이 주문을 마친 뒤 저는 베이궤의 전당을 떠나 제 주인의 기다리는 몸으로 돌아갈 것이옵니다—

이시!

* 그들은 겁에 질려 있다. 독수리는 망가지고 다른 하나는 불에 그을렸다. (이보어)

18장

귀환

아카나그바지이궤시여, 우주는 이미 꺼져버린 독한 불 주변에 모여 앉는 까마귀 떼처럼 과거에 머물지 않습니다. 오히려 우주는 앞으로, 구불구불한 미래의 길로 언제나 나아가며 지친 여행객처럼 오직 짧은 시간만 발걸음을 쉬고 현재에 멈추어 서나이다. 그러다가, 발을 다 쉬고 나면, 우주는 뒤를 돌아보지 않고 계속 움직입니다. 그 눈은 시간의 눈이라 영원히 앞을 향하며 절대 돌아보지 않습니다. 우주는 그 거주자들에게 무슨 일이 벌어지든 계속해서 움직입니다. 그것은 나아가고, 육교를 건너고, 웅덩이를 건너고, 분화구 주변을 돌고, 계속 나아갑니다. 대화재가 한 나라를 파멸시켰다고요? 상관 없습니다. 그런 일이 아침에 일어난대도 세상이 지켜본 내내 그래 왔듯 태양은 뜰 것입니다. 문제가 되지 않습니다. 바로 그 도시에서 태양은 지고 밤이 내릴 테니까요. 지진이 어느 땅을 유린했다고요? 상관없습니다. 그것은 계절의 순환에 전혀 간섭하지 않을 것입니다. 그리고 우주의 삶은 그 안에 사는 이들의 삶에 반영됩니다. 가장이 살해당했다고요? 아이들은 그날 밤 잠을 자고 내일은 깨어나야 합니다. 모두가 계속해서, 시간의 강에 떠 있는 오래된 잎사귀들처럼 앞으로 나아갑니다.

하지만 우주가 그 여행을 계속하며 그와 함께 살아 있는 모든 것들을 데려간다 하더라도, 사람이 마치 자기만의 우주는 멈추어버린 듯 가만히 남아 있을 수 있는 곳이 있습니다. 사람들이 끔찍이도 두려워하는 곳이지요. 왜냐하면 그곳에서는 사람들이 아무것도 하지 않기 때문입니다. 그들은 꼼짝도 하지 않습니다. 경계선이 둘러진 공간에 사로잡힌 동물처럼 갇혀 있을 뿐입니다. 그곳에 쳐져 있는 경계선은 마치 "이 벽에서 이 벽까지, 이쪽 끝에서 저쪽 끝까지가 이 세상에서 네게 주어진 전부다"라고 말하는, 보이지 않는 잉크로 표시된 것만 같습니다. 아구지에그베시여, 저는 움직임이 제한된 사람은 정말로 살아 있는 것이 아니라고밖에 말씀드릴 수 없나이다. 시간의 흐름이 그를 비웃습니다. 갇혀 있을 때는 그런 일이 일어납니다.

이곳에서 새로운 기억이란 거의 아무것도 만들어질 수 없나이다. 그 사람은 아침에 깨어나 먹고 작은 구멍에 배설한 뒤 자기 방에 달린 수도꼭지에서 작은 들통에 담아 온 물로 배설물을 씻어내고 뚜껑을 닫습니다. 그런 뒤에 그는 잠을 잡니다. 다시 깨었을 때 밤이면 밤인 것입니다. 아침이면 아침인 것입니다. 오직 빛의 그림자만이 그 약하디약한 머리를 쳐들고 그 방에, 마치 아기 뱀의 머리처럼 들어옵니다. 한낮이라면, 그 빛은 낡은 천장 근처의 높은 벽 꼭대기의 창문을 넘어 단 하나의 막대기처럼 들어옵니다. 창문은 강한 철봉들로 막혀 있습니다.

한 사람이 이곳에 온종일 앉아 있습니다. 겨우 살아서, 삶의 법랑이 벗겨져 나가 그의 두 발에 있는 얼룩점처럼 시들어갑니다. 그런 사람에게서는 세상이 모습을 감춥니다. 세상은 가장 깊고 가장 얕은 비밀들과 비밀이 아닌 것들까지도 감춥니다. 그는 무슨 일이 일어나는지 전혀 모르고, 아무것도 보지 못하며 듣지 못합니다. 그가 이곳에 오기 위해 건넜던 다리는, 퇴각하는 군대가 지은 것처럼 그가 건너간 뒤에 파괴되었고, 알려진 세상과의 모든 연결 고리도 그와 함께 끊어졌습니다. 그는 그렇게 갇혀 있습니다. 얼마나 더 머물러야 하는지도 모르는 채로 말입니다. 상관없습니다. 중요한 것은 그의 삶이 정체되고 있다는 것입니다. 그는 눈이 보는 것에 지칠 때까지 벽이나 다른 방들로 이어지는 철봉들을 물끄러미 바라봅니다. 이따금 무언가가 돌아다니는 것이 보이다가도 머잖아 보이지 않게 됩니다. 그런 것으로는 아무런 새로운 기억이 만들어지지 않습니다. 뭔가 보이고 보이지 않는 그런 일들은 일어나긴 하지만, 제 주인의 인간성이라는 소리 없이 굳게 닫힌 문을 주먹으로 두드려대다가 물러서는 약한 동물과 같기 때문입니다. 혹은 전구에 달려들어 자신의 죽음이라는 결과를 낳을 뿐인 의례적 춤을 시들시들 추는 공허한 곤충들과도 같습니다. 저는 그런 일을 여러 번 보았습니다, 에그부누시여.

주인은 2주 동안 머물던 병원에서 독방을 쓰게 된 감옥으로 이송되었는데, 그 이후 새로운 기억들을 전혀 만들 수 없었습니다. 감옥에 갇혀 있는 동안에도 사람이 새로운 기억들을 만들어내는 드문 경우, 그런 기억은 그가 바라지 않았으나 어쩔 수 없이 당한 일들에 관한 기억일 때가 많습니다. 그것들은 의도한 역사가 아닙니다. 사람은 이런 일을 통제할 수 없고, 이런 일은 그의 뜻과는 아무 상관없이 그의 내면에 자리를 잡습니다. 그가 무언가를 목격하는 순간, 그것이 틈새를 비집고 들어가듯 그의 정신 속으로 들어가 머무릅니다. 사라지지 않습니다.

주인은 이런 상태로 4년을 지냈습니다. 이 4년의 연대기를 전하려면, 삶의 단조로움과 정적인 인생의 고통에 대하여 억지로 이야기하려면, 오직 제가 옛 주인 야가지에에게서 보았던 것과 같은 노예의 고통에 견줄 수밖에 없습니다. 왜냐하면 죄수 역시 노예, 이 낯선 나라 정부의 포로이기 때문입니다. 여러 주기 동안 저는 젊은 마음의 어두운 면을 알아왔고, 수많은 남자들의 야심이라는 진창 속에서 뒹굴었으며, 그들의 실패라는 무덤 속을 들여다보았습니다. 하지만 저는 이런 것은 한 번도 본 적이 없습니다.

이제 주인은 산 자들의 땅이자 그 자신의 땅으로 돌아왔습니다. 그를 아버지들의 땅으로 돌려보낸 과정은 아주 빠르게 일어났습니다. 그에게 닥친 문제들이 아직 무르익지 않았을 때 제가 그를 구하려 노력했기 때문입니다. 경찰이 그를 병원으로 데려가고, 그가 방 안에 혼자서 의식을 잃은 채로 있게 되자마자, 저는 사람의 힘이 모두 실패로 돌아갔을 때 치가 최후의 보루로서 해야만 하는 일을 할 수밖에 없었습니다. 저는 알란디이치에로 가 조상들의 개입을 청했습니다. 방금 당신께 전해드린 이야기입니다.

어느 날 아침, 그가 감옥에서 보낸 넷째 해의 다섯 번째 달에 그는 갑자기, 아무 경고 없이 석방되었습니다. 아무것도 그에게 석방을 대비시켜주지 않았습니다. 그는 너무 오래 기대고 있어 페인트가 벗겨지던 벽에 등을 기대고 앉아 있었습니다. 그 순간, 그는 몇 가지 별로 중요하지 않은 것들—언덕 위 개미들의 군무, 그다음에는 썩은 우유 캔 속의 구더기, 그다음에는 야생 나무에 모여드는 작은 새들—에 대해 생각하고 있었는데, 그때 감방 철창의 자물쇠가 풀리기 시작했습니다. 간수와 정장을 입은 한 남자가 문 앞에 서 있었고, 그 남자는 백인의 언어로 그에게 석방되었다고 말했습니다.

그는 그들을 따라 취조실로 들어갔고, 통역사가 그의 사건이 재검토되었다고 말해주었습니다. 주요 증인이 최초의 증언을 번복했다는 것이었습니다. 신고되었던 것과는 달리 그는 강도질을 하거나 그녀를 강간하려고 들어갔던 것이 아니었습니다. 그녀가 자기 뜻에 따라 그를 집으로 데려간 것이었지요. 질투를 느끼고 분노를 터뜨리며 그녀와 주인에게 달려든 사람은 그녀의 남편이었습니다. 주인은 그저 그 남자를 공격함으로써 그녀를 구하려던 것뿐이었습니다. 이것이 진실이라고, 그녀는 이제야 알려왔습니다. 가가나오구시여, 경찰에게 했던 이야기와는 전혀 다른 이야기였습니다! 아예 반대되는 이야기였지요. 여자와 그녀의 남편은 주인에게, 아무 죄 없는 사람에게 불리하도록 공모하여, 주인이 그녀를 강간하려 했다고 말했습니다. 그들은 그녀의 남편이, 그녀가 제 주인과 싸우고 있는 것을 보고 습격자인 주인을 쓰러뜨려 정신을 잃게 하는 방식으로 개입했다고 말했습니다.

이런 이야기를 들은 주인은 간수와 통역사에게 아무 말도 하지 않았습니다. 그는 그냥 가만히 앉아서, 서류를 들고 있는 옷을 잘 차려입은 남자와 통역사를 뚫어지게 바라보았습니다. 하지만 그들이 눈에 들어오지는 않았습니다. 이제 그의 두 눈은 어떤 상(像)을 받아들였다가 곧바로 무시하고 다른 데로 옮겨 가는 데에 익숙해져 있었습니다. 그는 커다랗고 텅 빈 벽에서 눈을 떼지 않았습니다. 엄청나게 큰 아무것도 아닌 존재가 그의 시야와 정신을 사로잡았습니다.

"기노소 씨, 하실 말씀 없으신가요?"

그가 대답하지 않자 통역사는 입이라도 맞출 것처럼 다른 사람의 귀 쪽으로 입을 숙였고, 둘은 고개를 끄덕이며 앞으로 나왔습니다. 주인에게도 이상하게 보이는 일이었습니다. 남자들 중 한 명이 서둘러 말하자 다른 남자가 야단스럽게 고개를 끄덕였습니다.

"제 친구 피오나 아이디노글루 씨가 사과를 하고 싶어 하세요. 이런 일이 일어난 것이 아주 유감스럽다고 하십니다. 다시 말씀드리지만, 이쪽은 그분 변호사예요. 그리고 피오나 씨가 저희한테, 당신에게 이 돈을 전해주라고 부탁하셨습니다. 그분은 당신이 삶을 되찾도록 저희가 최선을 다해 도와주기를 바라십니다."

주인은 아무 말도 하지 않았고, 그의 두 눈은 그가 시선을 던진 곳에 그대로 남아 있었습니다. 창문과, 두 남자가 앉아 있는 탁자 뒤 그물 사이를 윙윙거리며 날아다니는 파리에게 말입니다.

"기노소 씨." 지금 입을 연 것은 영어를 할 줄 모르는 변호사였습니다. 통역사가 자기 뜻을 충분히 분명하게 전달하지 않았을까 봐 걱정이 됐는지, 언어 실력은 엉망진창이지만 메시지를 전달할 본인이 직접 전하는 것이 낫다고 생각하는 듯했습니다. 그러면 당연히 뜻이 더 깊이 전달될 거라고 말입니다. 그러면 당연히 더 존중받을 것이라고요. "이제 진실을 말합니다, 제 고객이 유일한 진실을. 우리는 아주아주 미안해요, 당신 고통이. 아주 미안해요. 여러……." 그는 친구를 돌아보며 무언가를 물었습니다. "해, 야니, 해. 여러 해 동안 피오나는 이 일로 슬퍼요. 피오나가 미안해, 아주 미안해요, 내 친구. 부탁이에요, 기노소 씨. 미안해를 받아줘야 해요."

그는 이 남자에게도 아무 말을 하지 않았습니다. 주인은 지난 4년간 말해야만 했고 이 사람들과 의논해야 했던 모든 사항을 이미 이야기했습니다. 그다음에는, 언어가 쓸모없어져 다른 것으로, 형체가 없는 무정형의 무가치한 무언가로 변해버렸습니다. 언어의 자리에 대신 경멸이 뿌리를 박고 꽃을 피웠습니다. 별로 화를 내는 적이 없던 그는 의도치 않게 징집된 영혼의 패거리들에게 망가졌습니다. 지금 주인은 너무도 깊은 경멸을 느끼고 있어서, 남자들이 말을 하는 동안에도 머릿속으로 폭력적인 장면을 신비로울 만큼 생생히 떠올렸습니다. 주인은 경찰 재킷을 입은 남자가, 주인의 손에 들린 칼로 목이 베여 그 생기 없는 몸에서 피를 뚝뚝 흘리며 바닥에 누워 있는 것을 보았습니다. 주인이 벽에 대고 목을 조르자 변호사의 입에서 혀가 늘어져 킥킥거리는 것도 보았습니다.

주인은 어렴풋하게나마 자신이 바로 그런 사람이 되었다는 것을 깨달았습니다. 알지도 못하는 사이, 그의 내면에서 무언가가 변화

되었습니다. 인간의 영혼은 오랫동안 혹독한 상황을 견딜 수 있으나 결국은 더 이상을 받아들이지 못하고 꼿꼿하게 서버립니다. 저는 그런 일을 여러 번 보았습니다. 항복하는 대신, 반항심이 스스로 일어섭니다. 그리고 견디던 자리에는 저항이 자리 잡지요. 주인은 검은 사자의 복수심을 품고 일어서서, 꽉 쥔 주먹으로 자신의 명분을 세울 것이었습니다. 무슨 일을 하고 무슨 일을 하지 않을지는 그 자신조차 예상할 수 없었습니다.

에그부누시여, 분노한 사람이란 삶이 부당하게 대한 사람입니다. 다른 사람들처럼 그저 사랑하는 여인을 발견한 사람입니다. 그는 다른 사람들이 그러듯 그녀에게 구애했고 그녀를 돌보았지만, 그 결과 자기가 한 모든 일이 헛되다는 것만 알게 되었습니다. 그는 어느 날 깨어나보니 감금되어 있었습니다. 그는 인간과 역사로부터 억울한 일을 당했습니다. 그의 내면에서 변화를 낳은 것은 바로 이런 억울함에 대한 의식이었습니다. 변화가 시작되는 순간에는 어마어마한 어둠이 그의 영혼에 난 틈으로 들어옵니다. 주인에게는 그것이 감금된 첫 몇 년 동안 그의 삶에 파고든, 빠르게 번식하는 지네처럼 다리가 여러 개 달린 소름 끼치는 어둠이었습니다. 이후 그 지네는 수많은 자손을 낳았는데, 그것이 머잖아 그를 집어삼키기 시작했습니다. 하여, 셋째 해가 되자 그 어둠이 주인의 삶에 있던 모든 빛을 까맣게 소진해버렸습니다. 그리고 어둠이 있는 곳에 빛은 더 이상 침입할 수 없습니다.

분노한 사람은 대부분의 시간 동안 한 가지 감정, 즉 정의감에 사로잡힙니다. 공격을 당했다면 공격한 자들에게 반격을 가하려 하고, 누군가를 잃었다면 그 사람을 훔쳐 간 자들에게서 그 사람을 찾아오려 합니다. 이것이 중요한 까닭은 오직 원상태로의 회복만이 그가 다시 자기 자신이 될 수 있는 방법이기 때문입니다.

주인의 경우, 변호사와 통역사와의 만남은 오랜만에 처음으로 감정에 따라 행동해야 했던 때였습니다. 감금되어 있을 때는 감정에 따라 행동할 수 없었기에 언제고 그가 느낀 것에는 아무 의미가 없었습니다. 예를 들어, 분노를 느낀다 한들 무슨 소용이겠습니까? 그에 대해 그가 할 수 있는 일은 아무것도 없었습니다. 사랑을 느낀다? 아무 의미 없었습니다. 그는 자신이 느낀 모든 것을 다시 무력함의 배 속으로 삼켜버렸습니다.

주인은 "피오나 씨"가, 법정에 마지막으로 출석한 이후 한 번도 모습을 드러낸 적이 없던 그 사람이, 그가 받지 않겠다고 하면 억지로라도 그의 가방에 돈을 넣으라고 했다는 걸 알게 되었습니다. 그녀는 주인이 그걸 가지고 나이지리아로 가는 비행기에 올라야 한다고 고집을 부렸습니다. "추방이 아니에요." 자신을 나이지리아 사람이라고 밝힌 아주 젊은 흑인 여자가, 그에게 말을 걸었던 수많은 사람 중 한 명이 그렇게 말했습니다. "그쪽에서 선생님께 부탁하는 거예요. 선생님의 대학교에서는, 선생님이 지금도 TRNC에 남아 학교에 다니고 싶으시다면 보상으로 조건 없는 장학금을 주겠다고 제안했습니다. 그런데도 선생님은 그중 누구에게도 무슨 말도 하지 않으셨어요. 선생님이 저한테까지도 말씀을 안 하려고 하시기 때문에 그 사람들이 선생님을 나이지리아로 돌려보내는 거예요. 선생님이 여기에 가져오신 모든 것과 함께요."

관심 어린 시선을 던지기는 했지만, 주인은 그 여자에게도 말을 하지 않았습니다. 그를 어떻게 해보려 하거나 그를 위해서 뭔가 하려던 사람들이 한발 물러나, 그냥 그의 별것 아닌 몸짓—곁눈질, 고개 젓기, 심지어 기침 같은 의사소통과 무관한 행위—에서 의미를 읽어내게 된 것이 그래서입니다. 그들은 그런 식으로, 주인이 말을 하지 않는다는 것은 그가 원하는 일이 고향으로 돌아가는 것뿐이라는 뜻이라고 결론을, 아니 결정을 내렸습니다. 그들은 그의 대학교 입학허가 서류를 보고 가장 가까운 친척인 그의 삼촌에게 연락했습니다. 그런 다음, 그가 석방된 지 이틀 만에 그를 공항으로 태워다주었습니다. 그들은 주인에게 비행기 표를 주고 그를 비행기에 태운 뒤에 자신들이 삼촌에게 연락을 해두었으며 삼촌이 아부자의 공항에서 기다리고 있을 거라고 말했습니다. 그런 다음 그에게 행운을 빌어주면서, 변호사들과 터키-키프로스 정부 관료들과 그가 입학허가를 받았던 학교의 관리 중 한 명과 나이지리아 여자가 그에게 손을 흔들어 작별 인사를 했습니다. 여기에도 그는 반응하지 않았습니다.

그는 비행기가 이륙할 때까지 한마디도 내뱉지 않았습니다. 순간, 죽었던 사건들이 눈을 떴고, 오래전에 잊어버린 모습들이 시간의 무덤에서 솟아오르기 시작했습니다. 그의 이야기가 다시 쓰인 나라가 작아져 겨우 점이 되자, 그는 어느새 여행의 궤적을 되밟아 가려 애쓰고 있었습니다. 그는 대체 어쩌다가 이곳에 와서 들어본 적도 없는 일들을 당한 걸까요? 그가 잠시 기다리는 동안, 동토 밑에서는 그 답이 물결을 일으키며 움직거리다가 그의 정신 표면으로 떠올랐습니다. 그는 은달리와 함께할 자격을 얻으려고 이곳에 왔습니다. 그녀가 자신을 떠났을 거라는 끈질긴 두려움과 상상과 꿈에 시달린 끝에 더 이상 그녀를 생각하는 여유를 자신에게 허락할 수 없게 되기까지, 그 모든 세월 동안 무엇보다도 많이 생각했던 그녀와 함께하기 위해서 말입니다. 그는 그녀의 아버지 집에서 열린 파티와 그의 치욕을 생각했습니다. 그는 그를 괴롭혔던 추카를 떠올렸습니다. 비행기는 그의 닭들에 대한 기억이 축축하게 어른거리며 떠올랐을 때 이스탄불에 착륙하고 있었습니다. 그는 새장들과 닭에게 모이를 주는 자신을 지켜보았습니다. 지난 4년 동안 수백 번 체념했듯이 말입니다. 그는 마지막 대청소 날짜를 닭장 벽에 표시해 두던 자기 자신을 지켜보았습니다. 대청소는 2주에 한 번씩 했지요. 그는 닭장에서 달걀을 거둬들여 흙과 깃털을 불어내고 봉투에 넣는 자신을 보았습니다. 그런 다음에는, 언제라고 특정할 수 없는 과거의 어느 순간, 표지가 떨어져버린 600페이지짜리 공책에 새로 태어난 병아리들의 탄생을 기록하는 자신의 모습이 보였습니다. 그 공책의 첫 70페이지 어딘가에는 여전히 그의 아버지 손 글씨가 들어 있었습니다. 그다음에는 커다란 아리아리아 시장에서, 다른 수탉과 싸우다가 볏이 반으로 찢어진 흰 수탉과 노란 영계로 가득한 새장을 팔고 있었습니다. 추쿠시여, 이런 것들에 대한 기억은 그토록 오랜 세월이 지난 뒤에도 또 한 번 그의 마음을 무너뜨렸습니다.

아구지에그베시여, 비행기가 위대한 아버지들의 아이들의 나라에 가까워지면서 저는 주인의 몸을 떠났습니다. 알라이보의 아름다운 우림을, 아침의 벨벳 같은 녹색 그늘이 밤이면 떨리는 베일이 되는 이 땅을 다시 보고 싶은 마음이 굴뚝같았기 때문이었습니다. 무수한 나무들이 방해받지 않고 자라 쉼 없는 비를 마시고 있었습니다. 그 위로 높이 날아가며 날개 달린 존재가 된 것처럼 숲속을 내려다보면, 숲은 영양(羚羊)의 내장처럼 빽빽하게 보입니다. 숲 안에는 강과 개울, 연못, 신들의 신성한 물─오맘발라, 이이-오차, 오잘라 등─이 있습니다. 숲의 경계선 바깥을 걷다 보면 그리 오래지 않아 마을의 경계선 안에 들어오게 됩니다. 처음에 보이는 것은 먹을 수 있는 열매가 달린 더 많은 나무들입니다. 바나나, 파파야, 녹색 망고처럼 깊은 숲속에서는 드문 것들입니다. 아버지들의 시대에는 오두막들이 한데 모여 보금자리를 이루고 있었습니다. 그리고 이런 것들이 쌓여 겨우 돌 몇 번 던지면 닿을 거리까지만 이어지면 마을을 이루게 됩니다. 요즘은 마을들이 모여 도시를 이루었고, 숲은 인간의 주거지와 맞닿게 되었습니다. 하지만 땅의 아름다움은 남아 있습니다. 언덕의 고요한 봉우리들과 계곡들을 걸어가며 바라보면 장려함이 느껴집니다. 주인이 떠나 있을 때 저는 바로 이것을 놓치고 있었으며, 그렇기에 바로 이것을 가장 먼저 보러 갔습니다. 주인과, 주인을 공항에서 데려간 그의 삼촌이 위대한 아버지들의 땅에 도착했을 때 말입니다.

그와 그의 삼촌은 아바에, 겨우 2년 전만 해도 삼촌이 공직에서 은퇴해 살고 있던 곳에 도착할 때까지 그의 상황에 대해서는 아무 말도 하지 않았습니다. 공항에서 탄 택시에서든 아부자에서 아바까지 여덟 시간 동안 타고 간 버스에서든, 여행 내내 그들은 낯선 이들과 함께였습니다. 하지만 아바로 들어가는 입구에서 버스가 승객들이 덤불에 변을 볼 수 있도록 고속도로 갓길에 멈춰 섰을 때에는, 삼촌이 소변을 보다가 그에게 감옥에서 뭐든 나쁜 일이 일어났느냐고 물었습니다. 처음에 그는 아무 말도 하지 않았습니다. 그는 삼촌보다 약간 앞에 서서 덩굴식물 사이에 서 있는 낡은 맥주병 안에, 틀림없이 빗물로 반쯤 채워져 있는 병 안에 오줌을 누고 있었습니다. 그는 병이 가득 차서 넘어지고 덤불 속으로 비워질 때까지 그 안에 소변을 쏟아냈습니다. 삼촌은 말을 이으며, 해외의 감옥에 있는 아프리카인들이 "개처럼" 취급받는다는 이야기와 추측에 대해 들어봤다고 말했습니다. 이 말에 그는 삼촌을 빤히 바라보았는데, 삼촌은 일을 다 보고 나서 그가 지퍼를 올리기를 기다리고 있었습니다. 그의 눈에서 입이 차마 말하지 못하는 것이 드러난 모양이었습니다. 삼촌이 그와 눈을 마주치더니, 괴로운 듯 동정심을 담아 고개를 저었습니다.

"넌 신께 사-살려주신 걸 가-가-감사하게 여-여겨야 해." 그의 삼촌이 말했습니다. "다-다-당연히 네가 거기에 가-간 건 크-크-큰 실수였어. 크-으-큰-실수. 하지만 신께 가-가-감사드려야 해."

삼촌의 집에 도착해 아버지의 장례식 이후로 본 적이 없고 이제는 훨씬 더 나이가 들어 부스스한 머리카락이 잿빛으로 변한 숙모를 보았을 때, 그는 무너져 내렸습니다. 이후 그는 삼촌이 내준 방에 들어갔습니다. 삼촌의 아들이 NYSC에서 복무하려고 이바단으로 떠나면서 비게 된 방이었지요. 하지만 그는 여전히 삼촌이 물은 일에 관해 말할 수 없었습니다.

가가나오구시여, 당신께서는 모든 것을 만드셨으며 저희 주인과 그들의 치인 저희가 말할 수 없는 것을 알고 계십니다. 오니에 퀘, 치야 에 퀘*는 보편적인 진실이기 때문이옵니다. 그러므로 그가 단언하지 못한 것에 대해서는 저도 단언할 수 없습니다. 따라서 그가 무언가에 대해 침묵을 지킨다면, 저 역시 침묵을 지켜야 하나이다. 그가 기억하고 싶어 하지 않는 것은 저도 기억하지 않습니다. 하오나 주인은 그런 일들을 입에 담지는 못하면서도 끊임없이 생각했습니다. 그 기억은 흘러가는 매일의 핏줄 속에 비밀스러운 혈액처럼 자리를 잡았습니다. 하루가 방향을 꺾을 때마다, 그것들이 튀어나와 그를 기습했습니다. 그가 감옥에서 풀려난 이후로 가끔 익숙해진 대로 침대에 누워 전등이나 석유램프를 바라보고 있노라면, 그 기억들이 생생한 색깔을 띠고, 마치 그 전구나 등불 안에 갇혀 있다가 풀려난 것처럼 튀어나왔습니다.

그는 이 기억들이 끝없이 정신을 괴롭히는 와중에도 자신을 다시 만드는 임무에 착수했습니다. 하지만 여러 날이 지나면서, 그는 그 기억이 정신을 별로 사로잡고 있지 않다는 걸 알게 되었습니다. 그를 더욱 사로잡은 것은 삶이 그의 앞에 놓아둔 어마어마한 수수께끼, 그가 지독하게 풀고 싶었던 수수께끼였습니다. 처음에 그는 이 수수께끼로부터 멀리, 아주 멀리 떨어져 있으면서 그것을 풀지 않으려 했습니다. 그런 생각을 품는 것만으로도 삼촌이 그를 미쳤다

* 사람이 무언가에 동의하면 치 역시 동의해야 한다. (이보어)

156

고 생각할 것이기 때문이었습니다. 삼촌은 사람에게 그런 고통이나 괴로움을 가져다주는 것은 무엇이든 가지고 있을 가치가 없다고 분명히 말했습니다. 삼촌은 옛 아버지들의 웅변술을 탄력 있게 쓸 줄 아는 사람으로서 설득력 있는 형상과 우화로 혀에 기름칠을 하고서, 그가 말할 때마다 쓰는 부드럽고 다정한 말투로, 껍질이 아름답다는 이유로 전갈을 집어 주머니에 넣고 다니는 게 무슨 소용이겠느냐고 물었습니다. 주인이 아무 대답도 하지 않자—그런 질문은 대답을 하라고 던지는 것이 아닙니다—삼촌은 말을 이었습니다. "아니, 아―아니지. 그건 바―바―바보 짓이 될 거야."

하지만 주인은 독일 여자가 배상금으로—부분적으로는 그녀 자신에 대한 처벌로서—지불한 5000유로를 가지고 삼촌의 집을 떠나자마자 우무아히아로 돌아가 아파트를 빌렸습니다. 그는 니제르 가(街)에 사료 가게를 열고, 남은 돈으로는 오토바이를 샀습니다. 그는 이어지는 몇 주 동안 삶을 벽돌 한 장 한 장 다시 지었습니다. 아콰아쿠루시여, 거북은 뒤집어지면 설령 시간이 오래 걸린다 하더라도 천천히 되돌아와 네발로 딛고 서려 합니다. 처음에는 잘되지 않을 수도 있습니다. 돌이 걸려 있어서 반대 방향으로 돌아야 하기 때문이지요. 어쩌면 그것이 거북이 다시 일어설 수 있는 유일한 방법일지도 모릅니다. 에그부누시여, 주인은 계속해야 했습니다. 가만히 있는 것은 죽음이었기 때문입니다. 하여, 그달이 끝날 때쯤, 삼촌과 숙모가 그를 찾아와 그가 "일어섰다"고 말했을 때쯤, 그는 그 말을 믿었습니다. 이제는 다시 세워진, 한때 무너졌던 것들에서 한 발짝 떨어져 있을 때에는 주인도 인생의 심판이 최소한 시작되려 한다고 생각했기 때문입니다. 위안이 됐습니다. 그 생각이 주인에게 용기를 주었습니다. 주인은 그제야 비로소 다시 수수께끼로 눈을 돌려 그것을 해결하려 들기 시작했습니다.

그 노력을 기울이는 데에는 하루 저녁이 걸렸습니다. 주인은 아버지들의 땅으로 돌아온 지 두 달 만에 아구이 시 이론시 지구의 저택으로 향했습니다. 찾아내기가 쉽지는 않았습니다. 저택은 낡아 있었고, 정문의 성모상은 뜯겨 나가고 없어 그 존재의 자국만 흉터처럼 남아 있었습니다. 정문 앞, 울타리와 새 지하 배수로 사이에는 줄기가 곧 부서질 것 같은 사초가 돋아 있었으며, 어린 나무가 도로 끝 하수구에서 솟아 있었습니다. 그는 두근거리는 가슴으로 정문에 도착했기에 멈출 수도 없었고 이곳에―그가 나이지리아를 떠나기 전 은달리가 살았던 곳에―힐끗 눈길을 주는 것 말고는 아무것도 할 수 없었습니다. 문득, 그는 이 광경으로 촉발된 기억들에 압도당하는 기분이 들었습니다. 그는 서둘러서 저택을 지나 어두워져가는 거리로 오토바이를 몰았습니다.

저는 그대로 남아 있었나이다, 오세부루와시여. 당신께서 저를 창조하신 이후로 거의 700년 동안 인간 세상에 살면서 가장 어려웠던 일이 그 정문 앞에서 일어났기 때문입니다. 주인이 감옥에서 형기를 시작하고 얼마 지나지 않아, 저는 그가 괴로워하는 모습을 견딜 수 없게 되었습니다. 결백한 사람, 오니에―아카―야―쿠오토가 저지르지도 않은 죄로 처벌을 받았으니까요. 저는 주인처럼 산산조각 나 있었습니다. 주인은 은달리와 결혼할 자격을 얻으려고 그 모든 일을 했는데, 이제는 자신을 망쳐버렸습니다. 그녀를 위해서 말입니다. 저는 그녀가 이 사실을 알기를 바랐으나 그에게는 그녀에게 연락할 방법이 전혀 없다는 것을 알고 있었습니다. 하오나 저는 그저 영혼일 뿐이며 육신이 없었기에 편지를 쓰거나 전화를 걸 수 없었습니다. 하여, 에그부누시여, 저는 꿈의 공간을 통해 그녀에게 메시지를 전하고자 은누쿠—에킬리에 의존했습니다. 저는 백 년도 더 전에 응고도의 동굴에서 그렇게 해보았던 수호령을 만나 우리가 주인이 아닌 자에게 가 닿는, 이처럼 대단히 비밀스러운 방법을 사용할 수 있다는 말을 들은 적이 있었습니다. 그러나 그 수호령은 누군가 그런 시도를 하는 경우는 거의 없다고 말했습니다. 하여, 주인이 감옥에서 흐느끼는 동안 저는 별이 가득한 하늘로 날아올라 그녀의 집에 도착했습니다. 저는 집 안으로 들어가 이 방에서 저 방으로 돌아다닌 끝에 은달리가 침대 한구석에 웅크리고 있는 것을 보았습니다. 이불은 구겨져 있었고, 그녀는 잠들어서 베개를 꽉 잡고 있었습니다. 그녀의 머리 옆에는 그녀가 직접 찍은 주인의 사진 한 장이 있었습니다. 닭 한 마리를 잡고 카메라를 보며 미소 짓는 사진이었습니다. 저는 그녀의 꿈 공간으로 들어갈 수 있도록 은누쿠—에킬리의 첫 절차를 막 시작하려는 참이었는데, 그때 어떤 존재가 방 저쪽 끝에서 형체를 드러냈습니다. 은달리의 치였습니다.

—새벽빛의 아들이여, 그대는 무단으로 이곳에 침입하여 그대에게 아무런 잘못을 하지 않은 영혼을 분노하게 만들고 있다.

에그부누시여, 이런 비난에 제가 움찔했다는 것을 이해하셔야 합니다. 저는, 제가 그 영혼의 주인에게 일어났을지 몰라 두려워하는 일이 실제로 발생하면, 그 영혼이 머잖아 당신께 찾아와 이 만남을 자기 나름대로 전하리라는 것을 알고 있사옵니다. 그러니 제 말을 기억해주소서. 이 질문에 대한 답으로, 저는 이렇게 말했사옵니다.

—아니다, 아니다. 나는 그저……

—그대는 떠나야 한다!

치는 열정적인 권위를 담아 말했습니다.

—내 주인을 보라. 그녀는 이미 너무 많은 괴로움을 겪었다. 떠나겠다는 치논소의 결정에 상처를 입었다. 그녀가 그를 기다리느라 얼마나 슬프게 지냈는지 보라. 나는 그대의 주인을 증오한다.

—알라의 딸이여.

제가 말했으나 치는 듣지 않으려 했습니다.

—이것은 무단침입이다. 가서 자연이 정해진 길을 밟도록 하라. 이런 식으로 간섭하지 말라. 그렇지 않으면 역효과가 일 것이니. 그대가 고집한다면, 내가 추쿠께 보고를 드리겠다.

이 말을 끝으로 치는 사라졌습니다. 저는 망설이지 않고 그 방을 떠나 먼 나라에 있는 주인에게로 돌아갔습니다.

오카아오메시여, 주인은 밤에 거의 잠을 자지 못했습니다. 그는 방 하나짜리 자기 아파트에 앉아 있었습니다. 식탁의 선풍기가 진동하며 웅웅 소리를 냈고, 전구는 테이프로 한데 붙인 여윈 철사들로 천장에 매달려 있었습니다. 주인은 그 전구 빛을 받으며 핸드폰을 살려보려 노력했습니다. 병원으로 끌려갔던 날 입고 있던 옷과 신고 있던 신발, 입학허가 서류와 영수증들, 그가 감옥으로 가지고 들어갔던 모든 물건들이 들어 있던 가방에서 처음 꺼낸 뒤로 한 번도 켜본 적이 없는 핸드폰이었습니다. 그는 핸드폰을 부분부분 짜 맞추었으나 핸드폰은 켜지지 않았습니다. 경찰이 기르네에 있는 독일 여자의 집 피투성이 바닥에서 들어 올린 이래 핸드폰은 줄곧 작동하지 않았습니다.

그는 다음 날 오토바이를 타고, 어둠에 몸을 숨긴 채 저택으로 갔습니다. 발전기가 웅웅거리는 가운데 저택 안에는 불이 켜져 있었습니다. 사방에 어둠이 거의 흠 하나 없이 드리워 있었고, 다가오는 탈것들의 빛만이 어둠의 풍부한 살점을 가르며 길을 뚫고 거리의 긴장을 풀어주었습니다. 그는 오토바이 시동을 끄고 내린 다음 정문으로 걸어갔고, 불쑥 찾아온 용기를 실어—마치 용기가 은밀한 곳에 숨어 있다가 표적에게 덤벼든 것 같았습니다—정문을 노크했습니다. 금속이 덜컥거리기 시작하자 그는 도망치고 싶은 충동을 느꼈습니다. 그간 내내 하고 싶었던 일의 문 앞에 선 지금에야 이 일을 정면으로 마주할 준비가 되어 있지 않다는 생각이 문득 들었습니다. 그는 자신에게 일어난 모든 일과 지난 시간에도 불구하고, 아무것도 바뀌지 않았다는 걸 깨달았습니다. 그는 여전히 **오토보**였습니다. 그는 고등교육을 받지 못했습니다. 그의 지위는 변하지 않았습니다. 사실, 그 통찰은 분노의 목소리와 함께 더욱 깊어졌습니다. 그는 처지가 오히려 나빠졌습니다. 훨씬 더 가난해졌습니다. 예전에는 집이 있었지만 지금은 아니었습니다. 예전에는 가슴속에 증오가 없었으나 지금은 수많은 사람들을 덫으로 잡아둔 어마어마한 증오의 자루를 마음속에 품고 다녔습니다. 예전에는 잘생긴 외모였으나 이제는 지치고 초라해진 얼굴로 변했습니다. 의사들이 그의 이

마에 박혀 있던 병을 제거해야 했지요. 턱은 바늘로 꿰매놓았습니다. 그는 꿰맨 것이 느슨해질까 봐 두려워 그 부분을 면도할 수도 없었습니다. 그리고 입에서는 더도 덜도 아닌 치아 세 개가 뽑혀 나갔습니다. 한때 주인의 고통과 슬픔은 그가 사랑하는 것들이 물리적으로 당한 일에서만 기인했습니다. 하지만 지금의 고통과 슬픔은 다른 방식으로 그가 당한 일을 복수하려는 마음에서도 나왔습니다. 그는 신체적으로 손상되었을 뿐 아니라 내면적으로도 망가졌기 때문입니다. 그는 다른 남자에 의해 뒤를 관통당했고 구원의 여지 없이 침해당했으며 채찍을 맞아 그의 몸 밖으로 쫓겨났습니다.

주인은 저택의 정문 앞에 서서 자신의 진짜 처지를 의식했습니다. 충격적이었습니다. 이런 식으로 온전히 자신의 처참한 상황을 생각해본 적이 없었으니까요. 정문이 열리자 그는 물러섰습니다.

"뭘 도와드릴까요?" 정문에서 한 남자가 그가 예전에 입은 적 있는 제복을 입고 나와 말했습니다. 그는 훨씬 나이가 어렸는데, 아마 십대 후반인 듯했습니다.

"아, 저는, 음, 친구 은달리 오비알로르를 찾고 있습니다. 그 친구 집 맞죠?"

"네, 여기는 오비알로르 족장님 댁입니다. 하지만 따님은 지금 여기 안 계세요."

그는 가슴이 두근거렸습니다. "그래요? 언제 돌아옵니까?"

"은달리 부인요? 그분은 여기 안 사세요. 라고스에 사십니다. 그분 친구라고 하지 않으셨나요?"

"네, 근데 제가 여기 안 살았거든요, 여러 해 동안. 2007년 이후로는요."

"아, 이해가 갑니다. 은달리 부인은 라고스에 살고 계세요, 그……
2008년 이후로요."

남자는 돌아서려 했습니다.

"안녕히 가세요, 오가."

"기다려봐요, 브라더." 그가 말했습니다.

"오가, 뭐든 기다릴 수 없습니다. 다시 질문에 답해드릴 수는 없
어요. 은달리 부인은 여기 안 계십니다. 라고스에 계세요. 그게 답니
다. 안녕히 가세요."

정문은 열렸을 때처럼 닫혔고, 그는 철봉이 자물쇠 안으로 끼워
져 들어가는 소리를 들었습니다. 그가 있는 곳에 어둠이 돌아왔고,
거리의 산발적인 소음도 함께 돌아왔습니다. 그는 손을 가슴에 얹
고 심장을 느끼며 그 자리에 가만히 서 있었습니다. 4년이 지난 지
금, 마침내 은달리에 관한 소식을 뭐라도 들을 수 있어 마음이 놓였
습니다. 아주 작은 소식일 뿐이었지만 말입니다. 그는 아파트로 다
시 오토바이를 타고 돌아오면서, 만일 그녀를 만났다면 무슨 일이
벌어졌을지 궁금해졌습니다. 그녀도 그처럼, 또 우무아히아의 모든
것처럼 많이 변했을까요? 도시의 일부 지역은 거의 알아보지 못할
정도로 달라져 있었습니다. 이곳저곳에 새로운 시장들이 비워지고
도시 경계의 안쪽에서 외곽으로 밀려났습니다. 그는 전화 통신 혁
명이 시작되는 것을 목격했는데, 이제는 그 혁명이 마무리된 뒤였
고 도시가 그 여파 속에 살고 있었습니다. 이제는 모두가 핸드폰을
가지고 있었습니다. MTN, 글로, 에어텔 같은 약어 이름이 붙은 통

신 회사의 전신 탑들이 사방에 있었습니다. 길거리 양옆에는 식탁과 의자들이 딸린 노란색이나 녹색 파라솔들이 서 있었고 그 밑에 남자나 여자가 한 명씩 앉아 있었습니다. 식탁 위에는 공중전화 카드와 심 카드, 사람들에게 자기 핸드폰으로 전화를 걸어보라고 하는 핸드폰 판매원이 있었습니다. 거리 주변에는 새로운 가로등들이 뒤에 납작한 판을 붙인 채 솟아나 있었는데, 사람들은 종종 그것을 단순하게 '태양열'이라고 불렀습니다. 새로운 태도가 사람들 사이에 무해한 균처럼 번져나간 듯했습니다. 끔찍한 것을 사소하게 만드는 새롭고 으스스한 유머감각과, 그가 이해하지 못하는 용어들에 대한 장황한 설명이 말입니다.

그는 이런 변화에는 별다른 주의를 기울이지 않았습니다. 정신이 은달리에 대한 생각에 사로잡혀 있었으니까요. 실패의 무자비한 타격이 그를 후려친 독일 간호사의 집에서, 주인은 그녀에게 연락을 하려 했습니다. 그 바닥에, 자기 피 웅덩이 속에 누워서 죽을 거라는 두려움을 느끼고 있을 때, 그녀에 대한 생각이 그의 정신 속에서 파수꾼처럼 흔들리지 않고 버텨주었습니다. 그는 나이지리아를 떠나겠다고 했을 때 그녀가 무슨 수를 써서라도 말리려 했던 그 모든 순간을 다시 살아냈습니다. 그녀가 꿈을 꿨다며 자세한 내용을 말해주지 않았을 때처럼 말입니다. 주인은 경찰에 끌려가기 전에도 은달리가 자신을 지켜보는 모습을 보았습니다. 마치 피투성이 방의 반대편 끝에 그녀가 그냥 앉아 있는 것 같았습니다. 경찰에 끌려간 뒤 그는 그녀에게 전화로 연락을 해보려 했지만 핸드폰이 망가져 있었습니다. 그는 핸드폰을 얻으려 했고, 반복적으로 간호사들에게 애원했지만, 그들은 매번 도움을 줄 수 없다고만 말했습니다. 경찰이 그에게 음식과 치료를 제외한 무엇도 제공해서는 안 된다는 지시를 내려두었기 때문이었습니다. 또한 간호사들 중 누구도 그와 정보를 나누지 않았습니다. 오직 그중 한 명만이 백인의 언어를 할 줄 알았는데, 그 사람조차도 주인의 말을 이해하는 데 어려움을 겪었습니다. 여러 날이 지나면서 그는 정신이 나갈 것만 같았고 화가 났으며 의식이 혼미해졌습니다. 자미케와 그를 파멸시키려는 악령이 끝까지 끈질기게, 인정사정없이 달려들어 이제는 그 노력이 결실을 거두었다고 단단히 믿게 되었지요. 그는 열심히 싸웠으나 적에게는 무적의 무기가 있었습니다. 빠져나왔다고, 낚시를 뱉어냈다고 생각한 바로 그 순간에, 또 다른, 더 날카로운 낚싯바늘을 문 것입니다.

최후의 일격은 몇 주에 걸쳐서 이루어졌습니다. 그 시간 동안 그가 아는 모든 사람이 그를 버렸습니다. 그의 여행을 편안하게 해주고 어느 정도는 그의 십자가를 같이 져주었던 토베조차도 새로 닥친 이 고통의 영역으로는 한 발짝도 들어오지 않았습니다. 오직 학교의 대표인 나이 든 학생 중 한 명만이 부총장과 함께 재판 첫날 법정에 왔습니다. 그들은 그의 소지품을 확보하고 그를 위해 모든 것을 보관해두었습니다. 그는 풀려나도 추방될 가능성이 높았으므로, 그의 물건은 그냥 공항으로 보내겠다고 했습니다. 그들은 삼촌에게 알리려고 전화를 걸었습니다. 그 순간의 광란 속에서, 주인은 나이지리아 학생 디메지에게 은달리에게 연락할 수 있게 도와달라고 애걸했습니다. 그는 떨리는 손으로 그녀의 전화번호를 적었습니다.

"뭐라고 말할까요?" 디메지가 그렇게 말했습니다.

"네?"

"알겠는데, 뭐라고 말하느냐고요?"

"사랑한다고요."

"그게 전부예요?"

"네. 전 그녀를 사랑합니다. 저는 돌아갈 거예요. 떠난 것이 후회되고, 모든 게 다 미안해요." 그는 잠시 말을 멈추고 눈빛만으로 그 말을 디메지에게 밀어 넣으려 했습니다. 디메지가 고개를 끄덕이자 그가 말을 이었습니다. "하지만 돌아갈 겁니다. 그녀를 찾을 거예요. 약속한다고 전해주세요. 약속해요."

그게 전부였습니다. 그들에게 주어진 시간은 그게 다였습니다. 그는 다시는 디메지를 보지 못했습니다. 외국에서의 재판으로 이어진 문제의 사건들이 일어나기 전에 주인이 알았던 모든 사람은 이후 4년 동안 한 번도 그의 눈앞에 나타나지 않았습니다. 유일하게 나타난 독일 여자는 그의 주요 고발인이었습니다. 나머지 한 사람인 그녀의 남편은, 16일 동안 병상에서 의식을 잃고 있던 그자는 제 주인의 두 번째 고발인이 되어 아내의 증언을 확인해주었습니다. 그 남자는 흑인이 몸부림치는 자기 아내의 위에 올라타고 있는 것을 보았다는 입장을 유지했습니다. 그래서 그날, 판사는 피오나의 남편을 돌아보며 그에게 영어로 물었습니다.

"그러니까, 아이디노글루 씨. 아내가 이 사람을 만나리라는 걸 미리 알고 있었습니까?"

"네, 판사님. 아내는 간호사입니다. 사람들을 도와주는 걸 좋아하는 착한 여자입니다. 그래서 아프리카에서 온 이 가난한 강간범을 돕고 싶어 했던 겁니다. 왈라히 야아!"

"법정에서는 말조심을 해주실 수 있겠습니까, 아이디노글루 씨?"

"죄송합니다, 판사님."

"행동을 조심하세요. 자, 그럼 당신은 아내가 이 사람을 당신 집으로 들이도록 허용한 겁니까?"

"아뇨, 아내는 늘 사람들을 돕습니다. 아내에게는 보통 있는 일입니다, 야니. 제가 집에 들어왔을 때는 저자가 아내를 강간하려 하고 있었습니다."

"법정에서 당신이 본 것을 증언할 수 있겠습니까?"

"제 아내는, 야니, 바닥에, 식탁 근처에 있었고 이 남자가 아내 위에 올라타고 있었습니다. 이자의 손이 아내의 목을 한 손으로 잡고 있었습니다. 죄송합니다, 다른 손이네요. 나머지 손으로는, 억지로 아내에게 들어가려 하고 있었습니다. 아주 혐오스러웠습니다, 판사님. 아주 혐오스러웠습니다."

"계속하세요……."

"저는 즉시 이자에게 몸을 날렸고 우리는 싸우기 시작했습니다. 그러다가 제가 아내에게 경찰에 전화를 걸라고 했습니다. 저한테 유리병이 있어서, 그걸로 이자에게 상처를 입힌 다음 아내를 살펴보러 갔는데, 아내는 여전히 바닥에 누워서 흐느끼며 아주 큰 소리로 숨을 몰아쉬고 있었습니다. 그때, 이자가 제 등 뒤로 자세를 아주 낮게 낮추고 다가와 여기 제 머리 한가운데를―바로 이 자리입니다, 판사님―스툴로 내려쳤습니다. 저는 쓰러졌습니다, 판사님. 제가 기억하는 건 그게 전부입니다."

아그밧타–알루말루시여, 아버지들은 회초리로 개의 머리통을 내리쳤는데 개의 머리가 깨졌다면 그 회초리는 다른 이름으로 불러야 한다고 말합니다. 주인이 변호를 위해 할 수 있는 행동은 아무것도 없었습니다. 그때의 두 번째 공판 이후로 판결이 내려졌습니다. 하지만 이미 늦었습니다, 5주나 늦었습니다. 사람의 입에서 나온 말로 내려진 선고, 처음에는 그 땅의 언어로, 다음에는 백인의 언어로 표현된 판결은 아무 의미가 없었습니다. 더 큰 판결이 너무도 강력하게 선고되어 그의 정신에 영원히 새겨졌기 때문입니다. 그 일 때문에 주인이 강간미수와 살인미수로 도합 26년의 징역형을 선고받았다는 판결은 아무 의미가 없어졌습니다. 그때쯤에는 이미 그가 한때 알았던 인생이 주인에게서 잘려 나간 운 나쁜 그림자처럼 그에게서 분리되어, 절벽 너머 망각이라는 끝 모를 구덩이로 내동댕이쳐졌기 때문입니다. 이 모든 세월을 지나서 지금까지도 그는 추락하는 동안 비명을 지르던 그 인생의 어두운 목소리를 듣습니다.

19장

묘목들

가가나오구시여, 제가 결백하다고 주장하는 행위를 한 주인의 동기를 증명하기 위해, 이쯤에서 저는 당신께서 그가 괴로움을 겪은 것은 이 여인에 대한 사랑 때문이었음을 고려해주셔야 한다는 주장을 할 수밖에 없나이다. 초기의 아버지들은 옛 시절의 위대한 사냥꾼 오르진타가 여러 조각으로 찢겨 나간 것은 가치 있는 명분을 쫓아 사냥을 하던 중의 일이라고 말합니다. 옛 아버지들 사이에서도 이것은 우화적인 이야기로 전해지지만, 당신께서는 이 일이 알라이보가 전성기였을 당시에, 모든 것이 당신께서 의도하신 것과 거의 같았던 그때에 일어난 일임을 알고 계십니다. 저조차도 그 당시에는 창조되지 않았습니다. 사람들은 진흙 벽돌로 만든 직사각형 집들을 짓고, 그들의 오비 안에 사원을 간직했으며, 조상들에게 자문을 구하고 그들에게 계속 먹을 것을 바쳤으며, 공존이라는 원시의 법칙을 믿었기에 이웃의 자유를 짓밟지 않았습니다. (독수리와 매를 횃대에 앉게 하시고 둘 중 누구라도 다른 새가 앉지 말아야 한다고 하면 그 새의 두 날개를 꺾으소서!) 오르진타는, 약혼자가 보름달의 나이로 자라나기 전에 습관적으로 불러대던 그 젊은이는, 밤중에 그녀의 아버지 농장 뒤쪽으로 웅크리고 들어가 그녀가 나올 때까지, 창밖으로 뛰어나와 그를 따라 덤불로 들어갈 때까지 휘파람을 불곤 했습니다. 오르진타는 밤에 휘파람 부는 것이 금지되어 있다는 사실을 알고 있었습니다. 그 소리는 오그부터 숲의 살아 있는 죽은 자들의 영혼을 거슬리기 때문입니다. 하지만 사랑에 빠진 남자는 연인을 찾으려고 독사의 구멍 속으로도 기어드는 법입니다. 그는 인간의 외침과 휘파람을 무척 두려워하는 밤의 존재들을 무시했습니다. 어느 날 밤 그가 휘파람을 불었을 때, 화가 난 영혼이 표범에게 씌었습니다. 그 짐승은 울부짖으면서 어린 묘목들을 발아래 깔아뭉개며, 줄줄이 심어놓은 얌들을 파헤치고 숲을 뚫고 달렸습니다. 문명의 가장 기초적인 원칙조차 지키지 않는, 지옥과도 같은 격노에 좌우되었지요. 약혼자가 눈에 띄지 않고 뛰어나가 한밤의 밀회를 할 기회를 기다리며 부모님의 기척과 집 안에서 들리는 모든 소리에 귀를 기울이는 동안에도 오르진타는 계속 휘파람을 불었습니다. 짐승은 그를 향해 계속 움직였습니다. 사냥감을 향해 가는 자석과도 같은 악마적 인력이 그 격한 발걸음을 안내했고, 놈의 발소리가 어두운 밤에 메아리쳤습니다. 그러다가 마침내, 오르진타가 집에서 나오는 연인을 본 바로 그 순간, 짐승은 그의 위치를 정확히 발견했습니다. 짐승은 그에게 덤벼들었습니다. 역사 이전의 시간에, 사랑과 낭만과 살과 뼈가 시작되기도 전에 기원한 분노를 담아 그를 갈기갈기 찢고, 그의 시체를 멀리 숲속으로 가져갔습니다.

에그부누시여, 이런 이야기는 왜 있는 것입니까? 이런 이야기는 우리에게 오르진타가 했던 것 같은 행동의 위험을 경고하려는 것입니다. 하여, 저는 주인이 감옥에서 보낸 두 번째 해부터 은달리의 치와 두 번째로 만난 이후까지 그가 은달리를 잊게 만들려고 노력했습니다. 하지만 저는 그런 노력이 무력하기만 한 경우가 많다는 것을 알게 되었습니다. 사랑이 누군가의 가슴에 한번 둥지를 틀면, 그것을 쉽게 파괴할 수 없습니다. 저는 그런 일을 여러 번 보았습니다. 그리고 치가 제안을 거듭하면 강요가 될 수도 있습니다. 치는 아무리 잔혹한 위험을 당면해서라도 주인에게 강요해서는 안 됩니다, 사람과 치가 타협하지 못하고 차이를 유지하면, 그 결과로 광기가 찾아옵니다. 아버지들도 합의를 통해 살아나갔습니다. 그들은 "퀘누"라고 외침으로써 모든 담론을 시작하는데, "퀘누"란 합의로의 초청입니다. 모임에 속한 사람이 한 명이라도 "야아"라고 대답하기를 거부하고 "에퀘 로 무"라고 말하면 토론은 반대자들이 동의하기 전까지는 계속될 수 없지요.

이럴진대 치가 어찌 주인의 뜻을 따르지 않겠니까? 주인이 한 길을 계속 갈 작정인데, 치가 어찌 "이 길은 가지 마세요, 어두운 곳으로 이어질지 모릅니다"라고 말할 수 있겠나이까? 고통과 괴로움의 한복판에서 간호사가 진실을 말해 그가 풀려나기를 기도하던 그 모든 세월 내내, 주인이 무엇보다도 열망했던 단 한 가지가 그녀에게 돌아가는 것이었음을 제가 보지 않았습니까? 믿을 수 없는 얘기처럼 들리시겠으나, 주인은 거의 매일 그녀를 위해 울었습니다. 그녀를 열망했습니다. 주인은 펜과 종이를 달라고 애원해 편지를 썼습니다. 하오나 어디로 보내겠습니까? 주인은 그녀의 집 주소를 몰랐습니다. 추측은 할 수 있을지 모르지만, 그렇더라도 편지를 어떻게 보내겠습니까? 그는 첫 2년 동안 간수들이 주는 두려움 속에 살았습니다. 그들은 주인에게 어떤 경멸을 품고 있는 것처럼 보였습니다. 일찍부터 그랬지요. 감옥에 있는 동안 그에게 일어났던 어마어마하게 사악한 일이 벌어지기 한참 전부터 말입니다. 간수들은 그를 아랍 혹은 젱긴이라고 불렀고, 그가 터키 여자를 강간한 일에 대해 자주 한마디씩 했습니다. 주인은 그런 자들에게 편지를 보내게 도와달라고 부탁했지만, 아무도 그에게 주의를 기울이지 않았습니다. 두 번째 해에, 마흐무트라는 어떤 사람이, 주인의 나라 출신 축구선수인 제이-제이 오코차를 사랑하는 마음으로 그의 편지를 부쳐주겠다고 했습니다. 하지만 키프로스 영내로만 보낼 수 있다고 했지요. "니제리아, 코크 파라*." 남자는 자주 그렇게 말하곤 했습니다. "파르할리, 코크, 코크**, 비싸, 비싸요, 기노소 씨." "미안합니다, 친구." 체포당한 날 그가 입고 있던 옷의 주머니에 들어 있던 돈은요? "미안한데, 기노소 씨. 우리가 가져갈 수 없어. 법원이 돈을 잠가. 아무도 돈은 못 가져가. 미안. 이해하지, 기노소 씨?" 이 남자까지도 거절

---

* 비싸다. (터키어)
** 아주, 아주, 아주. (터키어)

하자 주인은 포기하고 말았습니다. 그는 그의 치인 저도 그녀에게 연락을 해보려 노력했다는 것을 몰랐지요.

하여, 아구지에그베시여, 저는 그날 밤 제 주인이 은달리를 찾다가 돌아온 뒤 침대에 눕도록 놔두었고, 그는 계속해서 그녀와 화해할 가능성을 곰곰이 생각했습니다. 밤이 깊어지면서 그는—배수진을 쳤을 때의 용기 같은 것으로—여태 차마 고려하지 않았던 가능성을 감히 생각해보았습니다. 다시는 그녀를 가질 수 없을지도 모른다고 말입니다. 그의 정신이라는 취약한 귓속에 충분한 시간이 지났다는 생각이 전해졌습니다. 지금쯤이면 그녀는 결혼을 해서 아이를 낳았을 수도 있었습니다. 그녀는 그를 잊었을 수도 있고, 죽었을 수도 있었습니다. 그녀가 그에 대해 뭐라도 알아보려고 연락할 사람을 한 명이라도 알고 있었겠습니까? 그런 사람은 아무도 없었습니다. 그는 씁쓸한 후회를 담아, 삼촌의 전화번호를 알려주었어야 했다고 생각했습니다. 엘로추쿠의 전화번호라도 말입니다. 그는 이 모든 세월이 지나서까지 그녀가 여전히 그를 기다리고 있다는 게 가능한 일이라고 생각해서는 안 된다고 생각했습니다. 충분한 세월이 지났다고, 그의 머릿속 목소리가 결정적인 어조로 되풀이했습니다. 그녀는 영원히 사라졌어.

이 깨달음의 충격이 그를 절망으로 후려쳤습니다. 추쿠시여, 사람의 정신이 가끔 그 자신의 갈등과 내면적 패배의 원인이 된다는 것이 제게는 언제나 당혹스러운 일이었나이다. 그날 밤, 그는 너무도 진이 빠져 그녀를 생각하면서 낭비했던 시간이, 함께 보낸 나날의 조각난 기억에만 매달렸던 그 모든 세월이 멍청하게 느껴졌습니다. 아마 그녀는, 그가 잠도 자지 못하고 그녀와의 성적 경험을 최대한 생생하게, 침을 묻혀 자위를 할 만큼 생생하게 다시 떠올리던 그 모든 밤에도 다른 남자의 품에 안겨 있었을 것입니다.

그는 갑자기 고함을 치며 일어나 방 건너편의 석유램프를 후려쳤습니다. 전구가 깨져 방이 즉시 어둠 속에 나동그라졌고, 유리가 산산조각 나는 소리가 그의 머릿속에 갇혀 메아리쳤습니다. 그는 김을 뿜으며 어둠 속에서 일어섰습니다. 가슴이 들썩였고, 공기는 석유 냄새로 가득 찼습니다. 하지만 이 중 어떤 일도 그가 모르는 어떤 남자가 은달리의 가슴을 빨고 있다는 발작적인 생각 속에 제 주인이 뒹구는 것을 멈추지는 못했습니다.

그날 밤 그는 거의 잠을 자지 못했고, 이어지는 며칠간은 모든 것에 실패한 기분으로 삶에 참여했습니다. 그것이 그의 존재를 위협했습니다. 그의 치인 저조차도 그가 두려웠습니다. 그는 다가오는 자동차 쪽으로 몸을 틀 정도로 모든 것의 새로운 무의미 속에 길을 잃고 있었습니다. 그는 두 번이나 사고를 아슬아슬하게 피하고 죽음을 간신히 면했습니다. 한번은 어떤 자동차가 주인이 탄 오토바이를 쳐서 도랑으로 쓰러뜨렸는데, 그 차의 운전자가 이렇게 말했습니다. "어떻게 이러고도 살아난 거예요?" 그 남자와 즉시 모여든 구경꾼들은 모두 경악했습니다. "당신의 치가 정말 눈을 크게 뜨고 있나 보네요!" 한 사람이 말했습니다. 세 번째 사람은 그가 수호천사에 의해서, 백인의 알루시가 보낸 전령에 의해서 구출된 게 틀림없다고 우겼습니다.

은달리를 잃었다는 괴로운 생각이 그의 정신에 깃들 때마다 저는 그에 반대되는 생각을 여러 번 밀어 넣었습니다. 너더러 친절하다면서 널 좋은 사람이라고 했던 사료 가게의 여자를 생각해봐. 저는 그렇게 제안하곤 했습니다. 네 삼촌을 생각해봐. 네 여동생을 생각해봐. 축구 경기를 생각해봐. 네가 누릴 수 있을 좋은 미래를 생각해봐. 가끔은, 이 모든 것이 실패했을 때에는, 그가 선택한 방향으로 그와 함께 가보려 했습니다. 저는 그에게 여전히 그녀를 찾을 수 있다는 희망을 주려고 했습니다. 이렇게 생각해봐. 사랑은 절대 죽지 않아. 너도 알지, 전에 봤던 〈오디세이〉라는 영화에서 말이야. 주인공이 10년이나 지나서 고향에 돌아왔는데 아내가 그때까지도 그를 기다리고 있었잖아. 아내는 남편이 자기를 사랑하지만 그냥 인생에서 벌어지는 여러 상황들 때문에 오지 못하고 있을 뿐이라는 걸 알고 있었어. 그래서 그 여자는 여러 해 동안 정절을 지키면서, 아무리 압박을 받더라도 그를 배신하지 않았지. 너랑 같은 상황 아니야? 겨우 4년이잖아? 겨우 4년이야.

그러다가 한번은, 제가 주인에게 이 영화를 상기시킨 바로 그날에, 그 오랜 세월 동안 저나 주인이나 한 번도 심각하게 생각해본 적이 없는 어떤 일을 제가 운 좋게 떠올렸습니다. 물론 저는 한두 번쯤 주인이 그때의 경험을 머릿속에서 재생해보았다는 것을 인정합니다. 하지만 그는 한 번도 그 일의 결과를 생각하지 않았습니다. 그와 은달리는 닭들이 훤히 보이는 마당에서 사랑을 나누기 시작했지요. 그때 갑자기 그녀가 그를 밀어내더니, 새들에게는 이걸 보는 게 좋지 않다고 말했습니다. 주인은 그녀를 집 안으로 데려갔습니다. 그녀의 두 다리가 그의 몸을 감고 있었고, 그녀의 두 팔은 그의 목을 꽉 조이고 있었지요. 그들은 너무도 강렬하게 사랑을 나누었고, 그가 물건을 빼려 했을 때에는 그녀가 그를 아주 꼭 잡았습니다. 그는 몸부림을 쳤습니다.

"날 사랑해, 솔로몬?"

그 잡는 힘과, 그가 사정을 하기 직전인지 아닌지에 대해 걱정하지 않는 듯한 모습, 그녀가 평소와 달리 그를 기독교식 이름인 솔로몬으로 불렀다는 사실이, 그 모든 것이 충격적이었기에 주인은 대답했습니다. "응……."

"날 사랑해?" 그녀가 더욱 격렬하게 다시 물었습니다. 마치 그의 말을 듣지 못한 것처럼 말입니다.

"그래, 마미. 사랑해. 나 사정하려고 해."

"상관없어. 그냥 내 질문에만 대답해! 날 사랑해?"

"응, 사랑해."

그는 말하는 사이사이 떨면서 힘을 풀기 시작했고, 자신을 비워낸 다음에는 쓰러져 그녀에게 부딪쳤습니다.

"이제 우리가 한 몸이 됐다는 거 알아, 논소?"

"그래, 마미." 그는 숨이 차서 말했습니다. "난…… 난 알아."

"아니, 날 봐." 그녀가 그의 얼굴로 손을 뻗으며 말했습니다. "날 봐."

그는 그녀의 옆으로 돌아가, 고개를 돌려 그녀를 보았습니다.

"이제 우리가 한 몸인 거 알아?"

"응, 마미."

"이제 우리가 하나라는 걸 알아? 이제 더 이상은 너도, 나도 없다는 걸?" 그녀는 목소리가 높아졌고, 눈에서는 눈물을 흘리며 잠시 말을 멈추었습니다. 주인은 그녀가 말을 마쳤다고 생각하고 입을 열려 했습니다. 그녀가 말했습니다. "이제 우리가 정말 하나라는 걸 알아? '우리'라는 걸?"

"응, 마미. 맞아."

그녀는 눈을 떴고, 눈물방울 너머로 미소를 지었습니다.

주인은 안도감을 주는 이런 기억의 조각이 그를 도우러 온 신의 전령이 준 갑작스럽고도 기이한 선물이라도 되는 것처럼 그것을 품고 있었습니다. 이 일이 그가 인생에서 가장 소중하게 여기는 사건들 중 하나였으며, 그녀가 한 일은 기념비적이었습니다. 그녀는 그가 자기 안에 사정을 하도록 해주었습니다. 그것도 아무 준비 없이, 마치 사소한 일이라도 되는 것처럼 그렇게 했지요. 당시에 주인은 이 점에 대해 말하기에는 너무 충격을 받은 상태였습니다. 하지만 그날 밤 늦게 다시 사랑을 나누었을 때, 그리고 그녀가 그를 단단히 잡고 전처럼 다시 자기 안에 사정할 수밖에 없도록 했을 때, 그는 그녀에게 왜 이런 일을 하느냐고 물었습니다. 그녀는 자기가 그를 사랑하고, 무슨 대가를 치르더라도 그와 결혼할 준비가 되어 있다는 걸 보여주기 위해 그렇게 했다고 말했습니다. 하지만 그녀가 임신을 한다면? 그는 궁금했습니다. 그 대답으로, 그녀는 고개를 한쪽으로 기울이고 생각했습니다. 아마 그녀의 부모가 이 일을 어떻게 받아들일지 생각하는 듯했습니다. 그러더니 말했습니다. "그래서 뭐? 그 사람들이 나한테 하느님이라도 돼? 내가 포스티노라도 먹었으면 좋겠어?"

"그게 뭔데?" 그가 말했습니다.

"세상에! 촌뜨기!" 그녀가 웃으며 말했습니다. "그럼 모르는구나? 아침이 지나서 먹는 거야. 섹스한 다음에도 임신하지 않도록 여자들이 먹는 약이야."

"아, 마미." 그가 말했습니다. "난 몰랐어."

이런 생생한 사건들이 다시 그를 찾아오면서, 그의 축 늘어진 희망이 나약한 두 눈을 떴습니다. 이어지는 며칠 동안 그에게는 어떤 생각이, 가능성이 떠올랐습니다. 그날 직접 했던 말을―그들이 하나이고 같은 사람이라는 말을―그녀가 지금도 믿고 있다면, 그녀는 정말 그를 기다리고 있을 게 틀림없었습니다. 겨우 4년이 지나서 포기했을 리가 없었습니다. 그는 다음 행보를 계획하기 시작했습니다. 사료와 기장, 갈색 씨앗, 양질토 덩어리를 컵으로 헤아리는 사이사이, 매일 생각들의 구멍 속으로 뛰어들어 그 틈새를 뒤지곤 했습니다. 그가 마침내 생각해볼 만큼 설득력이 있는 무언가를 파헤친 것은, 희망을 가져다주는 그 기억이 떠오르고 나흘이 지나서였습니다. 그는 그녀의 집으로 돌아가 다시 정문의 경비원과 이야기를 해보아야 할지 모른다고 생각했습니다. 아마 경비원은 급료가 적을 테니, 그에게 뇌물을 주고 정보를 좀 달라고 할 수 있을 것 같았습니다. 감옥에서 보낸 첫 몇 주 동안 그녀에게 썼던 편지를 전해달라고 할 수도 있을 터였습니다. 그것만으로도 충분하겠지요. 편지에는 모든 것이, 그의 실종과 절대 그녀를 떠나지 않겠다던 약속을 지키지 못했던 일에 대해 그녀에게 알려주고 싶은 모든 것이 들어 있었으니 말입니다.

오바시디넬루시여, 위대한 아버지들은 그 비밀스러운 지혜로써 사람이 이 우주에서 보고자 열망하는 것이면 무엇이든 보게 될 것이라고 말합니다. 얼마나 진실한 말입니까, 에그부누시여! 다른 이를 증오하는 사람은, 아무리 의도가 좋은 일이라도 그 사람이 하는 모든 일에서 악을 보게 됩니다. 아버지들은 또한 사람이 무언가를 원한다면, 그것을 추구하기를 그만두지 않는다면, 결국은 그것을 찾게 될 것이라고 말합니다. 저는 그런 일을 여러 번 보았습니다.

그가 여러 해 동안 찾고 있던 것을 우주가 바로 그날 내줄 것이라는 생각은 주인의 머릿속에 떠오르지 않았습니다. 그의 머릿속에 강하게 자리 잡고, 그가 하고 있던 일과를—작은 벤치의 반대쪽 끝에 죔쇠로 고정되어 있는 수동 맷돌로 멜론 씨를 가는 일을—멈추게 만들었던 것은 단지 정문 경비원에게 가보겠다는 결심뿐이었습니다. 그는 앞치마를 벗고 가게 문을 걸어 잠근 다음 은달리 가족의 집을 향해 떠났습니다. 문을 열어 고정시켜두던 돌 쐐기를 치웠을 때, 그날 일에 온 마음을 다하지 않으면 무엇을 놓치게 될지에 대한 생각이 그의 머릿속으로 똑똑 흘러 들어왔습니다. 한 시간 후면 닭에게 줄 영계 사료를 한 자루 사러 오겠다는 농학 교수가 도착할 것이었습니다. 주인은 한 주 동안 팔 사료를 단 한 번에 거래할 기회를 놓칠 판이었습니다. 하지만 이런 생각조차 그를 붙잡아두지는 못했습니다.

그는 오토바이에 올라 로터리로 향하는 길을 달렸습니다. 길가에는 몇 제곱미터쯤 되는 공사장이 있었는데, 아연 지붕 판자를 벽돌로 받쳐 저지선을 쳐놓은 상태였습니다. 나무 널빤지를 들고 가던 남자가 위험하게 길을 건너는 바람에, 주인이 사방에 판잣집이 있는 근처에 이를 때까지 길이 막혔습니다. 지붕이 햇볕에 그을린 집이 위쪽으로 높이 솟아 짙은 붉은빛 페인트로 칠해져 있었고, 그 위에 흰 글씨로 0802가 쓰여 있었습니다. 주인은 여기에서 단포디오가(街)로 접어들어 청수 공급용 차와, 트렁크가 열려 있는 흰 자동차 사이를 지났습니다. 흰 자동차는 지나치게 무거운 곡식 자루 때문에 찌부러진 듯 보였는데, 그 곡식 자루를 붙들어놓고 있는 건 팽팽하게 당겨진 질긴 밧줄뿐이었습니다. 높은 게시판 밑 갓길에 한 남자가 서서 확성기에 대고 뭐라 말하고 있었습니다. 성경, 기타, 전단지 등을 들고 있는 다른 사람들이 반원을 그리며 그를 둘러싸고 있었지요.

트럭 한 대가 앞에서 방향을 틀어 일시적으로 길을 막았기에 주인은 멈추어 서 있었습니다. 그는 계속 가려 했지만 그렇게, 게시판에서 겨우 몇백 미터 떨어진 곳에서 멈춰 서는 바람에 확성기에서 나오는 특징적인 목소리를 들을 수 있었지요. 오랜 세월이 지났지만, 주인은 그 목소리를 즉시 알아들었습니다. 그는 갓길에 오토바이를 댔습니다. 그 남자가 눈에 들어오자마자, 주인에게도 제게도 이 우주에서 뭔가 특별한 일이 벌어졌다는 것이 분명해졌습니다. 저는 정말이지 영혼들의 영역에서 엄청난 논란이, 그의 치인 저조차 참여하지 못했던 논쟁이 해결된 것만 같다고 느꼈습니다. 주인이 모든 희망을 포기한 지금에, 삶이 정신 나간 어머니처럼 그의 어린 입에 넣어주는 것을 무엇이든 그냥 삼키겠다고 결심한 이때에, 우주가 그의 청원을 듣고 그를 도우러 온 것입니다.

주인은 자기 말을 들을 수 있는 누군가에게 단 한 번만, 딱 한 번만 기회를 달라고, 이 목소리의 주인을 다시 찾을 수 있게 해달라고 애원하며 여러 밤을 보냈습니다. 그자가 저지른 일에 대해 대가를 치르게 할 수 있도록 말입니다. 그는 이런 요청을 크고 작은 신들에게, 가끔은 '하느님', 가끔은 '예수님', 한번은 심지어 '알라'에게까지 했으며, 한번은—예기치 못하게도—그의 치인 제게까지 했습니다. 그 기도들에는 아무런 응답이 없었습니다. 어쨌든 그로서는 그렇다고 생각했지요. 그러자 그는 자기 내면으로 물러나 이 남자와 대결하는 모습을 떠올리며 시간을 보냈습니다. 그중 몇몇 모습은 다른 것들보다 더 잔인했습니다. 아주 두드러지는 한 가지 모습은 2007년 그자를 처음 만난 날 그와 함께 식사를 했던 식당에 들어가 밥을 먹을 때의 것이었습니다. 그때 그 남자가—주인과 다른 이들에게서 훔쳐 간 돈으로 부유해진 채로—미모의 여인과 함께 들어옵니다. 그 남자는 우아한 모습으로, 식당에 앉아 있는 사람들에게서 칭송의 합창을 받으며 위풍당당하게 걸을 것입니다. 놈은 모든 손님에게 마실 것을 주문해주고 계산을 해줄 것입니다. 데려온 여자에게 깊은 인상을 남기는 자신에게 만족감을 느끼면서 말입니다. 그자는 나이지리아에 잠깐 들르러 온 것이 틀림없을 것입니다. 아마 피해자가 아직 감옥에 있다고 생각했겠지요. 그러므로 완전히 긴장을 풀고 있습니다. 놈은 운명이 제 주인이라는 형태로, 그가 도착하기만을 기다리는 망가진 남자라는 형태로 인과응보의 씨앗을 심어두었다는 걸 깨닫지 못할 것입니다.

주인은 남자가 직접 고른 자리에 앉을 수 있도록 얼굴을 감추고 식탁 쪽으로 고개를 숙인 다음, 재빨리 일어나 대접받은 맥주병을 깨뜨리고 공격을 개시할 생각이었습니다. 공격을 하면서, 그는 자신의 모습이라고는 한 번도 상상해보지 못한 그런 사람이 될 것이었습니다. 그는 사형집행인의 심장을 키우게 될 것입니다. 무자비하고 빠르고 부수적 피해를 발생시키며 잔혹할 것입니다. 겨우 눈 몇 번 깜빡일 순간 동안, 그는 병을 깨서 적의 배 깊숙이 찔러 넣을 터였습니다. 하지만 그게 전부가 아니었습니다. 그는 병을 끄집어내 다시 남자의 가슴에 찔러 넣을 생각이었습니다. 그는 피가 번져도, 그 피가 식당 전체에 잔뜩 튀어도 머뭇거리지 않을 생각이었습니다. 그는 계속해서 남자의 목과 두 손과 가슴을 찌를 것입니다. 사람들이 그를 시체에서 비틀어 떼어낼 때까지. 그때쯤에는 모든 일이 끝났겠지요. 수천 년간 사람들 사이에 알려져 있었던 대로 결산이 이루어질 것입니다. 거친 길을 걸어온 자는 거칠게 쓰러지게 되어 있습니다. 에그부누시여, 주인은 바로 이런 모습을 뜻밖의 행운과 맞닥뜨린 날의 가장 진실한 초상으로서 머릿속에 간직해왔습니다.

주인은 모여 있는 사람들에게로 오토바이를 끌고 갔는데, 내릴 겨를도 없이 죄인도 그를 알아보았습니다. 그 남자는 연설을 멈추더니, 곁에 서 있던, 그처럼 백인같이 옷을 입고 있는 다른 사람에게 서둘러 확성기를 넘겨주었습니다. 셔츠와 넥타이, 민무늬 바지. 그러더니 그가 "치논소-솔로몬!"이라고 외치며 앞으로 달려왔습니다.

이장고-이장고시여, 저는 수호령들이 주인이 아닌 다른 인간들은 무슨 생각을 하는지 볼 수 있었으면 좋겠다고 자주 생각하는데, 이때도 그런 경우였습니다. 네, 그자는 분명 겁에 질린 표정이었습니다. 하지만 정말로 두려워한 것일까요? 겁을 내야 할 만큼 겁을 내고 있었던 것일까요? 저는 모릅니다. 당시 제게 보인 것은 그가 주인에게로 서둘러 오면서도 얼굴에 경계하는 빛을 띠고 있었다는 것뿐입니다. 그는 주인에게서 몇 발짝 떨어진 곳에 멈추어 섰습니다. 적이 다가오자, 주인은 일이 그가 상상해온 대로 풀리지 않으리라는 것을 깨달았습니다. 그가 남자를 발견한 곳은 아무것도 할 수 없는 탁 트인 공간이었습니다. 그 남자는 주인 앞에 멈추어서 눈물을 터뜨렸습니다. "솔로몬." 남자는 그렇게 말하더니, 조금씩 앞으로 나오며 모여 있는 사람들에게로 시선을 돌렸다가, 주인을 향해 손을 뻗었습니다. 주인은 약간 뒤로 물러섰습니다. 남자의 손이 천천히 내려오며 떨렸습니다. "솔로몬." 남자가 다시 말하더니, 얼굴을 돌려 군중을 마주 보았습니다. "형제들, 이 사람이 그 사람입니다. 이 사람이 솔로몬이에요. 할렐루야! 할렐루야!" 그는 두 손을 높이 들어 올리며 펄쩍 뛰었습니다.

그러더니 아무 경고 없이, 주인이 아주 오랫동안 죽기를 기도해왔던 이 남자가 앞으로 몸을 던져 그를 끌어안았습니다. 그자의 목을 쥐고 조르기 시작했어야 할 순간에, 그 남자가 군중에게로 돌아서며 확성기를 받아 들더니 다정하고도 열렬하게 "하느님, 천상의 하느님께서 제 기도에 답해주셨습니다! 그분께서 제 말을 들으셨습니다! 주님을 찬양하십시오!"라고 말했습니다. 그러자 군중이 답으로 외쳤습니다. "할렐루야!"

"여러분은 모릅니다. 여러분은 모르십니다, 형제자매 여러분. 주님께서 방금 제게 어떤 일을 해주셨는지 말입니다." 남자가 그렇게 말하며 너무 세게 두 발을 굴러, 주변에서 먼지구름이 피어났습니다.

"여러분은 모릅니다!"

남자는 손수건을 꺼내 두 눈을 훔쳤습니다. 에그부누시여, 그는 정말로 울고 있었나이다. 주인은 주위를 둘러보고, 사람들이 붙어나고 있다는 것을 알았습니다. 한 남자와 그의 아내가 모퉁이에 트럭을 세우고 펼쳐지는 장면을 보려고 다가왔습니다. 나이 든 여자가 거리 반대편의 집에서 나와 발코니에 기댄 채 지켜보고 있었습니다. 주변의 얼굴과 눈이 그를 완전히 진정시키는 보이지 않는 사슬이라도 된 것처럼 휘감아왔습니다.

"여기 이 사람이 제가 구원을 받은 이유입니다. 저는 도둑이었습니다. 저는 이 사람을 포함한 여러 사람들에게서 도둑질을 했습니다. 하지만 주님께서는 이 사람을 써서 제게 손을 뻗으셨습니다. 주님께서는 이 사람을 써서 저를 구원하셨습니다. 주님을 찬양하십시오!"

사람들이 응답했습니다. "할렐루야!"

자, 이 사람들이 둘러싸고 있는데, 주인이 할 수 있는 일이 뭐라도 있었을까요? 아닙니다, 추쿠시여. 이 사람들은 주인의 모든 생생한 상상과 정교한 계획들을 무력화하는 결정적인 무기들이었습니다. 그는 지금 벌어지는 일을 이해할 수 없었습니다. 왜냐하면 지금, 그의 모든 슬픔을 만들어낸 자가 그의 손을 잡았기 때문입니다. 그 남자가 손을 붙들고 있도록 놔두는 것 말고 대체 무슨 일을 할 수 있겠습니까? 그리고 나서, 주인은 놀란 채로 그 남자가 눈앞에 무릎을 꿇고 자신의 손을 잡는 모습을 지켜보았습니다.

"치논소-솔로몬 형제, 이렇게 네 앞에 무릎을 꿇을게. 너와 나를,

나와 온 세상을 만드신 하느님의 이름으로…… 용서해, 용서해줘. 예수님의 이름으로 부디 날 용서해줘."

몇 마디는 확성기의 소음이 섞여 나오면서 들리지 않았으나, 그곳에 있던 거의 모든 사람들이 대강의 뜻을 이해하는 듯했습니다. 웅성거리는 소리가 사람들 사이에 번졌습니다. 빨간 셔츠를 입고 교회의 십자가 그림이 들어간 갈색 넥타이를 한 어느 젊은이가 탬버린―손바닥에 대고 치면 사제들과 디비아들이 들고 다니는 철장처럼 짤랑거리는 소리를 내는, 금속 조각들이 달린 작고 둥근 악기―을 흔들며 기도하기 시작했습니다. 주인은 그의 말을 듣지 못하고 그저 느낄 뿐이었습니다. 하지만 그의 치인 저는 그 말을 한마디 한마디 모두 들었습니다. "주님께서 도와주십시오. 주님께서 그를 도와주십시오. 그가 용서하게 하십시오. 그의 마음을 움직여주십시오. 당신께서 이와 같은 시간을 가능하게 만들어주셨사오니, 주님께서 그를 도와주십시오! 주께서 그를 도와주소서!"

이장고―이장고시여, 주인은 무력하게, 최면에 걸린 것처럼 서 있었습니다. 적이 다시 일어나 그의 두 손에 확성기를 쥐여주는데, 주인은 자기 손이 얼마나 떨리는지 놀라웠습니다. 그가 확성기를 받아 들자 군중이 감정을 터뜨렸습니다. 적은 더욱 큰 소리로, 부모의 죽음이라도 애도하는 것처럼 흐느꼈습니다. 탬버린 소리에 박수 소리가 합쳐져 메아리쳤고, 군중은 더욱 시끄럽게 환호했습니다. 주인은 그들이 그가 입을 열기만 기다리고 있다는 걸 알았습니다.

"난…… 난." 그가 말하고 확성기를 내려놓았습니다.

"도와주소서, 주님! 도와주소서!" 죄인이 말했습니다. 그의 말에 탬버린의 의례적인 짤랑거리는 소리가 뒤따랐습니다.

"도우소서! 도우소서!" 군중이 합창했습니다.

"나는…… 난 용……." 주인이 말했고, 그의 두 손이 떨리기 시작했습니다. 눈앞에 유령이 나타나기라도 한 것처럼, 그가 감옥으로 걸어가던 때에 백인 남자들이 모였던 것이 떠올랐기 때문입니다. 그는 얼굴에 흉측한 흉터가 있는 남자와 또 다른 한 남자가 주먹을 쥐고 다가오며 말하는 것을 보았습니다. "너 터키 여자 강간했어, 너 터키 여자 강간했어." 그러면서 그가 이해할 수 없는 터키어를 마구 쏟아냈습니다. 그는 자기도 모르게 감옥 문을 열고 그 안으로 도망치려 하다가 멀리서 그를 지켜보고 있는 흑인과 눈을 마주쳤는데, 그때 남자들이 그의 등을 걷어찼습니다. 그는 감옥 철창에 부딪혀 그것을 붙잡았고, 남자들은 그를 떼어내려 했습니다.

"그를 움직여주소서, 주여! 예수님, 그를 움직이소서!" 넥타이를 매고 정장을 입은 남자가 다시 말했고, 짤랑거리는 소리를 내는 그 이상한 악기가 장단을 맞추었습니다.

"그래! 용서해요! 아멘!"

"용서하겠습니다." 주인이 내뱉었습니다.

이번에는 군중이 쏟아낸 감정이 거칠었습니다. 그 열기 속에서, 현실이 그를 더욱 모욕했습니다. 제 주인이 죽였어야 하는 자가 아무 경고 없이 주인의 손을, 환호하는 구경꾼들에게 승리한 레슬링 선수의 팔을 들어 올리는 심판처럼 들어 올렸습니다. 하지만 주인은 방금 패배한 것입니다. 이 남자가 자미케였기 때문입니다. 그가 너무 오랫동안 찾아왔던 남자, 그간 내내 그를 살아 있게 만들었던 것 중 하나였기 때문입니다. 그 모든 세월이 지나 이제야 그를 찾았는데 주인은 대체 무엇을 했습니까? 그저 용서하겠다고 선언했을 뿐이었습니다.

"어떤 사람들은 신이 없다고 말합니다!" 자미케가 즉시 외쳤고, 군중은 갈채로 화답했습니다. "그자들은 우리가 믿는다고 말하는 것은 사실이 아니라고 말합니다. 저는 그들에게 치욕이 있으라고 말하겠습니다!"

"부끄러운 줄 알아야지!" 군중이 외쳤습니다.

"달리 누가 저를 구원하실 수 있었겠습니까? 달리 누가요?"

"온웨로!*"

아그밧타-알루말루시여, 자미케가—이제는 날씬해지고 안경을 썼으며 결백한 사람 같은 눈빛을 가지고 있고 예기치 못한 온기를 뿜어내는 그가—'치논소-솔로몬 형제'에게서 4년 전 모든 것을 훔친 일과 '치논소-솔로몬 형제'가 북키프로스 터키 공화국에 왔으나 자신은 좀도둑처럼 남키프로스 공화국으로 도망쳤던 일을 짧게 증언했습니다. 2년 후, 그가 어떤 사고에 휘말려 자기 인생에 대해 다시 생각하기 시작했던 이야기도 했습니다. 그렇게 그는 북키프로스 사람들에게 연락을 취했고, 그가 사기를 쳤던 세 사람의 운명에 관해 듣게 되었습니다. 근동대학교의 한 여자는 매춘부가 되었으며 "여기 있는 치논소-솔로몬 형제는 감옥에 보내졌고, 또 한 형제, 제

---

* 오직 자신뿐! (이보어)

이라는 형제가 있었습니다."

자미케는 마지막 이름을 말하는 데 어려움을 겪었으며, 마침내 그 말을 내뱉었을 때는 낙담해 잠시 멈추었습니다. 그러는 동안, 그는 셔츠 가장자리로 눈을 훔쳤습니다.

"저 때문에 그에게 어떤 일이 일어났는지 아십니까?"

"아뇨." 사람들이 대답했습니다.

"저는 그 형제가 자살했다는 이야기를 들었습니다! 그 형제는 빌딩 꼭대기에서 뛰어내려 자살했습니다."

군중이 헛숨을 들이켰습니다. 주인은 자제력을 잃을까 봐 두려워 그 남자에게서 은근슬쩍 손을 빼내, 기침을 눌러 참으려는 것처럼 가슴에 얹었습니다.

"그 이야기와 제가 저지른 일에 관한 또 다른 이야기를 들었을 때 저는 그리스도께 제 삶을 바쳤습니다. 형제자매님들, 저는 하느님께 그를 다시 만나 용서를 구하게 해달라고 기도하기 시작했습니다. 주님께 영광 있으라!"

"아멘!" 사람들이 외쳤습니다.

"다시 말하니, 주님께 영광 있으라!" 이제 자미케가 백인의 언어로 말했습니다. 마치 아버지들의 언어만으로는 더 이상 충분치 않다는 것처럼 말입니다.

"아멘!" 그들이 되풀이했습니다.

"오티토 디 리 제수!*"

---

* 예수는 진리이시니! (이보어)

"나 은두 에베베!*" 군중이 외쳤습니다.

자미케는 눈물로 가득한 눈과 괴로움의 낙인이 드러난 표정으로 그를 돌아보았습니다. 주인은 이런 일을 예상하지 못했습니다. 눈앞에는 자미케가 눈물을 흘리며, 풍파에 시달린 얼굴에 입술은 갈라진 채로 있었습니다. 부끄러움의 배지를 달고 있는 얼굴이었습니다. 그것은 다른 이를 정복한 사람의 얼굴이 아니라 항복한 사람의 얼굴이었습니다. 그 얼굴이 그를 무장해제시켰습니다.

추쿠시여, 그 순간 그가 느낀 것들은 사실 이상하게도 흔한 것입니다. 저는 그런 일을 여러 번 보았습니다. 그 얼굴은 다른 무엇이라기보다도 벌거벗은 얼굴—엄청나게 가난한 얼굴이었습니다. 그런 얼굴은 다른 사람들, 심지어 처음 본 사람들에게서도 자신을 감추지 않습니다. 아무 비밀이 없는 얼굴이지요. 계속해서 아무 거리낌 없이 세상과 소통하는 얼굴. 위대한 아버지들 중에서도 옛 전사들은 전장에서 적의 얼굴을 마주하면 자기도 모르는 사이 폭력을 저지르려는 결심이 약해지고 말았다는 이야기를 자주 했습니다. 죽이기만을 바라던 충동은 즉시 그저 살해당하지 않기 위해 죽이려는 충동이 되었지요. 마치 전사는 적의 드러난 얼굴을 마주한 순간 모든 적의를 떨쳐버리는 것만 같았습니다. 에그부누시여, 이것은 이해하기 힘든 일입니다. 지혜로운 아버지들조차 이 일과 씨름했고, 그들의 혀는 이런 현상을 설명하기 위해 수많은 우화를 짜냈지요. 하오나 그 강력한 감정이 한 남자가 한 여자에게, 혹은 어머니가 자

* 또한 영생이시니! (이보어)

신의 아이에게 품는 감정이라는 말만큼 이를 더 잘 표현하는 말은 없습니다. 그들은 이것을 이후-나-아냐*라고 불렀습니다. 진실로, 사람은 다른 이에 대한 악의가 없을 때만 그의 눈을 들여다볼 수 있다는 것을 이해했기 때문입니다. 그러므로 어떤 사람이 난 네 눈을 들여다볼 수 있어라고 말한다면, 그는 애정을 표현한 것입니다. 그리고 역으로, 가면을 쓰고 있거나 거리를 유지하는 사람—그런 사람은 쉽게 해칠 수 있습니다.

저는 군중이 "할렐루야"라고 외치며 박수를 보내는 가운데 주인이 자미케에게 다시 그를 끌어안고 그의 어깨에 대고 흐느끼도록 해준 이유가 바로 이것이라고 확신합니다. 이것이—주인은 몰랐지만—회복할 수 없는 피해를 끼친 이 남자에게 전화번호를 가르쳐주고, 다음 날 길을 따라 쭉 가면 있는 빅스 씨의 가게에서 만나자는 적의 요청에 대한 대답으로 고개를 끄덕인 이유였을 게 틀림없습니다.

"5시 정각?"

"그래, 5시 정각." 그가 말했습니다.

"꼭 갈게, 치논소-솔로몬 형제."

저는 그가 돌아서서 그곳에 모여 있던 환호하는 군중을 뚫고 가게 된 것이 자미케의 얼굴과 정면으로 맞닥뜨렸기 때문이라고 확신합니다. 그가 오토바이에 올라, 거의 뒤도 돌아보지 않고 그 현장에서 빠르게 멀어진 이유도 그것이었습니다. 그는 처음에 향하던 곳으로 계속 나아간 것이 아니라, 그의 아파트로 되돌아갔나이다.

* 얼굴과 눈. (이보어)

20장

결산

이쿠쿠아마나오냐시여, 기대는 인간 정신의 가장 기이한 습관 중 하나입니다. 기대는 시간의 핏줄에 떨어진 악랄한 피 한 방울입니다. 기대는 안에 있는 모든 것을 통제하며, 사람으로 하여금 시간에게 지나가라고 애걸하는 것 말고는 아무것도 할 수 없게 만듭니다. 시간이라는 자연적인 요소로 혹은 인간의 간섭으로 지연된 행동은 영원히 그 사람의 생각을 지배하게 됩니다. 현실에 짓눌린 끝에 현실을 보는 눈이 사라지지요. 옛 아버지들이, 음식이 요리되고 있을 때면 아이의 눈은 깜빡이지도 않고 난로에 매인다는 말을 하는 이유가 그것입니다. 사람은 불안할 때 아직 형체를 갖추지 않은 시간을 들여다보려고, 아직 일어나지 않은 사건에 대한 정보를 얻으려고 노력합니다. 그는 한 번도 여행해보지 않은 나라에 이미 가 있는 자기 모습을 그립니다. 그곳 사람들과 춤을 추고 있는 자신을, 그 지역 음식을 먹고 있는 자신을, 그 나라의 경치 좋은 곳을 걸어 다니는 자신을 어느새 상상하게 되지요. 이것은 불안의 신비한 마법입니다. 불안이란 참여자가 목 빠지게 기다리고 있는 어떤 사건, 어떤 만남에 대한 약속에 달려 있기 때문입니다. 저는 그런 일을 여러 번 보았습니다.

하지만 그러는 동안에, 그 사람은 많은 생각과 고통 속에 머물게 됩니다. 주인도 자미케와 만난 이후로 그랬습니다. 그는 원한으로 가득 찬 채 돌아와 자기 방을 마구 뛰어다니면서 책장과 침대와 고무 컵을 걷어차며 욕을 하고 분노를 터뜨렸습니다. 그는 자신에게 일어난 일에 대하여 하늘을, 그자의 공범들을 비난했습니다. 그는 자미케의 신을 비난했습니다. 어째서 그는, 그 오랜 시간이 지난 뒤에, 그토록 공개된 장소에서 자미케를 만나야만 했던 걸까요? 그리고 자미케는 왜 하필 설교를 하고 있었던 것일까요? 그 상황 때문에 주인에게는 족쇄가 채워졌습니다. 복음을 전하는 사람을 공격하는 것은 거의 불가능한 일이었을 것입니다. 알라이보의 사람들과 흑인 세계의 사람들은 보통 변해버린 자미케 같은 사람을 아주 존경합니다. 그가 아무것도 할 수 없을 만큼 말입니다. 그는 귀국 후 엘로추쿠에게 연락하지 않은 자신을 탓했습니다. 키프로스에 있을 때 벌어진 수많은 실패에 대해, 예를 들어 그의 집을 되찾는 걸 도와주지 못한 일이나 자미케의 여동생에게서 자미케의 행방을 알아내지 못한 일에 대해 엘로추쿠를 비난해서는 안 됐습니다. 돌아오자마자 연락을 취했더라면, 엘로추쿠는 자미케가 우무아히아에 있다는 얘기를 해주었을 것입니다. 그랬다면 주인이 그냥 어딘가 외떨어진 곳으로 자미케를 초대해 복수를 실행했겠지요.

아구지에그베시여, 저는 그날 밤처럼 변해버린 주인은 한 번도 본 적이 없습니다. 그는 너무도 화가 나 욕을 하고 벽을 치고 칼을 가져다가 자기 자신을 협박했습니다. 이것이 진실로 제 주인의 소행인지 아니면 그에게 쒼 아구의 소행인지 제가 알 수 없었던 대단히 불확실했던 순간에는 그가 거울 앞에 서서 칼을 휘두르며 말했습니다. "날 찌를 거야, 날 죽일 거야!" 그는 칼을 가슴 가까이 가져가 떨리는 손으로, 눈을 감고서, 칼이 살에 닿도록 흔들었습니다. 저는 그의 정신 속으로 빠르게 생각을 집어넣었습니다. 처음에는 삼촌을, 그다음에는 은달리와 재결합할 가능성을 상기시켰지요. 그리고 감히 드리는 말씀이거니와—추쿠시여—저는 주인의 목숨을 구하는 데 도움을 주었을지도 모릅니다! 제가 한 말이—은달리가 지금도 오디세우스의 아내처럼 너를 사랑한다면 어쩌려고?—그를 갑작스러운 희망으로 가득 채웠으니 말입니다. 그는 주먹을 폈고 칼은 싱크대로 떨어져 가볍게 춤을 추다 멈추었습니다. 그리고 그는 눈물을 터뜨렸습니다. 그의 고통이 너무 거칠었고 슬픔이 너무 컸기에, 저는 그가 회복하지 못할까 봐 두려워졌습니다. 저는 그의 머릿속에 이번 일은 문제의 사건들이 벌어진 이후로 자미케를 처음 만난 것일 뿐이라는 생각을 집어넣었습니다. 다음 날에는, 이번에는 둘이서 만나게 된다는 생각도요. 적은 주인이 항상 바랐던 대로 그에게 올 것이며, 주인은 하고 싶었던 일을 그에게 할 수 있을 것입니다.

은달리에게 썼던, 그에게 일어났던 일들을 연대기로 서술하고 있는 편지를 그자에게 보여줄 수도 있겠지요. 그자가 자기가 저지른 일의 심각성을 알 수 있도록 말입니다. 남은 게 놓쳐버린 기회밖에 없다고 생각해서는 안 됐습니다. 그럼요.

이번에도 그는 제 목소리에 귀를 기울였습니다. 제가 단언하자 그가 뒤따랐습니다. 그는 세수한 뒤 싱크대에 코를 풀고 벽의 못에 걸려 있는 수건으로 얼굴을 닦았습니다. 그는 거실로 돌아가 자신의 인생 이야기를 담고 있는 편지를 가져왔습니다. 다음 날 자미케에게 보여주겠다고 결심했지요. 그는 편지를 신중하게 살펴보며, 이틀 전 그가 세세한 부분을 바꾸어 쓰는 바람에 그 의미까지 바뀌지는 않았는지 확인했습니다. 사실, 이제 그는 운명이나 이런 사건들을 촉발한 그 무언가가 자미케와의 이번 만남을 예비했다는 생각이 문득 들었습니다. 겨우 이틀 전만 해도 그는 한밤중에 잠에서 깨면 다시 잠들 수 없었습니다. 감옥에서 돌아온 이후로는 그렇게 깨는 것이 삶의 일부가 되었지요. 그는 자는 데 도움을 받으려고 라디오를 켜고 귀를 기울이는 습관이 생겼습니다. 어제는 설교자의 목소리가 나왔을 때쯤 정신이 아득해지기 시작했습니다. 그 사람이 무슨 말을 하고 있었더라? 지옥 이야기였습니다. 감옥에서 보낸 세월 동안 그가 가끔 지나칠 만큼 깊게 생각했던 바로 주제였지요. 아무도 탈출할 수 없는 곳. 그는 귀를 기울였고, 설교자의 설명을 들으며 지옥에 대해서 무슨 질문을 던지든 그 설명에 답이 있으리라는 걸 깨달았습니다. 지옥에는 구원이 없었습니다. 그곳은 사람이 죄수가 되어 일으켜 세워지고, 설교자가 반복적으로 강조했듯 "벌레가 영원히 죽지 않는" 영원한 고통의 장소였습니다.

그는 라디오를 끄고 자리에 앉아 들은 내용을 깊이 생각했습니다. 그 자신의 정신 때문에 머리가 지끈거렸습니다. 그는 자리에서 일어나 은달리에게 썼던 편지를 읽었습니다. 그는 위대한 아버지들의 땅으로 돌아온 이래 그 편지들을 읽지 않았습니다. 그녀에게 해주어야 할 말이 모두 거기에 이미 들어 있다고 느꼈으니까요. 하지만 이제는 펜을 꺼내 제목을 직직 긋고, 그 아래에 새 제목을 써넣었습니다.

나의 이야기: 나는 키프로스에서 어떤 고통을 겪었나
나의 이야기: 나는 키프로스에서 어떻게 지옥에 가게 됐나

그는 편지를 다 읽은 뒤, 근본적으로 달라진 것은 아무것도 없다는 만족감을 느꼈습니다. 내일, 그는 이 편지를 쓰는 데 도움을 주었던 자에게 이 편지를 전할 것입니다. 그 일이 눈이 빠지도록 기대되었습니다.

추쿠시여, 용감한 아버지들은 뱀에게 물린 사람은 지렁이도 두려워하게 된다고 말합니다. 시간과 공간은 여러 해 동안 주인의 적을 그에게서 숨겼으나 그날만큼은 주인이 그자와 단둘이 있게 될 터였습니다. 그는 거의 잠을 이루지 못하고 밤을 보낸 뒤 다음 날 일종의 평화를 느끼며 깨어났습니다. 그는 침대에 앉아 상상했던 결말에 이르기까지 그의 계획이 눈앞에 펼쳐지도록 놔두었습니다. 그 연극

안에서 자미케는 그 자신의 피 웅덩이 속 땅바닥에 누워 있었습니다. 그는 아직 증오의 끈질김을 모르고 있었습니다. 저항하고 떨쳐 내려 해도 증오는 파도처럼 잠시 자신을 끌어모았다가 홍수처럼 쏟아져 정신을 다시 익사시킨다는 것을 말입니다.

에그부누시여, 저는 그런 일을, 심장이 증오로 가득 차서 사람들이 저지르는 일을 여러 번 보았습니다. 시간이 모자랄 터이므로 그 모든 것을 묘사할 수는 없나이다. 하지만 주인을 뒤흔들어 더 많은 감정을 불러일으키고 싶지는 않았기에, 저는 그의 정신이 피투성이 허드렛일로 달려 들어가고 마침내 그가 지쳐서 잠드는 모습을 조용히 지켜보았습니다.

아침에는 거의 내내 비가 왔습니다. 주인은 알라이보로 돌아간 이후 줄곧 비가 쏟아질 때 가장 집에 온 것 같은 기분을 느꼈습니다. 그가 우무아히아에서 쌓은 어린 시절의 기억 대부분에 폭풍이 그림자를 드리우고 있었기 때문입니다. 구름은 어린 시절 그의 정신 속에서 사라지지 않는 형상이었습니다. 천둥소리, 번개의 산탄, 이런 것들이 뛰는 심장과 전쟁처럼 생생한 기억을 이 세상에 주었습니다. 우구-하우사 같은 몇몇 나라에서는 다른 요소들이 두드러질 수 있지만 여기에서는 비가 최고의 통치자였습니다. 이보 사람들 가운데서는 태양이 약한 존재로 여겨졌습니다.

그는 그날 가게로 가지 않았습니다. 비가 거의 내내 내리다가, 기세를 다하고 나서야 햇빛에 항복했으니까요. 비는 다른 모든 날씨의 주인입니다. 자미케를 만났던 전날에는 태양이 일찍 떠서 아침 하늘을 배경으로 찬란히 빛났습니다. 그러다가 구름이 천천히 몰려와 태양과 머물 권리를 놓고 다투었지요.

주인은 약한 태양이 흙을 헤치는 공처럼 젖은 구름들의 웅덩이를 천천히 헤치고 굴러가고 있을 때에야 집에서 나왔습니다. 그는 오토바이의 방수포를 벗겨내고 오토바이에 탔습니다. 돌아온 이후 처음으로 은달리가 준 가방을 들었습니다. 그 가죽 표면의 흰 프린트가 여전히 선명했습니다. 아프리카 카리브 정치학 학회, 2002년 4월. 그 모든 내용이 여전히 온전했습니다. 은달리의 사진 두 장과 그녀의 편지만이 예외였습니다. 그는 병원에서 풀려나 경찰서로 이송되었을 때, 경찰관 중 한 명이 가방을 뒤지다 말고 사진들을 꺼냈던 일이 떠올랐습니다. 그는 사진을 낚아채려 했지만 수갑을 차고 있었습니다. 남자들은 자기들끼리 사진을 돌려보며, 웃으면서 뭔가 말하고 손짓을 했습니다. 손을 손바닥에 부딪쳤지요. 나중에 그는 그것이 섹스를 의미한다는 걸 알게 되었습니다. 그중 한 명이 더듬거리는 영어로 말했습니다. "너, 너는 여자를 많이많이 좋아해. 검은 여자, 좋아? 응? 좋아?" 그가 절대 잊지 못할 순간이었습니다. 그의 처벌이 모든 사람 가운데 가장 결백한 사람인 은달리에게까지 연장되는 순간이었습니다. 당시에 주인은 아버지들의 땅에서 수천 킬로미터 떨어진 곳에서 그녀가 낯선 사람들의 눈길에 범해지는 것을 목격하고 있었습니다. 나중에는 남자들 중 한 명이 다른 이들의 행동에 화를 내는 척하며 사진들을 가져가 가방에 넣더니, 주인에게 말했습니다. "미안해, 친구." 그러더니 그 남자는 가방을 가지고 떠났습니다. 그는 석방될 때까지 가방을 보지 못할 운명이었습니다. 주인은 가방을 받자마자 제일 처음으로 그 사진들을 찾아보았습니다. 그녀의 편지는 그가 심하게 다친 채로 병원에 도착했을 때 놈들이 피투성이가 된 바지에서 빼 갔으니까요.

지금 그는 가방 속에 칼을 가지고 있었습니다. 책의 책장 사이에 숨겨놓았지요. 그는 모든 것을 계획해두었습니다. 그는 식당에 가서, 그 일을 저지르자마자 쉽게 빠져나갈 수 있도록 문 옆의 식탁에 차분하게 앉을 것이었습니다. 그는 책을 식탁에 올려놓고 빠르게 식사할 생각이었습니다. 일단 자미케가 오면 너무 화가 나서 아무것도 먹지 못할 테니까 말입니다. 그는 적이 긴장을 풀게 만들고, 심지어 용서받았다고 믿게 만들어 그를 무장해제시킬 것이었습니다. 그런 다음에는 자미케를 아파트로 초대할 생각이었습니다. 공공장소에서 칼을 쓸 생각은 없었습니다. 하지만 자미케가 의심하고 거부하면, 선택의 여지 없이 식당에서, 바로 그 자리에서 칼을 써야겠지요. 주인은 그를 찔러 죽이고, 버스 정류장으로 도망쳐 라고스로 가는 버스를 탈 생각이었습니다. 여동생을 찾아보거나 아버지의 마을로 가서 아버지의 텅 빈 집에 머물려고 했습니다.

추쿠시여, 저는 만일 이 계획이 달성된다면 그에게 더 많은 골칫거리가 생길 것이라는 걱정이 들었습니다. 하여, 그의 머릿속에 그가 계획한 모든 일을 하면 은달리를 영원히 잃게 될 거라는 생각을 비추었습니다. 그리고 저는—대단히 망설여지기는 했으나—그런 행동은 그를 다시 감옥으로 돌려보내고, 그녀를 다시 찾을 기회를 박탈하게 될 거라고 덧붙였습니다. 그는 두려워하며 잠시 이 점을 고려했습니다. 가방에서 칼을 꺼내 탁자에 올려놓기까지 했습니다. 하지만 그때 무시무시한 분노가 다시 그를 사로잡았고, 그는 칼을 다시 가방에 미끄러뜨려 넣었습니다. 할 거야, 난 자미케를 죽이고 그녀를 찾을 거야. 그의 머릿속 목소리가 말했습니다. 난 자미케를 죽일 거야, 상관없어!

에그부누시여, 사람은 미래를 볼 수 없다는 걸 알고 있을 때조차 어쨌든 계획을 세우는 경우가 많습니다. 당신께서는 사람들이 매일 그런 식으로 행동하는 것을 보십니다. 연인들은 옷을 잘 차려입고 친지들을 방문해 다섯 달 뒤면 자신들의 결혼식이 열릴 거라고 말합니다. 막다른 골목을 걷다 보면 수많은 사업이 벌어지고 있습니다. 누군가 집을 사서 토대를 놓았고, 미래에는 그 위에 뭔가를 짓고 싶어 하지요. 그가 토대를 놓고 1분 후에 죽을 수도 있지만, 그건 별로 중요하지 않습니다. 사실 인간의 삶은 자신이 거의 다스릴 수 없는 미래를 중심으로 돌아갑니다! 하여, 주인도 그 모든 계획을 세웠으나 식당에 들어가자마자 "치논소-솔로몬 형제"라는 말을 들었습니다. 그는 말을 타고 있다가 내동댕이쳐진 것처럼 깜짝 놀랐습니다. 그가 전날 보았던 남자가 이제는 그와 단둘이 서 있다시피 했습니다. 맞은편 계산대에서 한 여자가 지켜보고 있을 뿐이었습니다. 그녀의 땋은 머리 뒤로 판매하는 물건 목록이 가격과 함께 붙어 있었습니다.

"나의 형제, 나의 형제님." 자미케가 그에게 다가오며 말했습니다.

"앉았으면 좋겠는데." 그가 아버지들의 언어로 재빨리 말했습니다. 이 남자와 함께 있을 때에는 주로 백인의 언어로 말했지만 말입니다.

자미케는 여전히 두 손을 허공에 들어 올린 채로 멈췄습니다. "알

앉아, 브라더." 자미케가 말했습니다.

주인은 문 근처의 의자를 가리키고 그리로 걸어가기 시작했습니다. 자미케는 얼굴에 약한 미소를 띠고 따라왔습니다.

주인은 자리에 앉으면서, 다시 한번 뭔가가 일어나 이 대단히 증오스러운 사람 앞에서도 침착해지게 되었다는 것을 깨달았습니다. 하지만 그는 그게 무엇인지 알 수 없었습니다. 미칠 듯 거대한 분노가 갑자기 사라지자 주인은 자기 자신에게 놀란 채로 천천히 의자에 앉았습니다. 자미케가 손을 뻗었고, 그는 악수했습니다.

"사장님! 사장님!" 자미케가 외쳤습니다.

계산대의 여자가 사라졌던 부엌에서 다시 나타났습니다.

"음료수 두 병만 가져다주세요. 콜라요."

"네." 여자가 말했습니다.

이제 그는 자신이 무장해제당한 이유가 자미케에게서 보이는 변화 때문이라는 것을 알 수 있었습니다. 그는 너무 살이 많이 빠져, 크고 살이 투실투실한 머리 대신 이제는 광대뼈가 두드러진 여윈 얼굴을 하고 있었습니다. 두 눈은 푹 꺼져, 눈꺼풀이 작은 차양처럼 쳐져 있었지요. 입고 있는 긴소매 셔츠에서도 여윈 체격이 드러났습니다. 아주 작아진 그의 체구에 비해 셔츠가 훨씬 컸으니까요. 그의 입술은 갈라져 있었고, 입술 사이의 솟아 있는 부분에는 핏자국이 있었습니다. 그의 체형 전체가 병에 걸려 쇠약해진 사람처럼 보였습니다. 말라리아에 걸린 듯 여위었습니다. 그리고 그의 눈에는 눈물의 흔적이 있었습니다. 그는 식탁 옆에 가져온 커다란 성경책을 놓아두었는데, 지금은 그 위에 손을 얹고 말했습니다. "브라더,

널 찾아다니고 있었어. 널 기다렸어. 여러 해 동안 말이야, 나의 형제님. 난 네가 돌아온 줄 몰랐어. 엘루추쿠한테 물어보기까지 했지만 엘로추쿠도 모르더라고."

에그부누시여, 주인은 입을 열고 싶었지만, 마치 그의 내면에 말이 사슬로 묶여버린 듯 밖으로 나오지 못했습니다.

"그러니까, 아, 세상에…… 난 네가 감옥에 갔다는 얘기를 들은 후로 계속 너를 찾고 있었어, 솔로. 사방으로 너를 찾았어." 자미케가 고개를 저었습니다. "난 상태가 아주 나빴어. 정말정말 미안해. 내가 제정신이 아니었어. 나는―어떻게 말해야 할까?―살아 있는 게 아니었어. 하느님, 도우소서. 당신의 아들을 도와주소서!"

그러더니 자미케는 울기 시작했습니다. 여자가 음료수를 들고 와 내려놓았습니다. 그녀의 두 눈이 흐느끼는 남자를 향했습니다. 그러더니, 그녀는 병따개를 가지고 음료수 두 병을 다 땄습니다.

"주문하시겠어요?" 그녀가 말했습니다.

"음료수만 마실게요." 주인이 말했습니다. "감사합니다."

"아, 음료수만요?" 그녀가 말했습니다. "이 사람, 안됐네요."

"그러게요." 그가 자미케를 보지 않고 말했습니다.

"감사합니다, 사장님." 자미케가 말했습니다.

여자가 떠나자 주인이 말했습니다. "자미케, 집으로 갈 수 있을까? 너한테 내 얘기를 들려줘야겠어."

그는 증오심이 돌아왔기에, 또한 어디에서 나왔는지는 몰라도 그것이 왔던 곳으로 되돌아갈까 봐 걱정되어 재빨리 말했습니다. 그는 증오심이 머무르기를, 이 남자와 함께하는 동안은 언제까지나 존재하기를 바랐습니다. 그것이 없으면 다시는 나아질 수 없을 것 같다는 두려움이 들었습니다.

"아, 식사는 안 하고 싶어?" 자미케가 말했습니다. "내가 살게."

"아니, 식사는 나중에 하면 되지."

자미케는 여자에게 음료수 비용을 냈고, 그들은 식당에서 나왔습니다. 주인은 가방을 들고 있었고 그의 심장은 말투를 통해 의도를 드러냈을지 몰라 두려운 마음에 시끄럽게 뛰고 있었습니다. 그는 누가 따라오는지 귀를 기울였지만 돌아보지는 않았습니다.

"멀지 않아. 내 오토바이를 타고 가면 될 거야." 그가 큰 소리로 말했습니다.

"나도 가고 싶어." 자미케가 말했습니다.

그는 돌아서서, 그날 처음으로 자미케의 얼굴을 보았습니다. "내 오토바이를 타고 가자." 그가 말했습니다.

주인은 자미케가 자기 뒤에 올라타고 서로의 몸이 닿은 뒤에야 같이 오토바이를 타자는 말의 진짜 의미를 고려하지 않았다는 걸 깨달았습니다. 그 접촉은 주인의 몸 전체를 전율하게 만들었습니다. 마치 날카로운 막대기에 찔린 것 같았습니다. 그는 열쇠를 놓쳤고, 열쇠 꾸러미는 땅에 떨어졌습니다. 자미케가 달려가 열쇠를 집어 들었습니다.

"솔로 형제, 괜찮아?" 그가 말했습니다.

그는 입을 열지 않았습니다. 그저 앞쪽의 거리를 가리키며 오토바이에 시동을 걸었습니다.

가가나오구시여, 복수는 쓰레기장입니다. 그것은 한 차례 싸움에서 진 사람이 죽은 싸움을 다시 살려내고 싶은 마음에, 전투의 승패가 결정되고 이미 정리된 들판으로 적을 다시 끌고 오는 상황입니다. 그는 녹슨 무기를 집어 들려고, 피가 달라붙은 칼날을 깨끗하게 긁어내리려고, 또한 적에 대한 격렬한 분노의 불길을 다시 피워 올리려고 돌아옵니다. 그에게는 그 싸움이 끝난 적이 없기 때문입니다. 하지만 적에게는 너무 많은 시간이 흘러버렸을지 모릅니다. 하여, 그 적은 자신을 승자라고 느끼고 옛 싸움에 대해서는 잊어버렸을지 모르지요. 그러므로 그는 진흙탕에 뒹굴던 자가, 뼈가 부러졌던 자가, 사라졌던 자가 다시 자신의 목을 움켜쥐고 전장으로 끌고 가기 시작하면 경악하게 됩니다.

망가진 사람도 이제 와서 자신이 적을 움켜쥐는 그 힘에 놀랄지 모릅니다. 하지만 놀라기엔 아직 이릅니다. 그가 적의 목을 잡고, 몸싸움을 해 그를 땅에 쓰러뜨리고, 아무런 저항도 받지 않은 채 그의 목을 조르기 시작한다면? 적이 그냥 가만히 누워서 눈을 감고, "부탁이야, 형제. 계속해줘"라고 말한다면? 상대가 핏줄이 터질 듯 붉어진 얼굴로 계속해서 그에게 간청한다면? "나는 그리스도 안에 있어. 주님, 찬미 받으소서. 그분 안에서 죽는 거라면 기꺼이 그렇게 할 거야……. 아, 난 널 사랑해, 치논소-솔로몬. 널 사랑해, 형제."

망가진 사람이 무엇을 하겠습니까? 그가 죽이려는 사람이 그를 사랑한다는데 무슨 말을 하겠습니까? 그의 심장이 인생의 그 모든 잘못에 의해, 시간의 그 모든 오산과 운명의 의심스러운 순열에 의해 더욱 망가지는데 무슨 말을 하겠습니까? 이런 나쁜 일들을 당할 만한 짓은 아무것도 하지 않았는데, 뭘 어쩌겠습니까? 그는 한 여자와 사랑에 빠졌습니다, 다른 남자들이 그러듯이 말입니다. 그는 그 여자와 결혼하려고 했습니다, 좋은 남자라면 모두 그래야 하듯이 말입니다. 그녀의 부모가 훼방을 놓으려 한 것은 사실이지만 그는 그 장애물을 치우려고 했습니다. 목표를 이루려는 사람들이 그러듯이 말입니다. 그런데 그것이 그를 더 큰 난관에 빠뜨렸습니다. 대체 그가 뭘 어쨌단 말입니까? 그는 복수를 계획했고, 마치 목숨이 달린 것처럼 그 복수를 추구했습니다. 오래 걸리기는 했지만 마침내 적을 찾아냈습니다. 그리고 이제는 그자의 목을 조르면서, 그를 죽여 이모강에 그의 시체를 버리려는 중이었습니다. 자신의 삶을 파괴한 누군가에게 사람들이 할 법한 방식대로 말입니다. 그러므로 에그부누시여, 당신께서도 그가 평범함에서 벗어나는 일은 아무것도 하지 않았다는 것을 알고 계시나이다. 하오나 그가 한 행동은 어느 하나 평범한 결과로 이어지지 않았사옵니다!

그는 다른 모든 여행객처럼 북쪽으로 향했지만 남쪽에 가 있게 되었습니다. 물그릇에 손을 넣었는데 마치 그 안에 불이 들어 있던 것처럼 화상을 입었습니다. 땅을 밟았는데도 물을 디딘 것처럼 빠져 숨이 막혔습니다. 보았지만 보이지 않았습니다. 기도했지만 들려온 것은 저주였습니다. 그리고 이제는, 여러 해 동안 예행연습을 해온 싸움을 통해 사악한 남자를 죽이려는데 대신 그를 위해 기도하는 성자를 찾게 되었습니다. 그는 반항하는 대신 찬송하는 남자를 보게 되었습니다.

그래서 그는 단념했습니다. 그는 적의 목을 죄던 손을 풀었고, 적은 미친 듯 기침하며 폐부로 공기를 끌어들이려 애썼습니다. 주인은 무릎을 털썩 꿇고 흐느끼기 시작했고, 그가 죽이려 했던 남자는 아픈 목구멍으로 기도를 속삭였습니다. 하느님, 부디 저 사람을 용서하소서. 그의 모든 죄악을 제 머리에 얹으소서. 당신께서는 제가 무슨 짓을 했는지 알고 계시나이다. 주님, 부디 저 사람을 도우소서. 그를 고쳐주소서, 고쳐주소서, 주님.

주인은 무릎을 꿇은 채 모든 것을 이유로 삼아 크게 흐느꼈습니다. 그는 잃어버려 다시는 찾지 못할 것들 때문에 흐느꼈습니다. 저절로 다시 채워지지 않을 시간 때문에 흐느꼈습니다. 그의 세계를 속에서부터 파먹고, 한때의 그를 깨진 껍데기로 남겨둔 질병 때문에 흐느꼈습니다. 삶의 구덩이로 쓸려 내려간 꿈 때문에 흐느꼈습니다. 닥쳐올 모든 일 때문에, 아직 보거나 알 수 없는 모든 것들 때문에 흐느꼈습니다. 그는 변해버린 자신 때문에 더욱 흐느꼈습니다. 옆에 누워 있는 적의 입에서 독이 든 비처럼 뚝뚝 떨어지는 단어들이 그의 흐느낌을 시중들었습니다. 네, 주님, 당신께서는 자비로우십니다. 자비로우신 아버지. 왕 중의 왕이시여. 그를 고쳐주소서. 제 형제를 고쳐주소서. 그를 고쳐주소서, 주님.

추쿠시여, 그들은 잠시 이런 식으로 머물렀습니다. 그는 무릎을 꿇고 흐느끼는 채로, 그 남자는 바닥에 누워 조용히 기도하는 채로 말입니다. 그들의 귓속으로 바깥세상이 들어왔습니다. 이웃이 집 뒤쪽에서 장작을 패고 있었고, 개 한 마리가 그리 멀지 않은 어딘가에서 짖고 있었으며, 큰 시장으로 이어지는 긴 도로에서는 자동차들이 경적을 울리면서 끊임없이 흘러 다녔습니다. 바깥의 태양은 지기 시작했고, 그날의 마지막 빛은 방에 들어오기에는 너무 겁에 질린 것처럼 창밖에 머물렀습니다. 그의 정신 속에서는 커다란 고통이 물러나는 폭풍처럼 잦아들었습니다. 이제 그는 저녁 태양의 저물어가는 빛에 의해 그와 그의 적에게서 만들어진 벽의 그림자를 공허한 마음으로 지켜보고 있었습니다.

　정신 속의 작은 고요함 속에서, 새끼 거위의 모습이 형상화되었습니다. 녀석은 간혹 끈에 매여 있다는 것을 깜빡하곤 했지요. 주인의 머릿속에 떠오른 모습도 그런 모습이었습니다. 녀석은 묶여 있다는 사실에 분노를 느끼고 밖으로 나가고 싶어 했습니다. 몸을 일으켜 세우고 바스락거리는 소리를 내다가, 줄에 매여 앞으로 나가지 못한 채 어느 의자나 탁자의 다리에 매여 있었습니다. 그 새는 지치고 완전히 낙담해, 마치 항복하는 것처럼 두 날개를 펼쳤습니다. 그러다가 고개를 아래로 돌리고 그를 보곤 했지요. 그럴 때면 그 작은 얼굴의 양옆에 있는 노란 두 눈이 마치 눈구멍에서 튀어나올 것처럼 불거졌습니다. 하지만 그때, 눈꺼풀을 이루고 있는 얇은 피부막이 그 눈을 덮었다가 다시 열리면서, 이제는 커져 있는 동공을 드러냈습니다. 녀석은 그런 식으로 잠시 앉아 있곤 했으며, 그러다가 갑작스러운 깨달음에 문득 충격을 받아 다시 펄쩍 뛰어오르며, 오그부터 숲의 익숙한 못을 찾았습니다. 녀석의 진짜 집을 말입니다.

　주인은 일어나, 방에 단 하나 있는 의자에 앉았습니다. 그런 다음 그는 스툴 두 개 중 하나를 끌고 와 맞은편에 놓고 자미케에게 일어나라고 소리쳤습니다.

"와서 여기 앉아." 그는 스툴을 탁탁 두드리며 말했습니다.

자미케는 일어나서 스툴로 향하며, 그 위에 걸터앉으며 두 손을 가슴에 대고 깍지 꼈습니다. 주인은 이 사람이 정말로 4년 동안 그의 생각을 지배했던 자라는 걸 확인하듯 그를 자세히 살펴보았습니다. 그는 자신의 눈에 보이는 모습에 다시 한번 놀랐습니다. 눈앞의 남자는 그가 지난 세월 내내 머릿속에 간직했던, 가끔 생생한 꿈속으로 그를 찾아왔던 그자와 전혀 닮은 구석이 없었습니다. 지금 그의 눈앞에 앉아 있는 것은 어설픈 꿈에서 나온 그림자 같은 존재, 어떤 특정할 수 없는 방식으로 그와 비슷한 운명을 겪은 듯한 존재였습니다.

그는 은달리가 준 가방을 집어 들고 편지를 꺼냈습니다.

"네가 이걸 읽었으면 한다." 그가 말했습니다. "거기에 내 이야기가 들어 있어. 네가 큰 소리로 그걸 나한테 읽어줬으면 해. 듣고 싶어, 너랑 같이. 우리가 둘이서 같이 내 증언을 읽었으면 한다고. 그러니까 어서, 읽어!"

그 남자는 여러 단으로 접혀 스테이플러로 찍혀 있는 네 페이지를 눈으로 훑었습니다. 그러더니, 고개를 들어 주인을 보면서 그가 말했습니다. "전부?"

"그래, 전부."

"알았어."

나의 이야기: 나는 키프로스에서 어떻게 지옥에 가게 됐나

사랑하는 마미,

키프로스 감옥에서 보내는 두 번째 해에 이 편지를 쓰고 있어. 내 이야기를 믿지 못하겠지만, 내가 여기에서 하는 모든 말은 사실이야. 그냥, 이렇게 빌 테니 전지전능한 하느님의 이름으로 내 말을 믿어줘. 부탁해, 오빔. 내가 널 사랑하는 거 알지. 기억나?

자미케는 고개를 들고 그를 보았습니다.

"계속 읽어!" 그가 말했습니다. "너 때문에 내가 어떤 일들을 겪었는지 너도 알아야지."

네가 나를 버스 차고까지 바래다주었을 때, 나는 혼잣말을 했어. 머잖아 너를 다시 보게 될 거라고. 나는 네게 돌아갈 것이고 너와 결혼할 거라고 말이야, 마미. 나는 행복했어. 나는 내가 하고 있는 일이……

"이게 뭐야?"

그는 제목이 붙은 페이지를 보려고 허리를 숙였습니다. "너를 위한 것이라고 믿었어. 나는 내가 하고 있는 일이 너를 위한 것이라고 믿었어."

"맞아."

너를 위한 것이라고 믿었어. 나는 내가 하고 있는 일이 너를 위한 것이라고 믿었어.* 나는 너를 생각하면서 이스탄불로 갔어. 단 한 번도 너는 내 마음을 떠나지 않았어. 사실 네가 꿈에 나오기도 했어, 여러 꿈에 말이야. 미래에 대한 것이기도 하고 과거에 대한 것이기도 했어. 그러다가 비행기에서 나이지리아 사람 두 명이 나누는 얘기를 들었어. 그 사람들은 내가 가는 이 나라에 대해서 말하고 있었어. 그 사람들은 키프로스가 얼마나 나쁜지에 대해 말하고 있었지. 그 사람들은 거기가 나이지리아 같다고. 사람들한테 그리로 가라고 말하는 에이전트들은 거짓말을 하는 거라고 했어. 그 사람들이 하는 말은 거짓이라고. 모두가 심각한 거짓말을 하고 있다고. 키프로스는 유럽 같지 않대. 그 사람들은 거기가 마치 수렁 같다고 했어. 나이지리아로 돌아가든 거기에 머물든 그거야 내 마음이지만 거기에 머물면서 더 나은 직업을 얻지는 못할 거라고 하더라. 언제나 형편없는 직업을 가질 수밖에 없을 거라고. 그래서 나는 겁을 먹었어. 나는 이스탄불에 도착했을 때 그 사람들한테 그게 사실이냐고 물었고 그 사람들은 네, 네, 라고 말했어. 정말 그랬어. 그래서 나는 다시 겁을 먹었어. 나는 그 사람들한테, 하지만 내 동창인 자미케 은와오르지가 거기는 좋은 곳이라고 말한다고 했어. 자미케가 나한테 거짓말을 한 거야.

"야, 멈추지 말라고 했잖아. 계속 읽어! 구 배!"

주인은 절박한 마음이 들었고, 이 남자를 해치고 싶지는 않았으나 그가 편지 전체를 읽도록 협박하고 싶었습니다. 그는 가방에서 칼을 꺼내 쥐었습니다.

이장고-이장고시여, 감히 힘주어 말씀드리거니와, 주인은 그저

---

* 원문에서 작가가 일부러 같은 문장을 두 번 적고 있다.

자미케가 편지 전체를 읽도록 만들고 싶은 마음이 간절했을 뿐 그에게 어떤 해도 끼칠 의도가 없었나이다. 만일 그게 아니었다면, 주인의 치로서 그가 피를 흘리고 당신과 알라의 분노를 자아내는 것을 원치 않았던 제가 그를 막으려 들었을 것입니다. 하지만 저는 그가 칼을 쓰지 않으리라는 것을 알 수 있었으므로 끼어들지 않았습니다. 그는 칼을 휘두르며 말했습니다. "내가 널 여기서 죽여도 아무도 모를걸. 당장 계속 읽어."

통했습니다. 자미케가 조금 동요하며 계속 편지를 읽었습니다.

나는 자미케에게 전화를 걸려고 했어. 안 받더라. 나는 아주 놀랐어. 예전에 그 번호로 여러 번 전화를 걸었으니까. 그래서 나는 그 사람들한테 물어봤고, 그 사람들은 그게 키프로스 번호가 아니라고 말했어. 나는 여러 번 시도했어. 키프로스에 도착해보니까 자미케는 어디에도 없었어. 그 어디에도. 그때쯤에도 자미케에게 전화를 걸어도 연결되지 않았어. 난 기도했어. 제발 하느님, 도와주세요. 나는 아주 겁이 났어. 하지만 내 영혼이 나한테 겁을 내는 건 좋지 않다고 했어. 그러면 자미케가 이길 거라고. 강해져야 한다고. 그래서 나는 키프로스 공항으로 갔어. 나는 기다리고 기다리고 기다렸어. 자미케는 아예 오지 않았어. 자미케의 번호는 여전히 연결되지 않았어. 키프로스에서도. 이제 난 뭘 할 수 있지, 하고 나는 나한테 물었어. 이게 내가 가진 전부인데. 그래서 나는 기다리기로 했어. 세 시간 동안, 자미케는 공항에 오지 않았어. 그렇게 많은 약속을 했는데도. 그래서 나는 택시를 탔어……

추쿠시여, 이 시점에서 자미케는 진지하게 고개를 저었습니다. 저는 매처럼 아주 오랫동안 인간의 세상을 떠돌았습니다만, 그런 일은 한 번도 본 적이 없습니다. 모든 품위가 발가벗겨진 채, 자기 과거의 악행이라는 어두운 거울 속 불쾌한 자아를 억지로 들여다봐야만 하는 사람을 말입니다.

터키 사람들은 영어 못해. 아예 못해. "이리 와"라고만 말해도 못 알아들어. 겨우 몇 명만 알아들어. 그래서 나를 데려다준 택시 기사는 영어를 못 알아들었어. 우리가 학교에 갔을 때 나는 아주 겁이 났어. 나는 하느님한테 이게 사실이 아니게 해주세요, 사실이 아니게 해주세요, 하고 기도했어. 하지만 학교 사람들은 내 이름을 못 찾았어. 나는 자미케가 딱 한 학기 등록금만 내줬다는 걸 알게 됐어. 나는 자미케한테 2학기분 등록금과 숙박비로 4500유로를 줬는데, 내가 자미케한테 은행 계좌도 만들어달라고 했는데. 자미케는 그 돈을 가지고 도망쳤어. 그러니까 6500유로 중에서 자미케는 오직 1500유로만 나를 위해서 썼어. 그리고 나머지 전부를 가지고 도망쳤어. 전부, 마미. 사람들이 집과 닭을 판 대가로 나한테 낸 돈 전부를 가지고.

"읽으라고 했어. 읽지 않으면 목을 벨 거야!" 주인이 칼을 휘두르며 말했습니다.
"부탁이야, 그만하면 안 될까, 브라더?"
"당장 계속 읽지 않으면 네놈 머리통을 박살 낼 거야!" 그는 칼을 방 저편으로 집어 던지고 온 힘을 실어 자미케의 뺨을 후려쳤습니다. 그는 비명을 지르며 스툴에서 땅으로 넘어졌습니다. 두 손으로 입을 가리고서 말입니다.

주인은 자미케를 너무 세게 때려서 손마디가 아팠습니다. 이제 그는 그 손을 다른 손으로 쥐고, 고통을 누그러뜨리느라 불어대기 시작했습니다. 그는 자신의 손이 자미케의 얼굴에 있는 무언가를 부러뜨렸다는 것을 알 수 있었으며, 그게 무엇인지는 몰랐지만 그 때문에 안도감이 들었습니다.

"나를 만드신 하느님께 맹세해." 그는 깊게 헐떡이며 말했습니다. 그의 가슴이 오르내렸습니다. "이걸 끝까지 다 읽지 않으면 난 널 죽일 거야. 나를 만드신 하느님께 맹세해. 너는 벌어진 모든 일을 다 알아야 해."

정말이지, 아구지에그베시여, 살인적인 분노가 돌아왔습니다. 주인은—단 한 순간에—저조차, 그의 충실한 치조차 알아보지 못할 사람이 되었습니다. 그는 바닥에 쓰러진 남자가 가만히 누워서 눈을 감고, 입 옆으로는 피가 흘러내리는 채로 쓰러져 있는 가운데 방 이쪽 끝에서 저쪽 끝으로 어슬렁거렸습니다. 해가 떨어지더니 살아 있는 사람들의 거주지에서 멀리 떨어진 곳으로 가라앉았습니다. 물러나는 그 그림자에서 나온 빛이 모든 것을 어둑한 그릇 속에 잡아 두었습니다.

그는 방 안의 유일한 벽 거울 앞에 멈춰 서서 거기에 비친 자기 모습을 보았습니다. 분노가 그를 어디까지 이끌어 갈 수 있는지 보았지요. 상처 입은 사람이 자제하지 못하면 얼마나 큰 피해를 입힐 수 있는지, 그 가능성이 거울 속에 그려져 있는 것만 같았습니다. 하여,

그는 진정했고 의자로 돌아갔습니다.

에부베디케시여, 세상이 아무 이유 없이 지금처럼 늙은 것은 아닙니다. 아마 사람들은 모든 나라, 모든 민족 가운데에서 매일 오랜 시간에 걸쳐 그들을 괴롭히는 자들과 대면할 것입니다. 사람은 자기 두 손으로 새기는 것을 이마에 지게 됩니다. 이에 관해서도 위대한 아버지들이 말씀하신바, 말벌의 둥지를 휘젓는 머리에는 쏘인 자국이 남는 것입니다. 인류의 수호령인 저희는 모두 이것을 마음 깊이 받아들여야 합니다. 인간의 아이들은 저희에게, 이 이야기에, 이웃의 사연에 귀를 기울이고 눈치를 채야 합니다. 모든 것에는, 모든 행동과 모든 부주의한 말과 모든 불공평한 거래와 모든 불의에는 마땅한 벌이 있습니다. 모든 잘못에는 결산이 이루어집니다.

인간이여, 이웃의 재산을 취하고서 "아, 이래도 모르네?"라고 말하고 싶습니까? 그렇다면 조심하십시오! 어느 날엔가 그가 당신을 현장에서 잡아 정의를 요구할 것입니다. 인간이여, 당신이 심지 않은 것을 먹었습니까? 조심하십시오! 언젠가는 그것이 당신을 죽일 것입니다. 모든 사람은 이 말에 귀를 기울여야 합니다. 촌락의 광장과 마을 회관에서, 커다란 도시의 회랑에서 이 사실을 전하십시오. 학교에서, 노인들의 회합에서 이를 선포하십시오. 위대한 어머니들의 딸들에게 전하여, 그들이 자신의 아이들에게 이를 전할 수 있도록 하십시오. 말하십시오, 세상이여, 말하십시오! 그들에게 이렇게 전하십시오. 결국에는 결산이 이루어질 것이라고 말입니다. 이는 성가처럼 되뇌어야 하는 일입니다. 나무 꼭대기에서, 산꼭대기에서, 언덕 가장 높은 곳에서, 강변을 따라가며, 시장에서, 마을 광장에서 말해야 합니다. 여러 번 반복해서 전해야 합니다. 결국 시간이 얼마나 걸리는지는 중요하지 않게 됩니다. 결산이. 이루어질. 것입니다.

인류의 수호령들이여, 베추쿠의 법정에 서서 증언하는 모든 이들이여, 말하십시오! 누군가 당신의 말을 의심한다면 제 주인을 보라고 전하십시오. 주인은 이 모든 세월 동안 여러 번, 아주 큰 목소리로 정의를 외쳤고 그 결과, 이제는 정의가 그에게 주어졌습니다. 하여 지금은 그의 적이 바닥에, 그는 의자에 있게 되었습니다. 그날 저녁은 주인의 턱과 얼굴에 흉터가 생겨났던 키프로스의 그날과 묘하게 닮아 있었습니다. 하지만 이번에는 상황이 뒤집혔지요. 이제 다툼은 꺾이지 않는 의지와 무기를 가진 주인과, 조금이라도 힘이 있을지는 모르나 그 힘을 쓰지 않을 작정인 듯한 자미케 사이에서 벌어지고 있었습니다. 그에게는 무기가 없었으며, 그는 자신의 적을 상대로 아무 일도 하지 않았습니다. 자미케는 오랫동안 기도한 끝에 한 손을 들어 흔들며, 다른 손을 자신의 피투성이 입에 올려놓고 연호했습니다. "감사합니다, 주님. 감사합니다, 주님. 아멘. 아멘. 아멘."

자미케가 일어나 앉자 그의 목과 셔츠에 피가 튀었습니다. 주인은 그에게 몸을 닦으라고 헝겊을 건네주었으나 자미케는 받지 않으려 했습니다. 에그부누시여, 자미케는 결산의 순간이 왔다는 것을 이해한 것처럼 보였습니다. 그가 입을 열어 말한 것도 이런 깨달음 때문이었을 게 틀림없습니다. 그는 말을 하지 않고 다시 입을 다물더니, 고개를 젓고 손가락을 꺾었습니다.

"치논소-솔로몬 형제, 내가 전부 다 미안해." 그가 말했습니다. "주님께서 날 용서해주셨어. 너도 날 용서해줄래?"

"일단 이걸 전부 읽어." 주인이 말했습니다. "나한테 용서를 구하고, 내가 용서할지 생각해보게 하려면, 넌 나한테 일어난 일을 알아야 해. 너 때문에 내가 겪은 일을 일단은 읽어야 해. 읽어야 돼. 끝까지 다 읽어야 해."

"알았어." 그자가 말했습니다.

주인은 편지를 집어 두 번째 장을 가리키며 말했습니다. "여기서부터 계속 읽어." 자미케는 고개를 끄덕이고 피 얼룩이 지지 않은 손으로 종이를 받아 들더니, 얼굴 가까이 들고 읽기 시작했습니다.

내게 일어난 모든 일을 이야기해주니까 그 간호사가 아주 안타까워했어. 나 때문에 울기까지 했어. 두 눈이 아주 빨갰어. 간호사는 나를 식당으로 데려가서 음식이랑 비스킷이나 콜라 같은 여러 가지 것들을 사줬어. 그러더니, 내일 자기가 와서 나를 키프로스에 있는 다른 도시로 데려가겠다고 말했어. 그 도시 이름은 기르네였어. 가서 일자리를 찾아볼 수 있다고 하더라고. 사실, 아주 오랫동안, 간호사는 터키어도 할 줄 알았어. 아주 잘했어. 그 여자가 나한테 아주 많은 희망을 줬어. 그래서 내가 그날 너한테 전화를 걸었던 거야. 네가 아직 기억한다면 말이야. 내가 오랫동안 너한테 전화하지 않은 건 너한테 뭘 말해야 할지 걱정돼서였어. 하지만 나는 이 일 때문에 마침내 너한테 전화를 걸었어. 나는 그 간호사 때문에, 모든 것이 잘될 거라고 너한테 말했어. 나는 이 섬 얘기도 하고 이곳에 있는 모든 나무가 베여나갔다는 얘기도 했어. 마미, 다

음 날에 그 여자가 왔어. 그래, 내 친구랑 내가 레프코시아*라는 마을에
서 머물 곳을 얻은 다음의 일이었어. 그 간호사가 나를 기르네라는 도시
로 데려가서 카지노 지배인한테 소개해줬어. 그 사람은 나를 고용하겠
다고 말했어. 나더러 다음 날에 바로 일을 시작할 수 있다고도 했고. 하
지만 간호사는 주말이니까 쉬고 월요일부터 시작하라고 했어. 나는 아
주 기뻤어, 마미. 사실 너무 기뻐서 그 간호사에게 감사하고 또 감사했
어. 나는 정말로 그 여자가 신이 보낸 사람이라고 믿었어. 정말로, 신이
보낸 사람이라고.

이때쯤 주인은 사방이 어두워졌고, 이제는 거의 실루엣으로 변해
버린 눈앞의 남자가 보는 데 어려움을 겪고 있다는 것을 알아차렸
습니다. 정전이었습니다. 그래서 그는 자미케에게 멈추라고 손짓하
고 집 밖으로, 공용 부엌이 있는 탁 트인 공간으로 나갔습니다. 그곳
은 오래된 찬장으로 반쯤 덮여 있는 공간으로 재 때문에 거의 새까
맣게 보였습니다. 그와 부엌을 같이 쓰는 다른 아파트 사람 중 한 명
이 부엌 구석의 스토브 위로 허리를 숙이고서, 손전등을 가지고 부
글부글 끓는 냄비를 들여다보고 있었습니다. 주인은 그에게 말을
걸지 않았습니다. 그는 이틀 전 주인이 배가 고파 가게에서 서둘러
돌아왔다가 부엌의 청결 상태를 놓고 말다툼을 벌였던 남자였습니
다. 당시, 주인은 집 근처 가게에서 인도미**와 달걀들을 사 와 국수

---

* 원문에서 레프코사를 레프코시아로 일부러 오기했다.
** 즉석 조리 국수의 상표.

를 끓이고 달걀을 부친 터였습니다. 서두르다가 달걀껍데기를 스토 브 근처에 그냥 놔뒀지요. 이웃은 달걀껍데기에 파리가 꼬일 테고, 남은 달걀의 악취가 진동하게 될 거라고 했습니다. 그 남자는 화를 내며 주인의 문을 두드리고 그에게 불만을 표시하면서, 집주인에게 알리겠다고 협박했습니다.

주인은 그 남자를 모른 척 지나치며 성냥 한 상자를 챙긴 뒤 서둘 러 자기 아파트로 돌아갔습니다. 그가 돌아오기 전에 자미케가 떠 날 수도 있다는 생각이 문득 들었기 때문입니다. 들어가보니 자미 케는 깜깜한 곳에 아직 앉아 자기 몸을 끌어안고 있었습니다. 오직 자미케의 숨소리와 그의 배가 꾸르륵거리는 소리만이 들렸습니다. 주인은 자신의 분노에 온전히 몸을 내맡긴 듯한 자미케의 태도에 마음이 움직였습니다. 머릿속 목소리가 이것을 궁극적인 참회로 생 각하라고 말했습니다. 하지만 그는 자제할 수가 없었습니다. 그는, 추쿠시여, 자미케가 그에게 벌어진 모든 일들을 듣게 만들 작정이 었습니다. 처음부터 끝까지 말이지요. 그는 탁자 위 석유램프의 레 버를 위로 꺾어 켰습니다.

에제우와시여, 이후 그는 자미케가 계속 편지를 읽게 강요한 것 을 후회하게 됩니다. 자미케가 주인이 자주 삼가며 읽지 않던 부분 부터 읽기 시작했기 때문입니다. 주인은 정신이 그 무엇보다도 어 두운 그곳으로 자신을 이끌어 갈 때마다 치명상을 입은 짐승처럼 맞서 싸웠습니다. 그런 기억의 고문을 당하지 않으려는, 반항적인 격렬함을 띠고서 말이지요. 하지만 지금 그는 편지 내용을 읽어달 라고 요구함으로써 자신을 그 구렁에 던져 넣었습니다. 최고의 자책이었습니다. 자미케가 간호사의 집에서 일어난 사건들에 관해 읽자 그는 흐느끼기 시작했습니다. 자미케가 계속 읽어나갔을 때는, 자신이 경험한 것을 표현하기에는 아는 단어가 부족하다는 것을 알아차렸지요. 자미케가 감옥에서의 나날에 관한 대목을 읽었을 때, 그로서는 너무 힘들어 적지 못한 부분들을 읽었을 때(……이런 일에 대해서는 말해달라고 하지 말아줘, 마미. 그리고 또 물어보지 않았으면 하는 건……), 주인은 이야기의 불충분함을 교정하고 싶은 간절한 충동에 사로잡혔습니다. 예를 들어, 그는 그가 '환영'을 보았을 뿐만 아니라 완전히 제정신을 잃었던 경우들도 있었다는 말을 덧붙이고 싶었습니다.

그도 그럴 것이, 한낮에 잠들어 상상 속 총소리를 듣고 깨어났던 시간을 어찌 설명할 수 있겠습니까? 반쯤 잠들어 있는데 누군가의 손이 등에 닿아 옷을 들추려는 느낌이 들어 소리를 지른 경우들은 또 어떻습니까? 누군가는 이를 환각이라고 부를 수 있겠으나, 주인에게는 그것들이 현실처럼 느껴졌습니다. 가끔은 잠결과 생시 사이의 베란다에서, 그가 될 수도 있었던 사람이 머릿속에 모습을 드러내기도 했습니다. 아직 만들어지지 않은 그 사람은 평화와 달빛 속에서 축복을 빚곤 했지요. 주인은 그와 은달리의 자식들로 보이는 잘생긴 남자아이와 머리를 길게 땋은 아름다운 여자아이의 숙제를 교대로 도와주는 자신의 모습을 보기도 했습니다. 은달리와 자신이 환영 속 결혼식에서 함께 행진하는 모습을 보기도 했지요. 그럴 때면, 억장이 무너지는 마음으로 한 번도 되어본 적 없는 자신의 모습을 시기하게 되었습니다. 주인은 아는 단어가 부족해서 이런 많은 것들을 적지 못했습니다.

　자미케가 편지를 거의 다 읽었을 때였습니다. 저지르지 않은 죄로 누명을 쓰고 갇혔을 때 느낀 절망에 대한 부분을 읽었을 때였지요. 그때 원치 않는 기억의 무리가 주인의 머릿속에 밀려들었습니다. 즉시 격렬한 분노가 다시 그에게 닥쳤습니다. 주인은 겁에 질린 채 자미케를 붙들고 때리기 시작했습니다. 하지만 그 기억은 조금도 물러나지 않았습니다. 마치 그 모습들이 주인의 두 손을 붙들고서 보고 싶지 않았던 것들을 보고, 듣고 싶지 않았던 것들을 듣게 강요하는 것만 같았습니다. 지금도 그의 정신 속에 대낮처럼 선명하게 살아 있는 남자들이 그를 짓눌렀던 것과 같은 방식으로 말입니다. 한 사람은 그의 목을 퀴퀴한 땀 냄새가 나는 벽에 누르고 다른 사람은 자기 성기를 그의 항문에 집어넣었습니다.

　그는 자미케를 손 닿는 대로 때렸으나 머릿속 상은 그대로 남아 있었습니다. 정신이란, 에그부누시여, 피와 같기 때문입니다. 상처가 깊을 때에는 쉽게 멎게 할 수 없나이다. 정신은 자기 나름의 속도로, 자기 의지대로 피를 흘립니다. 어떤 강력한 것만이 그 피를 멎게 할 수 있습니다. 저는 그런 일을 여러 번 보았습니다. 하지만 지금은 그런 것이 근처에 없었습니다. 하여, 그는 남자의 손바닥이 자신의 등과 엉덩이에 닿아 땀을 흘리는 것을 느꼈습니다. 그는 금지된 삽입을 느꼈습니다. 그의 오니에우와가 그것을 느꼈습니다. 그의 치가 그것을 느꼈습니다. 그 순간 일어난 일은 그를 완전히 탈바꿈시키는, 인생을 바꿔버리는 일이었습니다. 신음하는 남자의 말은—
"너 터키 여자 강간해! 너, 이브네, **오로스푸—코쿠구***, 너 터키 여자 강간해! 우리도 너 강간해"—인간의 목소리가 아니라 그 어떤 사람에게도 익숙하지 않은 무언가의 목소리였습니다. 시간을 넘어선, 인간을 넘어선 목소리 같았습니다. 아마 살아 있거나, 산 자들의 기억 속에 있는 그 누구도 알지 못하는 선사의 짐승이 내는 소리였을 것입니다. 그리고 지금까지도 충격적일 만큼 생생하게 떠오르는 그 남자의 냄새는 태고의 동물들이 내는 악취였습니다.

그는 적의 옆 바닥에 무릎을 꿇고 흐느꼈습니다. 하지만 이장고-이장고시여, 이런 기억은 한번 시작되면 몸에서 피가 모두 빠져나가고, 텅 비어버린 몸이 쓰러져 죽어버릴 때까지 피를 쏟기 마련입니다. 하여, 그는 남자의 정액이 자신의 엉덩이 근처에 흩뿌려지고 허벅지 뒤를 타고 흘러내렸던 일을 앞으로도 기억할 것입니다. 또한 전혀 원하지 않더라도 그 이후에 기분이 어땠는지, 세상이 그를 가장 잔인한 채찍으로 후려친 뒤에 기분이 어땠는지를 기억할 것입니다. 그 자리에 멈추지 않을 것처럼 보이는 여러 날 동안 누워 있었던 일을, 그를 제외한 모든 것이 살아 있었던 그 일을 말입니다.

그의 옆에서는, 자미케가 얻어맞아 인간 곤죽이 된 채로 다시 가만히 누워 있었습니다. 태아처럼 몸을 말고 있었지요. 느리게 이어지는 고통의 신음이 그에게서 흘러나왔고, 피로 얼룩진 그의 두 손은 떨렸습니다. 혐오감이 그를 사로잡는 듯했습니다. 그는 단어들을 한데 이어붙이기 시작했습니다. 이가 딱딱 부딪치고 피가 입에서 뚝뚝 흘러나오더니, 마침내 단어들이 귓속말보다 조금 크게 터

* 호모, 암캐. (터키어)

져 나왔습니다.

"그를 고쳐주소서, 주님."

21장
하느님의 사람

가가나오구시여, 너그러운 아버지들은 동족이 저지른 잘못을 모조리 기록하는 사람에게는 동족이 한 명도 남지 않게 될 것이라는 말을 자주 합니다. 그들은 당신께서 인간의 마음을 만드실 때 증오를 담아둘 수 없도록 만드셨다는 점을 알기 때문입니다. 가슴속에 증오를 품는다는 것은 굶주린 호랑이를 아이들과 약자들로 가득한 집에 가둬놓는 것입니다. 그 호랑이는 인간과 교감할 수도 없고, 길들일 수도 없습니다. 그 호랑이는 충분히 쉬다가 음식이 필요해 다시 깨어나면, 곧장 자신에게 먹이를 준 사람에게 덤벼들어 그를 먹어치웁니다. 사실, 증오는 인간의 마음을 파괴합니다. 자기 손으로 정의를 실현하려는 사람은 최대한 빨리 증오를 떨쳐버려야 하며, 그러지 않으면 자신의 어두운 욕망에 파괴될 위험을 무릅쓰게 됩니다. 저는 그런 일을 여러 번 보았습니다.

사람들은 흔히 증오에 떠밀려 보복 행위를 하고 한참이 지나서야 이러한 진실을 깨닫습니다. 그날 밤, 주인은 이런 일들을 깨달았습니다. 그는 자미케가 일어서도록 도와주고 그를 길을 따라 내려가면 있는 의원으로 데려갔습니다. 이런 깨달음에는 치유가 뒤따르기 마련이지만, 주인은 자미케의 반응에 더욱 감동받았습니다. 자미케는 간호사가 상처를 돌봐주고 닦아줄 때도 간호사들에게 자신에게 일어난 일을 말하지 않았으며, 그다음에는 그에게 고맙다고 인사했습니다. 간호사들은 주인에게서 진실을 요구하는 듯 그를 빤히 바라보았습니다. "무장 강도들에게 공격받았어요." 주인이 말했습니다. 간호사가 고개를 끄덕이며 한숨을 쉬었습니다. 그는 자미케가 자기말을 부정할 거라 생각하며 그 자리에 서 있었습니다. 하지만 자미케는 계속 굳게 눈을 감고 있을 뿐 아무 말도 하지 않았습니다. 이후, 머리에 붕대를 감고 콧등에는 반창고를 붙인 채 의원에서 나오면서, 그가 백인의 언어로 말했습니다. "치논소-솔로몬 형제, 더는 거짓말을 하지 말아줘. 하느님께서는 거짓말을 하지 말라고 하셨어. 계시록 21장 8절에 거짓말하는 모든 이들은 지옥의 왕국을 상속받을 것이라고 적혀 있어. 나는 네가 지옥에 가는 걸 바라지 않아."

절뚝거리며 걷던 자미케가 그렇게 말하면서 주인의 어깨에 손을 얹었습니다. 주인은 아무 말도 하지 않았습니다. 그는 그 말을 전혀 이해할 수 없었습니다. 자미케에게 그 모든 일을 저질렀는데, 자미케에게 중요한 건 그가 거짓말을 했다는 것뿐이라니 이해할 수 없었습니다. 오토바이를 주차해놓은 곳에 이르자 자미케는 그에게 자신을 용서했는지 물었습니다.

"원한다면 내 손을 잘라도 돼, 내 다리도. 하지만 내가 원하는 건 네가 날 용서해주는 것뿐이야. 집에 6000유로가 있어. 네 돈이야. 내가 너한테서 가져간 돈. 널 찾고 기다리느라 2년 넘게 보관했어."

"정말이야?" 그가 말했습니다.

"응. 이젠 가치가 더 높아졌어. 지금 환전하면, 네 원래 돈 7000유로 정도가 될 게 틀림없어."

"아, 자미케, 어떻게 그럴 수가 있어? 왜 돈이 있다고 미리 말하지 않은 거야……. 내가 너한테 이 모든 짓을 저지르기 전에 말했어야지!"

자미케는 눈을 돌리고 고개를 저었습니다. "나는 빚을 갚아서가 아니라 진심으로 용서받고 싶었어."

오세부루와시여, 이런 몸짓에 주인이 어떤 기분이 들었을지 온전히 설명하기는 어렵습니다. 이것은 치유의 첫 손길을 그에게 가져다주었습니다. 이것은 부활, 오래전 죽은 무언가의 재생이었습니다. 그는 이 일에 너무 동요해서, 그날 밤 집에 돌아왔을 때는 잠을 잘 수가 없었습니다. 그는 처음에 자미케가 이 모든 것을 꾸며내는 거라고 생각했습니다. 변신도, 현재의 그가 물씬 풍기는 온순한 기색도 거짓일 게 틀림없다고, 정의를 피하려는 사악한 인간의 가면일 게 틀림없다고 말입니다. 단둘이 있었다면, 그는 첫날에 바로 자미케를 공격했을 것입니다. 하지만 지금은 보상을 하겠다는 그 몸짓이 자미케가 정말로 변했다는 확신을 심어주었습니다. 그날 밤, 코가 막혀 숨 쉬는 데 곤란을 겪는 사이사이, 주인은 용서라는 생각과 씨름했습니다. 그의 인생을 망가뜨린 자미케가 정말 이미 죽었다면, 죽은 자미케의 죄를 이유로 새로운 자미케에게 벌을 줄 이유가 무엇이겠습니까? 그는 생각해보았습니다. 내가 변한 건 자미케가 저지른 일 때문이 아닌가? 정말 그렇다면, 오히려 잘된 일은 아닌가? 축하해야 할 일은 아닌가?

추쿠시여, 저도 그에게 이런 질문을 던진 적이 있으나, 이번에는 그의 머릿속 목소리가 대신 질문했습니다. 그리고 저는 그의 머릿속에 생각들을 비추어, 이런 질문들을 강조했습니다. 다음 날 이른 아침에 그가 이를 닦고 있는데, 자미케가 돈이 들어 있는 낡은 봉투를 가지고 왔습니다. 주인은 이 모든 세월 내내 단 한 번도 돈을 돌려받을 것이라고는 꿈에도 상상하지 못했습니다. 그런데 지금은, 독일 여자뿐 아니라 자미케도 돈을 준 것입니다. 그래서 주인은 한때 소유했던 것을 모두 되찾을 수 있으리라는 새로운 희망을 품게 되었습니다. 이 생각이 그의 머릿속에서는 마치 미지의 땅처럼 천천히 개척되었습니다. 그가 못 미더워하며 돈을 세는 동안 자미케가 다시 무릎을 꿇었습니다.

"내가 저지른 모든 잘못을 용서해줬으면 좋겠어. 하늘에 계신 우리 아버지께 내가 용서받을 수 있도록 말이야."

주인은 한때 온 마음을 담아 죽이고 싶었던 남자의 얼굴을 바라보았습니다. 그가 입을 열려고 할 때 핸드폰이 울렸습니다. 화면에는 우노카라는, 최근 그를 설득해 재고에 칠면조 사료를 추가하도록 애쓰던 상인의 이름이 떠 있었습니다. 하지만 그는 전화를 무시했습니다. 그리고 전화가 울리다 끊기자 산산조각 난, 얼룩덜룩한 목소리로 말했습니다. "지금부턴 너를 용서할게, 자미케. 친구."

에부베디케시여, 그것이 주인이 베푼 관용의 시작이었습니다. 고통받는 이의 영혼이 고통을 준 이의 영혼을 그 마비된 팔로 끌어안을 때, 둘에게는 그 포옹의 흔적이 영원히 남게 됩니다.

추쿠시여, 제가 설명하고 변호해야 하는 주인의 행위에 대하여 다시 말씀드리겠습니다. 제가 두려워하는 것처럼 주인이 그 여자를 해친 것이 사실이라면, 간곡히 말씀드리는바 그의 소행은 실수에 따른 것이었나이다. 주인이 제가 말한 포옹으로 변화되었다는 것만 말씀드려도 되겠지요. 에그부누시여, 그의 치유는 이미 시작되었습니다. 그는 그다음 주에 자미케가 돌려준 돈 일부로 자동차를 한 대 샀습니다. 그의 돈으로 말입니다! 그때의 기쁨이나 이런 구원의 손길에 주인이 느낀 안도감을 설명하느라 시간을 낭비할 필요는 없습니다. 비참함 속에 오랫동안 머문 사람은 쪼그라든 땅을 감싸는 대양처럼 자신을 감싸는 삶을 보지 못하게 되니까요. 그러나 그의 치인 저는 기뻤습니다. 비록 그의 영혼 일부는 여전히 슬픔으로 검게 물들어 있었지만, 그가 다시 한번 평화로운 사람이 되었으니 말입니다. 지금으로서는 그것으로 충분했습니다.

이 일로 주인은 자신감을 아주 많이 회복했습니다. 그와 자미케는 그의 새로운 차를 타고 옛집으로, 그의 아버지가 남겨준 땅으로 갔습니다. 돈을 받고 며칠이 지나서, 주인은 엘로추쿠에게 연락을 하기로 결정했습니다. 엘로추쿠는 그의 소식을 듣고 깜짝 놀랐습니다. 그리고 제 주인을 보더니 흐느끼면서, 이렇게 될 줄 알았다면 외국으로 여행을 떠나라고 부추기지 않았을 거라고 말했습니다. 문제는 네가 은달리를 너무 많이 사랑한 것이라고, 엘로추쿠는 계속 말했습니다. "난 보였어, 논소. 나는 그게 너무 많이 보여서, 은달리 부모와의 문제를 해결해보려고 시도조차 하지 않는다면 네가 영원히 행복해지지 않을 거라고 생각했을 뿐이야." 주인도 그와 같은 의견이었습니다. 그는 그녀와 함께하기 위해 할 수 있는 모든 것을 시도하지 않는 한 행복해지지 않았을 것입니다. 그들은 땅을 산 남자에게 연락을 취하려 했으나 전화로는 아무 소득이 없었습니다. 번호는 결번이었고, 그 사람에게 연락할 방법은 없었습니다.

다음 날, 그는 자미케와 함께 그 땅으로 갔습니다. 자미케가 도와주기로 약속한 일 중 하나였습니다. 주인이 치유되고 다시 완전해지도록 도와줌으로써 완전한 용서를 받으려면 반드시 해야 한다고 자미케에게 말한 세 가지 중요한 일 중 하나였지요. "하나." 그는 자미케에게 말했습니다. 이제 그는 자미케와 말할 때 늘 아버지들의 말을 썼습니다. "내가 은달리를 찾는 걸 도와주고, 그녀를 내게 돌려줘야 해. 나는 은달리를 사랑하고 은달리를 위해 살아왔어. 너는 나한테서 은달리를 빼앗아 갔으니까, 네 손으로 직접 그녀를 내게 돌려줘야 해." 둘. "내가 잃어버린 모든 것을 되찾도록 도와야 해. 내 농장과 닭들 말이야. 나는 아버지의 땅을 되찾아서 양계장을 다시 짓고 싶어. 그걸 도와줘야 해." 셋. "감옥 사람들이 나한테 저지른 모든 일을 잊도록 도와줘. 어떻게 해야 하는지는 모르겠어. 나를 위해 기도해주고, 상담을 해줘……. 뭐든지, 그냥 내가 그 사람들을 더는 기억하지 않게 만들어줘."

그들이 처음으로 한 일은 은달리 아버지의 집으로 돌아가는 것이었습니다. 그는 자미케에게 정문 경비원을 통해 은달리에게 편지를 보내고 싶다는 얘기를 했고, 자미케도 그래야 한다고 동의했습니다. 하여, 그들은 화해한 지 1주일 뒤 밤에 차를 몰고 은달리 가족의 집으로 갔습니다. 그는 정문으로 갔고 자미케는 차에 머물러 있었지요. 주인은 심하게 두려워하며 문을 두드렸습니다. 작은 대문이 열렸고, 저번과는 다른 사람이 나타났습니다. 4년 전 그가 은달리 아버지의 파티에서 함께 일했던 사람 중 한 명이었습니다. 매우 슬프게도, 남자는 그를 알아보지 못했습니다.

"오가, 뭘 해드릴까?" 남자가 물었습니다. "오가 오비알로르를 만나고 싶어요?"

"아뇨, 아뇨." 주인이 말했습니다. 은달리의 아버지를 다시 본다고 생각하니 심장이 두방망이질했습니다. 그는 주위를 둘러보고, 정문 위로 높이 솟아 있는 검은색 플라스틱 오수 정화조를 올려다본 다음, 그 남자를 보았습니다. 그런 뒤 그는 현금 한 다발을 꺼냈습니다. 2000나이라였습니다. 그는 남자에게 돈다발을 내밀었습니다.

"어, 오가, 이게 뭐예요?" 남자는 재빨리 뒤로 물러나며 말했습니다.

"돈요." 제 주인은 숨을 헐떡이며 말했습니다.

"왜요?"

"음, 해주셨으면 하는 일이…… 음……."

"오가, 우리 오가 집안에 해를 끼치라는 거예요?"

"아뇨, 아뇨." 그가 말했습니다. "이 편지를 저 대신 은달리에게 전해주셨으면 해요."

"아, 은달리 씨를 보고 싶다고?"

"아뇨, 은달리에게 편지를 한 통 전하고 싶다고요." 그가 말했습니다.

"알았어요, 주세요. 제가 은달리 씨의 어머니한테 편지를 드리고, 어머니가 라고스로 편지를 보내면 되겠네요. 가져와요."

추쿠시여, 처음에 그는 남자에게 편지와 돈을 주었습니다. 그 사람은 고맙다고 인사하더니 다시 돌아갔습니다. 하지만 그가 자미케에게 이 일을 전하자 자미케는 이렇게 말했습니다. "은달리 어머니가 편지를 뜯어보면?" 주인은 깜짝 놀랐습니다. "봉투에 네 이름을 썼어?"

"웅!" 그가 외쳤습니다.

"그럼 그 사람들이 뜯어볼 거야, 아예 은달리한테 전해지지 않게 막을 거라고. 저 사람은 그냥 너한테 은달리 주소를 알려줘야 해, 아니면 직접 전해주거나."

그는 정문으로 다시 달려가 남자에게 편지를 도로 달라고 말했습니다.

"왜요, 오가. 이젠 또 안 보내고 싶어졌어요?"

"아뇨, 아뇨. 가지고 다시 돌아올게요." 그가 말했습니다. "은달리 주소 아세요?"

"주소요? 라고스 주소?" 그 남자가 말했습니다.

"네, 라고스 주소요."

"아뇨. 난 그냥 경비원이라서."

"은달리가 언제 오는지는 아세요?"

"아니, 그런 건 저한테 말 안 해줘요."

"알았어요, 감사합니다." 그가 그 남자에게 말했습니다. "돈은 가지세요."

그는 낙담했지만, 은달리 부모가 자신의 편지를 볼지도 모르는 상황에서 자신을 구했다는 것을 다행스러워하며 그 자리를 떠났습니다. 자미케는 절망하지 말라며 언젠가는 그녀를 찾아낼 수 있을 거라고 그를 안심시켰습니다. 자미케는 시기가 이른 3월이니, 그들이 신심 깊은 가톨릭교도들이라면 부활절을 맞아 돌아올 가능성이 아주 높다고 말했습니다. 그동안은 집을 찾는 데 노력을 기울이라고 조언했지요. 주인과 자미케가 옛 농장으로 차를 타고 들어가는 걸 보면서, 저는 한순간 낯선 나라에서 주인을 도와주었던 토베를 떠올렸습니다. 주인은 예전에 그의 정원이었던 곳 바깥에 자동차를 세우고, 차 안에 앉아서 자미케가 돌아오기를 기다렸습니다. 정원은 비워지고, 대신 사용하지 않은 자갈과 시멘트 벽돌로 이루어진 더미가 놓여 있었습니다. 자갈 위에 손수레가 엎어져 있었고, 그 손잡이 중 하나에는 빨간 헝겊이 묶여 있었습니다. 커다란 표지판에 글자가 새겨져 있었습니다. 리틀 머시 탁아소 겸 초등학교, P.M.B. 10229, 우무아히아, 아비아주. 그는 주위를 둘러보았습니다. 이웃들의 집은 어떻게 되었을까? 그 집들은 여전히 그곳에 있었습니다. 단지 지금은, 전신주 같은 것이 농장 옆으로 뻗어나가고 있었을 뿐입니다. 긴 전선에는 새 몇 마리가─참새들이─앉아서, 공허하게 저먼 곳을 바라보고 있었습니다.

주인은 불안을 무마하려고 공예점에서 사다가 자동차 백미러에 걸어놓은 장난감에 새로 관심을 돌렸습니다. 자동차가 움직일 때마다 앞뒤로 흔들리는 장난감 새를 보고 있으면 그가 치니에레라고 이름을 붙여 주었던, 한때 그의 것이던 암탉이 떠올랐습니다. 그는 장난감의 부리를 탁 쳐서 그것이 소용돌이처럼 빙글빙글 돌게 했습니다. 장난감 맨 윗부분에서 밧줄이 꼬여 매듭을 짓다가, 마침내 한계에 도달해 풀리기 시작하는 모습을 지켜보았지요. 새는 밧줄이라는 원심 분리기가 몰아가는 대로 빠르게 빙빙 돌았습니다. 추쿠시여, 그는 여기에서 의미를 발견했습니다. 간절한 사람은, 자세히 들여다보면, 거의 모든 것에서 의미를 발견하니 말입니다. 모래알, 조용한 강물, 강변에서 까닥이는 텅 빈 조각배. 새를 매단 채 빙빙 돌아가는 밧줄. 길을 인도하는 선원의 손과도 같은 그 물건. 상대가 움직일 때마다 같이 움직이고, 상대가 위치를 바꾸면 함께 위치를 바꾸는 둘. 그 둘을 한데 묶어놓는 끈.

그는 느낌으로 꼭 30분이 흐를 때까지 앉아 있었지만 자미케는 그때까지도 나오지 않았습니다. 주인은 창문을 내리고 있었는데도 숨이 막힐 것만 같았습니다. 비가 1주일째 내리지 않아서 이제는 날이 덥고 습하기만 했습니다. 그의 집이었던 땅에서 종이 울리더니 아이들이 신나 합창하며 목소리를 높였습니다. 마치 보이지 않는 무언가가 옆구리를 쿡 찌른 것처럼, 주인은 차에서 내려 부지 주변에 세워져 있던 큰 울타리를 빙빙 돌다가 자갈과 벽돌 더미에 이르러서야 멈추었습니다. 그는 걷던 도중 자신의 가족이 만들어놓은 울타리가 조금밖에 남지 않았다는 것을 알아차렸습니다. 울타리 대부분은 이제 시멘트로 거칠게 붙여놓은, 니스를 칠하지 않은 새 벽돌로 되어 있었습니다. 도마뱀들이 서로 꼬리를 물고 서투르게 움직이며 벽을 가로질렀습니다. 닭들은 그 도마뱀들을 무척 좋아했습니다. 녀석들이 꽉 잡기에는 도마뱀들이 너무 빠르고 미끌거렸지만, 수탉들은 자주 그것들을 잡아먹었지요. 한번은 흰 암탉 한 마리가 태평스럽게 뜰에 들어온 연약한 도마뱀붙이 한 마리를 쫓아가더니, 벽 아래쪽에 대고 콕 찍는 바람에 부리에 금이 갔습니다. 살아 있는 도마뱀붙이를 입에 물고 있던 암탉의 충격적인 모습이 여러 날, 심지어 여러 주 동안 주인의 머릿속에 남아 있었지요. 닭이 벽에서 돌아왔을 때에는 도마뱀붙이의 꼬리가 닭의 얼굴에 말린 채, 닭의 두 눈 사이 공간으로 뻗어 올라가 있었습니다. 하여, 그 암탉은 수탉의 빨간 볏까지 달린 완전한 로마 백인대장의 투구를 쓰고 있는 것처럼 보였습니다.

주인은 학교 뒤에 멈춰 섰습니다. 한때 그의 닭들이 있던 공간과 겨우 울타리 하나를 두고 떨어져 있었으나 그 이상은 움직일 수 없었습니다. 몇 년 전 그의 닭들이 모여들어 그 목소리가 꼬꼬댁거리며 섞여 들던 곳에, 이제는 함께 시를 읊는 아이들이 모여 있었습니다. 이것이 그의 영혼을 지키는 방패에 갑작스러운 구멍을 냈습니다. 증오의 화살이 다시 뚫고 들어와서 그를 붙들어두던 평화를 꿰뚫고 박살 낼 수 있을 만큼 큰 구멍이었습니다. 어떤 위로로도 다스릴 수 없을 만큼 말입니다. 그렇게 그는 무너졌습니다, 아구지에그베시여. 그는 허리를 숙였습니다. 한 손은 허벅지에, 한쪽 팔꿈치는 벽에 짚고 흐느꼈습니다.

그가 학교 울타리 뒤에서 다시 나왔을 때는 적이 그를 기다리고 있었습니다. 비록 온 마음을 다한 것은 아니지만—그런 대단한 일을 온 마음으로 할 수는 없었습니다. 다른 반쪽은 죽어버려, 영원히 꼼짝하지 않는 살덩이가 되어버렸으니까요—1주일 넘게 사랑했던 바로 그 사람이 말입니다. 그는 나올 때부터 찌푸린 표정이었으나 주인을 보자 얼굴이 더욱 시무룩해졌습니다.

"왜 그래, 브라더?"

"저 사람들이 뭐라고 했는지 말해." 주인은 남자의 얼굴을 쳐다보지도 않고 말했습니다.

"알겠어. 지금 학교를 운영하는 사람 말로는 이 땅에서 이사할 방법이 전혀 없대. 그 사람들한테 이 땅을 판 사람이 아부자로 이사를 갔다는 거야. 학교는 여기에서 잘해나가고 있고, 정부도 인정하고 있대. 이 땅은 협상의 대상이 아니라는 거지. 시간이 이렇게 오래 걸린 건 그 사람이 회의를 마칠 때까지 기다렸기 때문이야. 긴 회의였어, 브라더."

그는 아무 말도 하지 않고 침묵을 지키며 운전을 한 끝에 자미케와 함께 그의 아파트에 도착했습니다. 그는 자미케보다는 자신의 양심과 대화했습니다. 그의 영혼이라는 다른 부분의 말 없는 존재와 말입니다. 추쿠시여, 저는 주인에게 들어가고 그의 양심이 그의 정신과 대화를 나눌 때마다 자세히 귀를 기울입니다. 사람이 하는 최고의 결정은 두 목소리가 한뜻을 낼 때에 나온다는 것을 알기 때문입니다.

—넌 증오로 가득 차 있어, 논소. 저 사람이 지금은 너한테 아무 짓도 하지 않았다는 걸 기억해.

—말도 안 돼! 합리적인 사람이라면 그런 말을 입에 담을 수도 없을걸? 저 땅을, 내 농장을, 내 아버지의 집을 보라고!

—목소리 낮춰. 진정해. 너무 큰 소리로 귀엣말을 하면 멀리서도 엿들을 수 있어.

—상관없어!

—넌 더 이상 저 사람한테 아무런 반감도 품지 않겠다고 약속했어. 저 사람을 용서했다고 말했어. 저 사람은 너한테 자기 친구가 되고 싶으냐고 물었고, 너는 그렇다고 말했어. 저 사람이 너한테 돈을 돌려준 다음에라도 너는 싫다고 말할 수 있었어. 그랬으면 저 사람은 너를 혼자 남겨두고 떠났을 거야. 너는 심지어 저 사람의 하느님한테도 기도했고, 저 사람하고 같이 저 사람이 다니는 교회에도 갔어. 그런데 이제 와서 다시 저 사람을 증오하다니. 이제 와서 다시 저 사람을 해칠 음모를 짜다니. 봐, 그냥 보기만 해. 네 상상 속 바닥에는 칼이 놓여 있어, 저 사람의 피로 얼룩진 칼이 말이야. 그게 좋아? 그래?

—넌 저자가 나한테 얼마나 심한 나쁜 짓을 했는지 몰라. 조용히 해! 너는 아무것도 몰라!

—그건 사실이 아니야, 논소. 나약하고 이해가 필요한 사람은 내가 아니라 너야. 저 사람이 뭘 어쨌다고? 지난 2주 동안 저 사람은 너를 도와줬고, 네가 부탁한 걸 전부 했어. 마치 네 노예라도 된 것처럼 말이야. 저 사람은 대부분 시간을 너와 함께 보냈고, 너를 위해 모든 걸 했어. 저 사람이 너한테 준 6000유로로 얼마가 생겼니? 140만 나이라야. 4년 전에 저 사람이 네게서 받아 간 것보다 20만 나이라

가 더 많아. 하지만 저 사람한테는 아무것도 없지. 저 사람을 봐. 매일 입는 같은 옷을 지금도 입고 있잖아? 너는 저 사람의 아파트에도 가봤어. 서로 얼굴을 마주 보면 코가 닿을 것 같은 아파트에 말이야. 창문이 하나밖에 없었고, 나무로 만든 낡은 집이었지. 가끔 밤에 잠을 잘 때면, 저 사람 집에서는 흰개미들이 벽 속을 갉아먹는 소리가 들려. 저 사람이 정말로 변한 게 아니라면 이런 돈이 있는데, 자기가 망쳐놓은 걸 고치겠다고 그런 가난을 견뎠을까?

그의 머릿속 목소리는 이제 대답하지 않았습니다.

—대답해봐. 이제는 침묵을 지키겠다는 거야?

그는 아무 말도 하지 않았습니다. 대신 한숨을 쉬며 농장 쪽으로 방향을 틀어 거기에 차를 세웠습니다.

—더는 말하지 않을게. 혀로 네 치아를 헤아려봐. 혀로 네 치아를 헤아려봐, 치논소!

양심과의 이 대화에는 결실이 있었던 모양입니다. 아파트에 들어 갔을 때쯤에는 그의 분노가 잦아든 것처럼 보였으니까요. 적이 거실에서 기다리며 혼자 속삭이는 동안, 주인은 공용 부엌으로 통하는 뒷문으로 나갔습니다. 그는 찬장에서 칼을 꺼냈습니다. 적을 찌르는 운명적인 장면이 아직도 머릿속에 떠올랐지만, 그는 다시 칼을 내려놓았습니다. 그는 흙바닥에 발을 굴러대고 주먹을 꽉 쥐었습니다. "내 집, 내 집." 그가 말했습니다. 그는 습격자가 눈앞에 나타났다가 무릎을 꿇고 쓰러진 것처럼 주먹을 높이 들어 올렸습니다. "안 돼." 그가 말했습니다. "혼자 괴로워하지는 않을 거야. 그러진 않아. 다른 사람이 뭐라고 생각하든 상관없어."

─응과 누, 카 오 디 지에, 그 목소리가 속삭임이 되어 그에게 돌아왔습니다. 넌 원하는 대로 할 수 있어. 난 더 이상 너한테 아무 말도 하지 않을 거야.

　그는 아파트로 돌아갔습니다. 얼굴에 고통이 드러나 있었습니다.

　"브라더, 왜 그래?" 자미케가 물었습니다.

　그는 자미케에게 거의 눈길도 주지 않았습니다. 그는 침대 밑에 있는 환타 상자에서 음료 두 병을 꺼냈습니다.

　"마실 것 좀 가져올게. 여기서 기다려."

　그는 부엌으로 가서 음료수 두 병을 모두 탁자에 올려놓은 다음 부엌문을 닫았습니다. 그는 뚜껑을 딴 첫 번째 병의 내용물 일부를 바닥에 놓인 빈 통에 버린 다음 지퍼를 내렸습니다. 그는 양동이 위로 병을 들고 거품이 차서 넘칠 때까지 소변을 보았습니다. 그런 다음 그는 나머지가 통에 들어가도록 놔두었습니다. 볼일을 마치고 난 뒤 그는 환타 뚜껑을 다시 닫고, 손가락 끝을 뚜껑에 올려놓은 채로 음료가 섞이도록 흔들었습니다. 그런 뒤 병을 다른 병 옆의 탁자 위에 올려놓았지요.

　에그부누시여, 저는 이 행위가 시작되기 전부터 겁에 질렸습니다. 저는 그의 마음속 의도를 보았기 때문이옵니다. 하지만 그때는 아무것도 할 수 없었습니다. 저는 사람이 어떤 행동을 하든, 그 전에 들을 수 있는 가장 설득력 있는 경고의 목소리가 양심의 목소리라는 것을 알고 있습니다. 그 목소리에도 설득되지 않는다면, 알란디 이치에 살고 있는 그의 모든 조상이 모인다 한들 그의 마음을 바꿀 수는 없습니다. 왜냐하면, 양심은 추쿠 당신의 목소리이기 때문

236

입니다. 인간의 마음속 신의 목소리 말입니다. 인간의 양심에 비하면 그 치의 목소리나 동료 인간의 목소리, 아구의 목소리, 심지어 조상의 목소리도 아무것도 아닙니다.

그는 부엌 뒤 배수로에 통을 비우려고 밖으로 나갔다가 문득 병에 오줌 냄새가 남아 있을지 모른다는 생각이 들었습니다. 하여, 그는 싱크대로 돌아가 손가락으로 병뚜껑을 꽉 막은 채 다른 통에 들어 있던 물로 병을 씻었습니다. 그런 다음 그는 헝겊으로 병을 닦고 나서 거실로 가지고 들어갔습니다. 그는 병을 탁자 한가운데, 그의 앞에 놓고 자미케에게 말했습니다. "가져가서 마셔." 그리고 음료수를 대접받은 남자는 그것을 받아 들고 감사 인사를 한 뒤 마셨습니다. 미움받는 남자는 얼굴을 약간 찡그리더니 이어 어리벙벙한 얼굴이 되었지요. 주인은 그가 한마디 말도 없이 병이 빌 때까지 음료를 마시는 것을 지켜보았습니다. 그런 다음 자미케는 발 근처에 병을 내려놓고, 자기를 증오하는 남자에게 말했습니다. "고마워, 브라더."

이장고-이장고시여, 그날 밤에는 자미케의 치가 시간의 조리개 사이를 뚫고 들어오듯 천장을 뚫고 방으로 들어왔습니다. 그것이 제게 말했습니다.

—아침 빛의 아들이여, 나의 주인은 자신이 저지른 일을 속죄했다.

하오나, 추쿠시여, 저는 불쾌했습니다. 저는 그 치에게 제 주인이 겪는 괴로움과 제가 그 괴로움을 막기 위해 한 일이 별로 없다는 이야기를 충분히 전했습니다. 저는 제가 그 치를 찾아보거나 무슨 말이라도 전해 들으려고 여러 동굴에 가보았으나 실패했다는 얘기도

했습니다. 치는 제게는 놀랍게만 느껴지는 침묵과 냉철함으로 귀를 기울였습니다.

—위대한 아버지들은 좌우도 분간하지 못하는 아이가 손해를 끼치는 거짓말을 하면, 산 자들과 죽은 자들 모두에게 용서받을 수 있다고 말씀하신다. 하지만 나이 든 이가 그런 거짓말을 한다면, 그의 조상들조차도 그를 저주할 것이다. 그대의 주인은 당해 마땅한 일을 당하고 있는 것이다.

—위대한 아버지들은 말라붙은 뼛조각 이야기가 나오는 우화를 들으면 나이 든 여인이 불편해하는 경우가 많다고도 하신다. 그대가 말한 그 모든 일은 내 죄다. 하지만 나는 그대가, 아주 작은 해를 끼친 사람의 뼈를 부러뜨리겠다고 우기는 사람이야말로 머지않아 다리를 절게 된다는 사실을 떠올려주었으면 한다.

치는 그렇게 말하며 계속 저더러 주인을 자제시켜달라고 간청했습니다. 그 치가 한 모든 말을 전하지는 않겠습니다. 다만, 그가 자기 주인의 새로운 성격을 보여주고 주인이 회개했다는 점을 제가 믿게 하려고 했다는 점만은 다시 말씀드리겠나이다. 하온데, 그가 한 말 중에는 저를 감동하게 한 것도 있었습니다. 자미케가 처음부터 나쁜 사람이 아니라는 것이었지요. 자미케는 주인을 포함한 사람들 때문에 그렇게 변한 것입니다. 치는 주인조차도 키프로스에서 떠올렸던 사건을 전했습니다. 초등학교에 다닐 때, 주인과 친구들은 가슴이 크다는 이유로 자미케를 은와아그보라 부르며 계속 놀리고 창피를 주었습니다. 치는 자미케가 그렇게라도 달라지겠다는 희망을 품고 다른 사람들을 통제하려 들며 자기주장을 내세우기 시작한 까닭이 그것이라고 말했습니다. 저는 그 말을 믿었고, 주인에게 자미케를 용서하라고 더욱 강하게 설득해야겠다고 결심했습니다.

오세부루와시여, 복수의 쓰레기장에 너무 오래 머무는 사람은 무기의 날이든 무엇이든 뭔가 상처를 입힐 수 있는 것을 밟게 될지도 모릅니다. 그 쓰레기장은 온갖 것들로 가득한 황무지이며, 그 안에서 무엇을 찾게 될지 사람이 항상 알 수 있는 것은 아니기 때문입니다. 정말이지, 감히 말씀드리거니와 제 주인은 그 황무지에서 뭔가를 밟아 발에 멍이 들었습니다. 주인은 자미케에게 저지른 짓에 부끄러움을 느꼈습니다. 그는 자미케가 병 속에 든 것이 무엇인지 알면서도 계속 마셨다는 확신이 들었습니다. 이유는 알 수 없었습니다. 두려움 때문이었을까요? 외경심 때문이었을까요? 하지만 한 사람이 소변인 줄 알고도 다른 사람의 소변을 마셨다는 건, 그 사람이 과거에 무슨 짓을 저질렀든 간에 매우 심란한 일이었습니다. 그는 이것이 자신이 하는 최대의 복수가 될 것이라고 다짐했습니다. 자미케가 한 일은 궁극적인 속죄의 행위, 그가 사랑했던 여자의 상실과 그를 침범했던 남자의 성기와 아버지의 집을 잃어버린 일에 값을 치르기에 충분한 행위였습니다. 그는 다시는 자미케를 상대로 손가락 하나 까딱하지 않겠다고 맹세했습니다.

그래서 자미케를 해치기보다는 아예 그를 만나지 않기로 했습니다. 아구지에그베시여, 예컨대 그가 감옥에서의 사건이나 피오나의 집에서의 구타나 그를 살인적인 분노로 몰아넣었던 어떤 일이라도 떠올린다면, 그런데 자미케가 곁에 없다면, 그는 분통을 터뜨릴 것이고 그렇게 분노는 그를 떠날 것이었습니다. 그는 울부짖거나 벽을 치거나 가구를 치거나 자해를 하겠다고 위협할 수 있겠으나 최소한 깊이 뉘우치는 사람에게, 자기가 저지른 짓을 진심으로 미안해하는 사람에게, 자신이 훔쳐 간 것을 돌려준 달라진 사람에게 더 이상 손을 대지는 않을 것이었습니다.

하여, 주인은 자미케에게 더는 그를 만나고 싶지 않다고 말하며 이런 이유를 들려주지 않고 그저 만나기 싫다고만 말했습니다.

"네 뜻을 존중할게." 상대방은 눈에 띄게 난처해하며 말했습니다. "하지만 브라더, 살아 있는 하느님의 아들, 난 네 친구가 되고 싶어. 네가 그리울 거야. 그래도 네가 원하지 않는 일을 하지는 않을게. 믿어줘. 난 더 이상 너희 집에도, 가게에도 가지 않을 거야. 급한 일이 아니라면, 네가 시킨 대로 전화도 걸지 않을게. 급할 때도 먼저 문자를 보내겠다고 약속할게. 하지만 형제, 치논소-솔로몬, 내 마음의 친구, 난 너를 위해 기도해. 너를 위해 기도해. 하지만 네가 하라는 대로 할게. 그래, 정말이야. 더는 너를 찾지 않을게! 더는 네 문을 두드리지 않을게! 하느님께서 널 축복하시길, 형제. 하느님께서 축복하시길!"

그게 전부였습니다. 항의, 환호, 수용, 기도, 애도, 주장, 간청, 또 한 번의 간청, 또 한 번의 항의, 간청, 수용, 그런 뒤에는 항복. 자미케는 더 이상 그에게 연락하지 않았습니다. 에그부누시여, 주인은 거의 3주 동안 나아진 상태로 혼자 살면서 예전에 버린 것들에 이끌렸습니다. 이제 보니, 주인의 인생은 자미케와 보낸 시간을 통해 너무나도 많이 달라져 있었습니다. 자미케, 제 주인이 신의 사람(Man of God) 혹은 M.O.G.라는 별명으로 부르게 된 사람, 예전과는 너무 달라져서 과연 예전에 그런 이가 있었는지조차 가끔 의아해지는 인물. 자미케는 이제 말하는 방식조차 달라졌습니다. 그는 주인을 더 이상 어린 시절 별명인 보보 솔로라고 부르지 않았으며 '멘'이라는 단어도 절대 사용하지 않았습니다. 옛 자미케의 잔혹 행위를 직접 겪은 산 증인이 아니었더라면, 주인도 그런 행위를 진실이라고 믿지 않았을 것입니다.

그는 자미케와의 우정이 그리웠고, 세 번째 주에 병이 들었을 때는 몇 번쯤 접근 금지를 깨기 일보 직전까지 갔습니다. 오세부루와 시여, 아픈 사람이란 어떤 질병에 의해 신체가 압도당한 사람입니다. 몸의 변화는 평소와 다른 뭔가가 일어나는 듯한 느낌에서 시작됩니다. 고통이 몸 전체로 번지면서 두개골 안의 열기가 울리는 듯하며, 감정이 폭발합니다. 처음에는 초조함입니다. 처음에는 그날 하루에 대해, 그날이 어떻게 펼쳐질지에 관해, 삶 자체에 대해 초조해하게 되지요. 그런 다음, 일종의 불안이 아직 완성되지 않은 기계에 시동을 겁니다. 이날은 망가진 걸까? 더 나빠질까? 세상은 나 없이도 계속될까? 얼마나 오래, 얼마나 멀리, 어느 정도까지 이 질병이 계속될까? 불안은 사람을 압도합니다. 하지만 그게 전부는 아닙니다. 이후에는 질병이 가져다주는 놀라움이 찾아옵니다. 질병이 몸의 소유권을 차지하고, 몸의 어느 부위를 주무르거나 고쳐야만 하는지 명령하는 방식에 대한 놀라움이지요. 하지만 가장 중요한 것 중 하나는 질병이 병자의 내면에 그가 질병을 자초했을지 모른다는 믿음을 불러일으킨다는 것입니다. 그가 무슨 일을 저지르는 바람에 이런 열병이 생겨나 머리를 괴롭히는 것일지 모른다고 말이지요. 기침을 하거나 재채기를 한다면 빗속에 오래 있었기 때문일 게 틀림없습니다. 대변을 자주 본다면 전날 밤에 먹은 나쁜 음식 때문일 것이 틀림없습니다. 그렇게 보면 질병은 평화로운 둥지에서 몰려나는 바람에 악의와 격노로 가득 찬 조용한 뱀이 됩니다. 그리고 그런 질병이 사람에게 가하는 아픔은 신성한 복수가 되지요.

주인은 회복하기 시작해 자기 방에 앉아 있었습니다. 그때, 셋째 주의 넷째 장날로, 백인이 목요일이라고 부르는 날에 전화가 울렸습니다. 이장고-이장고시여, 당시 주인은 가게에서 사료를 보관할 때 쓰는 들통을 아파트로 가져와 청소하고 있었습니다. 핸드폰을 보니 건 사람이 자미케였습니다. 처음에는 그 남자를 아직 완전히 용서하지 못했을까 봐, 그래서 그를 보면 다시 분노에 사로잡혀 하고 싶지 않은 일을 하게 될까 봐 두려운 마음에 받지 않았습니다. 그는 엉겨 있는 삶은 곡물을 계속 들통에서 닦아내며, 은달리가 가르쳐주었던 조용한 노래를 휘파람으로 불고 있었습니다. 자미케는 다시, 또다시 전화를 걸더니 문자를 보냈습니다. 브라더, 전화 받아. 좋은 소식이야! 주님께 찬미!

주인은 가슴이 철렁했습니다. 그는 침대에 앉아 버튼을 눌렀습니다.

"여보세요, 솔로몬 형제." 그가 말했습니다. 목소리에는 확실히 서두르는 기색이 있었습니다. "내가 그녀를 찾아냈어!"

주인이 벌떡 일어났습니다. "뭐? 뭐라고?" 그가 말했지만 상대는 그의 말을 듣지 못하는 듯했습니다.

"주님께 찬미드릴 일이야, 형제." 자미케가 계속 말했습니다. "내가 그녀를 찾아냈어!"

"M.O.G., 누구, 뭘 찾았다는 거야?"

"누구겠어, 형제? 누가 있겠느냐고? 네가 찾던 사람이지. 은달리 말이야!"

그는 말을 할 수 없어 핸드폰만 뚫어지게 바라보았습니다. 이번에도 그 일이 찾아왔습니다. 그를 침묵시키고 그에게서 말이라는, 인간의 모든 재능 중 가장 자유로운 재능을 앗아 가는 것 말입니다. 언제나 그랬듯 그 일은 확신에 찬 발걸음으로 다가왔지요.

"주님께 어떻게 감사드려야 할지 모르겠어, 은완넴. 주님은 정말 주님이셔. 그분께서는 내가 너한테 한 약속을, 네가 준 목록에 있는 모든 약속을 지키도록 도와주고 계셔. 이제야 너도 내가 경험했던 평화를 경험하게 될 거야. 너는 네가 용서를 구해야만 하는 사람한테서 용서를 받게 될 거고, 용서를 하게 될 거야. 그러면 너도 낫게 될 거야."

정말이지, 그는 치유될 것이었습니다.

"어디 있어?"가 그가 할 수 있는 말의 전부였습니다.

"카메룬가에서 봤어. 거기에 새로 짓고 있는 약국이랑 실험실 알지? 2층짜리 건물."

알고 있었습니다.

"거기 있어. 은달리가 거기 주인이야. 그 약국을 열려고 돌아왔어. 이건 우리 기도에 대한 응답이야, 솔로몬 형제!"

자미케는 백인의 알루시에게 감사하고, 고린도서, 야고보서, 이

사야서, 로마서를 인용하며 계속 말을 이었고, 그러는 동안 주인의 머릿속 하늘은 불꽃으로 별자리를 만들어냈습니다. 그는 친구에게 잠시 쉬었다가 다시 전화를 걸겠다고 했고, 자미케는 그 말에 따랐습니다. 그는 새로 알게 된 정보에 취한 채 핸드폰을 내려놓았습니다. 엄청난 침묵이 내려앉았습니다. 너무도 압도적인 침묵이라 아주 희미한 숨소리조차 들리지 않았습니다. 하지만 그것은 기만적인 침묵이기도 했습니다. 그 순간, 주인은 군대가 다가오고 있다는 것을 알고 있었기 때문입니다. 행진하는 발소리가 땅 전체에 쿵쿵 울리고 있었습니다. 그리고 머잖아 그들은—그녀에 관한 수천의 생각, 상상, 기억, 공상들은—시간의 주름진 얼굴을 끝없는 저 멀리서부터 건너 도착할 것이었습니다. 그렇게 그는 그저 기다리기만 하는 사람처럼, 사후경직으로 몸이 굳어진 죽은 암탉처럼 누워 있었습니다.

22장

망각

음말리테나오구구시여, 옛 아버지들은 비밀을 너무 오랫동안 간직하면 귀머거리도 그것을 듣게 된다고 말합니다. 위대한 아버지들 중에서도 가장 현명했으며 오직 추쿠 당신께만 버금가는 디비아들은 또 이렇게 말합니다. 사람이 자기가 갖지 못한 것을 구하면, 자기 발길로 추적을 멈추지 않는 한 그것이 아무리 미꾸라지처럼 빠져나가는 것이라 한들 결국 갖게 되리라는 것입니다. 저는 그런 일을 여러 번 보았습니다.

주인의 두 발은 이 엄청난 미꾸라지 같은 것을, 그가 심장에 매어둔 끈에서 탈출해버린 그것을 4년 넘게 추격해왔습니다. 그리고 그날 저녁, 자미케가 그의 집으로 서둘러 온 지 한 시간쯤 지났을 때 그는 그것을 찾아냈다고 확신하게 되었습니다.

"그래서 네가 본 사람이 정말 은달리였어?"

"정말이야, 형제. 내가 왜 거짓말을 하겠어? 네가 모든 걸, 모든 걸 꼭 되찾을 수 있도록 최선을 다하겠다고 약속했던 거 기억하지? 브라더. 난 어느 날 문득 페이스북을 확인해봐야겠다는 생각이 들었어. 나도 예전에 쓰다가 더 쓰지 않고 있었거든. 그래서 다시 페이스북을 열어보기로 했어."

"이메일 말하는 거야?" 주인이 말했습니다.

"아니, 페이스북이야. 다음번에 PC방에 가면 보여줄게. 근데 페이스북에 가서 은달리를 검색해보니까, 하, 이것 봐라, 은달리를 찾게 된 거야."

"하, 그래?"

"응, 솔로몬 형제. 은달리 오비알로르. 내가 얼굴을 봤어. 얼굴이 아주 아름답고 하얗더라. 머리에는 검은색 가짜 머리를 붙이고 있었어. 내가 친구 요청을 보냈는데, 은달리가 바로 오늘 수락했어."

자미케는 그렇게 말하며 손뼉을 쳤습니다.

주인은 무슨 말을 듣고 있는 건지도 모르고 고개를 끄덕이며 말했습니다. "계속해봐."

"PC방에 가자마자 열어봤는데, 은달리가 카메룬가의 큰 슈퍼마켓 근처에 있는 새 약국 사진을 올려놨더라고."

"네가 은달리를 찾았다는 게, 그게 정말이야?" 그는 자미케가 아예 아무 말도 하지 않았다는 듯 물었습니다.

"정말이야, 솔로몬. 내가 봤던 그 여자였어. 내가 본 게 은달리라니까. 네가 반을 가리고 나한테 보여줬던 그 사진에 있던 여자였어."

"닮은 사람이면?"

"아니, 아니야. PC방을 나와서 약국에 가서 거기 직원한테 물어봤어. 그랬더니 그 여자 직원이, 내가 본 사람이 은달리가 맞대."

"네가 본 사람이 확실해? 다시 사진 보여줄게……. 여기, 가슴은 종이로 가렸어. 얼굴을 봐, 아주 잘 봐야 돼."

"이미 봤어, 형제."

"그런데 네가 본 바로 그 사람이란 말이야?"

"그래, 맞아."

"코도 똑같고……. 봐, 자미케. 아주 잘 보라고. 눈도 똑같아?"

"진짜야, 브라더. 내가 왜 거짓말을 하겠어?"

"그럼 틀림없겠네." 그는 단념하듯 말했습니다.

이장고–이장고시여, 둘은 주인의 아파트에서 이틀 동안 이런 이야기를 나누었습니다. 한 번 이야기가 끝날 때마다 주인은 펄떡거리는 심장을 안고 방을 어슬렁거렸습니다. 그는 멈춰 서서 잠깐 허리를 숙이고 세상의 얼굴을 들여다보다가 눈을 감고, 그가 본 것이 주는 불쾌감에 고개를 젓곤 했습니다. 그는 여전히 아팠고, 그의 영혼은 육신 안에서 초라해져 있었습니다. 하지만 이제는 너무 많은 것을 들어버렸습니다. 그렇게 너무 많은 것은 사람을 산산조각 내기에 충분하지요. 너무 많은 것이란, 은달리가 지금 확실히 우무아히아에 있다는 걸 알게 되었다는 사실이었습니다. 너무 많은 것이란, 그가 그녀에게 가야 한다는 것을 알고 있다는 사실이기도 했습니다.

"너한테 무슨 일이 일어나고 있는 건지 모르겠어, 형제." 어느 날 저녁 자미케가 말했습니다. "여러 해 동안 이 여자를 보고 싶어 했잖아, 이것 때문에 살아왔잖아. 그런데 이제는 문을 닫아걸겠다고? 은 달리를 보고 싶지 않다는 거야?"

그들은 자미케의 방 바깥에 있는 스툴에 앉아 바람을 쐬고 있었습니다. 어느 집에선가 트랜지스터라디오의 목소리와 귀뚜라미 소리가 들릴 뿐 근방은 조용했습니다.

"이해할 필요 없어." 그가 말했습니다. "노인들은 팜 와인 연주자가 나무 위에서 보는 걸 전부 얘기하지는 않는다고 하지."

"맞아, 하지만 그 말을 하는 바로 그 노인들이, 맹그로브 가지가 아무리 오래 물속에 머물러봐야 그게 악어가 될 수는 없다는 말도 해."

아그밧타-알루말루시여, 자미케가 맞았습니다. 주인은 헷갈려 하고 있었습니다. 그는 오랫동안 이 일이 일어나기를 기다려왔으면서 막상 때가 되니까 자신에게 아무 능력도, 그 일을 마주할 어떤 힘도 없다는 걸 깨달은 것만 같았습니다. 그래서 그는 친구의 현명한 말에 대답하지 않았습니다. 그는 잇새의 이쑤시개를 앞니 위쪽의 길쭉하게 솟은 부분까지 움직이더니, 고기 조각을 앞쪽 땅에 뱉었습니다.

"무슨 기분인지 알아." 자미케가 말했습니다. "넌 두려운 거야, 형제. 너는 은달리에 대해 뭘 알아내게 될지 몰라 두려운 거야." 그는 고개를 저었습니다. "너는 네가 알아내게 될 것이 두려운 거야, 다시는 네 것이 될 수 없는 여자를 사랑하느라 모든 걸 낭비한 것일지도 모른다는 게."

주인은 자미케를 힐끗 올려다보았고, 그 순간 분노로 가득 찼습니다. 하지만 그 분노를 눌러 참았습니다.

"나 때문에 이런 일이 벌어졌다는 건 알지만, 부탁이야, 형제. 넌 무조건 은달리를 마주해야 해. 그게 네가 치유되고 삶을 계속해나가고 다른 여자를 찾을 수 있는 유일한 방법이야." 자미케는 의자를 움직여 와 그를 마주 보았고, 주인이 자기 말을 이해하지 못한다고 느끼는 듯 백인의 언어로 잠깐 돌아갔습니다. "그게 유일한 방법이야."

그는 자미케를 보았습니다. 다른 여자에 대한 생각이 그를 해쳤기 때문이었습니다.

"최소한 내가 편지라도 전하게 해줘. 아니면 내가 가서 무슨 일이 벌어졌는지 전부 말하게 해줘. 네가 한 일도, 내가 한 일도 모두 전할 수 있게 말이야. 그러고 나서 용서를 구할 수 있게. 그게 유일한 방법이야. 너도 알아야 해."

"은달리가 결혼했고 더 이상 나를 사랑하지 않는다는 걸 알게 되면?" 그가 말했습니다. "그러면 모르는 것만 못하지 않아? 사실, 나는 은달리가 돌아왔다는 것도 마음에 안 들어. 돌아오지 않았다면 더 나았을 거야."

"왜, 솔로몬 형제?"

"그야……." 그가 말했다가, 생각을 정리하느라 잠시 멈추었습니다. "그야, 은달리를 잃는 걸 받아들일 수 없으니까." 그런 다음, 친구의 당혹스러운 침묵을 틈타서 뒤늦게 떠오른 생각을 덧붙였습니다. "내가 은달리를 위해 그렇게 많은 괴로움을 겪었는데 말이야."

그날 나누었던 모든 이야기 중 제 주인이 아파트로 다시 차를 타고 돌아간 다음, 아팠던 나날의 말라리아 냄새가 아직도 나는 침대에 누울 때까지 그의 정신 속에 머문 것은 바로 그 말이었습니다. 추쿠시여, 저는 지상에 여러 번 존재하면서, 사람들이 이미 여러 번 떠올린 생각이라도 말로 해보면 그 생각에 새로운 의미가 가득 차오른 것처럼, 참신한 것처럼 느끼는 경우가 많다는 것을 알게 되었습니다. 저는 그런 일을 여러 번 보았습니다.

그 모든 세월 동안, 주인은 그날 밤 문득 떠오른 방식처럼 생각한 적이 없었습니다. 그가 겪은 모든 일이 은달리 때문이라고는 말입니다. 그는 자신의 이야기를 쇠락의 역사라는 맥락에서 고려해보았습니다. 다리에서 그녀를 만났을 때, 주인은 아버지의 죽음을 애도하고 있었습니다. 그의 인생이 현재 흘러가는 방향으로 추락하기 시작한 것이 그곳에서부터였습니다. 그가 가지고 있던 모든 것을 팔고 키프로스로 가 결국 감옥에 갇히게 된 것은 그녀를 위해서였습니다.

그는 자정이 다 된 시간에 일어나 앉았습니다. 묵직한 생각들이 그를 짓눌렀습니다. 그는 그녀가 없었다면 이런 일 중 어떤 것도 일어나지 않았을 거라고 생각했습니다. "상관없어." 그는 자신에게 큰 소리로 말했습니다. 은달리는 이제 그에게 돌아오는 것밖에 선택지가 없었습니다. 그는 잔뜩 부풀어 오른 가슴이 편히 숨을 쉴 수 있도록 가라앉게 내버려두었습니다. "난 은달리를 가질 자격을 얻을 만큼 충분한 대가를 치렀어. 충분히. 그리고 분명히 말하는데, 아무도 은달리를 나한테서 빼앗아 갈 수는 없어!"

그는 아침에 그녀를 찾아갈 생각이었습니다. 그 무엇도 그를 막지 못할 것이었습니다. 그는 핸드폰을 들고 친구에게 문자를 보낸 다음, 다시 앉아 헐떡였습니다. 자신이 하기로 결정한 일에 기진맥진한 것만 같았습니다.

이케디오라시여, 용감한 아버지들은 대단한 통찰을 발휘하여 사람이 종종 다른 사람의 치가 된다는 말을 했습니다. 그것은 사실입니다. 저는 그런 일을 여러 번 보았습니다. 사람은 심각한 위험에 처할 수 있고, 그의 치가 그를 돕기 위해 할 수 있는 일은 아무것도 없을지 모릅니다. 하지만 그 사람은, 닥쳐올 위험을 보고서 그에 대해 말해주고, 그의 목숨을 구해줄 사람을 만날 수 있습니다. 저는 응고도에서, 한을 품고 지상의 악과 인간의 무가치에 대해 끊임없이 떠들어대던 어떤 치를 만난 적이 있습니다. 동굴에는 수호령들이 아주 많이 있었는데, 그중 대부분은 거대한 화강암 공간의 한구석에 누워 있거나 연못 근처에서 씻고 있거나 낮은 목소리로 대화를 하며 침묵을 지키고 있었습니다. 하지만 이 수호령은 계속 죽은 자신의 주인이 목숨을 위협당하던 사람에게 그 음모를 넌지시 알려주었다며 계속 소리를 질러댔습니다. 나중에 그가 목숨을 구해준 사람이 다른 이들을 보내 그 치의 주인을 살해했다면서요. 아, 사람이란 묘지의 벌레들보다 역겹구나! 아, 사람은 장송곡보다도 끔찍하구나! 나는 인간의 땅으로 돌아가고 싶지 않다! 하면서요. 이 반항적인 영혼이 그렇게 불경한 말들을 뱉어내는 걸 지켜보자니 당혹스러웠습니다. 저는 응고도 옆에 그 영혼을 두고 떠났으나 다른 수호령으로부터 그것이 지상으로 돌아가기를 거부했고, 당신께서 저주를 걸어 그것을 아준무오로 만드셨다는 이야기를 들었나이다. 그리고 지금은 그것이 머리 세 개와 극도로 불쾌한 짐승의 몸을 가진 채 벤무오를 이 끝에서 저 끝까지 끝없이 기어 다닙니다. 하지만 자미케가 주인에게 한 일은 이 치가 설명한 것과는 반대였습니다. 자미케는 주인의 두 번째 치가 되어 주인이 여러 해 동안 찾고 있던 것으로 그를 이끌었으니 말입니다.

주인은 자미케와 함께 은달리를 찾으러 갔습니다. 가슴속에는 두려움을 한 병 담고서, 머리에는 모자를 쓰고 안경으로 얼굴 대부분을 가린 채로 말입니다. 도착해보니 약국은 성 바울 성공회 교회와 새로운 MTN 사무실 사이에 자리 잡고 있는, 예전에 보았던 새 건물이었습니다. 호프 약국이라는 간판이 달린 2층 건물이었지요. 간판에는 흰색 의사 가운을 걸친 채 현미경을 들여다보고 있는 백인 여자를 배경으로 글자가 두드러졌습니다. 건물 앞, 울타리 한쪽에는 모래와 자갈 더미가 있었습니다. 건물 공사의 잔해들이었지요. 주인은 자동차를 거리 반대편에, 귀청이 떨어질 것 같은 음악이 발전기의 지속적으로 웅웅대는 소리와 섞여 울리고 있는 이발소 앞에 세워두었습니다.

"겁을 먹었구나, 형제." 자미케가 고개를 저으며 말했습니다. "정말로 그녀를 사랑하는구나."

그는 친구를 보았지만 입을 열지는 않았습니다. 그는 자신이 비이성적으로 행동하고 있다는 것을 알았지만 그 이유는 알 수 없었습니다. 내면에서 무언가가, 그토록 절박하게 구하던 일을 하지 못하도록 막고 있었습니다.

"성경에는 '너희는 마음에 근심하지 말라*, 너희 염려를 다 주께

---

* 요한복음 14장 1절.

252

맡기라, 이는 그가 너희를 돌보심이라*'라고 적혀 있어. 은달리가 여전히 너를 사랑하고 있고 결혼하지 않았을 수도 있지. 하느님이 그렇게 해주셨을 거라고 믿어?"

그는 친구를 뚫어지게 바라보았습니다. 친구가 백인의 언어로, 성경을 이야기할 때 쓰는 언어로 말을 바꾼 것에 깜짝 놀랐습니다. 자미케가 한 이야기의 가능성이 두려워진 주인은 눈을 감았습니다. "믿어."

"그럼 가자. 두려워하지 마."

그는 고개를 끄덕였습니다. "오 디 은마.**"

그들은 차에서 내렸습니다. 주인은 심장이 꽉 조여왔습니다. 그렇게 그들은 붐비는 거리를 건넜습니다. 사방에 가게가 있었습니다. 신발 가게에는 신발들이 가득가득 차양에 매달려 있거나 구슬처럼 서로 밧줄로 묶여 있었습니다. 냄비와 조리 도구를 파는 가게의 이름은 신의 손 조리 도구였지요. 주인은 자미케와 함께 걸어가면서 자신의 생각을 사람들에게 붙들어 매두려고, 거리가 키프로스에서 보았던 것과는 다르다는 것에 집중하려고 애썼습니다. 자미케가 앞장섰습니다. 발가락에 입은 상처 때문에 걸음걸이에 리듬이 있었습니다. 그들이 길을 건너려고 했을 때, 주인은 얼굴을 가리려고 모자를 푹 눌러쓰고 선글라스를 바로잡았습니다. 택시는 그들이 무모하게 길을 건널 거라고 생각했는지 경적을 울리며 반응했습니다.

---

*   베드로전서 5장 7절.
**   괜찮아. (이보어)

자미케는 약국과 길을 나누어놓는, 쓰레기로 가득 찬 도랑을 뛰어넘었습니다. 은달리가 그 순간 약국의 반짝거리는, 스크린을 쳐둔 새 창문 중 한 곳에서 내다봤다면 그들을 보았을지도 모릅니다. 주인은 모자를 더욱 푹 눌러쓰고 친구의 팔을 붙잡았습니다.

"난, 난 못 들어가겠어." 그가 말했습니다.

"왜?"

이번에도 그는 모자와 선글라스를 바로잡았습니다.

"아, 뭐 하는 거야?" 자미케가 말했습니다.

"나는 많이 변했어." 그가 목소리를 낮춰 대꾸했습니다. "내 얼굴을 봐. 이 긴 흉터를 봐. 내 입도 보고. 이가 세 개나 빠졌고, 꿰맨 턱 주변에는 긴 흉터가 있어. 윗입술이 영영 부풀어 오른 것도 봐. 난 이제 너무 못생겨졌어, 자미케. 난 개코원숭이같이 보여. 가리고 싶어."

친구가 뭔가 말하려 했지만, 주인은 그를 더욱 꽉 잡았습니다.

"날 알아보지도 못할 거야. 못 알아봐."

"하지만 형제, 내 생각은 달라." 자미케는 괴로운 듯한 목소리로 말했습니다. 그는 약국을 보더니 자기 친구를 보았습니다.

"왜? 내가 이렇게 생겼는데 어떻게 알아보겠어?"

"아냐, 형제. 은달리가 고작 상처 때문에 널 싫어할 리는 없어."

"확실해?"

"응. 사랑은 그런 식으로 되는 게 아니야."

"그러니까 은달리가 계속 나한테 매력을 느낄 거라는 말이야? 내 얼굴이 이래도?"

"응. 은달리한테는 네가 은달리를 떠나서 사라져버린 이유만 알려주면 돼."

주인은 약간 초조해져, 말을 하면서 눈을 들어 주위를 훑었습니다. 에그부누시여, 주인은 그런 사람이었습니다. 불확실성에 겁을 먹을 때면 자기 자신을 내면의 패배로 몰아가는 일이 잦은 그런 사람이었지요. 그리고 그런 일이 일어나 영혼이 바닥에 내팽개쳐진 채 씨름하고 있을 때, 그의 패배가 신체적으로 나타나기 시작했습니다. 이상한 일이지만, 저는 그런 일을 여러 번 보았습니다.

자미케가 이마에서 땀을 훔치고 다시 입을 열었다가, 문득 말을 멈추고 주인을 톡톡 두드렸습니다. 약국 쪽을 보라는 거였습니다.

그 순간은 묘사하기가 어렵습니다. 그토록 많은 고통을 겪었으나 그녀를 위해서라면 그 모든 것을 한 번 더 기꺼이 할 수 있는 주인이 바로 그녀를 본 순간이었으니까요. 은달리가 약국 문으로 나왔습니다. 약간 달라진 모습이었습니다. 그가 지난 세월 내내 머릿속에 담고 있던 날씬한 여자보다는 체중이 더 나가는 모습이었지요. 그녀는 키프로스의 간호사를 떠올리게 하는 흰 천으로 된 긴 옷을 입고 있었습니다. 가슴 주머니에는 펜이 꽂혀 있었고, 가슴 위쪽, 옷깃이 트여 있는 곳에는 목걸이가 보였습니다. 그는 가만히 서서 그녀를 지켜보았습니다. 그녀의 주변 모든 것을 자세히 살펴보았지요. 그녀는 아이 둘을 데리고 있는 어떤 여자와 이야기하고 있었습니다. 아이 하나는 여자의 등에 업혀 있었고, 다른 아이는 은달리에게로 손을 뻗었다가 다시 집어넣었습니다. 은달리는 아이의 손을 잡으려고 말을 멈추었지만, 아이는 손을 빼고 웃으며 어머니를 돌아보았습니다.

"내가 은달리라고 했지." 자미케는 다른 여자가 돌아서서는 주차된 자동차들을 지나 거리로 걸어가고, 은달리가 약국으로 돌아가자 말했습니다.

"정말이네." 그가 말했습니다. "은달리야." 이제는 그의 심장이 뛰고 있었습니다. 마치 오게네 음악의 율동에 맞추는 것만 같았습니다. "정말이야, 자미케. 은달리야."

정말 그녀였습니다, 에그부누시여. 은달리, 주인을 위해 간청하러 갔을 때 제게 맞섰던 치를 가진 바로 그 여인 말입니다. 그때 저는, 이 모든 세월 동안 생각해본 적이 없는 방식으로, 그녀의 치가 자기 주인을 제 주인에게서 영원히 갈라놓겠다던 위협을 실행에 옮겼을지 모른다는 생각이 문득 들었습니다.

"그럼 들어가자. 네가 은달리를 만나지 않으면 난 돌아가지 않을 거야, 형제. 난 네가 나아지고 좋아지고 성령의 기쁨으로 가득 차기를 바라고 있어. 꼭 만나야만 해. 용기를 내야 돼. 아니면 내가 혼자저 약국에 들어가서 은달리를 만나고, 너 대신 은달리한테 얘기할 거야."

"기다려! 세상에, 자미케!"

그는 다시 자미케를 붙들고, 자미케의 두 눈에서 희망적인 무언가를 보았습니다.

"알았어, 갈게." 그가 말했습니다. "근데 잠깐만, 천천히 하자. 지금은 보는 것밖에 못 하겠어. 다음에, 나중에 말을 걸면 안 될까?"

자미케는 비뚜름하니 잘 알겠다는 듯한 미소를 짓고 이 제안을 생각해보았습니다. 이 미소 때문에 그의 이마가 얼굴 아랫부분에 닿을 듯 활처럼 휘어졌습니다.

"알았어, 그럼 가자, 은완넴."

그는 두려워하며 걸었습니다. 불안이 짙어져 속도는 늦어졌습니다. 결국 자미케를 앞세워 약국에 들어갔습니다. 유리창이 많은 넓은 공간은 빛에 흠뻑 젖어 있었습니다. 천장의 선풍기가 시끄럽게 돌아가며 공기를 더 들여보냈습니다. 그는 계산대—약사들을 절반쯤 가리고 있는 커다란 나무 구조물—를 마주 보고 있는 플라스틱 의자 여섯 개 중 하나에 재빨리 앉았습니다. 주인은 다리를 떨면서, 그의 옆 의자에 앉은 남자와 웅얼거리며 인사를 나눈 뒤 바로 그 계산대에 눈을 두었습니다.

그들이 들어갔을 때 은달리는 다른 사람에게 응대하는 중이었습니다. "다음 분"이라고 그들에게 소리친 사람은 다른 여자였으나, 주인은 은달리의 목소리를 들었습니다.

자미케는 즉시 대답하지 않고 그의 의자 옆에 선 채 계산대에 눈을 두고 있었습니다. 주인이 자미케에게 손짓했고, 자미케는 허리를 숙여 그의 말을 들었습니다.

"있잖아, 그게…… 나는 그냥 은달리를 보러 온 것뿐이야." 그가 자미케의 귀에 속삭였습니다.

친구는 불편한 듯 고개를 끄덕이며, 약사에게 잠시 기다리라고 손짓했습니다.

"내가 쓸 말라리아 약이 필요하다고만 말해줘."

자미케가 고개를 끄덕였습니다.

그는 앉아 있는 자리에서 은달리를 지켜보았습니다. 모자를 깊이 눌러쓰고, 눈은 선글라스 뒤에 감춘 채로 말입니다. 그녀는 예전보다 더 아름다워 보였습니다. 지금쯤 몇 살이 되었을까요? 스물일곱? 스물아홉? 서른? 그는 그녀가 태어난 해를 정확히 떠올릴 수 없었습니다. 이제 그녀는 전성기를 맞은 여자처럼 보였습니다. 머리카락은 파마를 해서 매끄러웠으며 어깨까지 부드럽게 흘러내렸습니다. 몸은 모든 부분이 달라진 것처럼 보였습니다. 심지어 얼굴의 생김새까지 말입니다. 입술은 더욱 풍성해졌고, 그의 기억 속 어느 때보다 짙은 분홍빛을 띠고 있었습니다. 그는 그날 아침 그녀의 모습들을, 이제는 그에게 점점 더 많은 기쁨을 주는 모습들을 몇 시간 동안 응시했습니다. 하지만 그의 눈앞에 있는 얼굴은 약간 바뀌어 있었습니다. 그가 할 수 있는 최선의 말은, 그녀가 창조주에게 보내져 개조되었고 더 나은 모습으로 돌아온 것처럼 보인다는 것뿐이었습니다.

다른 여자가 작은 비닐봉지에 약을 넣기 시작했을 때 은달리가 작은 문을 열고 계산대 뒤로 나갔습니다. 옷에 가려서 크기가 완전히 보이지는 않았지만, 그가 보기에는 그녀의 가슴이 더 커진 것 같았습니다. 그는 그녀의 엉덩이를 볼 기회를 잡았습니다. 거의 그가 기억하는 그대로였습니다. 그는 온 집중력을 쏟아, 그녀가 사무실로 사라질 때까지 그 엉덩이를 바라보았습니다. 그녀가 닫고 들어간 사무실 문에는 은달리 에노카, MSC. 약사라는 글자가 새겨져 있었습니다. 그들은 그곳에서 보낸 남은 시간 동안 그녀를 보지 못했습니다. 간호사가 자미케에게 응대했고, 그들은 말라리아 약을 가지고 떠났습니다.

아구지에그베시여, 사람이 위대하고 야심 찬 기대를 키우고 그 기대가 결실에 이르면, 보통 그 결실은 그를 어리둥절하게 만듭니다. 어떤 사람은 친구들에게 "이봐, 이봐, 먼 도시에 있는 내 형제의 집은 커. 내 형제는 부자야"라고 말했을지 모릅니다. 하지만 그는 머잖아 도시로 가서, 자신의 형제가 그저 간신히 생계를 꾸려나가는 거리의 청소부일 뿐이라는 것을 알게 됩니다. 하지만 그는 기대가 너무 컸고 그 기대를 너무 오랫동안 지속해왔기에, 처음에는 의심의 여지가 없는 현실을 의심합니다. 마음이야 산산조각으로 무너져 내리더라도 말이지요. 저는 그런 일을 여러 번 보았습니다. 주인의 경우가 그랬습니다. 은달리가 결혼했다는 현실이, 그녀가 이름을 바꾸었다는 점이나 자미케가 그녀의 왼쪽 손가락에서 확실히 보았다고 말했던 반지로 표현된 진실이 그를 어리둥절하게 만들었습니다. 그것은 그의 우주에서 빛을 꺼버리고, 그를 흠 하나 없는 어둠의 세계에 남겨두었습니다. 그는 이후 자미케의 교회 입구에 섰습니다. 너무 마음이 두근거려 심장박동 소리가 채찍 소리처럼 들렸습니다.

"그렇더라도 은달리는 아직 날 사랑할 거라 믿어."

"브라더, 이해해." 자미케가 백인의 언어로 말했습니다. 교회에 가거나, 교회에 갔다 온 지 얼마 되지 않았을 때면 항상 말하는 방식대로였습니다. 마치 아버지들의 언어는 그런 상황에서 말하기엔 너무 성스럽지 못하다는 투였습니다.

"이보 말로 해줘, 이건 심각한 문제니까." 주인이 위대한 아버지들의 언어로 말했습니다.

"미안, 은남. 미안해. 하지만 이제 받아들여야지. 전부터 계속 말했지만, 그냥 은달리 손에 편지만 쥐여줘. 손에 딱 놓아주란 말이야. 그게 다야. 그런 다음에 가면 돼. 그럼 하나님께서 네가 할 일을 다 했다는 걸 아실 거야."

그는 고개를 저었습니다. 그 말을 믿어서가 아니라, 자미케가 이 일을 전혀 이해하지 못했기 때문이었습니다. 그는 자미케가 예배나 보러 들어가, 그가 이것저것 생각할 수 있도록 놔두기를 바랐습니다. "알겠어. 여기서 기다릴게."

자미케는 그와 함께 그날 저녁의 특별 복음 행사를 준비하던 다른 두 사람을 만나러 들어갔습니다. 지조스 크라이스트에 관한 기독교 영화를 상영하는 행사였지요. 주인은 겨우 1년 전에 있었던 교회 건물 공사의 잔해인 외따로 떨어진 벽돌 위에 앉았습니다. 부드러운 바람이 불어오고 있었으며, 현수막이, 그러니까 땅에 꽂힌 나무 깃대 두 개에 묶여 있는 천 조각이 지나가는 바람에 펄럭였습니다. 주인은 사람들과 그들의 물건이 자동차나 손수레와 공간을 차지하려고 몸싸움을 벌이고 있는 막히는 거리를 바라보며, 앞서 보았으나 그에게 감추어져 있던 모든 것에 대해 생각했습니다. 아이들은 있을까? 결혼한 지는 얼마나 됐을까? 어제일까, 1년 전일까? 그가 망가진 사람이 되어 나이지리아에 도착한 바로 그달, 혹은 심지어 바로 그 주였을 수도 있을까? 삶이 그를 비웃어대는 평소의 패턴을 따라갔다면, 그 주가 아니라 그날이었을 수도 있었습니다. 그 생각이 확 타올랐습니다. 그는 비행기에서 금방이라도 무너질 듯한 아부자 공항의 포장도로로 내려가고, 그녀는 신랑과 함께 단상으로 올라가는 상상이었습니다. 그는 사제가 그녀와 그녀의 남편을 보며, 아플 때나 건강할 때나 죽을 때까지 함께하겠느냐고 묻는 장면을 상상했습니다. 동시에, 한때 그였던 존재의 껍질이 공항에서 기다리고 있던 삼촌의 발치에 무너져 내리는 모습을 말입니다.

그는 앞서 보았던 것들을 생각했습니다. 은달리가, 멀쩡히 살아서, 더 아름다운 여자가 되어 있었습니다. 자미케가 그의 인생에 나타나지 않았더라면, 그를 뭉개기 위해 보이지 않는 적이 던진 돌처럼 날아오지 않았더라면, 그는 그녀와 결혼했겠지요. 그들은 그의 농장에서 계속 살아갔을 것입니다. 그의 새들 가운데에서, 아침에는 달걀을 모으고 새벽에는 수탉들과 날개 달린 것들의 오케스트라를 듣고 깨어나면서 살아 있었겠지요. 그는 풍족한 기쁨을 느꼈을 것입니다. 하지만 그는 그 모든 것을 강탈당했습니다. 모기들이 주변에 윙윙거리고, 교회 안의 목소리들이 귓속말이 되어 그에게 닿는 가운데, 그의 내면에서는 분노가 차올랐습니다.

그는 발을 쿵 구르며 일어나 무기를 찾기 시작했습니다. 그는 교회 발전기 근처에 놓여 있는 막대를 발견하고 집어 들었습니다. 그는 미친 사람처럼 교회 쪽으로 움직이다가, 거의 문에 이르러서야 멈추었습니다. 에그부누시여, 그의 양심이 반응한 것입니다. 그의 정신이 무분별하게 뛰어들었던 갑작스러운 어둠을 빛 한 줄기가 꿰뚫었습니다. 그는 막대를 떨어뜨리고 다시 벽돌에 주저앉았습니다. 그는 두 손으로 얼굴을 가리고 이를 갈았습니다. 잠시 후, 스스로에게 진정할 시간을 준 그는 얼굴에서 뭔가가 뺨을 타고 움직이고 있다는 걸 알아차렸습니다. 그것은 막대를 타고 그의 손으로 기어오른 뒤, 그의 손에서 얼굴로 기어오른 개미였습니다. 그는 탁 쳐서 개미를 쫓았습니다.

"브라더, 브라더. 무슨 일이야?" 바로 그때, 자미케가 교회 문 앞에서 그를 불렀습니다.

그가 일어섰습니다. "집에 가서 혼자 있어야겠어." 그가 말했습니다.

"아, 솔로몬 형제. 이 영화를 꼭 봤으면 좋겠어. 〈패션 오브 크라이스트〉라는 영화야. 감동받을걸. 네 영혼을 어루만져줄 거야."

그는 입을 열고, 이 남자에게 바로 전까지만 해도 그를 향한 증오로 가득 차 있었다고 말하고 싶었습니다. 하지만 그러지 않았습니다. 이번에도 자미케의 얼굴에 무장해제당했기 때문입니다.

"볼게." 그는 자기도 모르는 사이 그렇게 말하고 있었습니다.

"주님께 찬미를!"

그는 교회 뒤에 앉았습니다. 내면은 유리 조각들로 찢겨 나간 상태였지만 말입니다. 자미케와 그의 교회 신도들은 영화를 틀 스크린을 설치했습니다. 그들은 예배가 시작될 때까지 앉아 있었습니다. 목사가 무대에 올라가 구원에 대해서, 한 남자가 다른 사람들을 위해 자기 목숨을 내주는 고통을 겪은 일에 대해서 이야기했습니다. 남자가 그 말을 할 때, 주인은 일어나 교회를 떠났습니다.

추쿠시여, 그는 새로운 절망으로의 추락을 멈추려고 몸부림치며 집으로 돌아갔습니다. 깊은 밤, 주인은 자신의 고통이 오로지 잃어버린 것을 다시 얻겠다는 욕망에서 나오는 것임을 깨달았습니다. 그가 원하는 것은 치유와 용서, 자미케가 말하는 그런 것들이 아니었습니다. 대신 그는 삶을 돌려받고 싶었습니다. 변소에 떨어진 코코넛을 주워 깨끗하게 씻어내고 싶었습니다. 그 코코넛이 깨끗해지는 것이 가능하다고 생각했으니까요. 그는 이것이야말로 자신이 원하는 일이며 이루어질 수 있는 일이라고 다짐하며 일어나 앉았습니다. 그 외의 다른 일을 하는 건 항복하는 셈이 될 것이었습니다.

이런 생각의 주문들은 너무 오랫동안 그의 정신 속에서 번성해왔기에 단단한 결심으로 굳어졌습니다. 결혼을 했든 안 했든, 그녀를 얻기 위해 싸우겠다는 결심 말입니다.

포기하지 않아, 절대로! 그는 혼잣말을 했습니다. 포기하기에는 너무 멀리까지 와버렸어. 그래, 분명 사람들은 다른 사람에게 아내를 빼앗기기도 해. 남편들도 빼앗기고. 남자는 어린이를 강탈당하고, 여자는 아기를 강탈당하지. 거위도 새끼 거위를 강탈당해. 온웨기 이혜 노 나 우와 음마두 지 나 아카.* 다시 한번 말하지만, 이 세상에서는 그 무엇도, 그 누구에게도 확실히 속해 있지 않아. 우리가 뭔가를 갖게 되는 건 그걸 꽉 잡고 있기 때문이야. 그걸 놓아주지 않기 때문이라고. 여기 지붕 밑에, 여기에 서서, 나는 내 삶을 꼭 잡고 있는 거야. 놓아버리면 빼앗기게 돼.

몸짓을 하느라 그의 손이 가슴에 달라붙었습니다. 그는 방 안의 전구를 켜고 거울로 갔습니다.

* 세상 그 무엇도 손안에는 없다. (이보어)

말해봐. 그는 눈을 가늘게 뜨고서, 그에게 마주 삿대질을 하며 서 있는 변해버린 남자의 모습을 바라보았습니다. 그의 얼굴은 흉터 일람표처럼 보였습니다. 말해봐, 난 미래를 빼앗긴 걸까? 자미케, 추카, 마지 오비알로르, 피오나, 피오나의 남편, 키프로스 경찰들이, 그리고 모두가 내 미래를 내 손에서 억지로 빼앗아 간 건 아닐까?

그는 거울에서 돌아서서, 벽을 손가락으로 가리키며 뭔가, 두려워해야 마땅한 뭔가가 제기한 도전에 직면한 사람처럼 손짓을 했습니다.

나는 내 삶을 꼭 쥐고 있으려 했는데도 빼앗기지 않았나? 내 몸은 어떻고? 내가 그 사람들한테 몸을 내준 거야? 내가? 말해봐! 내가 "내 엉덩이를 가져가, 너희 성기를 그 안에 넣으라고!"라고 말했느냐고? 그는 발치의 스툴로 손을 뻗어 그것을 바닥에 던져 부숴버렸습니다.

말해봐!

이제 그는 부서진 가구가 남긴 흔적 속에서 헐떡이며 일어섰습니다. 갑작스럽게 광기로 빠져들었던 것과 자정에 고함을 쳤던 것이 문득 의식됐습니다. 그래서 깜짝 놀랐습니다. 그는 가슴이 두근거려, 서둘러 전구를 끄고 천천히 침대에 올라간 다음, 다른 아파트에 있는 사람들을 깨웠을지 몰라 두려워하며 누워 있었습니다. 그는 누군가가 문을 두드리기를 기다리며 두 눈을 그 아래 공간에, 빛의 그림자가 보이는 곳에 두었습니다. 그는 꽤 오랫동안 침대에 묶여 있는 것처럼, 두 팔로 배를 끌어안고 머리는 연극배우처럼 옆으로 꽉 누른 채 누워 있었습니다. 하지만 아무도 오지 않았습니다. 어딘가에서 한창 물이 오른 교회 예배 같은 소리와 멀찍한 북소리, 음악 소리가 들렸습니다. 그 고요함 속에서 그의 반쪽은 한 번도 떠난 적이 없는 곳으로 돌아가야만 한다는 생각에 머물렀습니다. 그는 그곳으로 돌아갈 때에야 다시 평화를 얻을 수 있었습니다. 가장 위대한 전투를 치르는 장소도 그곳이 될 터였습니다.

23장
아주 오래된 이야기

에체타오비에시케시여, 저는 이미 사람의 능력에는 한계가 있다고 말씀드렸습니다. 이제야 말씀드리지만, 제가 이 말을 하는 까닭은 주인에게 더 많은 능력이 있었더라면 그도 다른 방식으로 행동했을 것이기 때문입니다. 하지만 그의 힘이 다른 모든 사람들과는 다르다는 말을 하려는 것은 아닙니다. 그렇지는 않으니까요. 당신께서는 다른 이들에게 주신 어떤 것도 그에게 금하지 않으셨습니다. 저는 그와 함께 아피아오케로, 또한 치오키케의 정원으로 갔으며 당신의 너그러움 속에 당신께서 모든 사람들에게 그러하시듯 그에게도 베풀어주기로 하셨던 재능과 소질을 땄습니다. 다른 모두가 그렇듯 그도 본성과 시간의 제약을 받았을 뿐입니다. 하여, 한번 저지른 일은 취소할 수 없었지요. 사람이 할 수 있는 일은 상황을 바꾸거나 그러지 못하면 포기하고 앞으로, 다른 방향으로 나아가는 것뿐입니다.

에부베디케시여, 이 지혜는 그가 은달리를 다시 본 지 6주 뒤에 그에게 돌아왔습니다. 저도 이 빛나는 법정에서 너무 시간을 지체하고 싶지는 않으며, 어떤 식으로든 제가 당신 앞에 나아온 문제의 결론으로 이를 수 있는 내용만을 전달해야 하기에, 어쩔 수 없이 자미케가 대신 말하도록 하겠나이다. 자미케는 주인이 사랑하는 여인을 다시 본 날부터 혼란에 빠져드는 모습을 지켜보았으니까요. 주인은 더는 제정신이 아니었습니다. 그는 앞으로도, 뒤로도 움직일 수 없었습니다.

"브라더, 넌 할 수 있는 일을 했어. 이미 선을 넘어버렸고 이제 멈춰야 해. 내가 이런 말을 하는 건 그리스도의 사랑으로 너를 사랑하기 때문이야, 에진완넴, 넌 이 모든 걸 묻어두고 앞으로 나아가야 해. 확실히 말하는데, 그게 네가 너 자신을 해줄 수 있는 최선이야."

그들은 이때쯤 두 달 정도 가장 친한 친구로 지내고 있었습니다. 지금은 주인의 닭 사료 가게에 앉아 있었지요. 주인이 그 가게를 연 이래 몇 달 동안, 가게는 여러 자루의 사료와 비료, 다른 농업용 제품들을 다룰 만큼 성장했습니다. 나무 여러 줄이 벽에 못으로 박혀 있었고, 그 위에는 닭과 관련된 물건 깡통들이 정리되어 있었습니다. 아비아 농무부에서 나온 달력도 '마지막 개척자', 그러니까 주인이 가게 앞에 서서 눈을 가늘게 뜨고 카메라를 들여다보는 페이지가 펼쳐진 채로 벽에 걸려 있었지요. 그 사진은 주인의 얼굴이 키프로스에서의 폭력으로 다시 만들어진 이후 처음으로 찍은 것이었습니다. 이마와 턱의 깊은 흉터, 빠진 치아.

하지만 추쿠시여, 저는 그의 친구가 대신 말하도록 해야 하옵니다. "네가 무슨 일을 했는지 다시 떠올리게 해줄게. 네가 아주 많은 일을 했다는 것 말이야. 내가 은달리를 찾아준 다음부터 너랑 나는 그녀를 찾아다녔어. 처음에는, 은달리를 보고 나서 한참 동안은 네가 은달리에게 모습을 드러내고 싶어 하지 않았어. 넌 아직 가슴속에 사랑이 가득했으니까. 그 엄청나게 많은 사랑을 쌓아둔 이유인 그녀가 더 이상 마음속에 그와 걸맞은 사랑을 1온스도 남겨두지 않았다는 걸 알고 무너지고 싶지 않아서였지.

하지만 넌 그런 두려움을 느끼고도 포기하지 않았어. 5주 전 어느 날, 너는 운을 시험해봤지. 내가 그때 너와 함께 있었어, 은완넴 솔로몬. 나는 그 순간을 전부 보았어. 너는 변장하지 않고 그녀의 약국에, 그녀 앞에 나타났어. 운을 시험해봤지. 미리 계획한 일이었어. 우리는 은달리와 직원 한 명만 있을 시간에 약국에 갔어. 은달리의 친구 두 명이 사무실에, 문이 열려 있던 그 사무실에 앉아 있다는 걸 몰랐지. 이미 여러 번 말했지만, 은달리가 그런 식으로 반응한 것은 분명 그 사람들 때문이었을 거야. 은달리는 진정으로 사랑했던 남자이자, 그녀가 절대 떠나지도 포기하지도 않겠다고 맹세한 남자를 보고 겁을 먹었어. 이건 어디에서 읽은 얘기도 아니고 꿈으로 꾼 내용도 아니야. 내 두 눈으로 직접 봤어. 내 두 눈으로, 은달리의 두 손이 떨리는 걸 봤다고. 은달리가 '악!' 하고 헛숨을 들이켜고 가슴을 부여잡자 그녀가 손에 들고서 그 위에 뭔가 휘갈겨 쓰던 작은 고무 병이 떨어졌지.

내가 봤어, 솔로몬 형제. 은달리는 마치 대낮에 유령이라도 본 것 같았어. 네가 죽었거나 절대 나이지리아로 돌아오지 않을 거라고 생각했다는 걸 알 수 있었지. 너는 거기 서 있었어, 브라더. 그녀의 이름을 부르고, 돌아온 사람이 바로 너라고 말하면서 말이야. 너는 두 손바닥으로 계산대를 짚고 있었어. 하지만 그녀는 헛숨을 들이켜며 공포에 질려 비명을 질렀고, 그녀의 친구들은 무슨 일이 일어났는지 보려고 사무실에서 달려 나왔어. 약이 가득한 선반을 청소하던 직원도 은달리를 돌아보았지. 나는 은달리가 변해버린 게 다름 아닌 그 사람들 때문이라고 확신해. 눈 깜짝할 사이에 쥐에서 새로 변해 너에게 소리를 치기 시작한 것 말이야. '당신 누구야? 당신 누구야?' 그러더니 네 대답을 기다리지도 않고 다시 소리치기 시작했어. '난 당신 몰라! 난 이 사람 몰라!' 나는 은달리가 그날 너를 알아봤다고 확신해."

주인이 고개를 저으며 이를 갈고 있었기에 자미케는 말을 멈추었습니다.

"너도 봤잖아. 처음에는 한 치의 의심 없이 널 알아본 거야. 탁, 불꽃이 튀었다고. 만약에 너를 알아보지 못했다면 왜 헛숨을 들이켰겠어? 왜 몸을 떨었겠어? 사람들이 모르는 사람을 갑자기 만났을 때 그런 식으로 반응하나? 넌 헛숨을 들이켜면서 몸을 떨어?"

주인의 심장이 조용히 불타올랐습니다. 그는 더욱 고개를 저으며 말했습니다. "M.O.G., 나도 같은 생각이야. 네가 한 모든 말에 동의해. 그렇게 된 거야. 그래도 난 궁금한 거야. 왜 나를 모른다고 했을까? 내 얼굴 때문은 아니었을까?"

이 말에 그의 친구는 제가 해독할 수 없는 표정을 지었습니다.

"어쩌면 그럴지도 몰라, 은완넴 솔로몬." 그가 말했습니다. "네가 두려워하는 게 사실일지도 모르지. 그때 있던 사람들 때문인 것만은 아닐지도 몰라. 은달리의 행동은 극단적이었어. 그녀는 소리를 치고 시끄럽게 비명을 질렀어. 네가 네 입장을 설명하려고 했을 때 말이야. 네 이름이 나오자 그녀가 영어로 비명을 질렀지. '아니, 아니, 난 당신 몰라! 나가! 나가라고!' 정말이지, 그런 반응에는 뭔가 더 있는 거야. 덤불에 뱀이 숨어 있었던 게 틀림없어. 하지만 은달리가 겁에 질렸던 걸지도 모른다는 점도 알아야 해. 은달리는 결혼한 여자니까. 그러니까⋯⋯." 자미케는 잠시 말을 멈추었습니다. 아마 이런 내용이 듣는 사람을 힘들게 한다는 것을 알았기에, 자신이 하려는 말이 그를 더욱 따갑게 찌를 수도 있다는 것을 알았기에 그랬을 것입니다. 자미케는 가게 창문 바깥에, 멍한 파리 한 마리가 지붕창 너머의 그물을 위아래로 오가며 윙윙거리는 곳에 시선을 두고 말했습니다. "남편이 있는 사람 말이야."

정말이지 그 말은 그의 친구에게 상처가 되었습니다.

"은달리는 예전에 사랑했던 사람이 새 인생을 파괴할까 봐 두려웠던 걸지도 몰라. 틀림없이 네가 무서웠을 거야."

그는 수긍하는 뜻으로, 패배감에 빠져 고개를 끄덕였습니다.

"하지만 넌 거기서 멈추지 않았어. 그래, 우리가 모욕을 당해 그 약국을 떠난 다음에, 은달리의 친구들한테 위협을 당한 다음에, 은달리는 눈물을 흘리며 약국 뒷문으로 달려 나갔어. 그리고 잠시 동안 그 일이 너를 짓눌렀지, 친구. 너는 부끄러웠고 모욕을 당했고 이 일로 타격을 입었어. 어디서 들은 이야기가 아니야, 브라더. 내가 거기 있었어. 내가 두 눈으로 봤어. 은달리가 네 흉터투성이 얼굴 때문에 너를 거부한 거라면 왜 그렇게 동요했겠어?"

에부베디케시여, 주인의 친구는 옛 아버지들의 정직함을 담아 말했고, 주인은 들은 내용 때문에 혼란스러워졌습니다. 그는 창밖을 내다보았습니다. 그의 눈길이 손수레에 CD를 싣고 다니며 파는 장돌뱅이에게 머물렀지요. 눈으로 레코드를 훑던 한 여자가 그 행상을 불러세웠습니다.

"하지만 이 말도 덧붙여야 해. 어쩌면 은달리는 너한테 화가 난 건지도 몰라." 자미케가 문득 말하며, 다시 그의 친구에게 마음 단단히 먹어라고 말하는 경고의 눈길을 던졌습니다. "아직 네 이야기를 모르기 때문에 너를 증오했을 수도 있어. 은달리는 모르니까."

이 말은 아버지들의 언어로 나왔습니다. 이 말을 두드러지게 만들어 듣는 사람의 귀에 박아 넣으려는 것이었습니다. 그 귀를 가진 자는 다시 절망적으로 고개를 끄덕였습니다.

"은달리는 네가 무슨 일을 겪었는지, 네가 키프로스에 도착한 이후 어떻게 한 주를 보냈는지 몰라. 내가 너한테 한 짓 때문에 말이야. 은달리는 네 고통을 몰라. 네가 사랑을 위해 모든 것을 포기했기에 얼마나 길을 잃었는지 모르고 있어."

그는 날카로운 이빨로 심장을 물어뜯는 이 묵직한 단어들에 귀를 기울이며 이따금 고개를 끄덕였습니다.

"은달리는 네가 그 대가를 얼마나 비싸게 치렀는지 모르고 있어. 그녀는 네가 어떤 모욕을 당했는지, 어떻게 털렸는지, 네가 가졌던 모든 것을 어떻게 강탈당했는지 모른다고. 은달리는 그런 자기희생의 고통을 아직 모르고 있어. 나중에는 그걸로도 부족하다는 듯 그 사람들이 너를 감옥에까지 넣어버렸는데 말이야." 이번에도, 에그부누시여, 그는 주인에게 타는 듯한 눈길을 던졌습니다. "더는 말하지 않을게, 은완넴. 혀를 지지는 말들 말고는 네가 그곳에서 겪은 일들을 설명하는 데 쓸 수 있는 단어가 없으니까. 하나도 말이야. 하지만 내 말은 이런 뜻이야. 그녀는 아직 이런 일들을 전혀 모르고 있다는 거지. 그녀는 아직 편지를 읽지 않았어."

그의 두 눈은 자미케에게 고정되어 있었습니다. 자미케는 민무늬 바지 주머니에서 손수건을 꺼냈습니다. 그는 손수건을 꺼낼 때 딸려 나온 주머니를 다시 안으로 쑤셔 넣고 이마를 닦았습니다.

"그래, 은달리는 전에는 이런 일들을 몰랐어. 하지만 그다음에 네가 편지를 건네줬지. 네가 그녀에게 모습을 드러낸 지 겨우 며칠 뒤에 말이야. 난 그날이 기억나. 우리는 계획을 세웠어. 튀지 않는 우표를 붙이고 그녀의 이름 전부가 적힌 채로 그녀에게 배달해줄 사람을 찾았지. 거기까진 성공적이었어. 토쿤보는 그녀에게 편지를 전해준 다음 약국에서 나왔다고 말했고, 그다음에는 창문을 통해서 그녀가 편지를 뜯어 읽기 시작하는 걸 보았다고 말했어. 너랑 나는 기뻐했지. 나한테는 그거면 충분했어. 너는, 네가 그녀가 생각하는 그런 사람이 아니라는 걸 이해시켰어. 그녀를 되찾기 위해 열심히 싸웠다는 걸 알려줬다고. 너는 그냥 해외로 가서 사라진 게 아니었어. 심지어 억압에 그냥 굴복하지도 않았어. 그 억압에 직면해서도 단호했지. 너는 그곳에서도 그녀를 사랑한다는 걸, 그리고 그 모든 세월 동안 단 한 번도—네가 직면했던 그 모든 일에도—그녀를 잊지 않았다는 걸 증명했어. 너는 매일 아침에 일어나 그녀가 너와 같은 방에 있다고 생각했고, 그녀에게 자주 '네게 돌아갈게. 네게 돌아갈게'라고 말했어. 이런 말들이 그 고통스러운 세월 동안 너를 살게 해준 거야. 너는 그 편지로 감옥에 있는 동안 상상해내고 현실처럼 느꼈던 그녀에게 매일 했던 말을 전했어. 4년. 이라는. 세월. 동안. 4년이라는 세월 동안 말이야, 축복받은 솔로몬 형제."

주인은 고개를 끄덕이고 있었습니다. 두 눈은 텅 비어 있었습니다. 마치 자미케가 그의 모든 감각을 압도할 만큼 강한 단어들을 말하고 있다는 것처럼 말입니다.

"너는 그 편지에서 어쩌다 이런 일이 일어났는지, 네가 그 세월을 어떻게 살아냈는지 설명했어. 마치 전투……."

전투라는 단어는 그의 친구의 혀에 마치 낚싯바늘에 걸린 물고기처럼 걸려 있었습니다. 그 순간 푸른 앞치마를 입은 남자 두 명이 가게에 들어왔기 때문입니다. 그들의 옷에는 마이클 오크파라 농업대학교. 우무디케라는 글자가 새겨져 있었습니다.

주인이 아는 사람들이었습니다.

"매사냥꾼 오가시죠." 남자들 중 한 명이 모자를 벗으며 말했습니다.

"아, 대학 분들이군요. 오셨네요?" 그가 말했습니다.

"네, 아, 교수님이 보내셨어요."

그는 그들과 악수했고, 그들은 그의 친구와 악수했습니다.

"뭘 드릴까요?" 그가 말했습니다.

"레이어스요." 그중 한 명이 말했습니다. "반 자루 주세요. 그리고 끓인 사료도 한 그릇 더 달라세요."

"레-이어스, 레이어스라." 그가 가게를 힐끗 둘러보며, 입술에 손가락을 얹고 말했습니다. "또 없는 것 같네요. 기다려주세요."

그는 다른 방으로 통하는 문을 열었습니다. 작은 저장 공간에서는 사일로와 그 안에 보관된 닭 사료 자루에서 나는 악취가 풍겼습니다. 옥수수로 가득 찬 사일로는 나무 널빤지 위에 놓여 있었고, 주둥이는 공기가 통하게 하려고 열어둔 채였습니다. 서로 포개어 있는, 수수가 담긴 마대도 보았습니다.

"없습니다. 다 팔렸어요." 그가 가게로 돌아와 말했습니다. 그의 두 손은 자루와 마대를 뒤집느라 하얘져 있었습니다.

"아!" 한 남자가 말했습니다.

"하지만 끓인 사료는 좀 있어요. 수수는 싫으시대요?"

"아, 그건 많아서요." 그 남자가 말했습니다. "알았어요, 그냥 끓인 사료로 주세요." 그리고 동료와 귀엣말로 의논하더니 말했습니다. "두 자루요."

"알겠습니다." 그가 창고 안에서 외쳤습니다.

그는 쇠 그릇과 검은 비닐봉지를 가지고 가게로 돌아와, 봉지가 기대감을 품은 듯 안에서부터 부풀도록 넓게 펼쳤습니다. 하나, 하고 세면서 그는 회색 밀기울 사료를 봉지에 한 줌 퍼 넣었습니다. 그는 그 안에서 라피아야자 섬유 같은 것을 발견하고, 그걸 꺼내 문밖에 던졌습니다. 그는 한 그릇을 더 퍼서 비닐봉지에 부어 넣었습니다. 그런 다음 남자들을 올려다보면서, 손으로 한 줌을 퍼 비닐봉지에 넣었습니다.

"덤입니다." 그가 말했습니다.

"장사 잘하시네요." 그 남자들이 말했습니다.

그는 그들과 악수하고 고맙다고 인사했습니다.

가가나오구시여, 남자들이 돈을 내고 가게를 떠난 뒤, 주인은 자미케와 함께 앉아 그에게 하던 말을 계속하라고 부탁했습니다. 주인이 사료를 사러 온 사람들에게 응대하는 동안 커다란 성경책을 들여다보던 자미케는 책을 덮더니 바닥에 놓인 뒤집힌 확성기에 올려놓았습니다. 그런 다음 자미케는 팔꿈치가 허벅지에 닿도록 허리를 숙이고 말을 이었습니다.

"그녀가 정말 네 편지를 읽었다면, 지금쯤은 이 모든 걸 틀림없이 알게 됐을 거라는 말을 하고 있었어."

자미케는 아버지들처럼 말솜씨가 좋지는 않았으나, 그의 말들은 아버지들의 혀가 가진 최면의 힘을 통해 전달되었습니다. 주인은 그의 말을 아주 오래된 이야기가 천천히 정신을 채우듯, 마치 꺼져가는 석탄불의 잉걸불처럼 받아들였습니다. 이후 자미케가 성경과 확성기를 들고 복음 전도를 하러 떠났을 때, 주인은 자미케가 했던 말들을 곱씹으며 앉아서 그 말로 영혼을 위무하려 애썼습니다. 그는 잃었던 모든 자신감을 되찾았습니다. 그는 그녀가 소개해준 레스토랑인 빅스 씨네 가게에 가서 식사했습니다. 그는 식당의 깊은 구석 자리에, 그녀와 함께 앉았던 곳에 앉았습니다. 지금은 의자와 식탁이 바뀌었을 뿐이었습니다. 그런 다음 그는 거리를 따라가면 있는 전파상에 가서, 자미케가 교회에 가 있는 동안 중고 텔레비전을 한 대 샀습니다. 그는 은달리와 마침내 재회할 때를 대비했습니다. 텔레비전 한 대 없다고 그녀가 그를 놀리지 않도록 말입니다.

그날 이후 주인이 계속 원했는데도 자미케는 은달리 얘기를 하지 않았습니다. 그는 그녀가 편지 끝에 휘갈겨 써둔 번호로 전화를 걸거나 봉투에 적힌 주소로 편지를 보낼 거라고 확신했습니다. 주인도 그 말을 믿었습니다. 그는 이 말에 사로잡혔습니다. 그는 균형을 잃은 채 그녀가 무얼 하고 하지 않을지만을 끝없이 생각하며 삶을 계속했습니다. 가끔은 잠시라도 자유로워지기를, 예수 승천 십자군 행진이나 MASSOB의 다가오는 행동을 생각하기를 간절히 바랐습니다. MASSOB의 다가오는 행동이란 엘로추쿠가—그는 더이상 엘로추쿠와 가까이 지내지 않았습니다—말해준 행사로, 도시에서의 폭동으로 번질 수도 있었습니다. 그는 이 모든 것들을 밀어내고 대신 은달리가 그의 편지를 읽었으며 그를 만나고 싶어 한다고, 혹은 그녀가 편지를 읽었으나 거기에 적힌 말을 한마디도 믿지 않는다고 생각했습니다. 아마 그녀는 그 모든 일이 벌어지는 건 불가능하다고 생각했을지도 모릅니다. 어쩌면 그가 모든 것을 지어내고 있다고 생각했을지도요. 아니, 어쩌면 그녀는 편지를 조금만 읽고 나머지는 전혀 보지 않은 채 다 찢어버렸을지도 몰랐습니다. 아예 읽지 않았을지도 모릅니다. 어쩌면 그녀는 편지를 찢어버렸고, 배달부는 그녀가 다른 무언가를 읽는 걸 보고서 그게 그의 편지라고 착각했을지도 몰랐습니다. 그녀가 편지를 읽었다고 해봅시다. 정말이지, 도저히 말은 되지 않지만, 그녀가 편지를 읽고 그게 전부 사실이라고 생각했지만 이젠 너무 늦었다고 생각한 것이라 해봅시다. 이제 그녀는 결혼해서 그 남자와 떼어놓을 수 없는 사이가 되었습니다. 그들은 하나가 되었고, 그 무엇도 그들을 갈라놓을 수 없습니다. 그 남자는 그녀와 4년 동안 함께 잤습니다. 매일, 주인보다 훨씬 많이요. 너무 늦었습니다. 너무, 너무 늦었습니다.

이런 불확실성, 이런 두려움으로 머릿속이 너무 긴장되었기에, 주인은 그녀가 편지를 어떻게 했을지 생각하다가 병이 났습니다. 자미케의 기나긴 연설 이후 네 번째 날 밤, 그는 너무 병약해져 침대에서 일어나지 못했습니다. 비도 도움이 되지 않았습니다. 비가 너무 세차게 내려, 그의 아파트 지붕을 계속해서 두드려댔던 것입니다. 하여, 주인은 아침이 밝은 뒤 한참이 지나서까지 깨어 있었습니다. 몇 차례 천둥이 쳤고, 저는 밖으로 달려 나가 그것을 보았습니다. 젊은 천둥, 아만디오하가 무기로 썼던 그런 천둥이었습니다. 천둥이 친 뒤에는 번개가 지평선의 얼굴을 내리쳤습니다. 푸른 빛을 내는 가느다란 나뭇가지 같은 모습이었습니다. 하늘의 배 속에서 우르릉거리는 소리가 너무 시끄러웠습니다. 소리가 아닌 보이지 않는 물체로 바뀐 것 같았지요. 그 이빨이 흰 빛으로 번쩍였습니다. 아침에는 비가 너무 많이 내려 땅에 어떤 움직임이 있는 것처럼 보였습니다. 마치 세상이 줄어들어 모든 것―사람, 짐승, 새, 나무, 건물―을 우글우글 실은 채 어떤 해안으로 떠가는 방주가 된 것 같았습니다.

그는 그날 대부분을 집에서 나서지 않고 은달리를 잃었다는 생각으로 괴로워하며 누워 있었습니다. 생각과 상상 사이에서 생생한 장면들이 떠올랐습니다. 그는 일어나 방 안을 걸어 다녔습니다. 그는 자신을, 거울 속에 비친 얼굴과 입을 들여다보았습니다. 그는 은달리에 관한 어떤 기억을 품었습니다. 이제는 시간에 의해 무뎌지고 흐려진, 그들이 사랑을 나누는 기억이었습니다. 그러다가 그는 같은 자리에 있을 새 남자를 생각하곤 했습니다. 그러자 죽을 것만 같았습니다. 탐나는 폭력의 모습이 짐승처럼 시야에서 튀어나와, 그의 괴로운 머릿속에서 울부짖곤 했습니다.

오세부루와시여, 이번에는 저도 그에게 무슨 말을 해야 할지 몰랐습니다. 그가 은달리를 다시 보기 전의 세월 동안 저는 항상 그에게, 그가 어린 시절에 좋아했던 이야기에 나오는 고대의 백인 남자 오디세우스처럼 믿음을 가지라고 말해주었습니다. 그 이야기에서는 그 남자가 화난 신 때문에 아내에게 돌아가지 못합니다. 저는 주인에게 계속 이 이야기를 해주곤 했습니다. 그 남자가 결국은 아내와 재결합하게 되지 않았느냐고 말이지요. 하지만 주인의 여자는 다른 남자에게 무릎을 꿇었으니 이 이야기를 다시 해줄 수는 없었습니다. 저는 그에게 이 이야기를 지금 다시 일깨우는 것은 오히려 그를 패배감으로 가득 채우는 일이 될까 봐 두려웠습니다. 어떻게든 그를 도와줄 방법이 전혀 떠오르지 않았습니다. 저는 그에게 그녀를 사랑하지 말라고 만류하는 것이 무의미하다는 것을 알고 있었으며, 제안만을 할 수 있었습니다. 그의 의지는 단호했습니다. 이제 그가 느끼는 것에는 뭔가가 더 있었습니다. 그것은 단지 사랑만이 아니었고, 그녀를 되찾고 싶다는 것만도 아니었습니다. 그녀의 거절에 그간의 고통이 모두 무의미한 것이 되었다는 기분이 들기도

했습니다. 그는 은달리가 그 고통을 인정해주기를, 그에게, 그녀를 위해 망가진 남자에게 양보해주기를 바랐습니다.

그는 벽에 걸린, 유리가 없는 작은 벽시계의 시곗바늘이 오후 4시 정각을 가리키고 있을 때 일어나 이를 닦고, 농장 밖에 흐르는 도랑에 양칫물을 뱉었습니다. 이웃 한 명이 공용 욕실에 있어서 물이 철벅거리는 소리가 그에게까지 들려왔고, 거품이 배수구 이쪽저쪽을 흘러 다녔습니다. 그는 전날 사서 먹고 남은 빵을 두 입에 우적우적 먹어치운 다음 옷을 입고 집을 나섰습니다.

그는 비가 농장 밖에 피오르를 만들어놓은 것을 보았습니다. 에그부누시여, 감옥에서 보낸 그의 나날들 이래로 제가 주인의 몸을 떠나는 빈도를 아주 극적으로 줄이기는 했지만, 저는 전날 밤 천둥을 보려고 그랬듯 비를 보려고, 그가 깊이 잠들어 있을 때 비로 몸을 씻으려고 밖으로 나갔습니다. 저는 그날 밤 오랜 시간을 그곳에서 온갖 종류의 수많은 다른 영혼과 함께 벤무오 하늘 냄새를 들이마시며 보냈습니다. 저는 폭풍 때문에 어떤 영혼도 들어가 살거나 해칠 만한 몸을 찾아 돌아다니지 않을 거라고 확신했습니다. 그리고 주인이 그의 아파트를 떠나던 때에는 비의 효과를 직접 볼 기회가 있었습니다. 점토로 이루어진 땅은 물러져 있어서, 그가 걸어가자 신발이 땅에 작은 바퀴 자국을 냈습니다. 그가 사는 아파트 블록 건너편, 니스칠하지 않은 붉은 벽돌로 지은 집 한 채는 이제 흙으로 된 지층 위에 위태롭게 서 있었습니다.

그는 바짓부리가 진흙탕으로 물든 채로 약국 근처에 도착했습니다. 얼굴은 선글라스로 가리고 있었습니다. 커다란 신발 가게가 있는 길 건너편에서, 그는 대체로 검은 조끼를 입고 있으며 비아프라 깃발을 들고서 다른 방향으로 걸어가는 엘로추쿠와 일단의 남자들을 보았습니다. MASSOB였습니다. 그들은 시위를 하는 게 아니라 그냥 걷고 있었는데, 몇몇은 막대를 들고서 자동차들을 다른 방향으로 보내고 있었습니다. 그는 그 가운데에서 엘로추쿠를 보았는데, 엘로추쿠는 이 소요에 정신을 빼앗긴 채였습니다. 주인은 고개를 젓고 약국으로 걸어갔습니다.

그리 멀지 않은 곳에 도착했을 때, 주인은 자동차 한 대가 그 앞에 서 있는 것을 보고—그녀가 그의 집으로 타고 오곤 했던 것과 자동차였기에—그것이 은달리의 자동차라는 걸 알아보았습니다. 그는 자동차 뒤쪽 창문에 붙은 작은 포스터를 보자 다시 모든 자신감을 잃고서, 자신이 여기에 왜 왔는지 의아하게 여기기 시작했습니다. 이제 무얼 해야 할지 알 수가 없었습니다. 저는 그의 정신 속에 경고를 집어넣었습니다. 더는 그녀를 만나려 들지 말아야 한다던 자미케의 말이었습니다. "그러지 마, 차차, 부탁이야. 하느님의 아들 예수님의 이름으로 빌게. 은달리가 결혼해서 널 만나고 싶지 않다고 말하면, 일단 용서를 구한 다음에는 그녀를 보내줘."

하지만 주인은 그럴 수 없었습니다. 자신에게 그러라고 시키려 해도, 그 모든 걸 포기하게 하려 해도, 무언가가 그의 발목을 잡았습니다. 그 무언가는 그녀와 재결합하고 싶다는 참담한 열망이기도 했습니다. 그의 고통과 희생을 인정받고 싶은 욕망이기도 했습니다.

그는 길 건너편에 줄지어 서 있는, 흔들거리는 탁자들 위에 파는 물건을 위태위태하게 쌓아놓은 작은 과일 행상들을 지나 걸어갔습니다. 교복을 입은 소년 두 명이 돼지 이야기를 하며 그를 지나쳐 걸어갔습니다. 그중 한 명의 등에는 가방이 열린 채 대롱거리고 있었습니다. 주인은 몇 미터 떨어진 곳의 GSM 전화 가게의 탁자에 멈춰서, 플라스틱 의자에 주인 여자와 함께 앉았습니다.

"전화하고 싶은데요." 그가 말했습니다.

"아." 그 여자가 말했습니다. "글로, MTN, 에어텔 중 어떤 걸로 드릴까요?"

"음, 글로요."

그는 여자의 전화로 자미케에게 전화를 걸었습니다. 여자의 전화 키패드는 닳아 있었습니다. 자미케가 쉰 목소리로 전화를 받았습니다. "브라더, 방금 상담을 끝냈어. 너도 오늘 일 마무리했어?"

"응." 그가 말했습니다. "우리 집에 올 수 있어? 할 얘기가 있는데."

"좋아. 저녁에 갈게."

그는 왔던 길을 그대로 되짚어가다가, 가리* 한 컵과 껍질을 깐 오렌지 한 봉지를 사려고 잠시 멈추었습니다. 그는 자미케가 도착하기를 기다리며, 은달리의 자동차 맞은편에 서 있을 때 했던 생각을 다시 떠올렸습니다. 추쿠시여, 그 이야기는 나중에 전해드리겠습니다. 주인은 그 생각을 다양하게 반복한 끝에, 그 최종적인 형태에 확신을 품게 되었습니다. 자미케가 도착했을 때는 말을 삼가지 않을 정도로 말입니다.

"이틀 뒤면 오랫동안 기도하러 간댔지? 그래서…… 얼마 동안 못

---

* 카사바 가루로 만드는 나이지리아의 주식.

만난다고?"

"40일. 우리 주 예수 그리스도께서 굶주리며 기도하신 것과 같은 날인……."

"그래, 40일." 그가 씁쓸하게 말했습니다. 그는 방 하나짜리 자기 집을 훑어보며 지난 이틀 동안 겪은 고통의 흔적을 찾았습니다. 그는 자미케에게 그 이야기를 하고 싶었지만 그러지 않기로 했습니다.

"뭐든 원하는 걸 말해봐, 솔로몬 형제. 그럼 내가 그렇게 할게. 내가 네 친구라는 건 알지?"

"다알루." 그는 자미케를 마주 보고 앉아 있던 침대에서 자세를 바로잡았습니다. 자미케는 방에 단 하나 있는 나무 의자에 앉아 있었습니다. "혼자 눴을 때보다 더 많은 거품을 낼 수 있도록 함께 소변을 봤으면 좋겠다."

"좋아, 형제." 그의 친구가 말했습니다.

정말이지, 이장고-이장고시여, 오늘날 백인의 방식으로 팔려 나가는 옛 아버지들의 아이들이 현명하고 위대한 아버지들처럼 말솜씨가 뛰어난 경우는 흔치 않습니다. 하지만 주인은 깊은 성찰에서 우러난 말을 할 때 자주 옛 아버지들처럼 웅변했습니다.

"난 네가 다시 태어나 완전히 달라졌고, 지금은 좋은 사람이라는 걸 알고 있어. 오니에-에지-오무메*가 됐지. 너는 내가 은달리를 위해 고통을 겪었지만, 이제는 은달리를 두고 떠나야 한다고 생각하지. 은달리는 결혼했으니까."

---

* 의로운 사람. (이보어)

자미케는 그가 하는 모든 말에 고개를 끄덕였습니다.

"네 얘기는 잘 알겠어. 은달리를 귀찮게 하지는 않을게. 그녀에 대한 사랑을 한 방울도 잃지 않은 건 사실이지만 말이야. 내 마음은 여전히 가득 차 있어. 너무 가득 차서 뚜껑조차 덮을 수가 없어. 내가 지금 겪는 일은, 은달리가 살아 있으면서도 나를 거부한다는 걸 아는 일은 예전에 겪었던 그 어느 일보다도 나빠."

그는 벽 거울에 바퀴벌레가 나타나는 것을 보고 잠시 말을 멈추었습니다. 그는 바퀴벌레가 날개를 펼치고 의자 뒤로 날아 내리는 것을 지켜보았습니다.

"이게 더 나빠, 브라더. 진심이야. 몸이 아니라 마음을 감옥에 가두는 짓이라고. 내 마음이 은달리한테 붙들려서 갇혀 있어." 그는 침대 가장자리로 가 벽에 기댔습니다. "M.O.G., 나는 그녀를 사랑하고 싶지 않아. 더 이상은 말이야. 은달리는 자기와 결혼하려고 가지고 있던 모든 걸 판 남자에게 침을 뱉었어. 용서할 수 없어. 그래, 용서 못 해."

말은 그렇게 했지만, 주인은 앙심을 품고서도 자신이 무엇보다도 원하는 것은 은달리를 되찾는 것임을 알고 있었습니다. 그녀와의 그 밤들을 다시 보내고 그녀와 사랑을 나누는 것 말입니다. 그는 자미케가 고개를 젓는 것을 보았습니다.

"최소한, 자미케, 나는 그녀에게 무슨 일이 일어났는지 알고 싶어. 그녀가 나를 떠나 결혼하기로 결정한 때가 언제인지 알고 싶다고. 알겠어? 나는 모든 걸 팔았어. 그녀를 위해서 떠났어. 그녀는 나를 위해서 무슨 일을 했는지 알고 싶단 말이야. 왜 그러는지 이유를 알고 싶어, 무엇 때문에 들쥐가 대낮에 거리로 달려 나갔는지."

"그래, 아주 현명해. 아주 현명해." 자미케는 주인과 똑같이 감정이 북받치는 듯 웅얼거렸습니다.

"그녀에게 무슨 일이 있었는지 알고 싶어." 그가 다시 말했습니다. 마치 그 말을 내뱉는 것만으로도 고통스러운 듯, 거의 부주의하게 말입니다. "편지를 쓰고 싶었지만, 감옥에서 편지를 부치도록 도와줄 사람을 찾을 수 없었어."

추쿠시여, 그 말은 사실이었습니다. 제가 은누쿠—에킬리라는, 그녀의 꿈에 나타나는 비범한 행동을 함으로써 주인이 그녀에게 주고 싶어 했던 정보를 전달하고 직접 은달리와 접촉하려 했던 것도 그 좌절감 때문이었습니다. 정말이지, 에그부누시여, 제가 이미 말씀드렸다시피 그녀의 치가 이 일이 일어나지 못하도록 막았나이다. 그리고 이미 말씀드렸다시피, 간수들은 편지를 보낼 수 있도록 도와달라는 주인의 요청에 대꾸조차 하지 않았습니다. 영어를 할 줄 아는 간수는 키프로스로 보내는 편지라면 도와줄 수 있지만 나이지리아로 보내는 편지라면 비싸서 도와줄 수 없다고 말했고요.

자미케는 눈에 공포감을 담고 친구를 보았습니다.

"은달리가 그 시간 동안 나를 위해 무슨 노력을 했는지 알고 싶어."

자미케는 입을 열려 했지만 그가 말을 이었습니다.

"네가 나를 도와줬으면 좋겠어. 그렇게 해줘야 해. 네가 나를 어떻게 만들었는지 보이지?" 상대는 부끄러운 표정으로 고개를 끄덕였습니다. "그러니까 날 도와줘야 해, 자미케. 네가 전도사로서 은달리 남편한테 가서, 그 사람에 관한 환시를 봤다고 해. 그 사람 인생에 대해 많이 아는 것처럼 말하라고. 예를 들면, 그 사람 아내를 안다고 해. 그녀의 과거에서 온 어떤 사람의 환시가 보였다고 하란 말이야. 한 남자가 은달리를 쫓고 있고, 남편이 기도하지 않으면 그 남자가 가족을 파괴할 거라고 해."

그는 친구를 보았습니다. 친구의 머리는 깍지 낀 손에 얹혀 있었고, 두 눈은 그에게 고정되어 있었습니다.

"알았지? 그 남자한테, 은달리가 과거에 사귄 남자에 대해서 말한 적이 있는지 알고 싶다고 해."

"은달리가 남편한테 편지 얘기를 했고, 네가 여기 있다는 것도 말했으면?" 죄의 무게에 무릎을 꿇은 것처럼 보이던 자미케가 말했습니다.

"그래서? 그래봐야 그 사람은 모를 거야, 널 내가 보냈다는 걸 알 방법이 없어. 내 얘기는 애매하게만 해. 파멸이 보인다고, 주님께서 너한테 그 남자로 인해 생겨난 슬픔과 흐느낌을 보여주셨다고 말해."

이제 그는 어두운 방 안에서 잠시 말을 멈추고, 머릿속으로 했던 말들을 다시 떠올려보았습니다. 그러자 그 말의 엄청난 규모가 새삼스럽게 느껴졌습니다. 에그부누시여, 제 주인이 하는 이 말을 부디 들어주십시오. 이것이 오늘 밤 제 증언에 중차대하며, 그가 알고서 그녀를 해친 것이 아니라는 확실한 증거이기 때문입니다.

"은달리를 해치겠다는 말이 아니야. 그건 아니야. 그런 일을 하기엔 난 은달리를 너무 많이 사랑해. 그녀에게 많이, 아주 많이 화가

나 있기는 하지만 말이야. 이상하고, 알 수 없이 뒤섞인 감정이야. 비교할 수 없을 만큼 깊은 사랑이야. 하지만 분명해. 난 그녀에게 손을 대는 사람이라면 누구라도, 그녀의 남편이라도 죽일 거야."

자미케는 불편한 마음이 긴장한 얼굴에 드러난 채로 고개를 끄덕이며 앉은 자리에서 자세를 바꾸며 말했습니다. "그렇게 할게, 네가 그렇게 해야 한다고 하니까 그렇게 할게, 브라더. 하지만 이건 죄를 짓는 일이야. 주님께서 아무 말도 하지 않으셨는데 무슨 말을 하셨다고 해서는 안 되거든." 자미케가 고개를 저었습니다. "난 그런 일을 할 수 없어, 친구. 그건 거짓말이니까. 그 남자한테는 기도를 해주고 싶다고만 말할게. 산에 갈 때 특별한 기도를 해주고 싶다고 말이야. 그러면서 부부의 과거로부터 와서 그들의 미래를 파괴하려드는 것들을 막아달라는 기도를 할 수 있도록 아내와의 관계에서 있었던 모든 일을 알고 싶다고 말할게."

주인은 어떻게 대답해야 할지 몰라 침묵을 지키며, 눈앞의 남자를 바라보았습니다.

"난 네가 다시 나아지기를 바라, 솔로몬 형제. 그래서 내가 이런 사람이 된 거야. 내가 너한테 이 모든 일을 겪게 했으니까 내가 다시 고쳐놔야 해. 그러기 위해서 이 일이 꼭 필요하다면, 갈게. 말했다시피, 약국 근처에서 일하는 사람이 말하기로는 은달리 남편이 오크파라 광장의 아프리뱅크에서 일한대. 내가 그리로 가서 그 사람을 만나겠다고 할게. 그 사람 이름은 오그보나 에노카야."

주인은 고개를 끄덕였습니다. 다시, 마음이 바닥에 눌어붙었습니다.

나중에 자미케를 집으로 태워다주는 그의 영혼은 진정했고, 그녀의 사연을 듣게 된다는 기대감이 그를 낫게 했습니다. 그는 그날 밤 푹 자고 일어나 다음 날 일찍 가게로 갔습니다. 이웃들은 아주 많은 사람이 그를 찾으러 왔었다고 전해주었습니다. 그는 손님 몇 명에게 연락하고, 오전 내내 그들에게 수수 자루를 배달했습니다. 아침에 약간 소나기가 내린 뒤 해가 뜨자, 그는 대규모 영계 사료 공급자인 아그밤 사료 회사에서 나온 트럭과 함께 가게로 돌아갔습니다. 사료 회사 사람들이 그의 가게에 짐을 부릴 때 자미케가 전화했습니다. 주인은 떨리는 손으로 전화를 받았습니다.

"그 사람하고 얘기를 나눴어, 형제. 잘 모르겠지만, 설득할 수 있었던 것 같아. 스텔라 자매님이랑 같이 갔었어. 코트 주머니에 목사 배지를 달고 말이야."

"알겠어."

"가서 얘기해주고 싶은데. 인사도 할 겸해서. 산에서 돌아올 때까지는 너를 못 만날 테니까."

"그래, 그래. 꼭 와."

"저녁에 갈게." 자미케가 말했습니다.

"지금은 왜 안 되는데?"

"갈게, 브라더. 저녁에 갈게."

오세부루와시여, 사람이 병에 걸려 치유사를 데려오라 하였고 치유사가 오고 있다는 말을 들었다면, 그는 다가오는 치유사의 발걸음을 세기 시작합니다. 저는 기대가 사람에게 무슨 일을 하는지 이야기한 적이 있으며, 그런 일을 여러 번 보았습니다. 주인은 그날 저녁 자미케가 오기만을 손꼽아 기다렸습니다.

"그 사람 사무실에 갔을 때는 겁이 났어." 자미케가 입을 열었습니다. "그리스도 안에서 나의 자매가 된 스텔라에게도 거짓말을 하고 말았어. 나는 죄를 짓고 있었어."

"그래, 그래. 알아."

"하지만 널 위한 일이니까, 솔로몬 형제. 그래서 나는 들어갔어. 그 사람은 잘생긴 사람이었어. 키가 크고, 머리는 제리* 스타일이었어. 이름은 오그보나 에브라임 에노카. 에브라임이 세례명이야. 그 사람은 자기 할아버지가 탄지 신부의 형제라고 했어. 스텔라 자매님도 같이 앉아 그 사람을 위해서 기도했어. 그런 다음 내가 그 사람한테 예언을 믿느냐고 물었어. 그 사람은 믿는다고 하더라. 안 믿을 이유가 뭐냐고. '전 기독교인 아닙니까? 신앙심은 있지만 그 신앙에서 나오는 힘을 부정하는 사람들은 부끄러워하라고 성경에 적혀 있지 않은가요?' 나는 그 말을 고쳐줬어. '디모데후서에 나오는 말씀입니다. 경건의 모양은 있으나 경건의 능력은 부인하니 이 같은 자들에게서 네가 돌아서라.'**

그 사람은 이보 말로 '아, 그거군요'라더니, 다시 영어를 썼어. '저는 하느님의 힘을 믿습니다.'

'잘됐네요, 형제님. 그럼 말씀드리겠습니다. 저는 어제 이 은행을

---

* 1980년대 아프리카계 미국인들 사이에서 유행했던 파마.
** 디모데후서 2장 3절.

지나가며 성령 안에서 기도하고 있었습니다. 그런데 주님께서, 여기에는 오그보나라는 남자가 있고 그의 아내가 위험에, 진정한 위험에 처해 있다고 말씀하셨습니다. 적이 부부의 문 앞에 나타나 문을 두드리고 있다고 말입니다.'

'하느님께서 그 사람의 이름이 오그보나라고 말씀하셨나요?' 그가 말했어.

'네, 그렇습니다. 아버지께서는 제게 성이 아닌 이름만을 알려주셨어요.'

'그렇군요.'

'여기에 다른 오그보나가 있나요?'

'아뇨, 제가 알기로는 저뿐입니다.'

'우리가 여기에 앉아 있는 지금 이 순간, 제 영혼도 그렇다고 확인해주는군요. 아주 오랜 옛날, 유대 지파의 사자가 당신이 바로 그 사람이라고 말하는 소리가 들립니다. 오래된 불길이 당신의 아내에게 다가왔고, 당신의 결혼 생활을 망칠 수 있어요.'

'세상에, 예수님!' 남자가 말했어. 머리 위에서 손가락을 꺾어댔지. '하느님께서 나쁜 일들을 막아주소서.'

'네, 형제. 그럼 제게 말씀해주실 수 있을까요? 아내를 불쾌하게 했던 남자가 있는지 말입니다. 누구라도요.'

그 사람은 이 말에 혼란스러워하는 것 같았어. 표정에서 보이더라. 그 사람은 잠시 생각하더니 말했어. '아뇨, 없습니다.'

'아내를 따라다니는 남자도 없고요?'

'네, 없는 것 같은데요. 아내는 아이까지 있는 유부녀입니다.'"

자미케가 이어 말했습니다. "그때, 형제, 나는 이 남자가 너에 대해서는 아무것도 모른다는 걱정이 들었어." 그의 말을 은달리 남편의 말과 구분하려 노력하던 주인은 자미케가 다시 아버지들의 언어를 쓰는 게 거슬렸습니다.

"내가 다시 물었어. '오그보나 씨, 아내가 오그보나 씨에게 이야기했던 남자가 한 명도 없습니까?' 그랬더니 그 사람이 나를 봤어. 표정이 변하면서 말했지. '아뇨, 하느님 앞이니까, 그저 하느님 앞이니까 말씀드리겠습니다. 이건 비밀이니까요.' '걱정 마세요. 하느님의 종에게 말씀하십시오.' 내가 말했어. '아내는 자기를 떠나 해외로 가버린 어떤 남자와 결혼할 뻔했습니다.' 그가 말했어. '그 남자가 아내에게 이런 짓을 한 두 번째 사람이었죠.' '그래서, 그 남자는 사라졌습니까?' 내가 물었어. '네, 이후로는 아무도 그 사람 소식을 듣지 못했습니다. 제가 아는 건 그게 전부입니다.' 나는 말을 하고 싶었지만, 스텔라 자매가 말했어. '그럼 아내가 다시는 그 사람을 본 적이 없다는 말씀이신가요?' '제가 아는 건 그게 전부입니다, 하느님의 사람이시여.' 오그보나가 말했지.

형제, 나는 더 압박하면 그 사람이 의심스러워할지도 몰라 겁이 났어. 그래서 기도하자고 했어, 내가 산으로 가서 기도를 할 거라고, 하지만 아내와 이야기를 해서 아내를 쫓아다니는 남자가 있는지 알아봐야 한다고 말이야."

"그래. 자미케. 근데 이걸로는 충분하지 않아." 주인이 말했습니다.

"하지만……."

"그 사람이 네가 떠나 있을 때 은달리한테 물어보면? 그리고 혹시……."

이웃이 오토바이를 타고 들어와 주차를 하느라 부르릉 소리를 냈기에 그는 말을 멈추었습니다. 오토바이 헤드라이트가 커튼 너머로 두 줄기 빛을 쏘아 방을 밝히며 그들의 그림자를 벽에 철벅 튀겼습니다. 마치 짙은 검은색 잉크로 서예를 한 것 같았지요. 시동이 꺼지고 그와 함께 불도 나가자 그가 말을 이었습니다. "그 사람이 네가 떠나 있을 때 은달리한테 물어보면?"

"은달리가 그 사람한테 말할 것 같지는 않아. 내 생각에, 은달리는 분명 그 사람이 많이 아는 걸 바라는 것 같지 않거든." 자미케는 모기를 잡느라 다리를 철썩 후려쳤습니다. "그 사람이 물어볼 것 같지도 않고."

"그래." 그가 다시 말했습니다. "하지만 하느님의 사람이 그 사람한테 얘기를 꺼낸 다음이잖아. 그러다가 은달리가 말하기로 하면?"

자미케는 잠시 그 생각을 해보았습니다. "그럼 내가 알아볼게. 내가 돌아와서 알아볼게. 넌 네가 떠난 다음 은달리가 무슨 일을 했는지만 알고 싶은 거잖아? 그 정보가 있다고 네가 뭘 할 건 아니라는 얘기지, 그냥 알려는 것뿐이고."

그는 그렇다고 말했습니다.

"그럼 내가 알아볼게. 걱정 마, 형제."

자미케는 집으로 돌아가기 전에 교회에 들르겠다고 했습니다. 그들이 밖으로 나갔을 때는 이미 날이 어두워진 다음이었지요. 그들은 학교에서 집으로 터덜터덜 돌아가는, 몇 명씩 무리 지어 길을 건너는 아이들을 지났습니다. 한 소년이 공용 배수로 위로 허리를 숙이더니 기침을 하면서 그 안에 토했습니다. 친구들이 그를 부축하며 계속 안타까워했습니다. 어른 한 명이 멈춰 서서 아픈 아이에게 물을 주라고 했습니다. 주인과 그의 친구는 아이를 안타까워했습니다. 그런 다음 자미케가 아이의 머리에 손을 얹고 방언을 하기 시작했습니다. 방언이란, 제가 이해하는 바로는 백인 종교의 기이한 측면으로서, 오디날라의 아파, 즉 주문과 같은 것입니다. 자미케는 그 일을 마치고 다시 백인의 언어로 돌아갔습니다. "감사합니다, 주님, 여호와-이레, 위대한 치유자, 여호와-샤먼이시여. 이 작은 아이를 치유해주셔서 감사하나이다."

오카아오메시여, 주인은 자미케를 통해 받은 은달리의 정보를 가지고 자기 아파트로 돌아갔습니다. 그날 아침 직접 만들었던 잡탕밥을 냄비에 데우면서 생각에 잠겨 있었지요. 냄비가 쉭쉭대며 천천히 살아나자 등유 주변으로 곤충들이 모여들었습니다. 그가 스토브에서 냄비를 내리려는데 전기가 복구되었다가 거의 갑작스럽게 다시 꺼졌습니다. 그는 음식을 가지고 방으로 돌아가 천천히 먹으며, 그녀가 왜 남편에게 그가 그냥 사라져버렸고, 그녀는 그에게서 아무 말을 듣지 못했다고 말했을지 생각했습니다. 어떻게 그가 그냥 사라져버릴 수 있단 말입니까? 어떻게요? 디메지가 그의 메시지를 전해주지 않은 걸까요? 그는 선고를 받기 직전에 디메지더러 은달리에게 연락을 해달라고 부탁했습니다. 토베에게도 그렇게 해달라고 부탁했습니다. 그녀는 그에게 무슨 일이 벌어졌는지 전혀 듣지 못한 걸까요? 주인은 그건 별로 가능성이 없는 일이라고 결론을 내렸습니다. 그녀는 소식을 들었고 그에 대해 알고 있으면서도 남편에게 정보를 숨기고 있을 확률이 아주 높았습니다. 그것이 그를 매우 당혹스럽게 만들었습니다. 왜 남편에게 이 사실을 숨기고 있는 걸까요?

이럴 때는 신중해야 합니다. 절망적인 상태에서는 그의 정신이 아주 많은 답을 떠올리니까요. 사람에게는 비이성적일 수 있는 부분, 그를 편안하게 해줄 목적으로만 존재하는 부분이 있습니다. 그러므로 이런 상황에서는, 그 부분이 어디든 손 닿는 대로, 나무의 가장 낮은 나뭇가지로 손을 뻗어 그것을 꺾어 듭니다. 치가 해야만 하는 일은 가장 합리적인 의견을 집어 들어 다른 생각을 누르는 것입니다. 그러므로 그날 저녁 그에게 찾아왔던 수많은 가능성 중에서 저는 은달리가 그저, 그가 방금 보낸 편지를 받기 전에는 편지를 한 통도 받지 못했으리라는 생각을 골랐습니다. 하지만 그가 내린 결론은 달랐습니다. 주인의 결론은 그녀가 남편을 속이기 위해 그가 사라졌다고 말했다는 것이었습니다. 실제로는 아직 주인을 사랑하면서도, 남편에게 더는 그를 원하지 않는다고 생각하도록 만들려고 말입니다.

24장
조난자

아그밧타-알루말루시여, 그 무엇도, 상대방이 알아주지 않는 사랑
보다 사람에게 큰 손상을 주지는 않습니다. 은달리는 어떻든 물에
빠져 죽지 않았을 거라고 말했지만, 처음 그녀가 마음을 열게 된 건
그녀를 다리에서 내려오게 하려고 베푼 자비로운 행동 때문이었습
니다. 그런데 이제 그녀는 은행에서 일하는, 주인이 그녀에게 해준
희생에 대해서는 아무것도 모르는 남자에게 마음을 빼앗겼습니다.
주인으로서는 견딜 수 없는 일이었습니다. 그는 자미케의 말을 들
은 이후 며칠 동안 실의에 빠져 있었습니다. 자미케가 떠나 있는 그
다음 주 동안 그는 그녀를 쫓겠다는 집착에 사로잡혀 있었습니다.
처음에는 일도 하러 가고 가게에 집중하려 애쓰면서 그 집착과 열
심히 싸웠으나, 매일 문을 닫은 이후에는 약국 근처로 가 길가에 차

를 댔습니다. 그리고 그 관찰 지점에서, 짙은 선글라스 뒤에 얼굴은 감추고, 멀리서 잠시 약국을 바라보았습니다.

가끔은 7월의 비가 그의 시야를 흐렸고, 그는 아무것도 보지 못한 채 앉아 있곤 했습니다. 그러다가, 심장이 납덩이처럼 무겁게 느껴질 만큼 오랫동안 그녀를 감시하며 그녀에 대해 생각한 이후에, 그는 약국에서 걸어 나오거나 파란 자동차를 타고 멀어져가는 그녀의 모습을 잠깐 보곤 했습니다. 그녀를 잠시 보는 것만으로도 그는 항상 어느 정도 안도감을 느끼며 집으로 돌아갈 수 있었습니다. 그녀는 항상 흰 가운을 입고 있었습니다. 뭐든 그 밑에 받쳐 입은 옷이 드러나는 채로 말입니다. 대부분은 셔츠와 스커트 차림이었습니다. 가끔은 앙카라 프린트 블라우스나 원피스를 입었습니다. 그녀를 보았던 그 나날 동안, 주인은 집으로 돌아가 자신에게 그녀가 얼마나 아름다운지, 그녀의 머리카락이 어떤 모습이었는지, 그녀의 손톱은 무슨 색깔이었는지 말하곤 했습니다. 한번은 그녀가 손톱을 파랗게 칠한 적이 있었습니다. 주인은 그녀가, 차 안에 있는 모자와 선글라스를 쓴 남자가 그러는 걸 눈치채지 못하고 그의 자동차를 가까이에서 지나갈 때 그것을 볼 수 있었습니다. 그녀는 주인이 매니큐어의 강한 향에 숨 막혀 하는 것을 원하지 않았기에 뜰의 벤치에서 식물 껍질로 손톱을 칠하곤 했습니다. 주인은 그 모습을 지켜보았던 일을 생각하며 서 있었습니다. 한번은 그녀가 흰 닭에게 손톱을 문지르는 바람에 녀석의 깃털에 색깔이 남아버렸습니다. 지울 수 없는 붉은 얼룩이었습니다. 그것 때문에 그녀는 눈물이 날 때까지 심하게 웃었습니다.

그는 집으로 돌아갔고, 그녀와 연락하기를 고대했습니다. 그는 모든 가능성을 생각했습니다. 그녀를 보면 볼수록 그녀와 가깝게 지내던 기억이 더욱 많이 떠올랐고, 어느새 욕망도 깊어지기 시작했습니다. 뭘 어떻게 해야 할까요? 주인이 다가가면 그녀는 다시 한 번 그에게 모욕을 줄 것이고 아마 그를 싫어하게 될 것이었습니다. 그녀는 그의 편지를 읽었고, 그가 겪은 모든 일을 보았지만, 아무 후회를 보여주지 않았습니다. 이런 생각을 하려 하면, 그의 기분은 욕망에서 분노로, 그다음에는 억울함으로 바뀌곤 했습니다. 그는 이를 악물고 발을 구르며 분노로 떨었습니다. 이런 기분에 잠들었다가 다음 날에 일어나 같은 일과를 살곤 했지요. 저녁에는 그녀를 볼 방법을 생각해냈다는 위안을 품고 약국으로 갔다가, 이후에는 서로 모순되는 감정들의 소용돌이를 느끼며 돌아오는 것입니다.

그러던 어느 날, 그는 자동차를 타고 가는 그녀를 따라갔습니다. 그녀가 무엇을 할지 궁금했습니다. 그녀에게 애인이 있을지도 모른다는 생각이 그의 머릿속에 날아들었기 때문이었습니다. 그녀는 학교로, 사립 초등학교로 차를 몰아갔습니다. 학교 정문에서 그녀의 아들이 기다리고 있었지요. 그는 옆길에서, 200미터 떨어진 곳에 주차된 그의 자동차 안에서 그 모습을 지켜보았습니다. 그는 소년의 귀를 알아보았습니다. 피부색이 은달리와 닮아 있었습니다. 그는 둘을 따라 그들의 집까지, 팩토리가(街)에 웅장하게 서 있는 중층형 아파트까지 갔습니다. 그 집에는 울타리가 처져 있고 울타리만큼 높은 정문이 있었습니다. 그는 집에 가로막혀 멈춰 선 다음, 덤불이 웃자란 주변 부지를 살펴보았습니다. 포장되지 않은 길 건너편에는 작은 의원처럼 보이는 것 앞에 식품 상점이 있었습니다. 거기에서 몇 미터 떨어진 곳에는 한 여자가 질경이, 얌, 아카라를 매일 저녁 튀기는 오두막이 있었고요. 그는 새로 알게 된 정보로 무얼 해야 할지 모른 채 자기 아파트로 돌아갔습니다.

자미케가 없는 첫 주가 끝날 때쯤 금요일이 되었을 때 그는 일하러 갈 수가 없었습니다. 전날 밤의 억울함이 다음 날까지 이어졌고, 자기도 모르는 사이 그녀의 거부가 불러일으킨 고통에 흐느끼고 있었으니까요. 에그부누시여, 제가 주인에게서 본 것은 기이하고도 소름 끼치는 것이었습니다. 사랑의 잘 알려진 마법, 부패해갈 때에 오히려 잘 살아 번성하는 그런 것이었지요. 그는 그날 은달리가 약국에서 걸어 나오면 그녀에게 다가가 말을 걸겠다고 다짐했습니다. 그래서 그날, 그는 차에서 내려 길 건너편에서 GSM 가게를 운영하는 여자와 함께 앉아 있기로 결정했습니다. 그가 서비스 전화기를 만지작거리고 있을 때, 여자가 그에게 항상 주차된 자동차에 앉아서 약국을 보고 있는 사람 아니냐고 물었습니다. 주인은 깜짝 놀랐습니다.

"날 보고 있었어요?"

여자는 웃으며 놀리듯 손뼉을 쳤습니다. "당연하죠. 매일, 매일 오잖아요. 어떻게 못 보겠어요? 어쩌면 약국에 있는 사람들도 당신을 봤을지 몰라요."

그는 가만히 앉아 있었습니다. 그는 거리로, 소 떼를 막대로 후려치며 몰고 가는 목동에게로 돌아섰습니다.

"내 질문에 대답 안 했는데." 여자가 다시 말했습니다. "왜 늘 그런 일을 하는 거예요?"

주인은 놀라서 이 일을 계속할 수는 없다는 것을 깨달았습니다.

"하지만 항상 선글라스를 쓰고 있는데 어떻게 절 아세요?" 그가 말했습니다.

"당신이 방금 그 자동차에서 내리는 걸 봤으니까요."

"알았어요. 제가 전에 저 약사랑 결혼했었거든요." 그가 말했습니다. 그런 다음 그는 약사의 지금 남편이 그녀에게 주주 주문을 걸어 그녀를 빼앗아 갔다는 거짓말을 했습니다. 잘 속는 그 여자는 주인을 가엾게 여기고, 그를 위로하려고 자기 손으로 그의 손을 쓸었습니다. 그때까지는 아무것도 느끼지 못했던 주인은 그녀의 몸이 자기 몸에 닿자 문득 그녀에게 매력을 느꼈습니다. 저는 이 상황을 서둘러 이용함으로써 은달리에 대한 그 지속적이고도 파괴적인 집착으로부터 주인을 멀어지게 하고자 이 여자라면 가질 수 있을 거라는, 이 여자라면 언제까지나 그를 사랑할 거라는 생각을 그의 머릿속에 비추었습니다. 이런 생각들이 그의 머릿속에서 떠돌아다니는 동안 그는 그녀를 자세히 살펴보았습니다. 생김새는 평범했습니다. 싸구려 옷을 걸쳤고, 피부는 거칠었으며 가난에서 오는 어둠으로 덮여 있었습니다. 하지만 오늘 그녀는 평소보다 옷을 잘 입고 있었습니다. 괜찮은 블라우스와 짧은 스커트를 입고 있었으며 머리카락은 파마를 하고 있었지요.

그는 그녀가 전화를 걸거나 핸드폰을 충전하고 싶어 하는 사람들에게 응대하는 동안 자리에 앉아서 그 여자를 지켜보았습니다. 방종한 욕망의 갑작스러운 전이에 깜짝 놀란 채로 말입니다. 그는 발기했습니다.

"오늘 당신을 집으로 데려가고 싶다는 생각이 드네요. 당신이 우리 집을 알게 되고, 우리가 좋은 친구가 될 수 있도록 말이에요." 그가 말했습니다.

여자는 미소를 지었으나 그를 보지 않았습니다. 그녀는 카드들을 만지작거리며 착착 쌓아 고무줄로 묶었습니다.

"절 알지도 못하잖아요." 그녀가 말했습니다.

"가기 싫어요? 알았어요, 이름이 뭐예요?"

"그런 말은 아니고요." 그녀가 말했습니다. "이름은 치딘마예요."

"전 논소예요. 그럼 갈 거죠, 치딘마?"

"알았어요, 그럼 문 닫은 다음에요."

아카타카시여, 그는 여자가 가게를 닫을 때까지 머물다가 그녀를 차에 태워 자기 집까지 데려갔으며, 가는 길에 몰타 기네스 두 병을 사러 잠시 멈추었습니다. 저는 일이 풀리는 것을 보고 싶어서, 어떻게 끝날지 알고 싶어서 처음에는 도망치지 않았습니다. 제가 도움을 주어 일어난 일이기는 했지만, 저는 이 새로운 현상을 이해하고 싶었습니다. 방금 전까지만 해도 한 여자에 대한 엄청난 욕망에 수척해져가던 남자가 갑자기 똑같은 강도로 다른 여자 때문에 타오르고 있었으니 불가사의한 일이었습니다. 여자는 그에게 아내를 계속 찾을 것인지, 아니면 자신을 대신 원할 것인지 물었을 뿐—이 질문에 그는 "대신 당신을 사랑할 거예요"라고 말했습니다—아무 저항이 없었습니다. 그는 굶주린 듯, 거의 그녀의 옷을 찢어발기다시피 했습니다. 그는 그녀의 브래지어에 손을 쑤셔 넣고 미친 듯 서두르며 그녀의 가슴을 들이마셨습니다. 주인은 벌거벗은 여자를 만지기는커녕 본 지도 너무 오래되어, 그녀의 다리 사이에 이르렀을 때는 이미 정신이 멍해져 있었습니다.

제가 예기치 못한 일이 펼쳐질 거라는 확신을 품고 그의 몸을 떠난 것이 바로 이 순간이었습니다. 하지만 그날 밤 벤무오의 소란이 너무 무시무시해서, 저는 어쩔 수 없이 주인에게로 즉시 돌아왔습니다. 마치 치명적인 짐승에게 쫓기듯이 말입니다. 저는 그런 식으로 어쩔 수 없이 돌아와 성적 교감의 불가사의한 연금술을 목격할 수밖에 없었습니다. 저는 잔뜩 열이 오른 순간이라 콘돔을 쓰라는 그녀의 간청이 점점 더 고집스럽게만 들리던 순간에 돌아왔습니다. 하지만 그는 주의를 기울이지 않았습니다. "하지만 안에 싸지는 말아요. 안에 싸지는 말아요." 그가 격하게 밀어붙이자 그녀가 애원했습니다. 그의 침대가 삐걱거렸습니다. 저는 그가 소리를 내지르고 바닥에 사정하는 것을 목격했습니다.

여자는 그의 옆에 누워 그를 끌어안았지만 그는 벽을 마주 보았습니다. 심장박동이 느려지고 땀이 마르자 그는 다른 기분이 들기 시작했습니다. 그는 그날 이른 시각, 여자의 탁자에 앉아 있었던 일을 떠올렸습니다. 이제는, 에그부누시여, 그의 눈에 들어오는 모습이 달랐습니다. 달랐습니다! 그에게 여자의 얼굴에 난 얼룩들이 보였습니다. 한 군데는 벗겨져서 딱지가 져 있었습니다. 그는 여자의 빠진 치아와 가슴골 위쪽에 흉터처럼 보이는 무언가가 생각났습니다. 그는 그녀의 손톱이 더럽다는 것을, 그녀가 그 손톱으로 눈의 진물을 떼어내던 것을 생각했습니다. 그는 사랑을 나누려고 누운 여자의 배 속 어둡고 깊은 곳과 그녀의 성기라는 요새를 생각했습니다. 그는 물러나 침대에서 내려간 다음 창을 열고 위를 올려다보며 은달리의 몸을 다시 떠올렸습니다. 그는 은달리가 자기 성기를 빨아달라고 고집을 부리던 것을 떠올렸고, 당시 그를 사로잡았던 혐오감을 떠올렸습니다.

그가 다시 방으로 돌아섰을 때 여자는 이불로 몸을 덮고 있었습니다. 그의 내면에서 분노가 치솟았습니다. 그도, 그의 치인 저도 정확히 알 수 없는 어떤 이유로 그는 자기가 그녀를 증오하고 있다는 걸 알게 되었습니다. 그는 의자에 앉아 반쯤 마셨던 몰트를 마저 마셨습니다.

"집에 갈 거예요?" 그가 말했습니다.

"네?" 그녀가 일어나 앉으며 말했습니다.

그는 그녀를 바라보았습니다. 그녀의 추함이 더욱 두드러졌고, 그는 후회에 몸부림쳤습니다.

"여기서 자고 싶은 거냐고 했어요. 그냥 알고 싶어서."

"아, 절 보내시려는 거예요?" 그녀가 말했습니다. 목소리가 거의 갈라졌습니다.

"아니, 아뇨. 가고 싶으냐는 거죠."

그녀가 고개를 저었습니다. "당신은 원하는 것을 얻었으니 이제 집에 가라는 거예요?"

그는 아무 말 없이 그녀를 빤히 보았습니다. 자신의 갑작스러운 잔인함에 놀라서 말입니다.

"오 디 은마.*" 여자가 말하더니 손가락을 꺾었습니다.

---

* 알았어요. (이보어)

그는 그녀가 브래지어를 다시 차는 것을 지켜보았습니다. 그녀의 등에 있는 줄은 거의 보이지 않았습니다. 눈에 띄게 살이 통통해 가려졌습니다. 속으로, 그는 설명할 수 없는 방식으로 더럽혀진 것 같은 기분이 들었습니다. 이제 다른 여자를 알게 되었으니, 그의 눈길만 닿아도 은달리는 부정을 타게 될까요? 두려움이 분노와 섞여 치솟았습니다. 그는 눈을 감았고, 여자가 옷을 다 입은 게 언제인지도 알지 못했습니다. 그는 문소리를 듣고 망상에서 깨어났습니다. 그는 발을 쿵 구르며 일어났으나 그녀는 나가고 없었습니다. 그는 어둠 속을 맨발로, 셔츠도 입지 않고, 방문도 잠그지 않고 그녀를 따라가며 그녀의 이름을 불렀습니다. "치딘마, 치딘마, 기다려, 기다려요." 하지만 그녀는 기다리지 않았습니다. 그녀는 아무 말도 하지 않고 흐느끼며 계속 갔습니다.

그는 돌아와 앉았습니다. 여자의 냄새만이 방에 남아 있었습니다. 그는 무엇을 느껴야 할지, 그가 여자를 서툴게 다룬 방식을 후회해야 할지, 아니면 그 자신의 불가사의한 유린에 분노를 느껴야 할지 몰랐습니다. 그는 한 시간 정도가 지나가기를 기다렸다가 여자에게 전화를 걸었으나 여자는 받지 않았습니다. 그는 미안하다는 메시지를 보냈습니다. 그녀가 답장을 보냈습니다. 절대, 다시는 내 가게에 오지 말아요! 평생! 하느님이 벌하시기를!

그를 사로잡으려는 폭력적인 생각이 경멸의 검은 날개에 실려 와 그의 머릿속에 걸터앉았습니다. 그는 그렇게 제자리에서 몸을 떨었습니다. 그는 여자의 번호를 지웠고, 그게 전부였습니다. 그날 밤, 주인이 잠들어 있을 때 영혼 둘이 싸우며 그의 집을 침입했습니다.

그것들은 벽을 뚫고 왔으나 인간의 장벽을 넘어섰다는 걸 모르고 있었습니다. 추쿠시여, 물론 이런 일은 꽤 자주 일어나지만 대부분 회상할 가치가 없습니다. 하지만 이 특별한 사건은 제 마음을 움직였습니다. 이 일을 주인의 상황에 연관 지을 수 있었으니 말입니다.

영혼 중 하나는 다른 남자의 아내를 취한 남자의 치였습니다. 다른 영혼은 그 여자의 남편의 유령이었고요. 치는 몇 년 동안이나 그 유령을 떨쳐내려 애썼고, 그 바람에 기진맥진했다고 말하고 있었습니다. "왜 그냥 쉬러 가지 않는 거야?" 치가 말했습니다. "네 주인은 내 아내만이 아니라 내 목숨까지 속임수로 빼앗았어. 그런데 어떻게 쉴 수가 있어?" 유령이 대답했습니다. "하지만 넌 쉬어야 해. 알란디이치에로 가 다른 삶으로 돌아와. 그리고 네 것이었던 걸 도로 가져가면 되잖아." 치가 말했습니다. "아니, 난 지금 당장 정의를 원해. 지금. 당장. 네 주인에게 응고지에게서 손을 떼라고 말해. 그러지 않으면 가만두지 않을 거야. 난 정의가 이루어질 때까지 계속 그자의 꿈에 나타나고, 그에게 빙의되려 하고, 그에게 환각을 일으킬 거야." "뭐, 네가 가만히 있으면 알라와 추쿠가 너를 대신해 정의를 실현해주실 거야." 치가 대답했습니다. "하지만 넌 이 일을 직접 처리하려 들잖아⋯⋯." 그들은 제가 나가라고 손짓을 하는데도 계속 대화를 이어나가며, 저나 주인은 거들떠보지도 않고 벽을 넘어 어둠 속으로 돌아갔습니다. 저는 왜 제가 이런 것을 목격했는지 몰랐습니다. 아마 당신께서 미꾸라지 같은 것을 쫓는 주인을 단념시키고자, 그가 하늘에도 땅에도 집이 없는 유령 아칼리오골리가 되게 할지도 모르는 상황을 포기하게 하시고자 충고에 박차를 가하라는 경고로서 제게 그런 것을 볼 수 있도록 허락하신지도 모르지요.

에체타오비에시케시여, 주인은 원래의 삶으로, 마음에 갈등이 있는 사람으로 돌아갔습니다. 그는 어떤 흘러 다니는 물질처럼 그의 용기(用器) 안으로 다시 흘러 들어갔습니다. 그는 약국 근처에서 죽치고 기다리는 일을 멈추고 그녀의 집으로 관심을 돌렸습니다. 그는 돌 몇 번 던지면 닿을 거리에 차를 대놓고, 그녀의 집 건너편에 있는 슈퍼마켓으로 걸어갔습니다. 그는 가게 주인과 친구가 되었습니다. 그는 비스킷과 콜라를 사서 남자가 오두막 옆에 놓아둔 단 하나의 벤치에 앉아 먹고 마시고 엉망진창인 영어로 남자와 수다를 떨었습니다. 주인은 이 관찰 지점에서 선글라스를 절대 벗지 않도록 주의하며, 처음에는 그녀가 직장에서 소년과 함께 도착하는 것을 보았고 그다음에는 그녀의 남편을 보았습니다. 이 새로운 일과를 시작한 세 번째 날에, 그는 문득 가게 주인에게 은달리의 가족에 대해서 물어봐야겠다는 생각이 들었습니다.

"오보나 씨요?" 아버지들의 언어를 할 줄 모르는 하우사족인 그 남자가 말했습니다.

"네, 오보나 씨의 아내도요."

"아, 그 부인요? 잘 몰라요. 부인은 아무 말도 안 해요, 아예. 입이 없는 것처럼 조용하기만 하죠. 여기 자주 오긴 와요."

그는 가게 주인이 얼굴 옆의 난자된 상처를 긁는 모습을 보았습니다. 한 남자가 반바지를 입고 어깨에 셔츠를 걸친 채 가게로 다가왔습니다.

"안녕하세요." 손님이 주인에게 말했습니다.

"안녕하세요, 형제."

"안녕하세요, 카우벨 분말 우유 있어요?"

"어떤 거요? 깡통으로 드려요, 봉지로 드려요?"

"봉지로요. 네 봉지 주세요. 얼마예요?"

"16나이라요. 4나이라씩 네 봉지."

남자가 떠나자 주인은 가게 주인에게 오그보나 씨와 그의 아들에 대해 아는 게 있느냐고 물었습니다.

"아, 네. 그 사람들은 잘 알죠."

에그부누시여, 주인에게 행운이라는 재능이 따른다는 말씀은 드린 적이 있습니다. 정말이지, 그에게는 나쁜 일이 많이 일어났으나, 그의 오니에우와가 치오키케의 정원에서 딴 열매는 잠재력이 큽니다. 그게 아니라면, 주인이 이곳에서의 갑작스러운 깨달음을 우연히 마주친 일을 제가 어찌 설명할 수 있겠습니까? 에제우와시여, 대체 어떻게 설명하느냐는 말씀입니다. 주인이 한 일이라고는 남자에게, 그가 가족에 대해 던진 질문에 필연적으로 뒤따르는 질문을 한 것뿐이었습니다. "아들은 걔 하나밖에 없어요?" 이 말에 남자는 이렇게 대답했습니다.

"애요? 애는 하나밖에 없어요. 치논소, 걔 하나밖에 없지."

오바시디넬루시여, 주인은 벌떡 일어났습니다. 그는 남자에게 자기 이름을 말해준 적이 없었습니다.

"어, 뭐라고요?"

"애요." 남자는 그의 반응에 깜짝 놀라 말했습니다. "애 이름이 치논소라고요."

그는 이제 가만히 서 있었습니다. 발을 움직일 수가 없었습니다. 그는 남자를 바라보고, 그다음에는 집 쪽을, 다시 남자를 바라보았습니다.

"오가, 왜 그래요?"

그가 고개를 저었습니다. "아무것도 아니에요."

남자는 다시 긴장을 풀고 '오보나 씨'가 가끔은 장을 보고 나서 거스름돈을 받아 가지 않는다는 이야기나 이드알피트르* 때 염소를 샀던 이야기를 하기 시작했습니다. 그는 반쯤 정신을 딴 데 두고 귀를 기울였습니다. 그는 자리에서 일어나 차에 타고 의식이 새로워지기라도 한 것처럼 방금 받은 정보를 받아들였습니다. 그녀가 어떻게 그의 이름을 따서 아들 이름을 지을 수 있었을까요? 어떻게?

이 생각만큼 그를 곤혹스럽게 한 것은 없었습니다. 그는 아무것도 할 수 없어 무력한 채로 앉아 있었습니다. 의문이 기만적인 단순함으로 그를 괴롭혔습니다. 답은 머리 바로 위 선반에 놓여 있어 쉽게 꺼낼 수 있을 것만 같았으나, 집어 들려고 시도할 때마다 그는 답이 사실 멀리 있다는 것을 알게 되었습니다. 그냥 손을 뻗어서는 닿을 수 없는 곳에 말입니다. 그를 가장 곤혹스럽게 했던 것이 그것이었습니다. 주인은 그날 밤 거의 자지 못했고, 일어났을 때는 생각을 너무 철저하게 검토하다가 미치는 게 아닐까 두려워졌습니다. 그는 배가 고팠고 엉망진창으로 망가져 있었으며 크게 놀라 있었지

* 이슬람교에서 종교적 단식인 라마단이 끝날 때 벌이는 축제.

만, 산산이 부서진 채 가만히 누워 있었습니다. 농업대학교 사람들이 두 번 전화를 걸더니, 그가 더 이상 사업을 진지하게 하지 않으므로 그에게서 사료를 사지 않겠다고 문자를 보냈습니다. 주인이 가게를 보는 경우가 드물다는 이유로 그를 포기한 단골손님이 이로써 네 번째였습니다.

주인은 메시지를 읽은 다음 정신이 나가버렸습니다. 그는 뜨거운 대낮의 공기에 고함을 지르며 일어섰습니다.

내가 그 여자를 왜 두려워하는 거지? 그 모든 일을 다 했는데, 그 여자를 위해서 그 모든 일을 다 했는데? 이렇게는 안 되지. 그 여자는 나한테 말해줘야 해.

주인은 그녀가 공개적으로 그가 누군지 모른다고 울부짖었던 일을, 그를 부인했던 기억을 품고 방을 어슬렁거렸습니다. 오늘은, 오늘은 은달리가 내게 답을 해줘야 해.

이 단호한 말에 주인은 자신이 얼마나 용감해졌는지 알고 놀랐습니다. 그는 아파트 뒤쪽에 있는 공용 욕실로 목욕을 하러 갔습니다. 그 앞에서는 이웃의 아내 중 한 사람이, 여자 같은 목소리로 말하는 요루바 남자의 아내가 낮은 스툴에 앉아 양동이 위로 허리를 숙이고 빨래를 하고 있었습니다. 비누 거품이 흩어져 있었습니다. 여자는 몸을 감싸는 옷을 둘둘 감아 입고 있었는데, 그 옷이 그녀의 가슴 위로 늘어져 털이 난 겨드랑이 아래에 매듭지어져 있었습니다. 여자가 그에게 인사를 했습니다. 주인은 여인을 지나갈 때 눈에 띈, 드러난 살덩이 때문에 짜증이 났습니다. 그는 동침했던 여자를 떠올리고 그때 자신의 감정이 얼마나 놀랍게 느껴졌는지 생각했습니다.

그는 쾌락 대신 혐오감을 느꼈고, 그래서 놀랐습니다. 그가 나무에 아연을 못질해 만든 욕실 문을 닫고 옷을 켜켜이 쌓아놓았을 때, 문득 그 여자와 경험했던 일이나 다른 여자들에 대해 일반적으로 반감이 느껴지는 건 은달리를 여전히 사랑하고 있기 때문이라는 생각이 들었습니다.

그는 다시 은달리의 집으로 차를 몰아 가 몇 미터 떨어진 곳에 주차했습니다. 그녀의 자동차가 오는 방향의 반대편 길가였습니다. 그는 아이들 목소리가 문득문득 들려오는 울타리 쳐진 저택을 내려다보며, 지저귀는 새들이 가득한 나무 아래에 차를 세웠습니다. 그리고 기다렸습니다. 눈은 길에 두고, 해 질 녘이 되어 그녀의 차가 다가오는 것이 보일 때까지 말입니다. 그는 이것저것을 여러 번 다시 생각해보고 결심했습니다. 그는 이쪽으로는 차가 거의 오지 않는다는 것을 알게 되었습니다. 이 길 너머로 휘어지는 거리가 하나 있을 뿐, 그 거리는 어디로도 이어지지 않는 막다른 길이었기 때문입니다. 하지만 그녀의 자동차를 따라오는 자동차가 있는데 주인이 끼어들어 그 앞을 막아설 수 없을지도 몰랐습니다. 그런 경우, 주인은 그냥 자동차에서 내려 그녀를 따라간 뒤 그녀가 정문에서 경적을 울리고 정문 경비원이 문을 열어주기 전에 말을 걸 생각이었습니다.

에그부누시여, 그 순간은 주인이 상상했던 그대로 찾아왔습니다. 주인은 은달리의 자동차를 보자마자 자동차에 시동을 걸고 서둘러 앞으로 달려간 다음, 옆길로 빠져 다가오는 자동차의 진로에 끼어들었습니다. 두 자동차는 하마터면 서로 부딪칠 뻔했고, 이 아슬아

슬한 사고에서 비롯된 고함은 이미 방향을 잃은 그의 정신에도 위협적으로 느껴졌습니다. 주인은 잠시, 심장이 가라앉도록 앉아 있었습니다. 그런 다음 자동차에서 내렸지요. 그는 은달리를 보았으나 뒷자리에 앉아 있는 소년은 본 적이 없었습니다. 이제는 그들이 모두 보였습니다. 그녀는 소년을 등지고 뭔가 말하고 있었습니다. 그는 두 자동차의 앞으로 걸어가 가만히 섰습니다. 주인은 오랜 시간 동안, 몇 달 동안, 돌아온 이후로 줄곧 이 순간을 바라왔습니다. 그는 몸이 떨리는 것을 느꼈습니다. 그의 심장 아랫부분을 따라 뭔가가 폭발하고 있었습니다.

주인의 자동차 뒤의 자동차에 타고 있던 사람이 세 번 경적을 울리더니 화를 내며 지나갔습니다. 하지만 그는 그 자리에 서 있었습니다. 그때 그녀가 내렸습니다. 그녀는 그를 보았고 그는 그녀를 보았습니다. 인생이 거기, 그 얼굴에 있었습니다. 그가 한때 알았던 인생이 말입니다. 하지만 주인은 그 얼굴을 알아보기가 어려웠습니다. 뭔가 달라졌지만, 많은 부분은 또 익숙한 얼굴이었지요.

"너였어?" 그녀는 주인의 존재의 본질을 캐묻듯 말했습니다.

그가 고개를 끄덕였습니다. "마미." 그가 말했습니다.

그녀는 자동차로 물러나 허리를 숙이더니 소년에게 뭔가 말했습니다. 그런 다음 그녀는 문을 닫고 자동차를 돌아 앞쪽으로 나왔습니다.

"또 너야? 원하는 게 뭔데?"

그는 고개를 저었습니다, 에그부누시여. 그건 두려웠기 때문입니다.

"마미, 전부 다 미안해. 미안해. 미안해. 내 편지 읽었어? 그 편지를 읽……."

"그만!" 그녀가 외쳤습니다. "그만 좀 해!" 그녀가 물러서며 얼굴에 손을 얹고, 색깔을 칠한 손가락으로 그를 가리켰습니다. "왜 날 따라다니는 거야? 왜 내 약국에도 오고 내 집에도 오는 건데? 무슨 뜻이야, 응?"

"마미……."

"아니, 아니, 그만! 그만해! 날 그렇게 부르지 마, 부탁이야. 이렇게 빌게."

그는 다시 입을 열려고 했지만 그녀는 자동차와 아이를 돌아보았습니다.

그녀는 다시 그를 돌아보고, 눈을 감은 채 말했습니다. "이 말은 해야겠어. 난 다시는 널 보고 싶지 않아. 왜 이러는 거야? 왜 나를 따라……."

"은달리, 들어봐." 그가 그렇게 말하며 한 발짝 앞으로 나섰습니다.

"멈춰! 거기 서!"

그녀는 그를 놀라게 할 만큼 격하게 뒤로 물러났습니다.

"절대 가까이 오지 마. 잘 들어, 하느님의 이름으로 비는데, 날 가만히 놔둬. 난 이제 결혼했어, 알겠어? 가서 다른 여자나 찾아. 날 내버려둬. 다시 우리 집에 오면 경찰을 부를 거야."

그는 그녀가 자동차로 돌아선 것을 보았고, 그녀를 따라갔습니다. 그는 그녀에게 손을 대기 일보 직전이었는데 그때 그녀가 다시 그를 마주 보았습니다.

"네 아들 말이야." 그가 서두르느라 숨을 헐떡이며 말했습니다. "나랑 이름이 같던데."

인생의 이 기억할 만한 순간에, 주인과 그가 사랑했던 여자가 서로에게서 겨우 몇 센티미터밖에 떨어지지 않았던 그때에, 자동차 두 대가 맞대고 가만히 있는 이곳으로 왜건 한 대가 다가오기 시작했습니다. 희생자가 암살자를 마지막 순간에 힐끗 보는 것처럼 본능적이고도 짧은 순간이었습니다. 하지만 인간으로서는 헤아릴 수 없는 자비가 깃든 순간이기도 했지요. 주인은 환영받지 못하는 한 걸음을 옮겨 그녀의 시야에 들어갔고, 그의 두 다리는 스스로는 풀려날 수 없는 올가미에 잡혔습니다. 그녀가 말을 하고 싶어 하는 기색이 보인다고 생각했는데, 갑자기 그녀가 돌아서서 자동차에 들어갔습니다.

왜건에 타고 있던 남자들이 멈춰 서서 욕을 하기 시작했습니다. 그는 자기 자동차로 돌아가 부드럽게 후진 기어를 넣었습니다. 그녀의 자동차가 지나가, 정문을 통과해 집으로 들어갔습니다. 그는 자동차가 사라지는 것을 지켜보고, 지나가면서 그에게 욕을 하는 왜건 운전자와 승객들에게 시비를 걸었습니다.

에부베디케시여, 이후 그가 한 일을 너무 오랫동안 말하지는 말아야겠습니다. 지켜보기조차 너무 어려운 일이니 말입니다. 주인은 이 만남으로 인해 큰 충격을 받았습니다. 은달리가 그에게 했던 몇 마디 안 되는 말을 그는 배 속의 약한 주머니에 담고 다니며, 한마디 한마디의 무게를 달아보며 소화했습니다. 염소처럼 진정한 되새김질을 했지요. 매일 밤, 이제는 진자처럼 초조해진 그의 인생이 흔들거리다가 가만히 멈춰 설 때면, 주인은 되새김질한 것을 꺼내 똑같이 독한 새 침을 가지고 그것을 씹었습니다. 하지만 조직이 단단하고 완전해 그가 떨쳐낼 수도, 씹을 수도, 분해할 수도 없는 것이 한 가지 있었습니다. 그는 그녀의 눈에서 무언가를 보았습니다. 이런 상황에서는 정신이 과민 반응할 수 있다는 것을 알고 있었지만, 주인은 자신이 본 것이 경멸이라는 확신이 들었습니다.

이 느낌이 그에게 무슨 작용을 했는지 설명하기는 어렵습니다. 그는 며칠 동안 집에 누워서 유령같이 실체 없는 그 만남의 목소리들에 둘러싸여 있었습니다. 그는 거의 먹지 않았고 혼잣말을 했습니다. 웃었습니다. 울었습니다. 그는 밤이면 지친 채로 밖으로 나갔다가 다시 방으로 달려 들어와, 그의 얼굴을 씻어 내리는 빗물을 마셨습니다.

에그부누시여, 저는 그가 미쳐가는 것일지도 몰라 두려웠습니다. 그가 기이하고도 끈질긴 꿈에 점점 더 많이 시달렸기 때문입니다. 그중 많은 꿈은 새가 나오는 꿈—닭, 오리, 독수리, 심지어 매가 나오는 꿈이었습니다. 병든 정신의 염증을 드러내는 꿈들이었습니다. 그는 조난자처럼, 땅과 하늘 모두에게 거부당한 사람처럼 되었습니다. 그는 살아 있는 아칼리오골리였습니다. 저는 가장 강한 애정이라는 것이 종종 멀리 떨어져 가질 수 없는 이를 대상으로 삼는 사람의 마음속에 있다는 것을 알고 있었기에 두려웠나이다. 그런 애정은 영혼이 죽어가면서도 그 숨결로 열망하는 바이며, 그의 심장이 갇혀 있는 숭고한 지하 감옥입니다. 그를 구하는 유일한 방법은 그가 얻지 못한 사랑만큼 강한 새로운 애정을 들여오는 것입니다. 하지만 그런 여자는 근처에 없었고, 저는 두려웠습니다.

그는 며칠에 이어 이런 상태로 계속 몰락했나이다, 에그부누시여. 그러던 어느 날 저녁, 주인은 친구가 돌아왔는데도 은달리가 자기를 증오한다고 혼잣말을 웅얼거리며 앉아 있느라 알아차리지 못했습니다.

하여, 그는 문을 두드리는 큰 소리를 들었을 때 거의 충격을 받았습니다. 그 소리에 이어 "치논소 형제, 살아 있는 하느님의 아들!"이라는 말이 들려왔습니다.

그는 달려가 문을 열었습니다.

25장
지위가 낮은 신

아콰아쿠루시여, 위대한 아버지들은 상대할 자가 없는 지혜로써 사람이 두려워하는 것은 그의 치보다 위대하다는 말을 하곤 했습니다. 이것은 곤란한 말입니다. 하지만 두려움이 사람의 인생에서 벌어지는 대단한 현상이라는 것은 사실입니다. 어린아이일 때, 사람의 인생은 지속적인 두려움에 지배당합니다. 그러다가 그가 어른이 되면, 두려움은 그의 영구적인 일부가 됩니다. 사람이 하는 모든 것이 두려움의 지배를 받습니다. 어떻게 해야 두려움에서 자유로워질 수 있는지 묻는 것은 어리석은 일입니다. 사람이 그런 질문을 던지도록 만드는 것이 다름 아닌 두려움이지 않습니까? 자신의 정신이 두려움에 지배당할지 모른다는 두려움 말입니다. 사람은 두려움을 품고 살 수밖에 없습니다. 사람이 먹는 것은 먹지 않으면 죽을까 봐 두렵기 때문입니다. 왜 길을 건널 때 조심할까요? 왜 사람과 그의 아이는 의원에 갈까요? 두려움 때문입니다. 두려움은 지위가 낮은 신, 인류의 우주를 조용히 다스리는 자입니다. 아마 그것이 인간의 모든 감정 가운데에서 가장 강력한 것일지도 모릅니다. 가가나 오구시여, 370년 전 몸싸움을 벌이다가 처남을 죽였던 남자인 아주카의 이야기를 생각해보십시오. 그 사람은 부당하게 다른 사람의 목숨을 빼앗은 죄로 알라의 사제에게 사형을 선고받았습니다. 당시의 제 주인이던 체타에제 이제코바는 그를 숲으로 데려가 목매달았던 사람 중 한 명이었습니다. 저는 그를 통해 사형을 선고받은 그자가 어떻게 되었는지 보았습니다. 그의 움직임과 목소리마저 두려움으로 변해버린 것을 보았고, 판결이 선포된 이후로부터 그의 인생의 모든 순간이 죽음에 대한 두려움으로 잠식당해 있는 것도 분명히 보았습니다. 두려움 없이 살겠다고 자신하는 사람은 머잖아 자신이 광기의 영역으로, 누구든 간에 지인이라고는 전혀 없는 장소로 벌거벗은 채 달아난 것이라는 점을 깨닫게 됩니다.

자미케가 찾아왔을 때, 그는 주인이 두려움에 사로잡혀 있는 것을 보았습니다. 그 외에도 욕망과 분노와 사랑과 슬픔에 사로잡혀 있기는 했지만 말입니다. 그러나 무엇보다도 진실한 감정은 다시는 은달리를 가질 수 없을 것이라는 두려움이었습니다. 두려움 말입니다, 추쿠시여! 지위가 낮은 신, 인류를 고문하는 자 말입니다. 사람을 벗어날 수 없는 목줄에 매는 자 말입니다. 두려움은 사람이 집 안을 쏘다니고 창틀에 걸터앉고 그 어리고 흰 날개를 원하는 만큼 퍼덕이게 두고 그가 소리치며 마이너리티 오케스트라를 내뱉도록 놔

둡니다. 하지만 사람은 탈출할 수 없습니다. 그가 위로 날아오르면 지붕이 그를 다시 내려가게 만들고 그를 원래의 자리로 돌려놓을 것이기 때문입니다. 어떤 사람이 즐거운 시간을 보내고 있습니까? 그가 자신의 결혼식에서 야자 와인을 마시고 있습니까? 부모의 축복과 모든 친척의 찬사를 받고 있습니까? 아내와 사랑을 나누고 있습니까? 아내는 산고를 겪고 있고, 그는 아이가 태어나기를 기다리고 있습니까? 상관없습니다. 그 일이 끝나면—파티가 끝나고 결혼식 하객들이 모두 떠나면, 그가 사정을 하고 다시 침착해지면, 아이가 태어나 잠들어 있으면, 두려움이 전보다 더욱 강한 존재감을 가지고 돌아와 독수리가 자기 새를 다시 불러들이듯 그를 불러들이기 때문입니다.

그러므로 이런 엄청난 두려움 때문에 주인에게는 도움이 필요했습니다. 그는 최소한 알고자 노력해야 했습니다. 어떤 방법이라도 찾아봐야 했습니다. 방법이 있을까? 그가 자미케에게 말하려던 것이 이것이었습니다. 그리고 주인은 이제 기진맥진하여 무릎을 꿇고, 먼 땅과 경건한 아버지들의 아이들에게도 숭배를 받는 위대한 신의 영혼으로 가득 차 기도의 산에서 돌아온 친구를 붙들었습니다.

"자미케." 그가 말했습니다. "난 네가 하느님의 사람이라는 걸 알아. 하느님이 네 인생을 바꿔놓으신 걸 알지만, 나를 위해 이 한 가지를 해주었으면 좋겠어. 나는 슬퍼, 아직 아주 슬픈 사람이야. 나는 아직 진흙탕 속에 있어. 내 아내를 되찾아야 구원받게 될 거야."

이 시점에서 그는 그녀를 잃었다는 걸 알고 있었고, 자신이 미치기 일보 직전이라는 것도 알고 있었지만, 그럼에도 자미케의 경악한 표정에 걱정하게 되었습니다.

"그래." 그는 이를 갈며, 바지를 입은 자미케의 깡마른 다리를 더욱 세게 쥐면서 열띠게 말했습니다. "그 여자는 내 아내야, 자미케. 그 여자는 내 거야. 우리는 결혼할 거였어. 나는 그 여자 때문에 괴로움을 겪었다고."

그의 친구는 무슨 말을 해야 할지 모르는 게 분명했습니다. 그는 주인을, 손에 힘이 풀린 제 주인을 보았습니다. 주인은 말을 이었습니다. "1주일쯤 전에 그 여자 집 앞에서 그 여자를 만났어, 자미케. 그 여자를 아주 가까이에서 봤어. 그 여자 아들도. 그 애, 그 여자의 아들 이름이 뭔지 알아? 치논소야."

"네 이름이라고?" 자미케가 말하자, 주인은 대단히 이성적이게도 기운을 차렸습니다. 자신이 도움을 청하려는 대상의 마음을 움직인 것처럼 보였기 때문입니다.

"그래, 애 이름이 그거야."

"믿어지지가 않아, 브라더."

"내 생각엔……." 그는 입을 열었지만, 가슴이 부풀어 오르도록 깊이 숨을 들이쉬느라 입을 다물어야 했습니다. 그래서 그는 다시 말했습니다. "분명 이유가 있을 거야. 난 그 이유를 알아야겠어. 내가 죽었다고 생각한 걸까? 그래서 아이한테 내 이름을 붙인 걸까? 아니면 다른 이유인 걸까?" 그는 기침을 하고 손수건에 침을 뱉었습니다. "그 아이 말이야. 내가 두 눈 똑바로 뜨고 그 애를 봤는데, 내 영혼이 나한테 그 애가 내 아들이라고 말해줘."

"그래?"

"그래." 그가 그렇게 말하며 손가락을 꺾었습니다. "사실, 그 애를 봤어? 그 애는 최소한 다섯 살이나 여섯 살쯤 되어 보여. 은달리가 언제 결혼했더라? 그렇게 오래되지는 않았다고 했지?"

"응, 그건 사실이야. 하…… 하지만 언제 그런 일이 벌어졌다는 거야?"

"모르겠어. 모르겠어. 모르겠다고. 하느님만 아시겠지. 하지만 브라더, 난 마음이 아파. 지금 당장은 죽은 사람이 나보다 나아. 잠을 잘 수가 없어. 먹을 수도 없어. 왜 내 인생이 이런 식인지 모르겠어. 하지만 왜 그 여자 아들이 내 이름을 가지고 있는지 알고 싶어."

"네 말이 맞아, 솔로몬 형제. 은디이치에가 대낮의 두꺼비가 뛰는 데에는 다 이유가 있다고 하지. 뭔가가 그 두꺼비를 쫓고 있든, 그 두꺼비가 뭔가를 쫓고 있든 말이야."

정말입니다, 가가나오구시여. 그것이 박학한 아버지들의 지혜입니다!

"이해해, 은완넴 솔로몬." 자미케가 말을 이었습니다. "뭐든 나한테 말하면 그렇게 해줄게. 널 돕고 싶어."

이 말에 주인은 위를 올려다보았고, 그 순간 자기가 땅에 무릎을 꿇고 친구의, 40일 내내 음식 없이 지낸 가난한 친구의 여윈 다리를 붙들고 있다는 것을 알아차렸습니다. 그는 친구 몸이 너무나 가냘 파서 놀랐습니다. 그는 서둘러 두 손을 떼고 친구 맞은편의 침대에 앉았습니다. 주인에게 이런 변화를 일으킨 것은 도움이라는 한마디, 집행유예의 약속, 희망이었습니다, 에그부누시여. 그는 이제 몸을 일으켜 앉아 고개를 저으며 말했습니다. "난 네가 그 여자 남편한테로 돌아가서, '하느님이 저를 당신에게 보냈습니다, 오그보나 씨. 당신들이 위험에 처해 있을지 모른다는 경고를 전하도록 말입니다'라고 말해주었으면 좋겠어."

그는 자미케가 입을 열기를 기다렸으나 그의 친구는 입을 손에 댄 채 O자 모양으로 벌어진 그 입가를 닦았습니다.

"그건 죄가 아닐 거야." 주인이 말했습니다. "네가 하려는 일은 그 여자가…… 그 여자가 안전한지 아닌지 알아보려는 것뿐이니까. 하느님도 이 일을 금지하지는 않으실 거야. 그리고 너는 목사잖아. 그러니까 이건 거짓말이 아니야."

자미케가 고개를 저었습니다. 그가 마침내 입을 열기까지는 엄청난 결단력이 필요한 듯했습니다. 결국 그는 주인이 두려워한 것과 달리 "하지만 주님께서는 나를 그에게 보내지 않으셨어. 그건 거짓말이야"라고 말하지 않았습니다. 오히려, 자미케는 낫처럼 공기를 가르는 듯한 목소리로 그렇게 하겠다고 말했습니다. 그런 다음, 주인이 자기 말을 듣지 못했다고 생각하는 듯 설득이라는 둔한 힘을 실어 그 말을 되풀이했습니다.

주인은 진정했습니다. 그런 다음 보이지 않는 손의 부축을 받아 자리에서 일어났습니다.

추쿠시여, 위대한 아버지들은 영양이 부푼 음낭을 발달시킨 것이 사냥꾼에게는 이득이라는 말을 자주 합니다. 이제 사냥꾼은 오래되어 약해진 뼈로 가득한 몸을 가진 늙은이라 할지라도 독화살만 가지고 있으면 그 영양을 잡을 수 있을 것이기 때문입니다.

주인의 연인의 남편인 오그보나 씨, 주인이 떠나 있는 틈을 타서 그의 신부를 빼앗아 간 사악한 남자, 그를 망쳐놓은 남자, 이제는 주인이 괴로워하는 이유가 된 남자, 그의 아이를 자기 아이라고 우기고 있는 것일지도 모르는 남자는 이미 부푼 음낭을 가지고 있었습니다. 그자는 가면 쓴 사제에게, 주인의 망가진 나라를 위해 일하고 있는 첩자에게 이미 의지하고 있었으니까요. 다음 날 저녁, 지평선 자체가 엷은 회색과 사막 개미의 피 흘리는 듯한 빨간색 가면을 쓰고 있을 때, 주인과 그의 친구는 은달리 남편이 일하는 은행으로 차를 몰아갔습니다.

자미케가 은행으로 들어가 있는 동안 주인은 정비공의 작업실 근처에서 기다렸습니다. 작업실은 오래된 우그바 나무 아래에 있었는데, 저는 그 나무를 즉시 알아보았습니다. 그 나무는 여러 해 동안 그 자리에 있었습니다. 200년도 더 전에, 아로추쿠의 무정한 남자들이 제 주인 야가지에와 다른 붙잡힌 노예들을 끌고 나왔습니다. 그들의 팔다리는 사슬에 묶여 있었고, 한 여자는 그 나무 아래에 넘어져 기절했습니다. 포획자들은 어쩔 수 없이 행진을 멈추어야 했습니다. 그중 뚱뚱한 남자가 아무 말 없이 나머지 사람들에게 신호를 하더니, 여자가 아플지도 모르며 해변까지 갈 수 없을지도 모른다고 말했습니다. 그럼 뭘 해야 할까요? 그는 그녀를 풀어주었습니다. 하지만 여자는 움직이지 않았습니다. 그들은 여자가 잠들어 있기라도 한 양 이 오래된 나무 한 그루만 있는 공터에 그녀를 내버려두고 떠났습니다.

주인은 차에서 내려 정비소에서 나온 남자들과 함께 나무 아래에서 있었습니다. 건물 안 나무 조각에 걸린 비아프라 깃발에 시선이 이끌렸습니다. 그 깃발은 거의 재투성이로 검어져 있었고 한구석에는 구멍이 뚫려 있었지요. 남자들은 아마 트럭에서 빼 왔을 커다란 타이어 옆 더러운 벤치를 내주었습니다. 타이어에는 줄질하는 도구들이 쌓여 있었습니다. 하지만 주인은 남자들이 일하는 동안 그 옆에 서 있었습니다. 팔짱을 끼고 거리를 지켜보았습니다.

그는 방금 노점상에게서 차가운 생수를 한 병 샀으며, 자미케가 돌아왔을 때는 그걸 마시고 있었습니다. 자미케는 벙어리 같은 모습으로 왔습니다. 마치 뭔가가 그를 침묵시킨 것처럼 말입니다. "어디 가서 얘기하자." 그는 목소리에 서두르는 기색을 담아 주인에게 말하며 자동차 쪽을 손짓했습니다.

그들은 주인의 아파트로 차를 몰아갔고, 그는 침대에, 자미케는 그의 의자에 앉은 뒤에야 대화가 시작됐습니다.

"브라더, 안에 들어갔더니 그 사람이 꼭 나를 기다리고 있었던 것만 같더라고. 벌떡 일어나더니 '목사님, 목사님, 문제가 생겼습니다'라고 말했어. 나는 문제가 뭐냐고 물었고 그 사람이 말했어. '목사님, 제 아내 문제입니다. 제 아내요.' 그 사람은 괴로워하고 있었어. 은달리가 거의 결혼할 뻔했던 남자를 봤는데, 그 남자가 아이가 자기 아들이라는 걸 알아냈다는 거야."

주인이 일어섰습니다.

"그래, 네 아들이야, 브라더." 자미케가 그를 올려다보며 말했습니다.

"어쩌다 그렇게 된 거야? 어쩌다가?"

"그 남자는, 네가 나이지리아를 떠나기 전에 그 여자가 임신을 했다고 했어. 은달리는 네가 떠나고 난 뒤로 네 소식을 듣지 못하자 너를 찾으려고 했어. 그 여자가 CIU에 전화를 걸었대."

이장고-이장고시여, 이 일이 주인에게는 어떤 의미였을지 궁금하실 게 틀림없습니다.

"다시 말해봐. 이시 기 니?*" 그가 할 수 있는 말은 그게 전부였습니다.

"그 여자가 대학에 전화를 걸었어. 데한에게 전화를 걸었다고, 솔로몬 형제."

그는 조용히 앉아 있었습니다. 저는 주인의 머릿속에 은달리가 그를 끌어안고, 자기 안에 사정해달라고 부탁했던 두 번의 사건을 비추어주었습니다. 그런 다음, 지금으로서는 오래전인 저녁, 그가 모든 것에 너무 정신이 팔린 나머지 그녀 안에 사정을 하고 말았던 일과 많은 것이 그녀의 안에 들어간 다음에야 몸을 뺐던 또 다른 경우도 비추어주었지요. 주인은 그녀가 자기를 나무랄까 봐 두려워서 그녀에게 말하지 않았습니다. 그때 그녀가 그에게 휴지로 몸을 닦을 수 있도록 불을 켜달라고 말했습니다. 그리고 그는, 제대로 뺐는지 그녀가 묻지 않았다는 것에 마음이 놓여 불을 켰습니다. 그는 불을 켜고, 허공에 떠다니는 흰 깃털을 보았습니다. 은달리는 거기에 매혹되었습니다. 그녀는 그 깃털이 어디에서 왔는지, 어쩌다 허공에 떠다니게 되었는지 물었습니다. 주인은 자기도 모른다고 말했습

* 뭐라고? (이보어)

니다. 그것은 제가 그에게 떠올리게 해준 수많은 경우 중 한 가지일 뿐이었습니다. 하지만 주인은 스스로, 간호사로부터의 희망의 약속을 받은 직후 그녀에게 전화를 걸었던 때에, 그녀가 하고 싶은 말이 있지만 나중에 말해주겠다고 했던 일을 떠올렸습니다. 저는 여러해 전 그녀가 그에게 말을 했을 때의 목소리가 지금도 들립니다. "아주 큰 소식이야. 나도 놀랐어. 하지만 아주 기뻐!"

"그녀는 더 이상 네 소식을 들을 수 없었어. 그래서 걱정했지, 브라더. 신의 아들 치논소, 그 여자는 네 아이를 가졌는데, 너한테서 여러 날 동안 소식이 없었던 거야. 그다음에는 몇 주 동안 기다렸는데도 소식이 없었어. 그 여자는 네가 준 입학허가서 사본을 가지고 있었어. 그녀는 학교에 전화를 걸어서 네가 무슨 일을 했는지 들었어."

그는 입을 열려 했지만 자미케가 말을 이었습니다.

"그 사람들은 네가 백인 여자를 강간했고, 감옥에서 26년을 살게 됐다고 말했어. 사실, 그 사람들은 대부분의 이슬람교 국가에서는 강간을 사형으로 처벌하기 때문에 그 정도면 선처를 받은 셈이라고 말해줬어."

"누가 그 얘기를 한 거야?"

"남편이 말해준 건 아닌데, 내 생각엔 데한이었던 것 같아. 남편은 이야기를 전부 아는 게 아니었어. 내가 보기엔 그래. 하지만 은달리는 노력했어. 너를 찾았고 도우려고 했어. 남편 말로는 네가 그런 짓을 했다고 믿지 않고, 터키에 있는 나이지리아 대사관에 신고를 했지만 아무도 조치를 취하지 않았대. 내가 전에, 네가 찾아갔던 기르네의 친구들한테 전화를 건 적이 있거든. 그때 그들이 터키에 있는 나이지리아 대사관에서 대학에 전화를 걸었다고 말해줬던 게 기억나, 브라더. 그러니까 난 은달리가 노력했다고 믿어, 형제. 내가 이런 일을 일으켰지만, 그녀는 뭔가 하려고 노력했어."

"또, 또 무슨 일이 있었는데?" 주인이 물었습니다. 옛 분노가 다시 치밀어 오르기 시작했습니다.

"그 여자의 가족 말이야." 그의 친구가 이제는 흐느끼며 말했습니다. "그 사람들이 이 모든 일에 격분했어. 은달리가 결혼도 하지 않고 임신을 했고, 그다음에는 다른 나라에 범죄자가 되어 잡혀 있는 남자를 구하려고 국제적인 행동을 하고 있었으니까. 그래서 그 사람들이 처음에는 은달리에게 라고스로 가라고 한 거야. 오그보나는 이런 말을 하지 않았지만, 형제, 난 은달리가 노력했다고 믿어. 그런 다음에야 포기한 거야."

이장고-이장고시여, 주인의 배 속에서 뭔가가 움직였고 그는 내면에서 온기를 느꼈습니다. 뭔가 뜨거운 것이 천천히, 잔인하게 배를 꿰뚫는 것 같았습니다. 그녀가 포기했다. 그게 무슨 뜻일까요? 아카타카시여, 그 말은 한 사람이 무언가를 시도했다가 멈추었다는 뜻입니다. 그 사람이 무언가를 들어 올리려고 노력했을지는 모르지만, 절대 그걸 들어 올릴 수 없을 거라는 생각이 떠올라 체념하고 그만두었다는 뜻입니다.

주인은 그 자리에, 마치 그가 태어나고 살고 사랑을 나누고 잠을 자고 고통을 겪고 치유되고 다시 고통을 겪었던 세상이 내내 환상이었던 것처럼, 나이 든 맹인의 눈에 보이는 급작스러운 일종의 환영이었던 것처럼 충격을 받은 채로 앉아 있었습니다. 일생이 한순간에는 밝게 빛나다가 누군가에게 목격되는 다음 순간에는 녹아버리는 신기루인 것만 같았습니다.

26장
인간의 집에 사는 거미

추쿠시여, 당신의 귀는 인내심을 발휘해주셨습니다. 당신께서는 귀를 기울이셨습니다. 당신께서는 이곳, 신성한 위원회 앞에서 제가 이 모든 말을 하는 것을 들어주셨나이다. 당신께서는 베이퀘의 모든 나무가 반짝이는 옷이라도 되는 것처럼 매혹적인 노래들을 두르고 있을 때에도 귀를 기울여주셨습니다. 제가 말을 하는 지금에도 음악이, 마치 땀구멍에서 나오는 땀처럼 밝은 홀 사방에서 쏟아져 나오고 있습니다. 그리고 사방에는 이곳에 들어와 저마다의 이야기를 고해야 하는 수호령들이 있습니다. 하지만 이제 저는 서둘러 제 이야기에 벌어져 있는 틈을 채워야 합니다. 오래 걸리지 않을 것입니다, 가가나오구시여. 제가 곧 그 일을 마치겠나이다.

서둘러 이야기를 전하자면, 먼저 당신께 전쟁과 전투의 방식을 잘 알고 있던 위대한 아버지들이 자주 하던 말을 떠올리게 해드려야 하나이다. 그 말은, 사람을 죽여야 할 때는 그의 이름을 알 필요가 없다는 것이지요. 이것이 제 주인에게도 참이었습니다. 자미케가 사실을 알아낸 이후 몇 날, 몇 주가 지난 뒤 그의 변화는 설명하기조차 고통스럽습니다. 하지만 저는 이 변화의 결과를 당신께 말씀드려야 하오니, 제가 간청하는 이유에 그럴 필요가 있기 때문이옵니다. 에그부누시여, 주인은 진(djinn), 인간-영혼, 방랑자, 물때가 벗겨진 떠돌이, 덤불 속에 웅크리고 있는 것, 스스로 추방당한 조난자, 세상이 피하는 자가 되었습니다. 그는 친구의 조언을 듣기를 거부했습니다. 친구는 그에게 싸움에 끼어들지 말라고 애원했으나 그는 꼭 싸우고 말겠다고 맹세했습니다. 그는 자신의 아들을 되찾겠다고 사납게 맹세했습니다. 그는 이 세상에 그에게 남은 것 중 싸울 만한 가치가 있는 건 그것뿐이라고 고집을 부렸습니다. 그리고 아무도, 그의 수호령인 저조차도 그의 의지를 거슬러 그를 설득할 수는 없었습니다.

그래서 그는 다시 그녀의 집 주변 덤불을 어슬렁거리기 시작했고, 그녀가 집으로 차를 타고 올 때면 그녀에게 다가가 말을 걸려 했습니다. 그녀는 차에서 내리지 않고 그를 빙 돌아 멀어져갔습니다. 이 시도가 실패하자 그는 그녀의 약국으로 가서, 자기 아이를 원한다고 외쳤습니다. 하지만 그녀는 방에 들어가 문을 잠그고 잠긴 창문 너머에서 이웃들에게 전화를 걸었습니다. 세 남자가 약국으로 달려와 그를 끌어내더니, 입술이 부풀고 왼쪽 눈 위쪽이 찢어질 때까지 그를 때렸습니다.

하지만 그래도 그는 멈추지 않았습니다, 에그부누시여. 그는 아이가 다니는 학교 옆으로 가서 힘으로 그 애를 데려오려 했습니다. 저는 그때야말로 저를 이곳, 인간의 밤 가운데에서도 가장 곤혹스러운 곳으로 데려온 씨앗이 뿌려진 때라고 생각합니다. 저는 그런 일을 여러 번 보았으니까요, 오세부루와시여. 저는 자신의 영혼이 한때 박살 난 곳으로 돌아오는 사람은 그를 그곳으로 끌고 간 사람을 가벼이 용서하지 않는다는 것을 깨달았나이다. 제가 말하는 곳이 어디냐고 물으시렵니까? 그곳은 사람의 존재가 멈추는 곳, 그가 거리 한가운데에 있는 북 치는 남자의 동상이나 경찰서 근처에 입을 크게 벌리고 있는 아이의 동상처럼 꼼짝 않는 삶을 살아가는 곳입니다.

이번에는 경비원들이 그를 대하는 방식이 달라서 단지 그를 모욕하고 뺨을 때렸을 뿐이지만, 주인은 그로 인해 풀려난 기억으로 괴로웠습니다. 그는 유치장에서 흐느꼈습니다. 자신을 저주했습니다. 세상을 저주했습니다. 자신의 비참함을 저주했습니다. 그런 다음, 추쿠시여, 그는 그녀를 저주했습니다. 그날 밤 주인이 잠들었을 때, 과거의 어느 시간이 나타났습니다. 그는 그녀의 목소리가 "논소, 넌 나 때문에 너 자신을 망쳐버렸어!"라고 말하는 소리를 들었으며, 지하 감옥의 맨바닥에서 미친 사람처럼 일어나 앉았습니다. 마치 그 말들이 몇 년이 걸려서야 그에게 도달했고, 이제야 막, 그녀가 그 말을 한 지 4년 만에 처음으로 그 말을 들은 것처럼 말입니다.

에제우와시여, 자미케가 셋째 날 아침에 찾아와 그를 보석으로 풀어주었습니다. "말했잖아, 그 여자는 가만히 두라고." 자미케는 경찰서를 나서며 말했습니다. "그 여자를 억지로 돌아오게 만들 수는 없어. 과거는 잊고 앞으로 나아가야지. 아바, 아니면 라고스로 가. 다시 시작해. 좋은 여자를 찾게 될 거야. 날 봐, 난 키프로스에서 그렇게 많은 세월을 보냈는데, 누굴 찾았는지 보라고. 난 여기에서 스텔라를 찾았어. 그리고 이제는 스텔라가 내 아내가 될 거야."

자미케는 입이 없는 사람처럼 보이는 주인에게 말했습니다. 그러다가 그들은 주인의 집에 도착했습니다. 자미케의 모든 조언이 그가 보고 행했던 모든 일과 합쳐져 떠올랐습니다. 택시가 아파트 앞에 멈추었을 때, 주인은 친구에게 고맙다고 인사하고 자기를 혼자 내버려둬달라고 부탁했습니다.

"그거야 뭐." 자미케가 말했습니다. "내일 만나러 올게."

"내일 보자." 그가 말했습니다.

오바시디넬루시여, 위대한 아버지들은 외교적인 지혜로써, 피리 부는 사람이 연주하는 곡조가 어느 것이든 춤꾼은 그에 맞춰 춤을 추어야 한다고 말합니다. 한 곡조에 귀를 기울이면서 다른 노래에 맞춰 춤을 추는 것은 미친 짓입니다. 주인은 인생 자체로부터 이러한 힘든 진실을 배웠습니다. 그러나 저도, 이제는 그가 의지하고 있는 친구 자미케도 같은 조언을 해준 적이 있지요. 주인은 마음속에 이런 말들을 품고서 대문의 자물쇠를 풀고 아파트로 들어갔습니다. 이웃의 아내가 쟁반에 담긴 콩을 고르다가 그에게 인사했습니다. 그는 숨을 몰아쉬면서 웅얼거리듯 대답했습니다. 그는 맹꽁이자물쇠를 열고 자기 방으로 가는 문을 열었습니다. 일단 안에 들어오자, 폐소공포증을 일으킬 것만 같은 악취가 밀려들었습니다. 파리들이 시끄럽게 웅웅거리는 곳을 보니 그 이유를 알 수 있었습니다. 그가 전날에 사다가 반쯤 먹은 모이모이가 썩어버렸습니다. 벌레들이 비닐 포장을 가득 채우고 있었으며, 우유 같은 물질이 썩은 음식에서 식탁으로 흘러내렸습니다.

그는 셔츠를 벗고 그 안에 음식을 넣어 파리들을 미친 듯이 날뛰게 했습니다. 그는 썩은 물질을 식탁에서 닦아낸 다음 셔츠를 쓰레기통으로 가져갔습니다. 그러고 나서 눈을 감고, 두 손을 가슴에 올린 채 침대에 누웠습니다. 아무것도 생각하지 않으려는 것처럼 말입니다. 하지만 에그부누시여, 그건 거의 불가능한 일입니다. 인간의 정신은 뭔가가, 아무리 작은 것일지라도, 풀을 뜯어야만 하는 야생의 숲속 들판이기 때문입니다. 그는 떠오르는 생각을 거부할 수 없었습니다. 어머니였습니다. 주인은 어머니가 뜰의 벤치에 앉아 막자사발로 후추나 얌을 찧어대는 것을 보았고, 그녀의 옆에서 그녀의 이야기에 귀를 기울였습니다. 그는 그녀를 보았고, 그녀의 머리는 캘리코 스카프로 덮여 있었습니다.

그는 밤이 내릴 때까지 의식과 무의식 사이의 베란다에 머물렀습니다. 그런 다음 그는 일어나 앉았습니다. 우무아히아와 그 안에 있던 모든 것을 놓고 떠나야만 한다는 생각이 꽃피도록 내버려두었지요. 그는 자미케가 그 말을 다시 하기 전부터, 유치장에서부터 그 생각을 했습니다. 그리고 제가 그의 머릿속에서 그 생각이 계속되도록 만들었습니다. 그 생각은 주인이 유치장에서 보낸 사흘 동안 초조한 면회객이라도 되는 것처럼 그의 정신을 드나들었습니다. 어머니의 모습에서 보이는 무언가가 이제는 그 생각이 자리 잡게 만들었습니다. 그로서는 그게 무엇인지 몰랐지만 말입니다. 어머니가 죽은 뒤, 그 자신이 아버지에게 그만 어머니를 잊어야 한다고 여러 번 말했기 때문일까요? 그는 여러 번 아버지와 싸우면서, 잃어버린 것에 매달리는 건 아이뿐이라고 말했습니다. 특히 아버지가 술에 취한 채 그의 방으로 걸어 들어왔던 그날 밤에는 말입니다. 앞서, 그들은 주인의 여동생과 나이가 비슷하며 결혼을 앞두고 있는 딸을 둔 여자에게 주려고 닭을 한 마리 잡았습니다. 아버지는 그래서 신경이 곤두섰던 건지도 모릅니다. 아버지는 한밤중에 주인의 방으로 비틀비틀 들어오더니, 눈물을 흘리며 말했습니다. "오크파람, 나는 실패작이야. 엄청난 실패작이야. 너희 어머니가 분만대기실에 있을 때 너희 어머니를 지켜주지 못했어. 너희 어머니를 되살려내지 못했어. 이제는 네 여동생까지도 지켜주지 못했다. 내 인생은 뭐지? 그냥 상실의 기록일 뿐이냐? 이제 내 인생은 내가 잃어버린 것들로만 정해지는 거냐? 내가 누구에게 잘못을 했길래? 케두 이헤 은 메레?*"

과거에 그는 이 기억이 반복적으로 떠오를 때마다 아버지를 나약한 사람, 고난을 견디지 못하는 사람, 그만 정리하고 떠나는 방법을 모르는 사람이라고 생각했습니다. 이제는 그 자신이 이미 잃어버린 것에, 다시는 가질 수 없는 것에 매달린다는 생각이 들었습니다.

* 무슨 일이 일어나고 있는 거야? (이보어)

그는 떠나기로 했습니다. 아바로, 그의 삼촌에게로 떠나 이 모든 것을 잊기로 했지요. 변화하지 않는 형태로 다시 주조된 존재를 그가 바꿀 수는 없었습니다. 그의 세상—아니, 그의 옛 세상—은 스스로 개조되어 바뀔 수 없었습니다. 오직 앞으로 나아가는 추진력만이 가능했습니다. 자미케는 부끄러운 영토를 떠나 제 주인과 화해했고 앞으로 나아갔습니다. 은달리도 그랬습니다. 그녀는 주인이 글자를 새겨두었던 영혼의 석판을 깨끗하게 지우고, 새로운 것들을 새겨 넣었습니다. 지나간 것들에 대한 기억은 더 이상 없었습니다.

게다가 이제는 증오심이나 억울함이 가득 찬 주전자, 많은 사람들이 이미 걸어간 삶의 길을 비틀비틀 한 걸음씩 나아갈 때마다 억울함이 한 방울 두 방울씩 새어 나오는 그런 주전자를 이고 가는 사람이 그 혼자만이 아니라는 것도 분명해졌습니다. 아마 많은 사람, 어쩌면 이 땅의 모든 사람, 알라이보의 모든 사람이나, 눈이 가려진 채, 재갈을 문 채, 겁에 질린 채 살고 있는 모든 나라의 모든 사람들이 그럴지도 몰랐습니다. 아마 그들 모두가 일종의 증오로 가득할 것이었습니다. 확실했습니다. 물론 해묵은 불만은 불멸의 짐승처럼 그들의 마음이라는 깨뜨릴 수 없는 지하 감옥에 갇혀 있겠지요. 그들은 전기의 부족에, 편의시설의 부족에, 부패에 화가 나 있을 게 틀림없었습니다. 예컨대 오웨리에서 총을 맞은 MASSOB 시위자들과 지난주 멸망한 나라의 재탄생을 부르짖다가 아리아리아에서 부상당한 사람들 말입니다. 그들도, 그들 역시 죽어버려 삶으로 돌아올 수 없는 것들에 화가 나 있는 게 틀림없었습니다. 사랑하는 사람이나 친구를 잃은 모든 사람들은 또 어떻습니까? 모든 남자와 여자가 마음 깊숙한 곳에 어느 정도 억울함을 품고 있을 게 틀림없었습니다. 당연했습니다. 완전한 평화를 누리는 사람은 아무도 없었습니다. 아무도.

그의 사색은 너무 길어졌으며 그의 생각 속에서 너무 진지해졌습니다. 하여, 그의 마음이 그 생각에 제재를 가했습니다. 그의 치인 저도 그 제재에 찬성했습니다. 주인은 떠나야 했습니다. 지금 당장 말입니다. 그리고 그 사실이 그에게 평화를 주었습니다. 다음 날, 그는 가게 물건들을 사주고 임대료를 떠맡을 사람을 찾으러 다녔습니다. 그는 만족스러운 기분으로 집에 돌아왔습니다. 그런 다음 삼촌에게 전화를 걸어, 자신에게 일어난 모든 일을 이야기하고 우무아히아에서 도망쳐야 한다고 말했습니다. 삼촌은 무척 심란해했습니다. "내가 그-그 여자한테 돌아가지 마-마-말라고 해-했지." 그는 계속해서 말했습니다. 그러더니 주인에게 즉시 아바로 오라고 했습니다.

주인은 며칠에 걸쳐 그간 모아들인 몇 안 되는 물건들을 챙기고, 은달리나 그의 아들에 대해서는 아무 생각도 하지 않으려고 애썼습니다. 그는 언젠가, 먼 훗날, 삶을 되찾았을 때 돌아와 아들을 달라고 할 생각이었습니다. 그게 주인의 목표였습니다. 그는 한때 물건들로 가득 차 있었으나 이제는 바닥에 낡은 매트리스만 놓여 있는 텅 빈 방에 서서 그렇게 생각했습니다.

아구지에그베시여, 그는 그날 저녁에 떠나 돌아오지 않을 생각이었습니다. 정녕 떠날 생각이었습니다! 그는 자미케에게 그렇게 말했고, 친구가 오자마자 바로 여행을 떠날 생각이었습니다. 그는 전도사가 복음을 전하고 돌아와, 그가 모든 물건을 차에 싣고 떠나기 전에 그를 위해 기도해주기를 기다리고 있었습니다.

두려운 일이오나, 추쿠시여, 저는 자미케가 돌아와 그를 위해 기도하고 울어주고 그를 껴안은 뒤, 옛 분노와 공포가, 모든 것을 삼키는 복합적인 감정이 다시 그를 찾아왔다는 말씀을 드려야 하나이다. 주인은 그 정체를 몰랐지만, 그것은 주인을 사로잡아 그가 끌려나온 심연으로 그를 처박았습니다. 그것은, 에그부누시여, 그렇게 한 것은 단 하나의 기억이었습니다. 온 건물에 불을 지른 성냥 한 개비였습니다. 그가 처음 그녀와 함께 자고 그녀가 뜰의 땅에 무릎을 꿇은 채 그의 남성을, 그가 벤치에 고꾸라질 때까지 빨았던 그날의 기억이었지요. 둘 다 웃으며, 새들이 자기들을 지켜본다고 말했던 일 말입니다.

이장고-이장고시여, 들어주소서. 제 주인 같은 사람은 그냥 그런 식으로 싸움을 피하지 않습니다. 그의 영혼이 만족하지 못합니다. 그는 엄청난 패배를 겪은 뒤에 일어서서 사람들에게, 그가 모래밭에 나뒹구는 것을 지켜보고 그의 치욕을 목격한 모두에게 적과 화해했다고 말할 수 있는 사람이 아닙니다. 그냥 그런 식으로는요. 그에게는 힘든 일입니다, 추쿠시여. 그래서 그가 잠시 후 결연히 "이젠 여길 떠나 그녀로부터 영영 멀어질 거야"라고 혼잣말을 하긴 했지만, 밤이 내리자 어두운 생각에 무릎을 꿇고 말았습니다. 그 생각들은 위협적인 무리를 짓고 몰려들어 그의 내면세계 전체에 대한 권리를 주장했고, 그 결과 그는 부엌으로 가서 반쯤 빈 작은 등유 깡통과 성냥갑을 가져오게 되었습니다. 그때쯤 그 생각들은 그를 떠났지만, 이미 일은 벌어졌습니다. 그는 깡통을 꽉 닫아 자동차 바닥,

조수석 앞에 내려놓았습니다. 그런 다음 돌아가서 시간이 지나기를 기다리고 또 기다렸습니다. 영혼이 불타고 있을 때 기다린다는 것은 어려운 일입니다.

에그부누시여, 그가 자동차에 시동을 걸고 밤공기를 향해 차를 몰아가기 시작한 것은 거의 자정이 다 되었을 때였습니다. 그는 지금 불에 잘 타는 물질을 가져가면서, 이후의 여행을 떠나는 데 필요한 모든 소지품도 자동차에 함께 실어두었기에 겁이 났습니다. 그는 자경단의 검문소를 지나 빈 도로를 달렸습니다. 검문소에서는 한 남자가 손전등으로 그의 자동차 안을 비춰보더니 지나가라고 손짓했습니다. 그런 다음 그는 약국에 갔습니다.

그는 자동차를 세웠습니다.

"난 너 때문에 모든 걸 잃었어, 은달리. 그런데 날 겨우 이런 식으로 대해? 이런 식으로?" 그가 말했습니다. 그런 다음 등유 깡통과 성냥갑을 꺼내고, 쥐 죽은 듯한 그 밤, 대부분의 밤보다 어두운 밤으로 걸어 나갔습니다.

"난 너한테 그 모든 걸 해줬는데, 넌 나한테 악으로 갚았어." 그는 이제 숨을 고르느라 잠시 멈춰 서서 말했습니다. "넌 날 거부했어. 내게 벌을 줬어. 날 감옥에 가뒀어. 날 치욕스럽게 했어. 날 모욕했어."

그는 이제 건물 앞에 서 있었습니다. 주변 세상은 고요했고, 어디인지 확실히 알 수 없는 어딘가에서 교회의 노랫소리가 들려올 뿐이었습니다.

"뭔가를 잃는다는 게 어떤 건지 너도 알게 될 거야. 너도 알게 될 거야, 내가 느꼈던 걸 느끼게 될 거야, 은달리."

이제 그의 목소리와 마음에서는, 에그부누시여, 제가—시간이 시작될 때부터—항상 인류에 대해 당혹스럽게 여기던 어떤 특징이 보였습니다. 사람이 다른 사람을 사랑하고 끌어안고 동침하고 그 사람을 위해 살고 함께 아이를 낳더라도 시간이 지나면 그 모든 것의 흔적이 사라질 수 있다는 것입니다. 사라지고 맙니다, 이장고-이장고시여! 그 대신 무엇이 생기는지 궁금하십니까? 뜨뜻미지근한 의구심일까요? 약간의 분노일까요? 아닙니다. 그렇게 생겨나는 것은 다름 아닌 증오의 손자, 그 무시무시한 씨앗, 즉 경멸입니다.

주인이 앞으로 저지를 일에 두려움을 느끼며 입을 열었을 때 저는 그의 밖으로 나왔습니다. 그리고 즉시 에진무오의 귀청이 떨어질 것 같은 소란과 맞닥뜨렸지요. 사방에서 영혼들이 허둥지둥 돌아다니거나 집 지붕이나 자동차 지붕에 위태롭게 매달려 있었는데, 그중 많은 수는 그가 무엇을 하려는지 미리 누가 알려주기라도 한 것처럼 그를 지켜보고 있었습니다. 저는 주인에게 도로 달려가 집에 돌아가거나 자미케에게 전화를 걸거나 여행을 떠나거나 잠을 자라는 생각을 그의 머릿속에 집어넣었습니다. 하지만 그는 제 말을 듣지 않았고, 그의 양심의 목소리—그 위대한 설득자—는 조용했습니다. 그는 계속 나아갔습니다. 근처에 사람이 없다는 걸 확인하자마자 등유를 건물 주변에 붓기 시작했지요. 등유가 다 떨어지자 그는 자동차 보닛으로 가서 작은 깡통을 꺼냈는데, 그것은 석유가 담긴 깡통이었습니다. 그는 그것도 근처에 부었습니다. 그런 다음 그는 성냥을 켜서 흠뻑 젖은 건물에 던졌습니다. 그리고 불이 붙자 자동차로 다시 달려가 시동을 켜고 어둠 속으로 빠르게 달려갔습니다. 그는 뒤를 돌아보지 않았습니다.

가가나오구시여, 저는 유령들의 음식, 즉 타오르는 불길이 있는 지금 어떤 영혼도 그의 몸을 노리지 않으리라는 것을 알고 있었습니다. 그래서 저는 목격하려고, 그가 저지른 짓을 보려고, 그래서 당신께서 그의 마지막 날에 질문을 던지시면 제 주인의 행위에 대해 온전히 아뢰려고 그에게서 빠져나갔습니다. 제가 타오르는 건물 앞에 서 있을 때 주인은 저 멀리로 차를 몰고 떠났습니다. 그가 보이지 않게 되었을 때쯤, 거의 열둘은 되는 영혼들이 불길 주변에 모여 벌거벗은 진동처럼 떠다녔습니다. 처음 육신 없는 몸들이 가까이 몰려와 저를 지나갈 때, 저는 바깥에서 그 광경의 아름다움을 지켜보았습니다. 그런데 그들 중 하나가 거의 미친 것처럼 흥분해서 건물 위로 올라가더니, 검은 나선형 연기가 곧은 깔때기 모양을 그리며 떠오르고 있는 허공에 서 있었습니다. 연기가 그 영혼을 간헐적으로 가렸다가 다시 드러내는 가운데 다른 존재들이 환성을 질렀습니다.

저는 그것을 지켜보고 있었는데—믿을 수 없게도—은달리의 치가 타오르는 건물에서 울부짖으며 나오는 것이 보였습니다. 그것은 즉시 저를 보더니 말을 쏟아내며 울었습니다. "그대, 사악한 수호령과 그대의 주인이여! 그대들이 한 짓을 보아라. 나는 오래전 그대에게 그만두라고 경고했으나 그는 계속해서 그녀를 쫓고 추격했으며 마침내 그녀의 생명까지 파괴했다. 내 주인은 두려워서 차마 읽지 못하던 그의 어리석은 편지를 이틀 전에 읽었고, 그 편지는 그녀를 무척 혼란스럽게 만들었다! 그녀는 남편과 싸우기 시작했다. 그리고 오늘 밤, 이 잔인한 밤에, 그녀는 말다툼이 격해지자 집을 떠나 이리로 왔다……."

치는 이제 뒤로 돌아섰습니다. 그녀가 타오르는 건물 안에서 시끄러운, 고막을 찢을 듯한 울부짖는 소리를 들었기 때문이었습니다. 그리고 그것은 즉시 불길 속으로 사라졌습니다. 저는 그것을 따라 안으로 돌진했고, 엄청난 화재 속에서 한 사람이 바닥에서 일어서려는 모습을 보았습니다. 천장의 일부이던 타오르는 나무 조각이 은달리의 등에 떨어져, 그녀가 고통으로 감각을 잃게 만들었습니다. 그 충격이 그녀를 주저앉혔습니다. 하지만 그녀는 다시 일어나려고 했습니다. 방 저편의 산더미 같은 불길이 갑자기 그녀의 앞에서 몸을 일으켰던 것입니다. 모든 것을 박살 내는 불길이 닿자 약이 놓인 선반이 떨어지며 천천히 나무 기둥으로 무너져 내렸고, 거기에서 떨어진 불 한 덩이가 깔개에 붙어 이제는 그녀가 있는 방을 향해 다가오고 있었습니다. 그녀는 목을 만져보고, 등에서 느껴지는 똑똑 떨어지는 액체가 피라는 것을 알아챘습니다. 그때에야 그녀는 못이 박힌 나무 윗부분이 그녀의 살에 파고들며 불길을 그녀의 몸속으로 쏟아 넣고 있다는 것을 알게 되었습니다. 그녀는 지옥에서처럼 비명을 질러대며, 등에는 나무가 감겨 있는 채로, 무릎을 꿇고 있는 탁자들과 손뼉을 쳐대는 창문들, 춤추는 커튼, 폭발하는 유리병들로 가득한 누르스름한 불길의 극장을 뚫고 달렸습니다. 그녀가 문에 이르자 불타버린 벽돌 조각이 그녀를 쳐서 앞으로 넘어뜨렸고, 그녀가 문을 열었을 때에는 남아 있던 타오르는 나무가 떨어졌습니다. 타는 듯한 고통이 갑작스레 기도를 시작하는 기진맥진한 사제처럼 그녀의 무릎을 꿇게 만들었습니다. 그때, 그녀는 일어서지 않는 것이 최선이라는 생각을 문득 떠올리는 것 같았습니다. 하여, 그녀는 불꽃의 마을을 지나며 풀을 뜯는 동물처럼 약국에서 기어 나가기 시작했습니다.

그녀가 탈출했을 때쯤에는 사람들이 화재 현장 주변에 모여 있었습니다. 자경단 단원들, 이웃들, 그 외의 다른 사람들이었습니다. 그들은 양동이로 물을 여러 번 끼얹어 그녀를 맞이했고, 그들이 물을 붓자 그녀는 쓰러져 정신을 잃었습니다.

저는 그녀를 그곳에 내버려두고 주인을 찾으러 달려갔습니다. 그는 어둠을 뚫고 속도를 올리며 고속도로를 달리고 있었고, 그러면서 흐느끼고 있었습니다. 그는 자기가 무슨 짓을 저질렀는지 모르고 있었습니다. 이장고-이장고시여, 저는 오늘 밤, 사람과 그의 치에게 있는 이 특이한 결핍에 관해 여러 번 말씀드렸습니다. 즉, 그들에게는 자신이 보거나 듣지 못하는 것을 알 방법이 없다는 것입니다. 그러므로 진실로, 주인은 알 수가 없었나이다. 그는 모르고 있었습니다. 그가 차를 몰고 가는 지금 그의 머릿속에 서 있는 은달리는 그가 한때 사랑했으나 그를 거부한 은달리였습니다. 그가 잃어버린 은달리였습니다. 그는 불길에 삼켜진 은달리, 이제는 자신의 약국이었던 곳 앞의 땅에 누워 있는 은달리에 대해서는 아무것도 몰랐습니다. 그는 남편의 품에 안겨 있는 그녀를 상상하며, 무슨 일을 한들 그녀를 되찾을 수 없었을 거라고 생각하며 계속 차를 몰았습니다. 그는 울면서, 울부짖으면서, 마이너리티 오케스트라의 곡조를 노래하며 계속 차를 몰았습니다.

에그부누시여, 여자가 집을 두고 가게에서 자기로 선택할 줄 그가 생각이나 했겠나이까? 그렇지 않습니다. 그녀가 왜 그런 선택을 하겠습니까? 주인으로서는 그렇게 생각할 이유가 전혀 없었습니다. 방금 사람을 죽인 사람이, 자기가 저지른 일이 무엇인지 모르고 볼일을 보는 이유가 그것입니다. 위엄 있는 아버지들은 자신이 전능하다고 생각하는 사람이 있다면 거미가 거미줄을 짜기 시작한 정확한 시간을 알아낼 수 있는지 집을 한번 둘러보라고 말하여, 이 현상을 인간의 집에 사는 거미들에게 비유했습니다. 잠시 후면 살해당할 사람이 그를 죽이려고 매복해 있는 사람들의 집에, 그들의 계획도, 자신의 종말이 다가왔다는 사실도 모른 채 들어가는 것도 그래서입니다. 제 옛 주인 에지케가 언젠가 읽었던 책에서처럼, 그는 자신의 목숨을 노리는 이들과 저녁을 함께할지도 모릅니다. 그 이야기는 로마라 불리는 백인 나라의 어느 땅을 다스린 사람의 이야기였습니다. 하지만 바로 여기, 뛰어난 아버지들의 땅에서 제 자신이 그런 일을 여러 번 목격했는데 굳이 그토록 먼 사례를 살펴봐야 할 이유가 무엇입니까?

그러한 사람은 자신을 죽일 것이 이미 와 있으리라는 것을 전혀 모르고 그 방에 들어갑니다. 사건이 일어나는 방식, 변화하고 부패하고 우연히 성큼성큼 다가오는 방식, 위대한 변화가 가장 작은 실마리도 남기지 않고 일어나는 방식을 생각하소서. 죽음은 선전포고하지 않고 갑자기 다가올 것이며, 그의 세계의 창틀에 걸터앉을 것입니다. 그것은 예기치 못하게, 아무 소리 없이, 계절을 방해하지 않고 심지어는 그 순간조차 꼭 방해하지는 않는 채로 이미 와 있을 것입니다. 그것은 입안에 든 자두의 맛을 바꾸지도 않을 것입니다. 뱀처럼 눈에 띄지 않고 시간을 벌며 어느샌가 와 있을 것입니다. 벽을 본다 해도 드러나는 것은 아무것도 없습니다. 그것이 들어왔을지 모르는 금 간 곳도, 흔적도, 균열도 없습니다. 그가 아는 것 중 어느 것도 단서를 주지 않을 것입니다. 세상의 맥동도 리듬을 전혀 바꾸지 않을 것입니다. 노랫소리를 조금도 바꾸지 않고 계속 노래하는 새들도 마찬가지입니다. 째깍째깍 움직이는 시곗바늘의 계속적인 움직임도 그렇습니다. 방해받지 않고, 자연계가 이미 익숙해져 있는 방식대로 계속되는 시간도 그렇습니다. 하여, 그런 일이 일어날 때에는, 그리고 그가 깨닫고 알아챌 때에는, 그것이 그를 놀라게 합니다. 그것은 그가 있는 줄도 몰랐던 흉터처럼 나타나 시간이 잉태되던 바로 그때 함께 만들어진 것처럼 새겨질 것입니다. 그런 사람에게는 그런 일이 너무도 갑자기, 아무 경고 없이 일어난 것처럼 보입니다. 그는 그런 일이 이미 오래전에 벌어졌으며 그가 눈치채기만을 인내심 있게 기다리고 있었다는 사실을 모르나이다.

작가의 주석

《마이너리티 오케스트라》는 이보 우주론에 단단히 뿌리를 두고 있다. 이보 우주론이란 한때 나의 민족을 인도했고, 부분적으로는 지금도 인도하고 있는 신념과 전통의 복잡한 체계다. 내가 그런 현실 속에 허구의 작품을 위치시키고 있으므로, 호기심 많은 독자들은 그 우주론을 조사해보고 싶을지도 모른다. 특히 치라는 개념이 그 우주론과 어떻게 연관되는지에 관해서 말이다. 그러니 일단 이 책의 서두에서 인용한 치누아 아체베의 치에 관한 에세이가 그렇듯, "내가 여기에서 시도하는 것은 틈새를 메우는 것이 아니라, 종교나 철학, 언어학이 아닌 문학을 주로 사랑하는 사람들에게 적합한 방식으로 그에 관한 관심을 불러일으키는 것"임을 밝혀두어야 하겠다.

즉, 이 책은 허구의 작품이지 이보 우주론이나 아프리카/아프리카계 종교에 관한 결정적인 문헌이 아니다. 하지만 이것이 그런 목적에도 도움을 주는 충분한 참고서 역할을 하기를 바란다. 그 까닭은, 《마이너리티 오케스트라》가 이보 우주론과 문화에 관한 수많은 책에서 자료를 구했기 때문이다. 그런 자료 중에는 존 아네네추쿠 우메의 《신 다음에는 디비아》, 엠마누엘 카아나에네추쿠 아니조

바의 《오디나니》, 치누아 아체베의 '이보 삼부작'(종종 '아프리카 삼부작'이라고도 불린다)과 치에 관한 에세이, 캐서린 오비아누주 아촐로누의 《니제르 수메르의 에덴》, 은제 추쿠카디비아 E. 은와포르의 《마술적 새벽의 표범들》, 노스코트 W. 토머스의 《이보어를 사용하는 나이지리아 사람들에 관한 인류학 보고서》 등이 포함된다. 여기에 내 아버지가 별개로 수행했던 현장조사와 내가 우리 고향인 나이지리아 아비아주의 은크파에서 했던 현장조사로 보강했다.

엄밀한 형식을 따지자면, 이름, 칭호, 신에 대한 경칭 등의 철자 대부분은 일반명사를 조합하기보다 한 단어로 쓰는 편을 택했다. 은디-이치에 같은 단어들이 이 책에서는 은디이치에로 나타난다. 하이픈 사용에 대한 통합 이보어의 합의는 인정하지만, 은크파인들이 이런 단어를 발음하는 방식에 충실하도록 물 흐르듯, 끊임없는 흐름을 만들었다. 추쿠의 다양한 이름들도 마찬가지다. 나는 가가나오구가 일반적인 형태라는 것을 인정하지만, 대신 가가나오구를 선택했다. 그 외에도 에그부누 등 독자들이 다른 곳에서는 찾지 못할 이름들도 있다. 통합 이보어 철자에 관심이 있는 사람들에게는 특히 존 아네네추쿠 우메의 멋진 책 《신 다음에는 디비아》와 니콜라스 아우데와 오니에카치 왐부의 《이보 사전 및 회화집》을 권한다.

야 가 지에.*

2018년 4월
치고지에 오비오마

* 그럼, 다음에. (이보어)

감사의 말

이 소설은 다양한 경험에서 영감을 얻었다. 하지만 가장 이른 원천은 내 어린 시절 이름인 응바루코일 것이다. 이 이름은 내 전생의 이름이었다고 한다. 그러므로 삶의 초기에 치와 환생에 관한 호기심을 갖게 해주신 아버지와 삼촌 오니엘라치야 모세, 어머니 블레싱 오비오마, 그 외 여러분에게 감사한다.

초기에 이 글을 읽고 도와준 내 아내 크리스티나에게 그 너그러움과, 이 어마어마한 바다에 가라앉아 있는 동안 은둔자가 되어야만 하는 내 욕구에 대한 이해심에 감사한다. 나의 에이전트로서 내 작품을 응원해줄 뿐 아니라 계속해서 초기의 독자가 되어주며, 내가 귀찮게 해도 불평 한마디 하지 않는 제시카 크레이그에게도 감사한다. 편집자 주디 클레인과 에일라 아흐메드에게도 감사한다. 이들은 잠자고 있던 이 책을 다시 살려주었다. 《마이너리티 오케스트라》는 이 사람들이 속해 있는 리틀 브라운 US와 UK가 없었더라면 불가능했을 것이다.

크와메 다웨스와 그의 아내 로르나의 응원은 오직 그들과 나 자신만이 진정으로 알 수 있는 방식으로 대단히 소중했다. 책을 퇴고

할 수 있도록 그들의 성에 공간을 내준 이사와 대니얼 캐토 부부, 애스펀 연구소의 친구들에게도 감사를 전한다. 일찍 열의를 보여준 카밀라 쇤데르고르, 비어트리스 맨시니, 폰트 포를라그의 하프댄 프라이하우와 크누트 울베스타, 토머스 테베, 펠 앤더슨, 그리고 다른 출판사의 도움에도 감사한다. 격려해준 네브래스카-링컨 대학교의 동료들과 창의적인 분위기를 제공해준 대학 자체에도 감사한다. 또한 캐런 랜드리, 바버라 클라크, 알렉산드라 후프스를 비롯해 어떤 식으로든 이 책을 지금과 같은 모습으로 만들어준 분들에게도 감사를 표한다.

마지막으로, 나는 '작가의 주석'에 열거한 모든 작가들과 이보의 우주론이나 철학이 사라지지 않도록 계속 노력하고 있는 모든 이들에게 깊이 감사한다. 연구자이자 교열 담당자, 응원단이 되어주시고 위대한 아버지들이 했던 말을 내게 항상 일깨워주신 아버지에게 한 번 더 감사해야겠다. 오코 코 와 음마두, 오 가 쿠루 음마두 이베 야. 오 코 코 와 에후, 오 가아 나 오시시 코 온웨야 오 코.*

---

* 농장이 비어 있다고. 그는 동료들에게 말한다. 농장은 비어 있으며 혼자서는 일궈지지 않는다. (이보어)

옮긴이의 말

치고지에 오비오마의 《마이너리티 오케스트라》는 나이지리아와 키프로스를 주된 배경으로 삼고 있다. 둘 다 한국의 일반적인 독자에게는 생소한 나라다. 적어도 옮긴이인 내게는 그랬다. 주인공이 나이지리아 사람이라는 걸 알게 되면 "축구!"라고 소리칠 뿐인 소설 속 외국인들처럼, 내게도 나이지리아는 아프리카 어느 곳에 붙어 있는 나라였을 뿐이다.

하지만 의외로 소설의 줄거리는 낯설지 않다. 아주 간단하게 요약하자면, 이 소설은 가난한 무학의 주인공이 미모와 재력, 학력을 모두 갖춘 부잣집 딸과 우연한 기회에 만나 사랑에 빠지고, 그 부모의 반대로 고난을 겪는다는 내용이다. 물론 주인공이 몇몇 우연한 불행의 중첩으로 감옥에까지 가게 되는 것은 흔한 일이 아니지만, 그가 고향으로 돌아와 사랑했던 여자가 다른 남자와 결혼해 가정을 꾸린 것을 보고 분노해 여자가 운영하는 약국에 불을 지른다는 결말은 소설에서뿐 아니라 현실 세계에서도 종종 들려오는 이야기다. 요즘처럼 여성혐오 범죄, 데이트 폭력, 가정폭력 등에 대한 경각심이 높아져 있는 상황에서는 주인공이 독자들의 공감이나 호감을 사기 어려울 수 있다.

그러나 작가는 독특한 장치를 설계함으로써 주인공 치논소에게 일방적으로 공감할 것을 독자에게 강요하지 않고, 또 그를 섣불리 단죄하지도 않도록 유도한다. 작가는 이보 신화를 깊이 연구한 뒤, 산 자의 수호령인 '치'가 그의 행위에 대해 최고의 신 추쿠 앞에 나아와 진술하는 형식으로 이야기를 전개한다. '치'가 소설 내내 '추쿠시여'라고 운을 떼고 자신의 주인을 변호하되 감히 객관적인 사실을 왜곡하거나 누락하지는 않고 있으므로 독자는 치논소의 행위를 심판하는 최고의 신 추쿠의 자리에서 이야기를 듣게 된다. 결말이 열려 있으므로, 최종적으로 그에게 어떤 판결을 내릴지는 독자들의 몫이다. 소설은 다만 '치'의 입을 빌려 여러 번 간청하듯 모든 이야기를 들어줄 것만을 요구하고 있다. 그 과정에서 예민한 독자들이라면 주인공이, 혹은 주인공의 '치'조차 보지 못했던 작은 불운과 불행, 그를 둘러싼 사람들—특히 자미케 은와오르지—의 악행과 수상한 점을 발견할 수 있을지도 모르겠다.

주인공의 행위에 대한 윤리적 판단을 일단 차치하고 나면, 소설에서 가장 눈에 띄는 점은 이보족의 신화적 세계다. 참고문헌 목록에서 드러나듯, 작가는 자신이 속한 문화적 전통인 이보의 신화적 세계를 깊이 탐구하고 생생하게 되살려놓았다. 아마 이 책을 통해 이보족의 신화를 처음 접하는 독자들이 많을 것이라고 생각되는데, 그 생생한 생소함이 독서를 통해 신선한 기쁨으로 와닿았으면 좋겠다.

강동혁

마이너리티 오케스트라 2

1판 1쇄 인쇄 2019년 11월 4일
1판 1쇄 발행 2019년 11월 11일

지은이 · 치고지에 오비오마
옮긴이 · 강동혁
펴낸이 · 주연선

총괄이사 · 이진희
책임편집 · 심하은
표지 및 본문 디자인 · 이다은
책임마케팅 · 이한솔
마케팅 · 장병수 김진겸 이선행 강원모
관리 · 김두만 유효정 박초희

(주)은행나무
04035 서울특별시 마포구 양화로11길 54
전화 · 02)3143-0651~3 | 팩스 · 02)3143-0654
신고번호 · 제 1997—000168호.(1997. 12. 12)
www.ehbook.co.kr
ehbook@ehbook.co.kr

잘못된 책은 바꿔드립니다.

ISBN 979-11-89982-57-7 (04890)
     979-11-89982-55-3 (세트)